KARL WOLFGANG FLENDER

HELDEN DER NACHT

KARL WOLFGANG FLENDER

HELDEN DER NACHT

Roman

DUMONT

FSC
www.fsc.org
MIX
Papier aus verantwortungsvollen Quellen
FSC® C083411

Erste Auflage 2018

S. 332 unten, Zitat aus: Luc Boltanski:
›Rätsel und Komplotte. Kriminalliteratur, Paranoia, moderne Gesellschaft‹, Suhrkamp, Berlin 2013
Lektorat: Jan Valk
Umschlaggestaltung und -illustration:
Nurten Zeren, www.zerendesign.com
Satz: Fagott, Ffm
Gesetzt aus der DTL Documenta und der Erbar
Druck und Verarbeitung: CPI books GmbH, Leck
Gedruckt auf säurefreiem und chlorfrei gebleichtem Papier
Printed in Germany
ISBN 978-3-8321-9860-2

www.dumont-buchverlag.de

Und so fest setzte es sich ihm in den Kopf,
jener Wust hirnverrückter Erdichtungen, die er las,
sei volle Wahrheit, dass es für ihn keine zweifellosere
Geschichte auf Erden gab.

Miguel de Cervantes

Sie spielten vier Mann gegen einen, in einer dunklen Gasse abseits des Broadways. Ich kam gerade von einer 14-Stunden-Schicht als Tellerwäscher im Macy's und wollte bloß zu meiner Frau unter die Bettdecke kriechen, aber vier gegen einen, das war gegen jede Form menschlichen Anstands, und einer ordentlichen Rauferei war ich noch nie aus dem Weg gegangen. Ich hatte es auch diesmal nicht vor, obwohl meine Hände vom Spülwasser aufgeweicht waren wie feuchter Zwieback. Außerdem hatte ich im Büro gerade außer lästiger Ehebruchgeschichten wenig zu tun und war heiß auf ein bisschen Action.

Ich ging also zu ihnen hin. Sie kapierten sofort, was los war, ließen ab von dem Typen und kamen auf mich zu. Ohne groß rumzureden zur Sache kommen, die Jungs waren nach meinem Geschmack. Der Erste fing sich gleich meinen rechten Haken und taumelte zurück wie ein Besoffener, den Nächsten erwischte ich mit dem Knie ordentlich zwischen den Beinen. Er ging jaulend zu Boden, obwohl da nicht viel Substanz gewesen war. Mein Knie hatte da große Erfahrung.

Ab da ging es abwärts mit meinem Feierabend. Die übrigen Typen packten mich und donnerten meinen Schädel gegen eine Mülltonne. Dann spannten sie meinen Oberkörper in eine herabhängende Feuerleiter ein, wo sie abwechselnd ihre Vaterkomplexe an mir ausließen. Gott sei Dank war ich schon bald halb ohnmächtig und sah die Sterne des Broadways über mir kreisen, also merkte ich nicht sonderlich viel davon, wie mir die Backenzähne samt Kronen, für die ich Doc Sportello ein Vermögen hingeblättert hatte, aus dem Mund flogen.

Gerade als ich dachte, ich hätte ihre Spezialbehandlung *hinter mir und sie würden sich endlich wieder dem eigentlichen Opfer widmen, das heimlich, still und leise begonnen hatte, sich aus dem Staub zu machen, zog der Typ mit den Rühreiern ein ellenlanges Messer aus seinem Mantel, und es sah aus, als würde diese Nacht verdammt haarig für mich enden ...*

1 NÄCHTLICHE OBSERVATION

Bryan schreckte auf. Der Lichtkegel einer Taschenlampe tastete das Innere des Wagens ab. Glitt über Kamera, Fernglas, Nachtsichtgerät. War er entdeckt worden? Fünf Nächte mit einem klapprigen Clio in einem Benz-Kiez, kein Wunder, wenn sie ihn jetzt schnappten. Die zugefrorenen Scheiben verschafften ihm vielleicht noch ein paar Sekunden. Bryan griff unter den Sitz, erwischte aber nichts als Staubflusen.

Schritte knirschten um den Wagen. Der Schatten eines Mannes zeichnete sich im Schein der Straßenlaterne ab, breite Schultern, eine Hand in der Manteltasche. Ein Hund schlug an. Klang nach zwanzig Kilo Menschenfresser. So ein Mist. Die Fahrertür war seit Ewigkeiten kaputt und ließ sich von innen nicht verriegeln. Wegfahren konnte er auch vergessen, der Motor brauchte mindestens drei Anläufe bei dieser Scheißkälte.

Es klopfte an die Scheibe, erst leise, dann bestimmter. *Deine Tarnung ist dein Kapital*, dachte Bryan und ließ sich tief in den Sitz sinken, Kopf zur Seite geknickt, den Mund weit geöffnet, er war nur ein Penner auf der Durchreise, ein Besoffener, der es nicht mehr nach Hause geschafft hatte. Keine Gefahr für niemand.

Es rüttelte an der Tür. Bitte, sei zugefroren, dachte Bryan, nur noch ein paar Eiskristalle zwischen ihm und dem Schatten, er betete, dass sie hielten. Im nächsten Moment wehte ein kalter Windzug herein. Er presste die Augen zusammen, sah den Mann sich schon über ihn beugen, spürte das kalte Metall des Schalldämpfers an seiner Schläfe, hörte das Klicken beim Entsichern.

»He Sie!« Ein Schütteln an der Schulter. »Sie erfrieren hier noch!«

Schlaftrunken öffnete Bryan die Augen. Ein Rentner mit Hut lehnte sich zu ihm in den Wagen und blendete ihn mit der Taschenlampe. In der anderen Hand hielt er ein Pfefferspray, den Finger am Abzug.

»Nur ein Nickerchen«, murmelte Bryan und gähnte. »Bin schon weg.« Er drehte den Zündschlüssel, und beim dritten Versuch startete der Clio tatsächlich mit einem Stottern.

»Na dann«, nickte der Alte, offensichtlich von der Harmlosigkeit des jungen Mannes überzeugt, der da in mehrere Schichten Hawaiihemden und einen Columbo-Mantel gewickelt in einem klapprigen Renault kauerte. »Gute Heimfahrt.« Er klopfte zweimal aufs Dach und pfiff nach seinem Köter, der gerade das Bein im nächstbesten Blumenbeet hob. Dann wurde die Tür zugeworfen und die Schritte entfernten sich. Was für eine Scheiße, dachte Bryan, fast hätte ich mir in die Hose gepisst. Er löste die Handbremse, fuhr drei Meter und stellte den Motor wieder ab. *Deine Tarnung ist dein Kapital.* Für den Arsch. Konzentration jetzt.

Das Haus der Zielperson lag noch immer im Dunkel. Bloß der Lichtkegel einer Laterne flackerte auf den überfrorenen Asphalt, ein Kiefernast gab unter dem Gewicht des Schnees nach. Auf der Straße war niemand mehr zu sehen. Nur ein glatzköpfiger Politiker starrte aus finsteren Augenhöhlen von einem Wahlplakat auf ihn herab: *Ihr Ja zur deutschen Kernfamilie.*

Bryan ließ seinen Kopf gegen die Lehne sinken. Wäre das hier New York und nicht Berlin, er hätte jetzt Schwermetall in der Birne. Die Utensilien auf dem Beifahrersitz kamen ihm plötzlich vor wie aus einem Yps-Heft: das Fernglas, der halb ausgefüllte Protokollbogen, seine Kamera mit Teleskopobjektiv, lächerlich. »Nachbar lässt Hund in Garten pissen« – mehr hatte er nach fünf Nächten nicht zu berichten. Und wenn er nicht zeitnah gerichtsfähige Beweise lieferte, dass die Noch-Ehefrau ihres Klienten von einem mysteriösen Liebhaber flachgelegt wurde, war wohl bald Schicht im Schacht. Frustriert schlug Bryan gegen das vergilbte Duftkleeblatt, das sein Vater vor fünfzehn Jahren an einer französischen Tankstelle gekauft hatte. *Bonne chance.* Witzig. Er fühlte sich furchtbar matt.

Die Straßenlaternen erhellten den Wageninnenraum nur schemenhaft. Der Zeiger des bei 60 km/h festklemmenden Tachos und die Uhr am Armaturenbrett glommen schwach. Es war noch nicht mal halb vier. Immer wieder kippte sein Kopf unmerklich nach vorn, fast bis runter auf die Brust. Jedes Mal riss er im letzten Moment die Augen wieder auf und klopfte sich mit der flachen Hand auf die Wangen. Warum musste es auch so scheiß dunkel sein beim Observieren? Wegen der Spannung, klar. Aber das hier war öder als ein Tatort aus Hannover. Vorn auf der Hauptstraße glitt alle halbe Stunde der Lichtkegel eines Autos vorbei, irgendwann käme das Räumfahrzeug und streute Salz auf den Asphalt, gegen fünf Uhr morgens die Zeitungsjungen …

Er nahm den Energy-Drink aus dem Getränkehalter und würgte den letzten Schluck herunter. Schon die fünfte Dose heute Nacht. Um wach zu bleiben, hatte er von Schicht zu Schicht die Dosis steigern müssen; jetzt drückte seine Blase wie nach einem Maxibecher Cola bei einem Film mit Überlänge. Bisher hatte er immer in einen Gully gepinkelt, der dann dampfte, wie es sich für einen Detektiveinsatz in Downtown Manhattan gehörte. Aber solange der Typ von der Bürgerwehr hier rumschlich, konnte er das nicht riskieren. Und so abgebrüht wie die Fahrer der Mafia, die für solche Fälle leere Flaschen unterm Sitz liegen hatten, war er noch nicht. Er zerdrückte die

Dose und warf sie in den Fußraum, wo sie gegen die anderen Blechklumpen klonkte.

Er schob seine Hände unter den Hintern, um sie zu wärmen. Die Heizung war leider keine Option. Seit irgendwann eine Packung Vanillemilch aus dem Getränkehalter direkt in die Lüftung gekippt war, strömte ein Verwesungsgeruch aus den Schlitzen, als wäre ein Iltis unter der Motorhaube verreckt.

Sein Handy fiepste. Neue Nachricht von Kenny, der allein auf diese Start-up-Party gegangen war, weil Bryan wieder für seinen rückenkranken Vater einspringen musste: Valhalla Capital rockt. Das reinste MILF-Paradies hier. Klar, dachte Bryan, Kenny stand wieder in der Sekretärinnenecke, weil er panische Angst vor Mädels in seinem Alter hatte. Dass der sich überhaupt mal unter Menschen traute, grenzte schon an ein Wunder. Hoffentlich verschonte er die Damen wenigstens mit seinem Roboter-Tanz – der Anblick dieses Informatiker-Gezappels war eindeutig gesundheitsgefährdend.

Sein Handy fiepste noch mal. Laura ist auch hier. Sie hat nach dir gefragt. Bryan stutzte. Arbeitete die jetzt für *Valhalla Capital*? Er hatte sich schon gewundert, wie die Detektei zu der Ehre kam, als die verfluchte Einladung im Briefkasten steckte. Geheimtinte, er hätte es wissen müssen. Und er saß sich hier Hämorrhoiden! Bryan griff zum Zündschlüssel, ließ die Hand aber sofort wieder sinken. Woher der plötzliche Sinneswandel? Sie hatte schließlich seit einem halben Jahr nicht mehr mit ihm gesprochen, genau genommen seit seiner Blamage im Eiscafé. Außerdem konnte er seinen Vater jetzt unmöglich hängenlassen, denn dem war dieser Mist hier heilig.

Das Handy regelte seine Display-Beleuchtung eine Stufe herab. Akku schon wieder fast leer. Zu Anfang der Schicht hatte er sich wenigstens die »Top 10 Verfolgungsjagden des Film noir« bei YouTube reinziehen können, das hatte die Observation halbwegs erträglich gemacht, und er konnte es sogar als

Recherche für seine stagnierende Masterarbeit zu den »Figurationen des Mysteriösen im Detektivfilm der 1960er-Jahre« verbuchen. Aber er hatte mal wieder verpeilt, das Drecksding tagsüber zu laden. Das Radio konnte er auch vergessen, die Antenne war schon seit Ewigkeiten abgebrochen. Der Legende nach hatte irgendeine Zielperson seinen Vater entdeckt und das Auto demoliert. Aber nach den Erfahrungen der letzten Nächte war es vermutlich eher die Waschanlage gewesen.

Bryan ließ das Handschuhfach aufschnappen, und ein Haufen alter Kassetten klapperte in den Fußraum. In den Tiefen des Fachs fand er zwischen einem Shell Atlas von 1991 und einer Sonnenbrille mit zerbrochenen Gläsern eine Metallbox mit Hustenbonbons. Er wickelte eins aus dem Wachspapier und steckte es in den Mund. Bah. Er spuckte es zu den Essensresten in die fettdurchtränkte Tüte von Fast-Food-Freddy. Gepresster Staub schmeckte besser.

Er nahm die erstbeste Kassette, drehte das Tonband wieder rein und steckte sie in die Anlage. Play. Aus den Lautsprechern tönte blechernes Französisch. Eine Frauenstimme fragte ihn: »Est-ce que tu aimes le cinéma?« Dann wechselte sie in eine tiefere Stimmlage und wiederholte: »Magst du das Kino?« – »Moi? Oui, j'y vais tout le temps.« – »Ich? Ja, ich gehe dort dauernd hin.«

Bryan drückte die Kassette wieder aus dem Gerät. *Französisch-Kurs IV* stand auf dem gelben Plastik. Auch alle anderen Kassetten waren Sprachkurse: *Französisch für Anfänger I-V, Französisch für Fortgeschrittene I-IV, Französisch für das DELF I-VI*. Bryan stopfte die Kassetten zurück in die Klappe und zündete einen vorgebauten Joint an. Er zog ein paarmal daran und stieß den Rauch durch die Nasenlöcher wieder aus. Was für eine miese Nummer. Während er mit pochendem Herzen nächtelang in seinem Kinderbett gelegen hatte, weil sein Vater Gangster jagte, hatte der in aller Ruhe Französisch gelernt. Bryan wischte etwas Kondenswasser von der Frontscheibe und rieb es sich auf die Wangen. Dann kramte er den Atlas hervor und suchte das kleine Dorf an der Côte d'Azur, in dem sein Vater angeblich Hercule Poirot kennengelernt hatte, aber das war nicht mehr zu finden. Er matschte den Atlas wieder ins Handschuhfach. Scheiß drauf, ob die Kassetten dran glauben mussten.

Er schob den Sitz nach hinten und brachte die Lehne so weit wie möglich in Liegeposition, auch wenn jeder zusätzliche Grad die Gefahr einzuschlafen exponentiell erhöhte. Garantiert war er in den letzten Nächten auch schon mal weggenickt. So zwischen vier und fünf vielleicht, wenn die Nacht am dunkelsten war und die Liebhaber aus ihren Löchern krochen. Die Metallfedern drückten sich durch das Sitzpolster in seine Schulterblätter. Kein Wunder, dass Rückenschmerzen seinen Vater fertigmachten. So konnte doch kein Mensch schlafen. Es sei denn, er rauchte sich noch ein bisschen müde. Bryan kramte nach dem Feuerzeug. Hier kam ja nicht mal der Räumdienst. Geschweige denn ein Ehebrecher …

Im Erdgeschoss brannte plötzlich Licht. Flur vermutlich. Dann ging noch eins an, Bad. Bryan wischte ein Guckloch in die beschlagene Autoscheibe. Eine dunkle Gestalt tauchte am Fenster auf. Und noch eine, zierlicher. Das war sie. Er war sich hundertprozentig sicher, auch wenn es nur ein Schatten war. Sie kniete sich hin. Machte sich an der Hose der anderen Gestalt zu schaffen. Zielpersonen in flagranti erwischt. Bingo.

Er griff nach der Kamera mit dem Riesenobjektiv, die seit Tagen unbenutzt auf dem Beifahrersitz gammelte. Seine Finger waren steif vor Kälte, und er drückte ungeschickt auf den winzigen Knöpfen herum. Die andere Hand tastete nach der Fensterkurbel. Aber die bewegte sich keinen Zentimeter. Egal wie heftig er dran rüttelte. Festgefroren vielleicht, oder verrostet. Warum hatte er das nicht vorher mal getestet? Er war so ein lausiger Amateur.

Bryan stieß die Autotür auf und warf seine Beine aus dem Wagen, scheiß jetzt auf die Tarnung, er sah sich dem Klienten schon das Beweisfoto vorlegen und die Gage einstreichen, aber dann, bämm, wurde sein Oberkörper plötzlich zurückgeworfen, ein schneidender Schmerz am Hals. Glückwunsch, du Profi, dachte er und löste fluchend den Anschnallgurt. Dann stand er endlich auf der Straße, breitbeinig wie ein amerikanischer Cop, seine Finger fanden den richtigen Knopf, das Display leuchtete auf, und er hob die Kamera vors Gesicht.

Mit zitternden Fingern drehte er am Teleskopobjektiv, erst in die falsche, dann in die richtige Richtung, fokussierte das hell erleuchtete Fenster, sah in der Millisekunde, die sein Gehirn zu langsam war, um aus Selbstschutz die Augen zu schließen, gerade, als er endlich das Bild scharf gestellt hatte, und noch bevor er die Kamera erschrocken wieder sinken lassen konnte, gestochen scharf und in Farbe, wie die vermeintliche Ehebrecherin den vergilbten Schlafrock einer alten Frau zurückzog, altersbefleckte Beine zum Vorschein kamen, und dann, wie die Frau sich mit Hilfe ihrer fürsorglichen Tochter auf die Keramik sinken ließ und seufzend die Augen schloss – nicht ahnend, dass draußen auf der Straße Bryan Auster, Nachwuchsdetektiv in Krankheitsvertretung, sie gerade durch ein Teleobjektiv beobachtete und reflexhaft, fasziniert und angeekelt zugleich, auf den Auslöser seiner Kamera drückte.

2
DEATH BY FINGER-AB

Verdammte Anfänger von der Polizeischule. Colleen McCollum duckt sich unter dem Absperrband hindurch, das den Bürgersteig wie ein Filmset abriegelt und damit Gaffer eher anzieht statt abhält, die jetzt mit einem Coffee to go in der Hand stehen bleiben und auf die verwaschene Fassade eines Wohnhauses starren, um herauszufinden, auf welcher Etage und hinter welchem Fenster es heute Nacht wohl wieder Bumm gemacht hat.

Aus dem Krankenwagen am Straßenrand dringt gedämpftes Heulen, doch für hysterische Angehörige ist Colleen zu dieser nachtschlafenden Zeit absolut taub. Sie drückt die Haustür auf, trottet versunken in Selbstmordgedanken ein paar blutbefleckte Treppenabsätze hinauf, bis sie zufällig die Wohnung findet, in der es schon von Beamten in weißen Schutzanzügen wimmelt, die überall kleine Aufsteller mit Zahlen drauf verteilen. Sie holt tief Luft, bekreuzigt sich und tritt ein.

Auf dem Parkettimitat liegt eine junge Frau in cremefarbenem Bademantel, der sich mit Blut vollgesogen hat. Ihre Augen sind weit aufgerissen, dicke Bahnen Mascara laufen ihre Wangen hinunter, die braunen Haare haben sich mit dem verklumpten Blut wie ein Kranz um den Kopf gelegt. Durch den metallischen Gestank des Bluts dringt der Duft billigen Parfüms.

Dass der Toten der Ringfinger abgesägt wurde, haben die Beamten noch gar nicht bemerkt. Ganz nach Vorschrift haben sie sich erst mal auf die primäre Todesursache kapriziert: Kopfschuss, mittig zwischen die Augenbrauen, klassisches Kaliber, wahrscheinlich 9 Millimeter, hinten wieder aus dem Schädel raus (das Furnier der Einbauküche sieht auf Kopfhöhe aus, als hätte es Masern), das Projektil steckt irgendwo zwischen Untertassen und Kaffeekännchen in der Rückwand des Schranks – aber das wird erst der angeforderte Ballistiker mit seiner Spezialpinzette später aus dem Holz pulen, blubbert es aus dem Beamten heraus, der sich sofort an Colleens Fersen geheftet hat und ab jetzt anscheinend jeden ihrer Sinneseindrücke kommentieren will.

Auch die riesige Blutlache, in der die verstümmelte Hand herumschwimmt, ist den Beamten nicht aufgefallen. Das heißt, aufgefallen ist sie ihnen schon irgendwie, aber erstens ist es nichts Ungewöhnliches, dass bei einem Mord alles voller Blut ist, also achtet man zunächst vielleicht nicht so richtig darauf, *wohin* jetzt *wie viel* aus *welcher* unnatürlichen Körperöffnung geflossen ist, und zweitens sind die Beamten darauf konditioniert, sich von den notorisch verspäteten Kommissaren, also ihr, Colleen McCollum, elftes Dezernat, Mordkommission, anschnauzen zu lassen, weil sie etwas Essenzielles übersehen haben, das den höher Besoldeten beim sachkundigen Überfliegen des Tatorts natürlich sofort ins Auge springt. Wahrscheinlich haben die Kollegen den Finger und die Blutlache sogar in einer Art vorauseilendem Gehorsam nicht beachtet, sie sind die Männer fürs Grobe, den Headshot, die Kommissare dagegen sind zuständig für die Details, die den Fall später ganz überraschend lösen werden (der fehlende Ringfinger?). Vielleicht haben die Beamten den abgesägten Finger also durchaus auf irgendeiner Ebene ihres Wahrnehmungsapparats registriert, wie ein verschwommenes Bild hinter Milchglas, wie die diffuse Ahnung, »dass irgendwas mit dieser Sache nicht stimmt«, aber die Weiterleitung ans Großhirn ist offenbar unterdrückt worden: Sie haben den Finger absichtlich übrig gelassen, damit der Kommissar, nein, Colleen korrigiert ihren eigenen Gedanken, damit die KommissarIN sie ein bisschen anschreien kann und dadurch bessere Laune bekommt – es arbeitet sich einfach angenehmer mit Chef*innen, wenn die ihre charaktertragenden Zipperlein (Übermüdung, Koffeinmangel, nervige Exfrau, bei Autounfall verstorbener Sohn, zu wenig oder zu viel Alkohol) einmal herauscholerikt haben. Das alles geschieht natürlich völlig unbewusst, die Beamten haben nicht die leiseste Ahnung von den psychologischen Mustern, denen sie instinktiv gehorchen – vielleicht sind sie tatsächlich auch bloß die einfachen Trottel, nach denen sie in ihren Schutzanzügen aussehen, denkt Colleen, als sie sich neben die Leiche kniet und die verstümmelte Hand unter die Lupe nimmt.

Der Fingerknochen schaut noch ein Stück aus dem blutigen Stumpf heraus, wie das Würstchen bei einem französischen Hotdog – mit viel, viel Ketchup. Erstaunlicherweise ist der Knochen aber gar nicht so richtig weiß, wie sich das Colleen vorgestellt hat, abgesehen von dem getrockneten Blut ist seine Farbe eher gelblich. Bis auf eine winzige Abbruchkante wirkt er sauber abgesägt – Colleen geht noch näher ran und streicht dabei ihre gelockten Haare hinter die Ohren, weil die sonst in die Blutlache tunken –, eine Abbruchkante wie beim Sägen einer Holzlatte und kurz bevor man ganz durch ist, bricht das Holz plötzlich ab und das letzte Stück steht in der Luft und man muss noch mal mit der Feile ran, damit es glatt wird.

»Die ist seit mindestens sechs Stunden erledigt«, sagt der Beamte von oben herab und drückt mit seinem Schuh in weißem Schutzüberzug gegen den starr gewordenen Arm der Toten (wieder ohne den abpen Finger zu bemerken). Dabei glotzt er so unverhohlen in Colleens Ausschnitt, dass sie gleich an Dienstaufsichtsbeschwerde, Disziplinarverfahren, Dekapitation denkt, aber das kann sie bis aufs augenblickliche Köpfen gleich vergessen, denn wenn die Beamten in diesen Schutzanzügen herumlaufen, welche nur das Gesicht frei lassen und damit alle Zusatzinfos wie Haarfarbe, Kleidung oder Schmuck verdecken, wird sie sich weder deren Namen noch Gesichter merken. Gesichtsblindheit, Prosopagnosie, ist Colleens Entschuldigung dafür, auf die sie nach endloser Internetrecherche gestoßen ist. Leitsymptom: Unfähigkeit, die Identität anderer Personen anhand ihres Gesichtes zu erkennen. Im Präsidium darf davon natürlich keiner etwas erfahren, aber insgeheim hat Colleen sich auch schon eingestanden, dass der Grund vielleicht auch nur ihre Ignoranz ist – je nach Stand des Selbsthass-Barometers schwankt sie da in der Selbstdiagnose.

Obwohl sie dann schlechter Luft bekommt, knöpft Colleen den obersten Knopf ihrer Bluse zu, und gleichzeitig steigt eine unbändige Wut über den notgeilen Blick des Kollegen in ihr auf, Tittengucken geht wohl immer, egal wie schlimm die Umstände sind. Colleen ballt ihre Fäuste, Schweißtropfen rinnen ihre Achseln hinab. Sie zittert. Ruhig Blut, Colleen, du hast doch schon viele Leichen gesehen: vergiftet, zerstückelt, stranguliert. Sonst macht ihr das ja auch nichts aus, abgesehen von ein paar nachtfüllenden Albträumen vielleicht, aber irgendwas an dieser Sache kitzelt ihre Adrenalin-Synapsen, fight-or-flight, Kampf oder Flucht, als habe das hier etwas mit ihr persönlich zu tun, als müsse sie möglichst schnell das Weite suchen, um nicht selbst bald … Aber das ist sicher nur die Hitze, die seit heute Morgen auf die Stadt drückt, oder der Feinstaub, der ihr zu Kopf gestiegen ist. Durchatmen, bis zehn zählen, die Distanz wiederherstellen, Zen.

Sie konzentriert sich wieder auf das Opfer. Die rotgeschminkten Lippen der Toten sind leicht geöffnet, als hätte sie noch was sagen wollen, ein »Bitte nicht« oder eine derbe Beschimpfung vielleicht, dabei ist es doch völlig egal, welche letzten Worte man stammelt, wenn weit und breit keine TV-Zuschauer zu sehen sind, denen man sich mit einem starken Abgang ins Gedächtnis brennen könnte.

Der Bademantel ist dem Logo nach aus einem Hotel an der Ostsee geklaut worden. Colleen kramt einen Einweghandschuh aus ihrer Tasche und schiebt den Stoff etwas beiseite. Schwarze, durchsichtige Dessous kommen darunter zum Vorschein, extravagant und kompliziert zu schnüren, Colleen wüsste gar nicht, wo anfangen damit, obwohl sie selbst durchaus nicht nur ins Regal mit den Billigteilen greift. Colleen schließt den Bademantel schnell wieder, damit der Beamte nicht auch noch auf das Opfer geifert und seine DNA dort hinterlässt. Obwohl, verdient hätte er es.

»Schon klar, wer sie ist?«, fragt Colleen.

Der Beamte schüttelt den Kopf.

»Kein Ausweis zu finden. Dafür ein Haufen ungeöffneter Post, adressiert an eine Elisabeth Jones. Aber die Tote ist auf keinem der Fotos hier zu sehen.« Er deutet auf eine Reihe gerahmter Bilder in einem Regal. Colleen zuckt die Schultern. Heißt doch gar nichts. Sie duckt sich schließlich auch immer in die letzte Reihe oder schneidet Grimassen, was Martin jedes Mal in den Wahnsinn treibt, wenn er zu Weihnachten einen Fotokalender für seine Eltern basteln will.

Von der Leiche führt Colleen die Blutspur über die Küchenfliesen, das Parkettimitat im Wohnzimmer (ein paar kleine Spritzer auch auf dem Schafsfell vor dem Fernseher), bis ins Schlafzimmer, wo das frisch bezogene Bett von unten bis oben vollgesudelt ist, und über dem mit Schnitzereien verzierten Kopfende – genau da, wo früher bei Colleens Großmutter das Kruzifix hing – prangt der Finger an der Raufasertapete, ein Nagel sauber durch das Mittelglied geschlagen.

»Urgh.« Colleen rümpft die Nase, obwohl es eigentlich überhaupt nichts zu riechen gibt. Außer dem eigentümlichen Geruch vielleicht, der jede Wohnung wie ein Fingerabdruck auszeichnet, hier eine Mischung aus Rosenduftspender und verstaubter Heizung, schätzt sie. Das Naserümpfen ist bloß so eine neue Angewohnheit, denn seit ihr Partner in Elternzeit ist, wird sie eigentlich nur noch zu Pseudofällen gerufen, bei denen die Leichen schon seit Wochen im Bett verwesen, bis die Nachbarn endlich Geruch und Briefkastenfüllstand zusammenzählen und die Polizei alarmieren. Jedenfalls stinkt es meist gewaltig, da kann sich so ein vorsorgliches Naserümpfen schnell mal einschleifen.

»Sie musste den Finger wahrscheinlich selbst an die Wand nageln.« Einer der Weißgekleideten deutet auf einen am Boden liegenden Hammer, blutige Fingerabdrücke am Stiel. Colleen rümpft wieder die Nase, diesmal vielleicht sogar zu Recht, und fragt sich für einen Moment, was wohl schmerzhafter für das Opfer gewesen ist, das Absägen oder das Durchschlagen des eigenen, leblosen Fingers an der Wand, so eine Art Phantomschmerz vielleicht – aber dann entscheidet sie sich, den Gedanken lieber nicht weiterzuverfolgen und macht mit ihrem Handy ein Foto. Sie schickt es an ihren Partner, der bestimmt gerade seinen Sohn stillt oder Strampler einweicht, und schreibt darunter: »Da siehst du, was du gerade verpasst!«

Auf dem Küchentisch steht ein aufgeklappter Werkzeugkasten, daneben eine elektrische Stichsäge, noch eingestöpselt, doch bevor Colleen sich die genauer anschauen kann, Zipp, ist die Säge in einen Plastikbeutel verpackt und etikettiert, und ein Beamter grinst sie blöde an und legt den Beutel in eine Plastikwanne. Das törnt die SpuSis an: Beweise aufsammeln und eintüten. Vorher schön die Luft aus dem Beutel rausdrücken, dann den Zippverschluss schließen, mit Edding beschriften und einsortieren. Für einen Augenblick wünscht sich Colleen, ihr Job bestünde auch nur aus dem Eintüten von Leichenteilen, den Leichenteilen dieses Kollegen am besten, und beneidet plötzlich die Leute, deren Job aus dem Einpacken von Sachen besteht: die Genugtuung des Dönermanns beim Einschlagen eines Döners in Alufolie (das Knistern beim Abreißen von der Rolle, das gleichseitige Dreieck des Fladenbrots im anschmiegsamen Metall), die exakten Handgriffe einer Buchhändlerin mit Geschenkpapier (die Befriedigung, die passende Menge abzurollen, das optimale Verhältnis von ästhetischem Anspruch und Papierverbrauch).

Aber dann steht plötzlich der Ehemann der Toten in der Wohnung – er hat seine Frau nach der Nachtschicht entdeckt und ist bisher in die obligatorische Decke eingehüllt von einem Sanitäter psychologisch betreut worden – und kreischt, was das Zeug hält. Für einen Moment überlegt Colleen, ob sie auch so kreischen würde, wenn Martin hier auf dem Boden läge – doch dann wird der Mann von den Beamten aus der Wohnung gedrückt, und mit dem Klicken der Tür erstickt nicht nur sein Kreischen, sondern auch Colleens Gedanke, und außerdem stellt sich heraus, dass das gar nicht der Ehemann war, sondern bloß der Zeitungsbote, der die Leiche heute früh entdeckt hat und kein Blut sehen kann.

»Eifersuchtsmord?«, fragt sie den Beamten, der zufällig neben ihr steht, unsicher, ob es der Gaffer von eben ist. Der will ja gar nicht von ihrer Seite weichen. Ihr kommt ein furchtbarer Gedanke: Könnte das etwa ihr neuer Assistent sein?

»Ziemlich sauberer Kopfschuss dafür«, sagt er, »finden Sie nicht?«

Mafia. Hoffentlich die Mafia. Vielleicht kann sie die Sache schnell in die organisierte Kriminalität abschieben, das sieht nämlich nach einem scheiß großen Haufen Arbeit aus, und der abgesägte Finger an der Schlafzimmerwand verheißt auch nichts Gutes. Aber wo sie gerade hier ist, muss sie wohl oder übel die Nachbarn befragen, und wenn der sich beruhigt hat, vielleicht auch den Zeitungsboten. Immer noch besser als im Revier morgendliche Lagebesprechung bei Mettbrötchen und Filterkaffee zu machen.

Im Arbeitszimmer des Opfers sucht Colleen nach Notizblock und Stift, findet beides in einer vollgeramschten Schreibtischschublade und steckt sie ein. In der Eile heute Morgen hat sie tatsächlich ihre ganze Ausrüstung zu Hause vergessen. Nein, hat sie nicht, korrigiert Colleen ihren eigenen Gedanken. Sie kommt immer so unvorbereitet an den Tatort wie jetzt. Hat ja keinen Sinn, sich selbst zu belügen.

3
AUSTER, PRIVATDETEKTIVE

Nicht schon wieder! Sein linkes Bein war eingeschlafen. Ein Kribbeln, als würde sich ein Volk glühender Ameisen durch seine Arterien zwängen. Mitte zwanzig sollte ein bisschen früh sein für Arterienverkalkung, aber wer nie zum Spielen rausgeht, kriegt irgendwann die Quittung. Bryan hievte seine Füße von der Tischplatte, fegte dabei einen Stapel Observationsprotokolle auf den Boden. Fuck. Immerhin strömte das Blut wieder in den Unterschenkel. Kurz steigerte sich das Kribbeln ins Unermessliche, dann atmete er erleichtert auf.

Er nahm noch einen letzten, viel zu heißen Zug vom Joint und drückte ihn im Aschenbecher aus. Darauf stand in angegilbter Schrift: »Jeder hat seine Geheimnisse – Wir verraten Ihnen, welche. *Auster, Privatdetektive*«. Bryan warf das Teil in den überquellenden Mülleimer. Irgendwann im letzten Jahrtausend hatte sein Vater Hunderte davon als Werbegeschenk anfertigen lassen, jetzt stapelten sie sich in der angrenzenden Wohnung unter der Spüle. Weil die zugezogenen Kiezbewohner aber sowieso nur E-Zigaretten mit Erdbeergeschmack benutzten, konnte Bryan für jeden Joint ruhigen Gewissens einen neuen nehmen.

Um die Ameisen in seinem Oberschenkel endgültig loszuwerden, humpelte er im Laden herum. Sein Körper spiegelte sich in der Fensterscheibe und, Scheiße, er bewegte sich schon genau so wie sein Vater. Als würde mit dem Job auch die miese

Körperhaltung in ihn einsickern. Um sich schnell seine Beweglichkeit zu beweisen, beugte er sich nach unten, sammelte die Kopien vom Linoleum und warf sie zurück auf den Schreibtisch. Dann trat er ans Fenster.

Die Scheiben der Detektei waren beschlagen, Tropfen rannen von innen das Glas hinab, gaben dünne Sichttrassen nach draußen frei. Es regnete in Strömen, Wind fegte Plastiktüten über die Gehsteige, auf den gegenüberliegenden Gebäuden zeichneten sich lange, verzerrte Schatten ab, Blaulicht huschte über die Fassaden. Waren das Schüsse in der Ferne? Jeden Moment konnte eine Gestalt die Stufen zu ihrem Subparterre-Laden hinunterspringen, konnte das Glöckchen über der Tür läuten und eine verzweifelte Klientin hereinstürzen, die dringend Hilfe in einem Mordfall benötigte ... Schwachsinniges Kopfkino. Draußen stürmte es nicht, der Schnee war zu akkuraten Haufen am Gehwegrand aufgetürmt, LED-Straßenlaternen leuchteten die Altbaufassaden des aufgewerteten Stadtteils aus. Vor dem *Roxy* hatten ein paar Kinder einen Schneemann gebaut, jetzt ließen sie Knallteufel auf dem Boden zerplatzen. Die Detektei Auster war der allerletzte Fremdkörper zwischen Latte-Macchiato- und Craft-Beer-Läden, Co-working Spaces und Start-up-Büros, deren Insassen die Vision anpeitschte, mit halbgaren Geschäftsideen schnellstmöglich ein oder zwei Millionen von Google abzusahnen. Die neue Klientel des Kiezes würdigte die Detektei jedenfalls keines Blickes; auch wenn ab und zu ihre im Hausflur abgestellten Kinderwagen brannten. Wegen ein paar zündelnder Autonomer einen Detektiv zu engagieren kam keinem in den Sinn – so was gehörte zum Leben im Szenekiez dazu wie Einkaufen im Türkenmarkt, Vollbärte und Staffelmiete.

Ende in Sicht. In der Schreibtischschublade hatte Bryan einen Stapel ungeöffneter Briefe von der Hausverwaltung entdeckt, deren Inhalt nur eine Mieterhöhung, Luxussanierung oder die Anmeldung von Eigenbedarf sein konnte. Um den Laden an sich wäre es nicht schade gewesen, der ähnelte sowieso mehr dem Büro eines Steuerberaters als einer ordentlichen Detektivkaschemme. Warum war ihm als Kind nie aufgefallen, wie übel es hier aussah? Musste man sich sein Büro – die Visitenkarte jedes ordentlichen Schnüfflers – mit Regalen voller Leitz Ordner, verstaubten Neonröhren und Linoleumböden zuknallen? Das war doch fahrlässig, kein Wunder also, dass absolute Auftragsflaute herrschte. Aber trotzdem: Das hier war das Lebenswerk seines Vaters.

Auf Bryans Laptop lief lautlos die dritte Staffel von *True Detective*, gleichzeitig war im Browser die neue Detektei-Website geöffnet, die er mit einem kostenlosen Baukastensystem zusammengefrickelt hatte. Auf irgendeinem Design-Blog hatte er gelesen, dass die vertrauenerweckendste Farbkombination Grün-Grau-Orange war, was unglaublich beschissen aussah, aber wenn es wirkte … Immerhin hatte er das Logo der Agentur ins 21. Jahrhundert katapultiert, indem er die Comic-Lupe, die jahrzehntelang ihr Markenzeichen war und deren kreisrunde Fassung gleichzeitig als »O« für den Vornamen seines Vaters stand, durch ein GPS-Fadenkreuz ersetzt hatte.

Trotzdem würde *Auster, Privatdetektive* im Internet keine Chance gegen die großen Detekteien haben, die mit landesweiten Dependancen warben, hochmoderne Überwachungstechnik versprachen und damit nicht nur dem Logo nach im neuen Millennium angekommen waren. Jahrzehntelang hatte es ausgereicht, dass der Name ihres Büros in den Gelben Seiten als Allererstes auftauchte, A wie Auster – allein aus diesem Kalkül hätte sein Vater doch ihren Nachnamen angenommen, hatte Bryans Mutter immer behauptet –, jetzt aber warb die Konkurrenz in den Suchergebnissen von Google, präsentierte die Stimmen Hunderter zufriedener Klienten auf unabhängigen Bewertungsportalen und bot kostenlose 0800er-Beratungshotlines und Live-Chats an. Bryan hatte es mit Müh und Not gerade einmal geschafft, ein E-Mail-Kontaktformular einzubinden. Und er hatte ein selbsterfundenes, goldenes Prüfsiegel mitten auf der Seite platziert.

Nur beim Auftragsportfolio hakte es gerade. Woher sollte er auch wissen, was sein Vater tagein, tagaus so ermittelte. *Verschwiegenheit ist das größte Kapital eines Detektivs* – Oliver Auster. Mangels Infos hatte Bryan also einfach die Fallberichte von den Websites der Konkurrenz umgeschrieben, Namen geändert, Quellen verschleiert – wenigstens das hatte er im Studium gelernt. Ihr Büro bot die volle Palette: von Identitätsüberprüfung und Vermisstensachen über Prostitution in Mietwohnungen und Untreue bis zur kleinkarierten Wirtschaftskriminalität. Aber irgendetwas fehlte noch. Die persönliche Note. Wofür stand die Detektei Auster?

Bryan ging zum Regal und ließ seinen Finger über die Jahreszahlen auf den verstaubten Ordnern gleiten. 2008. Da war doch irgendwas. Genau. Die Drogenbande aus Ex-Jugoslawien, die sein Vater hochgenommen hatte, nachdem ein paar Junkies vom Todes-Hasch die Arme abgefallen waren.

Er blätterte den Ordner erst langsam, dann immer schneller durch: Ehemann mit Doppelleben, Erbschaft aus Nigeria, Heiratsschwindler aus dem Internet, Putzkolonne zweigt Reinigungsmittel ab. Wo waren die verfickten Drogen? Nichts zu finden. Kein einziges Wort. Aber was für ein Zufall, dass sein Vater damals in einem Drogenfall ermittelt hatte, als er Bryan das erste Mal beim Kiffen auf dem Klo erwischte und ihn vorm »Abrutschen« warnte.

Bryan warf den Ordner auf den Schreibtisch und zog den nächsten aus dem Regal.

2009: Sektenzugehörigkeit eines Angestellten,
Mietnomaden, keine Unterhaltszahlungen
wegen Spielsucht.

2010: Stalking durch die Ex, gefälschte Krankschreibungen, vorgetäuschter Eigenbedarf.
2011: Müllverklappung in Naturschutzgebiet, Ehemann zur Mittagspause im Bordell erwischt, Graffitis am Wohnhaus.
2012: Erpressung durch Ex-Affäre, Partylärm des Nachbarn, Sekretärin kopiert Arsch auf Multifunktionsgerät, das dabei kaputt geht.
2013: Boring, boring, boring. Ab auf den Boden damit.

Gedämpft erklang die Titelmelodie von *Magnum*. Bryan kramte das schnurlose Telefon zwischen den Akten hervor. Ein paar Sekunden starrte er die fremde Rufnummer auf dem Display an. Sein Daumen schwebte unentschieden über dem grünen Annehmen-Button. Als die Melodie einmal durchgelaufen war und wieder von vorn begann, drückte Bryan den roten Knopf, und der Anruf wurde an den Anrufbeantworter weitergeleitet. Der Lautsprecher an der Ladestation schaltete sich ein:

»Hallo? Bin ich da beim Detektivbüro Auster? Ich weiß gar nicht, wie ich es sagen soll, aber ich habe einen schrecklichen Verdacht. Ich habe auf dem Computer meines Mannes gesehen, dass er eine Dating-Website besucht. Jetzt brauche ich Gewissheit. Können Sie mich bitte zurückrufen? Die Zeit drängt.«

Klang irgendwie kompliziert. Bryan wippte im Stuhl vor und zurück, um besser nachdenken zu können. Er versuchte noch einmal, den Jointstummel anzuzünden, aber da war wirklich nichts mehr dran, und das frisierte Feuerzeug sengte ein paar winzige Härchen von seiner Nasenspitze.

Die Sache würde Observation erfordern, tagelanges Herumsitzen im Auto, um die sinnlosen After-Work-Aktivitäten eines Mannes in der Midlife-Crisis zu protokollieren. Und das würde natürlich wieder er übernehmen müssen, sein Vater konnte ja mit seinem Rücken kaum ein Abendessen lang am

Tisch sitzen. Wieder würde er eine Uniwoche verpassen, was er sich eigentlich nullkommanull leisten konnte, oder zumindest würde er die Chance verpassen, überhaupt mal wieder hinzugehen. Denn wenn er ehrlich war, war er seit Semesterbeginn nicht mehr da gewesen. Nur ab und zu in der Mensa, um ein bisschen Gras bei Kenny zu holen.

Bryan spielte die Nachricht noch einmal ab, doch das machte sie auch nicht besser. Nach dem Fiasko der letzten Nacht hielt er es lieber wie Marlowe und Sportello: bloß keine Ehesachen, das führte nur zu Komplikationen. Er drückte zweimal hintereinander den roten Knopf und würgte die Roboterstimme, die sichergehen wollte, ob er die Nachricht denn auch wirklich löschen wollte – ja, wollte er – mit der OK-Taste ab.

»Die Nachricht wurde gelöscht«, sagte der AB, da flackerten plötzlich die Neonröhren an der Decke auf.

»Kein Wunder, dass keine Aufträge reinkommen.«

Bryan wirbelte herum. Sein Vater stand in der Durchgangstür zur Wohnung. Den Rücken gekrümmt wie ein alter Mann, drückten ihn die Schmerzen immer weiter zusammen. Er war auch ziemlich dünn geworden, aber das konnte ebenso am gleißenden Neonlicht liegen, das Bryans verquollene und ans Zwielicht gewöhnte Augen übel folterte. Er schirmte sie mit der Hand ab. Den Ausdruck in den Augen seines Vaters konnte er trotzdem erkennen: *You had one job.* Nicht mal als Telefonist war er zu gebrauchen.

Oliver Auster ließ sich vorsichtig auf den Stuhl sinken, auf dem sonst die Klienten Platz nahmen. Die Furche zwischen seinen Augenbrauen, die vielleicht vom angestrengten Starren durchs Fernglas herrührte, vielleicht aber auch vom Lesen eines Französisch-Vokabelhefts bei schlechtem Licht, grub sich noch tiefer als sonst in seine Haut. Er zeigte deutliche Abnutzungserscheinungen, seit Bryans Mutter von einem Tag auf den andern verschwunden war und jetzt mit einem frühpensionierten Lehrer namens Roland Prez in einem Wohnmobil quer durch die Staaten fuhr. Zu Bryans Geburtstag im Frühling wollte sie in Los Angeles sein und hatte ihn eingeladen, sie zu besuchen, aber er war sich nicht sicher, ob er seinen Vater hier gerade im Stich lassen konnte. Die Einladung hatte er ihm vorerst verschwiegen.

»Könntest du die wieder aufheben?« Sein Vater deutete auf die am Boden verstreuten Dokumente und Leitz Ordner. Missmutig suchte Bryan den Kram zusammen und warf ihn auf den Tisch. Oliver Auster zog das Protokoll der vorletzten Nacht unter dem Stapel hervor.

»04:30 Schneeräumwagen fährt vorbei. Räumt aber nicht, sondern streut nur«, las er laut vor. »05:30: Spaziergänger lässt Hund in Vorgarten der Zielperson scheißen«?

Bryan zuckte mit den Schultern.

»Fünf Nächte – und das ist alles, was passiert ist?«

»Immerhin hab ich ein bisschen Französisch gelernt«, antwortete Bryan mit tonloser Stimme, doch sein Vater schien den Vorwurf nicht zu bemerken. Er zog die Blättchen heraus und streute seine Spezialmischung hinein, die den ganzen Raum mit ihrem süßlichen Geruch erfüllte. »Est-ce que tu aimes le cinéma?«, äffte er dabei die Kassette nach.

Während er das Papier mit seinen Lippen befeuchtete, inside-out drehte, und das überstehende Papier abfackelte, holte Oliver Auster die Kamera unter dem Zettelchaos hervor und klickte sich durch die Aufnahmen.

»Ist das dein Ernst?« Er hielt Bryan das Display der Kamera hin, auf dem in Großaufnahme das angespannte Gesicht der alten Frau zu sehen war – mit diesem ganz speziellen Gesichtsausdruck, den Menschen nur auf der Toilette machen und den nur selten jemand anders zu sehen bekommt.

»Ein Versehen«, sagte Bryan emotionslos und zündete den Joint an. Sein Vater drückte sich wie in Zeitlupe aus dem Stuhl hoch, ging wortlos an ihm vorbei und öffnete die Ladentür, durch die ein eisiger Windzug hereinwehte und eine neue Ladung Kopien vom Tisch fegte. Theatralisch wedelte er die Haschdüfte aus dem Raum.

»Was hast du? Das hilft bei chronischen Schmerzen.« Bryan hielt ihm den Joint hin. Sein Vater winkte ab und lehnte sich mit dem Rücken an die Scheibe.

»Ich komme darauf zurück, wenn Ungarn nichts bringt.«

Bryan nahm noch einen Zug und fixierte seinen Vater durch den sich verziehenden Rauch.

»Ungarn?«

Sein Vater zog eine Info-Broschüre aus der Hosentasche und warf sie auf den Tisch. In der Kopfzeile prangte das Logo der Krankenkasse, darunter wurde vollmundig eine Kurklinik am Balaton beworben.

Bryan blätterte die Broschüre durch. Auf den Bildern war ein Betonmoloch zu sehen, der an ein Stasi-Gefängnis erinnerte, Sonnenverbrannte lagen an einem schäbigen Pool, am Buffet türmten sich Fleischberge. Im Sommer: Touri-Falle, im Winter: Kurklinik. Geniales Geschäftsmodell, das musste er zugeben.

Sein Vater zuckte mit den Schultern. »Ist für die Kasse wohl billiger als Deutschland.«

Während Bryan versuchte, aus den angebotenen Leistungen schlau zu werden, kam es ihm vor, als blickte sein Vater demonstrativ in der Detektei umher, als wanderte sein Blick über Aktenordner, gerahmte Zertifikate, Ferngläser und Kameras, bis er schließlich wieder auf Bryan ruhte. Verdächtig lange auf ihm ruhte.

»Ich muss studieren«, wehrte Bryan ab. »Ich habe Klausuren!«

»Verstehe.« Sein Vater steckte die Broschüre wieder ein. Er drückte sich von der Scheibe ab und schlich nach hinten, ohne ihn noch einmal anzusehen.

»Warte. Ich will dir was zeigen«, rief Bryan ihm hinterher, als er hörte, wie die Tür zur Wohnung geöffnet wurde. Einen Moment war es still, dann fiel die Tür wieder ins Schloss und sein Vater stützte sich neben ihm auf den Schreibtisch. Bryan drehte den Laptop, sodass beide auf den Bildschirm sehen konnten, und klickte sich durch die neue Website.

Noch bevor er überhaupt irgendwas zu Benutzerführung, Sitemap oder Farbkonzept sagen konnte, tippte sein Vater schon so heftig mit dem Finger gegen den Bildschirm, dass eine dunkle Druckstelle zurückblieb.

»Was soll das denn sein?« Der Fleck befand sich genau auf dem neuen Logo.

»Ein GPS-Fadenkreuz. Als Symbol für moderne Technologie, Tracking, Überwachung.«

»Verstehe ich nicht. Wo ist die Lupe?«

»Welcher Detektiv benutzt denn heute noch eine Lupe?«

Oliver Auster schüttelte den Kopf. »Das verstehen unsere Klienten nicht.«

»Welche Klienten denn?« Bryan knallte den Laptop so aggressiv zu, dass er selbst erschrak.

»Die hier zum Beispiel.«

Sein Vater warf einen Notizblock auf den Tisch. Darauf stand die Telefonnummer, die er von der Mailboxansage mitgeschrieben haben musste. Ertappt. Mal wieder. Sein ganzes Leben ging das schon so. Oliver Auster war wohl doch kein so übler Detektiv.

Weil Bryan nicht reagierte, tippte sein Vater die Nummer selbst ein, drückte den Anruf-Button und hielt Bryan mit forderndem Blick das Telefon hin, aus dessen Lautsprecher dreimal das Freizeichen drang und sich dann eine heisere Frauenstimme meldete: »Miller, hallo?«

4
DER NACHBAR

Colleen klingelt und hält ihren Führerschein vor den Spion. Die Tür öffnet sich einen Spalt breit, und ein rotgesichtiger Mann schaut über die eingehängte Türkette zu ihr hinaus. Er trägt ein mittelpreisiges Jackett, Typ Versicherungsmakler, einen Hagelsturm von Schuppen über beiden Schulterpolstern. Nach dem üblichen Geplänkel von wegen Ihre-Nachbarin-wurde-heute-Nacht-ermordet-haben-Sie-etwas-Ungewöhnliches-bemerkt und Ich-ich-war-die-ganze-Nacht-zu-Hause-aber-halt-mal-Kommen-die-von-der-Kripo-nicht-immer-zu-zweit-könnte-ich-noch-mal-Ihren-Ausweis-sehen-bitte und Äh-Mein-Partner-ist-tot-er-wurde-erschossen-und-ich-hätte-ihm-Deckung-geben-sollen-Schluchz lässt er Colleen endlich herein, und sie setzt sich auf den einzigen Stuhl an seinem Küchentisch. Aus dem Radio plärrt die Werbung vor den Neun-Uhr-Nachrichten, gesungene Jingles von lokalen Möbelhäusern, Autohändlern, Baumärkten: »Hier darf man noch Mann sein!«

Der Mann, Montag, Rolf Montag, wie er sich nun vorstellt und dabei einen adäquat geschockten Gesichtsausdruck zur Schau trägt, schließlich wurde in unmittelbarer Nachbarschaft ein Leben ausgeblasen, holt einen Klappstuhl aus der Ecke und setzt sich ebenfalls, springt dann aber sofort wieder nervös auf, um etwas zu trinken anzubieten – »Wasser, Kaffee, Orangensaft, Tee grün oder schwarz, Kakao – habe ich schon Kaffee gesagt?« (sehr verdächtige Doppelung) –, und obwohl Colleen der Blick auf die verkalkte Maschine jetzt schon Bauchkrämpfe verpasst, sagt sie, Ja, ein Kaffee wäre nett, weil Zeugen schneller die Verhörsituation vergessen und hemmungslos drauflosplappern, wenn sie dabei etwas Alltägliches zu tun haben. Die natürliche, eingeübte Aktivität der Hände triggert wohl irgendwie die Aktivität des Sprachzentrums, das hat Colleen in siebeneinhalb Jahren Polizeidienst empirisch festgestellt, da muss irgendein neuronaler Zusammenhang bestehen, vielleicht sollte sie das mal den Polizeipsychologen fragen, denkt sie jetzt, vielleicht ein gemeinsames Forschungsprojekt vorschlagen, durch das sie beim Dienststellenleiter ein paar Stunden weniger an der Front herausschlagen kann – aber dann fällt Colleen ein, dass sie gerade nicht mit dem Psychologen redet, wegen der ungünstig verlaufenen Sache auf der letzten Betriebsfeier.

»Um welche Nachbarin geht es überhaupt?« Montag fischt den klammen Filter mit einem Kaffeeklumpen aus der Maschine.

Colleen versucht fieberhaft, sich ans Klingelschild zu erinnern. Meyer, Müller, Schmidt, irgend so was. »Frau Jones?«

Montag kratzt sich am Kopf. »Die alte Jones wurde schon vor ein paar Monaten im Sarg hier durch's Treppenhaus getragen. Herzinfarkt und Ende Gelände.«

»Haben Sie eine Ahnung, wer jetzt dort wohnt?«

»Ab und zu sehe ich mal ein Pärchen im Treppenhaus. Dachte, das sind vielleicht die Nachmieter.«

Colleen wiederholt ihre Eingangsfrage, ob er in der letzten Nacht etwas Ungewöhnliches bemerkt habe.

»Man hat es klopfen gehört«, sagt Montag nach einer kurzen Pause und löffelt Kaffee in einen neuen Filter, ein leichter Tremor in seiner Hand, das Pulver rieselt auf die Fliesen.

»Ein Klopfen? Wie hat sich das angehört?«

»Ich hab mir nicht groß was dabei gedacht. Das passiert immer mal wieder, wenn die da sind. Dass da irgendwas gegen die Wand hämmert...«, sagt der Typ, und Colleen sieht seinen zuckenden Mundwinkeln an, dass er es zumindest für eine teilweise gerechte Strafe hält, dass kurz nach dem Klopfen ein bisschen Hirn in der Küche verspritzt wurde. Der Kaffee beginnt, in groben Tropfen in die verkalkte Kanne zu strullen. Montag zögert. »Wenn Sie mich fragen, war das eine Domina. Dauernd gab es ein riesiges Geschrei.«

Könnte auch eine normale Ehe gewesen sein.

»Nie neugierig gewesen, wer da hämmert? Nie durch den Spion ins Treppenhaus gelinst?«

Montag senkt die Augen, kehrt das verstreute Kaffeepulver mit dem Fuß zusammen.

»Glauben Sie, der Zuhälter hat sie erschossen?«, fragt er schließlich.

Colleen horcht auf. »Sie haben also einen Schuss gehört?«

Montag schüttelt den Kopf. »Nein, nein, aber...«

Schalldämpfer, notiert Colleen und sieht Montag durchdringend an. »Wie kommen Sie dann auf eine Schusswaffe? Davon habe ich gar nichts gesagt. Aber interessant, dass Sie das erwähnen.«

»Na ja, wie bringt man schon jemanden um die Ecke, also ich würde...«

Seine Miene erstarrt. Er weiß aus dem Fernsehen, dass er gerade einen Fehler gemacht hat. Er weiß, dass er jetzt nur noch in Anwesenheit seines Anwalts weitersprechen sollte, weil »alles, was er jetzt sagt, gegen ihn verwendet werden kann«, aber er hat ja gar keinen und auch keine Rechtsschutzversicherung. Colleen krakelt Notizen aufs Blatt, eigentlich nur einen Einkaufszettel, Toilettenpapier und Espresso muss sie noch besorgen, aber Montag macht das furchtbar nervös, seine Lippe vibriert.

»Ich dachte nur, weil …«, stottert er und stellt die Tasse Kaffee so heftig auf den Tisch, dass die schwarze Suppe auf die Tischdecke schwappt.

Der Typ ist unschuldig, keine Frage, niemand wird je wegen eines so dummen Verplapperers verknackt, höchstens in den Rätselkrimis in der Fernsehzeitung. Nur aufmerksam zuhören, schon hat man den Täter im Sack – schön wär's.

Colleen trommelt trotzdem mit den Fingern auf dem Tisch herum: »Waren Sie gestern Nacht allein?«

Montags Augen weiten sich panisch, natürlich war er nachts allein, die ganze Wohnung schreit danach, dass er seit Jahren jede verdammte Nacht allein ist, die verkalkte Maschine, der hervorgeholte Klappstuhl, die Schuppen auf seinen Schultern, von denen bestimmt auch ein paar in den Kaffee gerieselt sind … und während Montag nun das nächtliche Fernsehprogramm vor sich hin stammelt, tut es Colleen schon wieder leid. Man sieht, dass er nicht gerade ein Junggeselle aus Überzeugung ist, wahrscheinlich deprimiert ihn das nächtliche Klopfen in der Wohnung über ihm zutiefst – halt, ist da doch ein Motiv, nein, nein, der Typ könnte nicht mal die Silberfische in seiner eigenen Badewanne erledigen –; wie gefühllos von ihr, seinen wunden Punkt so gnadenlos gegen ihn auszuspielen. Colleen überkommt plötzlich so ein dreckiges Gefühl, als hätte sie jemanden beim Kacken beobachtet. Und es genossen. Sie springt überhastet auf, ihr Stuhl kippt auf die Fliesen. Sie stammelt irgendwas wie »Danke, wir melden uns bei ihnen« und verlässt fluchtartig die Wohnung.

Als Colleen die Treppenstufen hinaufhastet, merkt sie, dass sie noch immer die Tasse in der Hand hält, und sieht am zögernden Einatmen von Montag in der Wohnungstür, dass er dies auch bemerkt hat, aber sich offensichtlich nicht traut, darauf hinzuweisen (doch schuldig?). Eigentlich eine ganz gute Masche, um morgens an Kaffee zu kommen, denkt sie, oder noch besser, eine Szene, um einen verpennten Kommissar in einem Krimi zu charakterisieren, der nur schnell einen starken Kaffee haben will und deswegen gänzlich Unverdächtige befragt.

Im Treppensteigen trinkt Colleen einen Schluck – igitt, die reinste Batteriesäure –, und lässt die heiße Plörre aus ihrem Mund zurück in die Tasse fließen. Sie stellt den Kaffee auf dem Treppenabsatz ab, to take away. Wann geschieht endlich mal ein Mord über ihrem Lieblingscafé?

5
KENNY

Kenny saß an seinem üblichen Platz in der hintersten Ecke der Mensa. Eingezwängt zwischen einer gigantischen Topfpalme und dem Geschirrabräumband hockte er an einem Einzeltisch und löffelte hochkonzentriert rosa gefärbten Joghurt aus der dafür vorgesehenen Vertiefung im Mensatablett. Wenn er nicht gerade an einem Hackathon teilnahm oder im Darkweb mit russischen Auftragskillern konferierte, saß er immer an genau diesem Platz, zu genau dieser Zeit, den Kopf über das Tablett gesenkt, taub für die vom Waschbeton widerhallenden Gesprächsfetzen, das Fiepen der Mensakarten an den Kassen und das Surren des Bandes neben ihm. Bei einem derart vorhersehbaren Verhaltensmuster half es auch nichts, dass Kenny sein Smartphone weggeworfen hatte, weil das seine Bewegungsdaten aufzeichnete. Wenn eine US-Drohne hinter ihm her war, würde sie ihn hier schon finden – sie musste nur die Kassiererinnen nach dem komischen Typen im Edward-Snowden-Kapuzenpulli fragen. Klar würden dann als Kollateralschaden ein paar Medizinstudenten zu blutigen Fleischklumpen verarbeitet, aber da war man bei Ziegenhirten am Hindukusch schließlich auch nicht so zimperlich. Je wirrer der Kopf, desto mehr Struktur braucht er wohl, dachte Bryan, während er zwischen den mit Wackelpudding bekleckten Tischen auf Kenny zusteuerte. Er schlich sich von hinten an und schlug ihm auf den Rücken.

»Na, wie war die Party?«

Kenny fuhr vor Schreck zusammen, und ein leiser Schrei entwich seinen Lippen. Er verschluckte sich fürchterlich am Joghurt, würgte und spuckte, bis seine Gesichtsfarbe röter war als die Ketchuppfütze auf dem Tablett.

Bryan zog sich einen Stuhl heran und steckte sich eine labbrige Pommes in den Mund. Kauend starrte er auf das Plastiktablett, in dessen Vertiefungen roter Heringssalat, Fritten und gebratene Hähnchenschenkel lagen. Kaum zu glauben, dass es weder Universitätsverwaltung noch Studentenwerk für nötig hielten, auch die Naturwissenschaftsmensa upzugraden, während die Geisteswissenschaftler in ihrem lichtdurchfluteten Neubau längst schonend gegarten Biofraß von Porzellantellern pickten. Aber klar, ein kurzer Scan des Publikums genügte, um zu kapieren, dass es Physikern, Chemikern und Informatikern wie Kenny offensichtlich egal war, aus welchem Napf und in welcher Umgebung sie ihre Kohlenhydrate, Eiweiße und Fette in sich hineinschaufelten, solange nur die biochemischen Prozesse, die ihre Körper am Laufen hielten, nach den auswendig gelernten Formeln funktionierten.

»Sorry. Wollte dich nicht erschrecken«, sagte Bryan, als Kennys Gesichtsfarbe langsam zur üblichen Leichenblässe zurückkehrte. Der winkte ab.

»Schon gut. Bin in letzter Zeit ein bisschen schreckhaft.«

Bryan zog mit einem vielsagenden Grinsen an einem imaginären Dübel, aber Kenny schüttelte vehement den Kopf. Mit dem Kiffen hatte das gar nichts zu tun. Garantiert nicht.

»Nur weil du paranoid bist, heißt das nicht, dass du nicht verfolgt wirst.« Kennys Finger trippelten nervös auf dem Tisch herum. Wetten, wenn man eine Tastatur darunterlegte, kämen irgendwelche Codezeilen heraus, wie bei Trockenübungen eines Pianisten?

Diese Fingerfertigkeit hatte Bryan schon auf der Erstsemester-Olympiade beeindruckt, wo sie vom Rand aus zugesehen hatten, wie halbnackte Achtzehnjährige, die gerade ihre Jeans zu einer Kleiderschlange zusammengebunden hatten, im Topfschlagen um Jägermeister-Shots wetteiferten. Es gab zugegebenermaßen Schlimmeres auf dieser Welt, aber Bryan machte nicht mit, weil er zu cool, und Kenny, weil er zu verklemmt war, wobei das eine ja nur eine Spielart des anderen ist – möglicherweise war es also auch umgekehrt. Kenny hatte damals mit atemberaubend wenigen Handgriffen einen Verlegenheitsjoint gerollt, dessen gemeinsame Vernichtung der Beginn einer jahrelangen Freundschaft war.

Ob Kenny überhaupt noch studierte, keine Ahnung, aber weil er den ganzen Tag im abgedunkelten Computerlabor und mittags in der Mensa rumhing, ging Bryan davon aus, dass noch keiner seiner Versuche, mit OpenSource-Software die Weltherrschaft an sich zu reißen, gezündet hatte. Das Talent dafür war ihm gewissermaßen in die Wiege gelegt: Schon sein Großvater war angeblich im Zweiten Weltkrieg als widerständiger Kryptoanalytiker an der Entschlüsselung des Enigma-Codes beteiligt gewesen. Jedenfalls schaffte Kenny es gerade so, seine Hochbegabung durch intensives Kiffen auf ein für Sozialkontakte erträgliches Maß herunterzudämpfen, auch wenn er dafür in Kauf nahm, dass er regelmäßig gefährlich nah an schizoiden Episoden entlangschlitterte.

Bryan betrachtete die Schlafkörner in Kennys Augenwinkeln.

»Du bist zu viel im Darkweb, Alter«, sagte er.

Kenny zuckte mit den Schultern. Abgesehen von den dunklen Adern in seinen Augenringen und der fahlen Hautfarbe, die davon herrührte, dass Bildschirme jeglichen Farbansatz aus seinem Gesicht saugten, hielt er sich für einen Informatiker eigentlich ganz wacker, fand Bryan. Trotz der IT-typischen Ernährung war seine Gesichtshaut kein Minenfeld, dazu schaute sein strohblonder Schopf surfermäßig unter einer Basecap hervor, die er neuerdings wohl trug, um sich seltener die Haare waschen zu müssen. Dass nie was mit irgendwelchen Girls lief, konnte also nur an den verknitterten Hemden liegen, denen man ansah, dass er sie aus einem riesigen Wäschehaufen in der Zimmerecke gezogen, daran gerochen, und dann achselzuckend übergestreift hatte. Seit Bryan seinen Freund im ersten Semester mal aus dem Wohnheim abgeholt hatte, rätselte er, ob dieser Haufen nun aus Dreckwäsche oder aus frisch gewaschener Kleidung bestand, die auf dem Boden trocknen sollte. Wahrscheinlich lag die Wahrheit, wie so oft, in der Mitte. Und auch jetzt wehte ein leichter Modergeruch zu ihm herüber, der sich in beide Richtungen deuten ließ.

»Hast du den Tabak dabei?«

Bryan kramte in seinen Hosentaschen. Das war das letzte Mal, dass er Kenny eine Packung Drehtabak mitbrachte, weil der mit seinen blonden Härchen auf der Oberlippe maximal wie fünfzehn aussah und keinen Perso besaß. Selbst schuld, wenn er aus Hacker-Ethik biometrische Passfotos ablehnte.

Er warf den Tabak auf den Tisch und wartete, dass Kenny im Gegenzug was rüberwachsen ließ, aber der ordnete lieber seine Pommes in komischen Mustern an, die Bryan an Zeichen erinnerten, wie sie Außerirdische auf südamerikanischen Hochebenen hinterlassen hatten (er hatte da gerade so eine Doku auf YouTube gesehen). Also noch ein bisschen Smalltalk.

»War kein Problem, mit meiner Einladung reinzukommen, oder?«

»Easy. Nur Laura fand's nicht lustig. Dachte wohl, ich bin ein Sicherheitsrisiko.« Kenny stach seine Gabel tief in einen Hähnchenschenkel. »War aber ganz brav.«

»Wieso warst du überhaupt so scharf drauf, da hinzugehen? Gibst dich doch sonst nicht mit denen ab«, sagte Bryan.

»Hatte gehofft, einen alten Bekannten zu treffen.« Kenny stach seine Gabel tief in einen Hähnchenschenkel. »Er schuldet mir was.«

»Was hat Laura denn sonst so gesagt?«, frage Bryan beiläufig und schnappte sich noch eine Pommes.

»Hat die ganze Zeit nur von ihrer idiotischen App geplappert, die da präsentiert wurde. Hab nicht zugehört.« Kenny starrte in sein Essen.

Bryan zögerte. »War das ihre Idee mit der Geheimtinte?«

Kenny verdrehte die Augen. »Frag sie doch selbst, wenn's dich so brennend interessiert.«

Würde Bryan ja machen. Wenn sie im letzten halben Jahr nur einmal ans Telefon gegangen wäre oder die Tür aufgemacht hätte, als er bettelnd davor stand. Und jetzt auch noch diese miese Aktion mit der Einladungskarte. Er fand das alles geschmacklos.

»Hab ich sonst irgendwas verpasst?«

»Nee.« Kennys Gesicht verfinsterte sich. »Ab zwei war eh keine Sau mehr da. Die Girls waren alle schon vorher per Tinder verabredet. Die treffen sich nur noch zur Gesichtskontrolle, dann ab ins Bettchen.« Er warf seine zerknüllte Serviette aufs Tablett. »Gib mal dein Handy.«

Bryan runzelte die Stirn. Seit Kenny nur noch dieses uralte Nokia zum SMS-Schreiben hatte, musste ständig sein Smartphone für irgendwelche Demonstrationen herhalten, und Kenny patschte mit seinen Fettfingern darauf rum. Widerwillig schob er es über den Tisch.

»Hier, guck dir das an.« Kenny scrollte durch die Fotos auf den Instagram-Accounts von weiblichen Bekannten, die in knappen Bikinis, Sportklamotten und Abendkleidern in die Kamera flirteten. Na gut, Bekannte war gelogen, sie kannten Kenny nicht wirklich, nur er sie. Vom Sehen. Okay, vom Sehen online.

»Das ist doch nicht mehr normal«, sagte Kenny und knallte das Handy auf die Tischplatte. Bryan steckte es schnell wieder ein, bevor es noch ernsthaften Schaden nahm.

»Warum versuchst du's nicht selbst mal mit Tinder?«, fragte er.

»Der größte revolutionäre Akt dieser Zeit ist es, eine nichtöffentliche Person zu sein – Edward Snowden.« Kenny zog seine Basecap noch weiter ins Gesicht, als baumelte eine Überwachungskamera über ihren Köpfen. Bryan musste grinsen. Klar, Kenny war schon etwas merkwürdig, aber er war nun mal sein Freund. Und er hatte das beste Weed.

»Fuchs, wie immer?« Endlich kramte Kenny in seiner Hosentasche, warf Schlüsselbund, für Filtertips zerrissene Flyer, eine zerfledderte Tablettenpackung auf den Tisch. Dann ein Tippen auf Bryans Knie, und automatisch glitt seine Hand unter den Tisch. Die Finger schlossen sich um das in Alufolie eingewickelte Gras. Ein zerknitterter Fünf-Euro-Schein wanderte in die Gegenrichtung.

Der Preis war rein symbolisch, denn zur Zeit nutzte Kenny seine Hochbegabung vor allem dafür, auf einer Online-Pokerplattform Neulingen das Geld aus der Tasche zu ziehen. Er spielte gleichzeitig an bis zu acht virtuellen Tischen, berechnete blitzschnell die Gewinnchancen seiner Karten und den nötigen Einsatz, und an jedem einzelnen kassierte er die Kohle der Noobs. Einmal hatte er bei einem Turnier sogar einen Porsche gewonnen, aber nachdem das Auto eine Nacht auf der Straße gestanden hatte, legten irgendwelche Anarchisten Grillanzünder auf die Reifen und fackelten die Karre bis aufs Gerippe ab. Kenny hatte nur müde gelächelt und gesagt, er mache es sowieso nicht wegen der Kohle.

Weil sie beide auf den kurzen Thrill des illegalen Deals standen, beharrte Bryan darauf, wenigstens den symbolischen Preis für sein Gras zu zahlen. Deshalb trafen sie sich in der Mensa, einem öffentlichen Ort, an dem man potenziell beobachtet, aber garantiert nicht erwischt wurde. Genau das richtige Ausmaß an Kitzel für zwei Lappen wie sie.

Obwohl die Transaktion abgeschlossen war und Bryan sich eigentlich in zwölf Minuten an die Fersen von Frau Millers untreuem Ehemann heften musste, setzten sie sich auf eine Plastikbank auf dem Vorplatz der Mensa und bauten erst mal einen auf. Während sie rauchten, beobachteten sie die Erstsemester, die in kleinen Grüppchen vom Chemie-Gebäude herüberschlenderten. Neunzig Prozent Männerquote, hoher Funktionsjackenanteil, ein paar Einzelgänger dahinter, meist in Schwarz, lange, fettige Haare, potenzielle Gefährder.

»Jeder von denen kann nach zwei Semestern einen Hörsaal blonder Bio-Studentinnen mit einem selbst gebrauten Chemiecocktail auslöschen«, sagte Kenny. Dabei klang er fast neidisch.

Irgendwo schlug eine Kirchenuhr dreimal. 15 Uhr, Showtime. Bryan lehnte sich zurück, betrachtete das Glitzern des Lichts auf dem überfrorenen Schnee und grinste. Eine Sonnenbrille wäre nicht schlecht. Er war schon wieder leicht stoned. Jedweder Enthusiasmus, sich in den Renault Clio zu setzen und Herrn Miller von der Arbeit zum Fitnessstudio, zur Autowaschanlage, zu einer Fußballkneipe, zum Kondomautomaten und schließlich vor das Haus seiner Angebeteten zu folgen, war verflogen. Der ganze Auftrag kam ihm plötzlich vollkommen sinnlos vor. Weil er es war. Aber vielleicht gab es ja noch eine andere Möglichkeit, die Sache mit Minimalaufwand zu erledigen. Er sah Kenny von der Seite an.

»Kannst du für mich eine Dating-Website hacken?«

6
HOME SWEET HOME

Colleen hockt auf der Toilette und starrt in die Trommel der Waschmaschine. Schaumige Slips, BHs und T-Shirts drehen dort ihre Kreise, bis die Maschine abrupt stoppt, alles herunterklatscht und sie nach einigem Gegrummel wieder losdreht. Warum wäscht Martin neuerdings ihr Zeug mit, ohne zu fragen? Aus der Küche hört sie ihn mit Pfannen und Töpfen hantieren, er pfeift einen Song vor sich hin, dann beginnt der Schleudergang und erstickt alle Geräusche um sie herum. Endlich kann sie nachdenken.

Der Rest des Tages ist nur so ein Gucken gewesen. Erste Nachforschungen haben ergeben, dass die Mieterin der Wohnung, Elisabeth Jones, tatsächlich vor ein paar Monaten im Alter von 72 Jahren gestorben ist: Ihr Neffe Harry Jones hatte sie mit blau verfärbtem Gesicht in ihrer Wohnung entdeckt, erstickt an einem Stück Gulasch. Colleen war ziemlich überrascht, ihre eigene Unterschrift unter der geschlossenen Akte zu finden – sie hat keinerlei Erinnerung an die Wohnung und an die alte Frau Jones. Manche Fälle erledigt sie einfach wie auf Autopilot.

Eine Nachfrage bei der Hausverwaltung hat ergeben, dass die Wohnung nach wie vor an Frau Jones vermietet ist, aber drei Monate im Rückstand, und von Untermietern wisse man nichts. Bei der Betroffenheitsbekundung hat die Stimme der Sachbearbeiterin kurz pflichtschuldig gezittert, dann aber schnell auf Business as usual umgeschaltet: Wann denn die Arbeiten am

Tatort abgeschlossen seien, damit man schnell die Räumung in die Wege leiten könne, bevor der Boden allzu sehr unter den Blutresten leide? Die Aussage des Zeitungsboten, den Colleen wegen seines melodramatischen Auftritts zuerst für den Ehemann gehalten hat, trug auch nicht besonders viel zur Klärung bei: Er hatte durch die offene Tür einen bleichen Fuß auf dem Parkett gesehen und die Polizei gerufen, jetzt beschäftigt er rund um die Uhr zwei Polizeipsychologen. Hätte er mal auf die Berufsberatung gehört, als es hieß, die Zeitungsbranche sei dem Tode geweiht.

Bei der toten Frau im Bademantel wurden keine Ausweispapiere gefunden, sie war nicht als vermisst gemeldet, ihre Fingerabdrücke tauchten in keiner Datenbank auf. Die einzige Spur ist der Neffe, Harry Jones, ein polizeibekannter Kleinkrimineller, bisher hauptsächlich durch Ladendiebstahl und Körperverletzung aufgefallen, von wo es bekanntlich nur ein Katzensprung zu lebenslänglichen Geschichten ist. Vielleicht muss man dann den Gulasch-Tod von Tante Jones auch noch mal aufrollen, denn man weiß ja: Die meisten Unfälle passieren im Haushalt, und 90 Prozent der Morde werden von Angehörigen verübt.

Kurz vor Feierabend hat Colleen Harry Jones deshalb zur Fahndung ausgeschrieben und ein paar Streifenbullen zu seiner letzten gemeldeten Adresse geschickt. Dann hat sie noch eine halbe Stunde auf einem Hartplastikstuhl im Büro ihres Chefs gewartet, bis seine Sekretärin sich herabließ, ihr mitzuteilen, dass der längt gegangen war, Hochzeitstag usw.

Colleen seufzt und drückt auf den Abzug (der Toilette). Das ist im Wesentlichen ihr Tag gewesen.

Durchs offene Fenster dringen Gelächter und das Klacken von Bierflaschen aus dem *Feinkost Tarnow*, einem ehemaligen russischen Lebensmittelgeschäft unter ihrer Wohnung, in dem sich jetzt eine Bar befindet, die aus Hipness-Gründen Namen und Inneneinrichtung der Vormieter beibehalten hat. Zwar missachten die Gäste regelmäßig die Nachtruhe, aber der Wodka Tonic da unten ist wirklich hervorragend, und schließlich hat Colleen niemand gezwungen, ins Szeneviertel zu ziehen. Seit der Hochzeit (das Ehegattensplitting macht's möglich) können Martin und sie sich endlich eine Wohnung leisten, die pro Quadratmeter locker drei Euro über dem Mietspiegel liegt, 3 ZKB, inklusive Südbalkon, Stuckdecke und einem schlechten Gewissen, dass wohl eine türkische Familie für die Luxussanierung die Wohnung räumen musste.

Martin hat das Lied gewechselt und pfeift jetzt *ACAB – All Cops Are Bastards.* Colleen lächelt. Sie nimmt das als Kompliment, schließlich haben sie sich zu diesem Song kennengelernt. Sie war damals noch in der Hundertschaft, und ihre Staffel hatte mal wieder den samstagnachmittäglichen Auftrag, irgendeine Demo niederzuknüppeln. Mitten im Protestmarsch fuhr ein Lkw mit einer Bühne drauf, auf der eine völlig zu Recht unbekannte Punkband namens *Gaumenspalter* auf ihre Instrumente einprügelte. Ihr größter Hit war ein entsetzliches Getrümmer namens *ACAB*, und der Refrain, den der Frontmann zu charmanten vier Akkorden (A, C, A, B, was sonst) und dem holprigen Rhythmus einer geplatzten Doppelbasstrommel ins Mikro würgte, lautete so:

»Alle Cops, alle Bullen — Schweine!
Was kriegen diese Wichser? — Steine!
Alle Cops, alle Bullen — Schweine!
Wir pissen auf ihre — Gebeine!«

Colleens Springerstiefel wippten amüsiert zum Geschrei des süßen Frontmanns in der Lederjacke, und als es irgendwann einen Kessel gab, drückte sie ihm erst ihren Mehrzweckeinsatzstock in die Kniekehlen und fesselte ihn dann mit Kabelbindern – ihre erste richtige Verhaftung, da war die Romantik ja vorprogrammiert. Er schrie sie an von wegen Bullenschwein, er sei Jurist und von der Roten Hilfe, aber da hörte sie schon gar nicht mehr richtig zu, spielte mit den Kampfhandschuhen in ihren Haaren und grinste ihn zunehmend verschossen an. Tja, und wie das Leben so spielte, waren sie beide bald der Beweis, dass nicht nur Polizei und Nazis unter einer Decke stecken, sondern mitunter auch die Antifa, und es gab Colleen anfangs immer einen Kick, ihren persönlichen Andreas Baader auf Gartenparties der Kollegen mitzunehmen, die alle schon zwei Kinder hatten und CDU oder schlimmer wählten.

Jetzt arbeitet Martin selbst 9-to-7 und ist durch und durch Realo geworden. Ihr zuliebe, wie er so gerne betont, ohne dass es irgendwie witzig wäre. Vermutlich weil er die kognitive Dissonanz zwischen Bullenhass und Bullenliebe auf Dauer nicht ausgehalten hat, denkt Colleen, hach ja, echte Liebe ist einfach stärker als jede Ideologie.

Sie geht zu ihm in die Küche und bleibt schockiert im Türrahmen stehen. Seine Haarmatte ist über Nacht ersetzt worden durch eine gewachste Kurzhaarfrisur, wie gemacht für anthrazitfarbene Businessanzüge. Sie fühlt sich irgendwie verraten. Nach den Stahlhelmfrisuren, Bürstenschnitten und blankpolierten Kanonenkugeln, die sie den lieben langen Tag auf dem Präsidium bewundern darf, war Martins unzähmbare Haarpracht immer ein fester Bestandteil ihrer abendlichen Verdrängungsroutine. Und eine letzte Erinnerung an ihre wilde Jugend. Sie wuschelt ihm durch die Haare, um noch ein bisschen was zu retten. »Lass mal.« Er drückt sie sanft von sich weg und richtet seine Frisur.

Achselzuckend geht sie ins Arbeitszimmer.

Der Winkel, in dem sie gestern Abend ihren Laptop zugeklappt hat, ist verändert. Sie nimmt das Geodreieck, das zu diesem Zweck in der obersten Schreibtischschublade liegt, und misst nach. 35 statt 45 Grad. Klar, das kann auch an den ausgeleierten Scharnieren liegen, aber bisher ist das noch nie passiert. Sie hat den Browserverlauf gelöscht, das weiß sie genau, kann sich an den Klick und die Lösch-Bestätigung erinnern, trotzdem fährt sie nervös den Rechner hoch.

Keine Ahnung, ob das paranoid ist, aber seit kurzer Zeit hat sie das Gefühl, dass irgendwer kontrolliert, was sie auf ihrem Computer macht. Sie hat zwar eigentlich nichts zu verbergen und deshalb auch nichts zu befürchten – wäre da nicht diese klitzekleine Sache, zu der ihre Freundin Carmen sie überredet hat, als Martin gerade von der Kanzlei für ein halbes Jahr nach San Francisco geschickt worden war …

Der Bildschirmhintergrund, der ihren und Martins Schatten an einem Sandstrand auf Bali zeigt, erscheint, dann nach und nach die Ordnersymbole. Sie klickt auf das Symbol des Browsers, es hüpft ein paar Mal auf und ab, dann öffnet sich das Fenster. Sie gibt den ersten Buchstaben der Seite in die Adresszeile ein, aber kein Menü mit der Liste der besuchten Seiten erscheint, keine verräterische Auto-Vervollständigung, alles ist gelöscht, alles ist gut.

»Kommst du?«

Colleen zuckt zusammen. Zu sehr, denkt sie und dreht sich auf ihrem Schreibtischstuhl zur Seite, den Laptopbildschirm demonstrativ freigebend. Martin steht in der Tür und beobachtet sie, einen Korkenzieher in der Hand, merkwürdig angespannt sieht er aus, aber Quatsch, das ist nur ihr schlechtes Gewissen. Dabei war er es, der entgegen ihren gemeinsamen Plänen in die Staaten abgehauen ist, und alles, was sie für die Zukunft geplant hatten, wurde verschoben.

Martin hat irgendwas gekocht, das sie kommentarlos in sich hineinschaufelt. Währenddessen redet er über seinen Tag in der Kanzlei und was er alles für diese expansionswütige Internetfirma regeln muss, die er mittlerweile als Hauptansprechpartner betreut, und sie streut ab und zu zustimmende Kommentare ein, »Ach, wirklich?« oder »Kann ja nicht sein«. Sie hört dabei durchaus zu und reagiert adäquat auf seine Dialogzeilen, ohne sich jedoch auch nur ein Wort zu merken. Ist es das, was Ehepaare voneinander erwarten? Sie ein warmes Essen, er ein bisschen Aufmerksamkeit, dazu eine halbe Flasche Rotwein; dann gehen sie ins Bett, um noch ein paar Minuten auf ihren Smartphones herumzuscrollen, und dabei denken sie beide, dass der andere im blauen Licht des Displays ganz schön alt aussieht.

»Irgendwelche neuen Fälle?«, fragt Martin.

Sie stochert im Essen rum, schüttelt den Kopf. Irgendwas hält sie davon ab, ihm von der Toten im Bademantel zu erzählen, und es ist nicht die Benimmregel, beim Essen nicht von Gemetzeln zu sprechen – sie sind da beide eher hartgesotten. Komisch, normalerweise lädt sie solchen Kram gern bei ihm ab, wie Paare das nun mal tun, aber irgendwie hat sie das Gefühl, die Sache ist nicht für seine Ohren bestimmt.

Scheiße. Martin hat sie noch irgendwas gefragt und sieht sie jetzt erwartungsvoll an. Colleen kaut demonstrativ und schluckt umständlich, trinkt noch einen Schluck Wein.

»Wie bitte?«

»Du weißt, dass ich morgen auf diese Teambuilding-Maßnahme fahre?«

»Ach ja.« Sie hat ihn dafür schon ausgiebig verspottet. »Holzhacken, Feuermachen, Orientieren im Wald. Survival of the fittest, ich erinnere mich.«

Martin tut so, als habe er den Klang ihrer Stimme überhört, und schüttet Wein nach.

»Hab keinen Handyempfang dort. Also wunder dich nicht, wenn du nichts von mir hörst.«

Colleen sieht auf.

»Ich dachte, ihr fahrt nach Brandenburg, nicht nach Kambodscha.«

»Man muss es abgeben«, erklärt er. »Die Idee ist, voll da zu sein, sich auf die Kameradschaft einzulassen, nur mit der engen Bezugsgruppe, die vor Ort ist.«

»Und eure Kolleg*innen*?«, bohrt Colleen, und will die Wörter gleich wieder runterschlucken, weil sie sich selbst bei dem Gedanken ertappt, dass sie Frauen offensichtlich kein Holzhacken, Feuermachen, Orientieren zutraut. Das häuft sich in letzter Zeit. Darauf wird sie achten müssen.

»Na ja … es ist diesmal eher eine freiwillige Sache. Da kommen nicht alle mit.«

»Ach so?« Colleen sieht von ihrem Teller auf. »Wenn du dich als Mann selbst verwirklichen willst, könntest du auch mal die Wohnungstür reparieren. Die klemmt nämlich.«

Das ist ihr Wort zum Sonntag. Und damit ist die Sache gegessen.

Kurz vor dem Einschlafen – Colleen hat sich schon zur Seite und von Martin weggedreht – denkt sie daran, dass sie morgen früh, wenn er zur Kanzlei gegangen ist, nachholen wird, was sie heute wegen des mysteriösen Ringfingermords nicht geschafft hat: sich mit einer Tasse Kaffee vor ihren Laptop zu setzen, die Seite zu öffnen, und dort wird auf ihrem Profil das Brief-Icon, das neue Nachrichten verspricht, bestimmt schon verheißungsvoll blinken.

7
SIDESTEPPING

»*SideStep – Das Seitensprung-Portal für Verheiratete?* Wer kommt denn auf so einen Scheiß?«

Kenny und Bryan saßen am Fenster der Detektei und blickten auf den Bildschirm. Darauf war ein Foto von einer blonden Frau mit einer venezianischen Karnevalsmaske zu sehen, die ihren Zeigefinger auf die verführerisch geschminkten Lippen legte.

Die Routine holt noch die größte Liebe ein. Im Alltag einer Ehe bleibt kaum Zeit für Romantik. Die Leidenschaft schläft ein. Und plötzlich dieser Moment, der unser Herz höherschlagen lässt: ein unverhoffter Blickkontakt, eine zufällige Berührung, ein Lächeln auf der Straße ... Doch viel zu selten folgen wir dem Instinkt und verlassen unsere Komfortzone. Aus jahrelanger Schüchternheit? Aus Angst vor Zurückweisung? Aus Angst, unsere Ehe zu gefährden?

SideStep ist der diskrete Weg zu Ihrem Abenteuer. Bringen Sie die Leidenschaft zurück in Ihr Leben. Folgen Sie den Schmetterlingen in Ihrem Bauch. Haben Sie eine Affäre. Bei *SideStep* finden Sie gleichgesinnte Männer und Frauen für außereheliches Dating, an einem Ort frei von Urteilen. Garantiert anonym, diskret, erfolgreich.

SideStep – der anonyme Weg zu Ihrem Seitensprung.

Kenny schüttelte den Kopf.

»*SideStep*, dämlicher geht's nicht. Und dann auch noch falsch übersetzt.« Er scrollte runter bis zum Impressum. Auf dem Bildschirm erschien der Schriftzug von *Valhalla Capital*, einem Risikokapitalgeber, der ziemlich erfolgreich in Internet-Start-ups investiert hatte. Das Logo zeigte eine Hand, die das Victory-Zeichen machte.

»War ja klar«, sagte Kenny verächtlich. »*Whatever Capital.*«

Irgendwas an dem Namen hatte ihn angeknipst. Seine Finger flogen über die Tasten, als wäre im Joint kein gemütliches Haze gewesen, sondern ein extremer Aufputscher.

»Sag mal die E-Mail-Adresse von deinem Opfer.«

Bryan diktierte ihm die Adresse, die Frau Miller auf dem Computer ihres Mannes gefunden hatte. Er hatte selbst schon versucht, mit einer Liste der häufigsten Passwörter – *hallo123, passwort, kennwort, schalke04* – in den Account reinzukommen, aber nach ein paar Versuchen aufgehört, damit das Konto nicht gesperrt wurde.

»Ach ja. Bevor ich anfange.« Kenny hielt inne. »Könntest du das vielleicht in die Waschmaschine packen?«

Er zeigte auf den Wäschebeutel, den er beim Reinkommen in die Ecke geworfen hatte. »Die Maschine im Wohnheim ist kaputt.«

Oder er hatte mal wieder kein Kleingeld. Nur Bitcoins. Bryan zögerte. »Und du kriegst das wirklich hin?«

Kenny verdrehte die Augen. »Ich mach mein Ding, du machst deins. Ein jeder nach seinen Fähigkeiten.«

So ein Bastard. Aber Bryan hatte keine Wahl, wenn er nicht wieder tagelang im Clio rumkrebsen wollte. Er schnappte sich den Sack und trottete rüber in die Wohnung. Kurzwaschgang musste aber reichen.

Während Kenny tippte und in gelegentlichen Denkpausen die 360-Grad-Funktion des Schreibtischstuhls nutzte, um die am Schaufenster vorbeilaufenden Frauen auszuchecken, stopfte Bryan die muffige Wäsche in die Maschine, kochte Kaffee, baute ein paar Reservejoints, schickte seinem Vater eine Nachricht – *Gut angekommen? Schon Gulasch gegessen? Meld dich mal* –, räumte den Desktop und den Papierkorb seines Computers auf, warf ein paar Schneebälle auf die Kinder von gegenüber und kühlte anschließend die pulsierende Beule an seinem Kopf, denn in einem gegnerischen Schneeball war ein fetter Stein drin gewesen. Hinterfotzige Akademiker-Kinder.

Trotzdem verstrich die Zeit unendlich langsam, nur rhythmisiert durch das Tippen und den regelmäßigen Glockenton einer Fehlermeldung, gefolgt von Kennys unverständlichem Fluchen, wahrscheinlich irgendein russisch-arabischer Hackerslang. Aber man kapierte auch so, dass Kenny den Laptop, das Betriebssystem, die Softwareentwickler und ihre Mütter und Großmütter bis in die erste Generation aufs Übelste beschimpfte.

Bryan hatte gerade die saubere Wäsche über Garderobenhaken, Regale und Zimmerpflanzen verteilt, da stieß Kenny sich mit dem Schreibtischstuhl vom Schaufenster ab und schlitterte mit gereckten Armen durch den halben Raum.

»Yes!!!«

»Bist du drin?« Bryan warf das letzte Shirt über den Schirmständer und stellte sich hinter Kenny.

»Nein. Aber ich hab was viel Besseres.«

Auf dem Bildschirm war eine Excel-Tabelle zu sehen, in der sich endlose Buchstaben- und Zahlenkolonnen reihten.

»Was soll das sein?«

»Das, mein Freund, ist eine Datenbank mit den E-Mail-Adressen, Passwörtern und Kreditkartendaten sämtlicher Nutzer unserer Fremdgeh-Seite! Wenn sie die App auf dem Handy installiert haben, sogar inklusive Telefonnummer«, sagte Kenny betont unaufgeregt und zündete sich einen Joint an. »Müssten so um die 300.000 sein.«

»Wo hast du die her?« Bryan zog sich einen Stuhl heran. Das war hunderpro illegal.

»Chill. Im Darkweb kriegst du Datenbanken zu jeder x-beliebigen Website.« Kenny reichte Bryan den Joint rüber. »Wollen wir doch mal sehen, ob wir in das Profil unseres Casanovas reinkommen.«

Er kopierte Herrn Millers Passwort aus der Datenbank und gab es zusammen mit der E-Mail-Adresse auf der Dating-Website ein. Schon waren sie drin.

»Schickes Foto.« Bryan musste grinsen. Das Profilbild zeigte einen blassen Mann mit Sonnenbrille, der am Strand seine zweieinhalb Bauchmuskeln anspannte. Wahrscheinlich hatte Frau Miller höchstpersönlich im Urlaub dieses Bild geknipst, und er buhlte jetzt damit um einen Seitensprung. Für zarte Gemüter wäre allein das ein ausreichender Scheidungsgrund.

Name: Kaktus_BLN
Größe: 190 cm / finde es selbst heraus ;)
Sternzeichen: Widder
Hobbys: Reisen, Sport, du-weißt-schon-was-;)
Ich stehe auf: Frauen, die wissen, was sie wollen und das auch sagen.
Ich erhoffe mir: Spaß und Würze, die im Alltag leider manchmal zu kurz kommt. Suche nach nichts Dauerhaftem.

Kenny klickte auf den leuchtenden Nachrichten-Button. Neue Mitteilung von *blondinberlin1971*. Er scrollte sich kichernd durch den Chatverlauf.

»Sie treffen sich jeden Dienstag bei ihr zu Hause, wenn er seiner Frau sagt, dass er mit den Jungs Champions League schaut.

Die Adresse ist Lauterstraße 15. Brauchst nur noch mit dem Fotoapparat vorbeifahren. Ist 'ne Sache von fünf Minuten.«

Kenny hielt Bryan die offene Hand hin. »Das macht dann 50 Prozent.«

Er grinste breit.

»Nur ein Scherz. Was ist unser nächster Fall?«

Bryan zuckte die Schultern. Selbst wenn er diesen Job erledigt hätte, war die Perspektive mehr als mau. Seit Tagen saß er im Büro herum und wartete, dass irgendwas passierte, aber das Telefon blieb stumm. Ihm war schon der Verdacht gekommen, dass man ihnen wegen unbezahlter Rechnungen den Saft abgestellt haben könnte, aber das Scheißteil funktionierte einwandfrei. Es rief bloß keiner an. Und es kam auch niemand die Stufen zum Büro hinunter, die Bryan extra vom Schnee befreit und den Rest vom Jodsalz aus der Küche darauf gekippt hatte.

Nach nur einer Woche Krankheitsvertretung stand es ihm glasklar vor Augen: Während in finsteren Gassen reihenweise Prostituierte gemeuchelt wurden, hatte sein Vater Putzkolonnen, die Desinfektionsmittel aus Bürogebäuden abzweigten, fotografiert. Während platinblonde Millionärsgattinnen verschwanden und wieder aufgespürt wurden, hatte sein Vater Arbeitnehmer im Krankenstand überwacht. Während in New Yorker Hinterhöfen nachts mysteriöse Telefonanrufe eingingen, die der Beginn eines Mordfalls waren, riefen bei ihnen besorgte Mütter an, die mit der Erziehung ihrer pubertierenden Söhne überfordert waren.

Es gab überhaupt keinen Grund, das Büro weiterzuführen, dachte Bryan, mit den mickrigen Einnahmen kam man schon bald nicht mehr über den Hartz-IV-Satz. In einer Hollywoodserie bräuchte sein Vater wenigstens Geld für die Kur und Bryan wäre gezwungen, deswegen der größte Detektiv aller Zeiten zu werden; oder wenn es 1950 wäre, gäbe es vielleicht noch so was wie Familienehre, und er müsste den Beruf aus Tradition weiterführen, oder hieße er Philip Marlowe, würde er halt zufällig über eine Leiche stolpern. Selbst wenn sich die Rückenschmerzen seines Vaters als Metastasen eines Lebertumors herausstellen sollten (unwahrscheinlich, denn sein Vater soff nicht eimerweise Whiskey wie ein anständiger Schnüffler), würde die Krankenversicherung das Komplettprogramm von Bestrahlung bis Hospiz bezahlen, kein Problem, keine Notwendigkeit, durch einen spektakulären Fall Unmengen von Kohle ranzuschaffen. Bryan würde dann auch noch die Lebensversicherung abkassieren und könnte sich ein laues Leben machen. Es war einfach frustrierend.

»Hallo?« Kenny wedelte mit der Hand vor seinem Gesicht rum. »Du weißt schon, dass das eine Goldgrube ist, oder?« Er tippte mit dem Finger gegen den Monitor.

Nein, wusste Bryan nicht. Wollte Kenny jetzt die Kreditkartendaten benutzen, um sich eine Pizza mit extra Käse zu bestellen?

»Alles potenzielle Kunden.« Kenny überlegte kurz. »Beziehungsweise deren Partner.«

Er klickte in der Datei herum.

»Der zum Beispiel. Hat mit Kreditkarte bezahlt. Jens Kallweit.« Er scrollte ein bisschen nach unten. »Und hier die GPS-Koordinate des letzten Handy-Log-ins, definitiv Berlin.« Kenny wechselte in den Browser, suchte den Namen im öffentlichen Telefonbuch und bevor Bryan ihn stoppen konnte, tippte Kenny schon die Nummer ins Telefon. Er räusperte sich zweimal, dann begann er, mit einer tiefen Businessstimme zu sprechen.

»Hallo, spreche ich mit Frau Kallweit? Hier Kenneth Gambol am Apparat, von *Auster, Privatdetektive*, Fachdetektei für IT- und Cybercrime. Wir führen als Servicedienstleistung regelmäßige Routine-Scans im Darkweb durch. Bei der Analyse einer illegal im Netz stehenden Datenbank ist der Name Jens Kallweit aufgetaucht. Kennen Sie diesen Mann?« Kenny zeigte Bryan den gehobenen Daumen und zwinkerte dämlich. »Ach, Ihr Ehemann … Das tut uns leid. Es ist unsere gesetzliche Pflicht, Sie über dieses Datenleck zu informieren … Auf welcher Website? Da bin ich leider nicht befugt, Ihnen das zu sagen. Es sind sensitive Daten, wissen Sie … Er ist Ihr Ehemann, na gut, na gut, sind Sie sicher? Das ist nämlich die Sache, es handelt sich um eine pikante Angelegenheit … *SideStep – das Seitensprungportal für Verheiratete.* Ja, da bin ich ganz sicher, ich habe die Datei hier vor mir … Kann ich ja verstehen, dass Sie das aufwühlt …« Kenny wischte sich imaginäre Tränen aus den Augenwinkeln. »Das glauben Sie nicht? Dann gehen Sie mal zum Computer, tippen Sie Sidestep.de ein … Ich warte … Tippen Sie die Mail-Adresse *Jens.Kallweit75@web.de* ein, das Passwort lautet *m02a05* … Das sind die Initialen und Geburtsjahre Ihrer Kinder? Ja, das ist tatsächlich etwas geschmacklos … Hallo Frau Kallweit? Sind Sie noch da? … Ja, wir bieten als Full-Service-Detektei das komplette Paket an. Überwachung, Fotos, gerichtsdienliche Beweise. Detektei Auster, genau. Auster wie die Muschel. Wollen Sie uns zurückrufen? Lieber jetzt gleich? Umso besser. Warten Sie. Ich verbinde Sie mit meinem Kollegen.«

Bryan riss das Telefonkabel aus der Wand.

»Du machst dich strafbar!«, schrie er. »Mit unserer Telefonnummer!«

»Ach Quatsch.« Kenny winkte ab. »Das ist ganz normale Akquise. Machen alle so. Raffst du es immer noch nicht?« Er schaute Bryan an, als wäre er irgendein wirbelloses Geschmeiß. »Das ist ein hammer Geschäftsmodell: Wir filtern alle Nutzer in Berlin heraus, recherchieren ihre Festnetznummern und rufen deren Partner an.«

»Lösch sofort diese Datei!« Bryan versuchte an die Tastatur ranzukommen, aber Kenny knallte den Laptop zu, bevor Bryan irgendeine Taste drücken konnte.

»Löschen? Weißt du, wie viel es gekostet hat, die Datei von den russischen Shadowbrokern zu kriegen? 1,5 Bitcoins!«

Bryan schaute ihn fragend an. Klang nach Kleingeld.

»Das sind mehr als 10.000 Euro! Betrachte es als kleine Anfangsinvestition in unser gemeinsames Geschäft. Ich bin dein Angel Investor!«

Kennys gönnerhafte Art machte Bryan rasend. Er verschränkte die Arme vor der Brust. »Schon mal was von Berufsethik gehört?«

Sein Vater würde komplett ausrasten. Andererseits hatte der wohl sein Handy im Sohlebecken vergessen oder bloß keinen Bock, seinem Sohn zu antworten: Einfach mal sechs Wochen ausspannen, Lymphdrainage und Massage, Wassertreten im Balaton und Bingo mit Rentnern spielen. Und was scherte Bryan sich überhaupt um Berufsethik? Er hatte eine Oma auf der Toilette fotografiert! Und mal ganz ehrlich: Was spießte er überhaupt so rum von wegen Ehre, Wahrheit, Recht? Er war doch nicht Will Smith oder irgendein Trottel von *CSI:irgendwo*! Was wirklich zählte im Leben eines Detektivs, waren Alkohol, Sex und Fäuste!

»Wie viel Leid wir den Leuten ersparen könnten«, säuselte Kenny. »Die haben ein Recht zu wissen, dass sie betrogen werden. Denk nur mal dran, was Laura hinter deinem Rücken abgezogen hat!«

Kurzschluss in Bryans Hirn. Jetzt ging Kenny zu weit. Funken sprühten in seinen Synapsen. Er packte Kenny am Hemdkragen und schleuderte ihn gegen die Schaufensterscheibe, woraufhin der hysterisch zu lachen anfing. Das schrille Kreischen ließ Bryans Blut schaumige Blasen schlagen und gerade wollte er Kenny das Maul stopfen, da legte sich eine schwere Hand auf seine Schulter.

»Na, na, das lassen wir aber lieber.« Eine tiefe, vom Nikotin gegerbte Stimme. »Nicht, dass sich noch jemand wehtut.«

8
ZURÜCK ZUR NATUR

Colleen hat sich vorgenommen, zur Entschleunigung ihres Alltags jeden Morgen fünf Minuten aktiv die Natur zu erleben. Die Vögel, die Bewegung der Blätter, den Geruch getrockneter Erde, so was halt. Nach einer kleinen Session *SideStep* (miese Bilanz) ist es noch angenehm früh – der Bäcker stellt gerade seine Bänke raus, die letzten Feierwütigen schwanken vorbei –, und Colleen hat freie Baum-Auswahl: Sie nimmt eine Linde, glaubt sie jedenfalls, und timed die Zeit auf ihrem Handy, exakt 5:00 Minuten, keine Sekunde länger.

Von Meditation hält sie natürlich nicht das Geringste – Yoga, Esoterik, alles nichts für sie, und klar fühlt sie sich jetzt ein bisschen bescheuert, mitten auf dem Gehweg zu stehen und zuzusehen, wie Tausende Lindenpollen wie Fallschirmspringer auf die Windschutzscheiben der Autos niedergehen, aber das hier ist etwas ganz anderes als Qigong, sie hat sich bloß vorgenommen, mal fünf Minuten nicht an die tote Frau im Bademantel zu denken, im Einklang mit sich selbst und der Welt, und ihr Wille ist eisern.

Aber je länger sie so dasteht, desto bewusster wird ihr die Kontingenz ihres So-da-Stehens, sie fühlt sich plötzlich wie ein Fremdkörper auf dem Gehweg, völlig fehl am Platze, die Passanten beäugen sie, als wäre sie auf einem Trip hängengeblieben, ein dreibeiniger Köter kläfft, weil sie ihm seinen Baum streitig macht, Stimmen dringen auf sie ein: »Brauchen Sie Hilfe?« – »Suchen Sie was?« – »Wollen Sie jemanden anrufen?«, und das alles führt zu einem fast physischen Schmerz: Nur so dazustehen und nichts zu tun und nur in die Luft zu schauen, und kein Blick aufs Handy ist erlaubt, nicht mal, um kurz zu gucken, wann diese elenden fünf Minuten endlich vorbei sind, lang kann es ja nicht mehr sein. Aber sie hält das jetzt aus.

Wenn sie es nicht besser wüsste – sie ist ja schließlich die Exekutive vor Ort – würde Colleen denken, es sei verboten, mitten auf dem Bürgersteig zu stehen und einen Baum anzuglotzen und nicht zumindest irgendeine Beschäftigung vorzutäuschen; sie macht die Leute unruhig wie sonst nur verlassene Gepäckstücke am Flughafen, der Grund für ihre Untätigkeit ist von außen nicht zu entschlüsseln, Colleen ist unheimlich, unberechenbar, mächtig. Aber diese zwischenmenschlichen Banalitäten interessieren sie heute Morgen nicht. Viel interessanter ist gerade die aufgebrochene Borke der Linde, wo sich jetzt diese winzigen roten Tierchen tummeln – oder sind das bloß rote Punkte, die auf ihrer Netzhaut tanzen?

Und irgendwann (bei 4:32 min) entspannt sie sich dann doch noch und wird empfänglich für die Vibes, die seit gestern unübersehbar in der Luft liegen: Endlich ist sie da, diese typische Frühlingshitze, die einen zum Schwitzen bringt, weil man viel zu dick angezogen ist und noch den Winterspeck auf den Hüften hat, und nein, das hat nichts mit der Klimaerwärmung zu tun, das ist das erste Aufbäumen des Sommers gegen den Winter. Es sind die besten Tage in dieser Stadt, findet Colleen: Plötzlich sitzen wieder Leute mit Bier an den Straßenecken, überfüllen die Spielplätze oder vergnügen sich an Badeseen, wo sie sich Glassplitter vom Vorjahr in die Füße treten und die Bäuche mit Pommes rot-weiß vollknallen; die S-Bahnen riechen nach Sonnencreme, Radler und Schweiß, alle tragen Sonnenbrille und Flipflops ... Colleen ist gerade voll im Schwelgemodus, als es plötzlich kalt in ihren Nacken tröpfelt. Uargh, ist das etwa Regen? Aber nein, das ist Plötzlich-Nasswerden-von-überlaufenden-Pflanzen-die-wieder-auf-den-Balkonen-gegossen-werden: das ultimative aller Frühlingsgefühle. Und die hat Colleen in letzter Zeit ziemlich vermisst, wenn sie ehrlich ist.

9
DETECTIFY

»Klopf, Klopf!« In der Bürotür stand – im Mundwinkel eine bis auf den Filter runtergebrannte Zigarette – Mahlow, ein alter Kollege seines Vaters. Gott sei Dank hatte er seinen Köter, einen Dobermann namens Eileen, draußen am Fahrradständer angebunden, sonst wäre Bryan längst durch die Hintertür geflüchtet. Das Tier hatte ihm als Kind den Oberschenkel zerfleischt, weil er auf ihm reiten wollte, und bei Minusgraden juckte die Narbe immer noch fürchterlich. Bryan hätte schwören können, dass so ein hochgezüchtetes Vieh in der Zwischenzeit abgekratzt sein müsste, aber es saß draußen im Schnee, zwar altersschwach und ausgemergelt wie sein Herrchen, aber am Leben.

»Scheißkalt da draußen«, brummte Mahlow, drückte seine Kippe in einem *Auster*-Firmenaschenbecher aus und zündete sich die nächste an. Camel. Wer rauchte denn heute noch so was? Sein blauer Anzug war mal für breitere Schultern geschneidert worden und an den Ellbogen hoffnungslos abgewetzt, die Nase grobporig und das Haar schütter, aber man konnte erahnen, dass er mal ein ziemlicher Hengst gewesen war. Auf Mahlows Hals klebten kleine Vierecke aus Papiertaschentüchern, er hatte sich wohl zu scharf rasiert. Aber dieser sprittige Duft war definitiv kein Kölnisch Wasser, sondern Fusel von der Supermarktkasse.

»Ist Oliver da? Muss mal mit ihm sprechen.«

Mahlow wischte einen Stapel Pizzakartons von einem Stuhl

und setzte sich, ohne sich die Mühe zu machen, die Krümel wegzufegen. Bryan schob eine Akte über einen Aschenbecher mit einem halbgerauchten Joint.

»Der ist auf Kur. Ich vertrete ihn.«

Mahlow lachte heiser: »Du?«

Mit den Fingerspitzen hob er eins von Kennys feuchten T-Shirts hoch.

»Sieht eher aus, als hättet ihr 'nen Waschsalon aufgemacht.«

Mahlow roch an seinem Anzug. »Könnte auch mal wieder 'ne Reinigung vertragen.«

»Willst du 'nen Kaffee?«, fragte Bryan.

»Nur wenn Cognac drin ist. Gib mir lieber 'nen Zug von dem Spliff, den du eben so elegant versteckt hast, Jungchen.«

Er schob ihm widerwillig den Aschenbecher hin. So gern er Mahlow mochte, es gefiel ihm nicht, dass er vorhatte, es sich hier gemütlich zu machen. Er brauchte nur zwei Minuten, und Bryan fühlte sich, als wäre er wieder fünf.

Nachdem er sich zurückgelehnt und ein paar Züge genommen hatte, sagte Mahlow:

»Also. Woran arbeitet Bryan Auster, Nachwuchsdetektiv, denn gerade?«

Er murmelte irgendwas von wegen Telefonakquise, Übergangszeit, saisonalen Schwankungen. Man hätte aber auch schon einige Aufträge erledigt. Stalking von Omas, Drogenhandel und so … Aber um konkurrenzfähig zu bleiben, müsste man das Büro sowieso erst mal ins neue Jahrhundert katapultieren, digitale Transformation, ach was, Disruption nannte sich das, neue Kundenzweige per Internet erschließen. Bryan spulte irgendwelche Floskeln ab, um den Alten zu beeindrucken und gleichzeitig zu langweilen, jedenfalls ihn möglichst schnell loszuwerden.

»Den Internet-Quatsch könnt ihr gleich wieder vergessen«, unterbrach ihn Mahlow und drückte den Joint aus. »Auf die

Idee sind schon andere vor euch gekommen. Deswegen wollte ich ja mit Oliver sprechen.«

Er zog ein Smartphone aus der Innentasche seines Jacketts. Natürlich ohne Plastikhülle, er liebte die Gefahr.

»Schaut euch diese Scheiße an.«

Er hielt ihnen das Display hin. Darauf erschien der Ladebildschirm einer App: eine pulsierende Comic-Lupe vor gelbem Hintergrund. Darunter stand in eleganter Schrift: *Detectify*.

»*Detectify*? Was soll das?« Bryan riss Mahlow das Gerät aus der Hand. Er starrte auf die Beschreibung:

> Sie haben einen Verdacht? Können aber nicht die Polizei einschalten? Sie wollen Gewissheit, ohne dass jemand davon erfährt?
>
> *Detectify* verfügt über ein einmaliges Netzwerk von Privatermittlern, ganz in Ihrer Nähe und zum günstigsten Preis. Vernetzt durch modernste Technologie vermitteln wir Sie an selbstständige Schnüffler, ganz ohne Bearbeitungsgebühren und die angestaubten Methoden traditioneller Detektivbüros. Kein persönlicher Kontakt nötig. *Detectify* – Finde einen Detektiv in deiner Nähe, vertraulich, on demand und ohne versteckte Kosten.
>
> *Detectify*. Erfahre die Wahrheit über jeden und alles.

»Das Schlimmste kommt aber noch.« Mahlow wischte über das Display zum nächsten Text.

> Man sagt von Ihnen, Sie seien unsichtbar? Sie haben ein ausgeprägtes Rechtsbewusstsein? Flexible Arbeitszeiten sind für Sie kein Problem? Sie arbeiten gern selbstständig? GPS-Tracking, Personensuche und § 127 Artikel 1 Absatz 1 StPO sind für Sie keine Fremdwörter?

Dann werden Sie noch heute Privatermittler! Melden Sie sich bei unserer Plattform an, setzen Sie einen Stundenpreis fest, nehmen Sie Aufträge an, wann immer Sie wollen – und schon bald gehen Sie auf Verbrecherjagd!

Detectify. Erfahre die Wahrheit über jeden und alles.

Fuck. Kein Wunder, dass ihr Telefon stillstand. Da brachte es auch nichts, die Treppe zu enteisen, wenn jetzt alles nur noch über eine App lief.

»Jeder kann das machen?«

»*Das ist wie Uber für Detektive*«, flüsterte Kenny. »*Wer Auto fahren kann, kann auch jemanden ausspionieren.*«

Das konnte Bryan zwar aus eigener Erfahrung nicht bestätigen, aber *Uber* hatte Taxifahrer schließlich auch durch Amateure ersetzt. Und welcher Idiot träumte nicht davon, mal Detektiv zu spielen?

»Aber was ist mit der Lizenz?« Bryan deutete auf das vergilbte Dokument an der Wand, das seinen Vater als IHK-geprüften Privatermittler auswies.

Mahlow schüttelte den Kopf. »Rein freiwillig, um seriöser zu wirken.«

»*Das Detektivgewerbe ist völlig unreguliert. Genau richtig für eine Disruption*!«

»Da engagiert doch jeder die billigen Amateur-Schnüffler anstatt jahrzehntelang gestählte Qualitätsdetektive, die ihren Preis haben.« Mahlow machte eine pathetische Pause, dann fügte er hinzu: »Und ihren Stolz.«

Bryan betrachtete Mahlows eingefallene Wangen und den dürren Körper der Hündin, die sich mittlerweile draußen im Schnee zusammengerollt hatte. Von Stolz konnte doch gar keine Rede sein, hier ging's ums nackte Überleben.

»Was nehmen die für ihre ›Vermittlung‹?«, fragte Bryan.

»Noch nichts.« Mahlow winkte ab. »Aber sobald die Marktführer sind, kommt die Provision. Ich weiß doch, wie der Hase läuft.«

»*Schwellenloses User-Onboarding*«, murmelte Kenny. »*Kein Short-Term-Profit beim Produktlaunch, sondern Akzeptanz bei Usern stärken.*«

Bryan verdrehte die Augen. »Was laberst du da eigentlich die ganze Zeit, Kenny?«

Aber bevor der irgendwas antworten konnte, piepste Mahlows Handy.

Sie haben einen neuen Auftrag.

Bryan zog fragend die Augenbrauen hoch. »Ich dachte ...«

Mahlow zuckte mit den Schultern.

»Was soll man machen? Man muss ja mit der Zeit gehen. Die nächste Mieterhöhung kommt bestimmt.«

Er grinste.

»Außerdem haben die mich zu ihrer Launch-Party eingeladen. Wollte eigentlich gar nicht hin, aber die Einladung: erste Sahne. Mit Geheimtinte! Ewig nicht benutzt dieses Zeug!« Er zog eine zerknitterte Karte aus der Jackentasche. »Hab mich erst mal an das Blondchen rangeschmissen, deren Idee das war.« Er leckte sich über die Lippen. »Die hat mich irgendwie an eine Frau erinnert, die ich mal kannte.«

10
IN STAHLGEWITTERN

Colleen parkt ihren Dienstwagen vor dem Klinikhochhaus, das wie ein riesiger Grabstein in der Stadt steckt. Auf dem Parkplatz ist es brüllend heiß, ein paar mickrige Sonnenstrahlen reichen bereits, schon glüht dieser Billigbeton. Nur schwer kann sie sich von der schnurrenden Klimaanlage ihres Toyota Corolla trennen, den sie sich kürzlich mit falschen Angaben vom Fuhrparkmanagement erschlichen hat. Jetzt lebt sie zwar in ständiger Angst, dass jemand den Fehler bemerkt und den Wagen zurückfordert, doch dafür kommt sie nicht mehr mit Schweißtellern unter den Armen zur Arbeit. Zugegeben, einer der für die Drogenfahnder reservierten C-Klassen ist ihr Wagen nicht gerade, aber immerhin auch kein Ford Ka oder Opel Corsa, mit denen die Verkehrspolizisten durch die Stadt zuckeln müssen.

In ihren ersten paar Monaten in der Dienststelle hat Colleen geglaubt, der Fuhrpark bestehe aus dieser kunterbunten Mischung von BMW, Audi, Opel, VW, Toyota und Daihatsu, weil Schleichwerbung in öffentlich-rechtlichen Einrichtungen wie der Polizei verboten ist und deshalb die Dienstwagen von verschiedenen Marken stammen müssen – aber sie sind hier ja gar nicht in einer Fernsehsendung, auch wenn alle so tun, als wäre es eine. Erst dann hat sie erfahren, dass, weil alles Geld in Terrorismus und Cybercrime fließt, also deren Bekämpfung natürlich (auch wenn man durch V-Männer zufällig mal den ein oder anderen Anschlag querfinanziert), die Dienststelle kaum noch eigene Autos kaufen kann und deshalb großzügig beschlagnahmt. Die Drogendealer-Karren werden einfach ausgesaugt, silbern lackiert und temporär mit blauen Polizei-Schriftzügen beklebt, dann kann man sie sogar später noch weiterverkaufen und macht ein paar Hundert Euro für einen Dezernatsumtrunk frei. Klar gilt das auch für die Dienstcomputer, auf denen man manchmal noch die Urlaubsbilder und hündischen Sextapes der verknasteten Vorbesitzer findet, und in puncto Freizeitdrogen ist der Second-Hand-Bedienungsladen »Asservatenkammer« ja sowieso längst etabliert.

Im Fahrstuhl drückt Colleen automatisch auf die UG-Taste, obwohl sie eigentlich in den fünften Stock muss. Jedes Mal irrt sie sich wieder und geht davon aus, die Pathologie müsse im Keller liegen, damit man den Raum mit Neonröhren kalt ausleuchten kann und die Pathologen möglichst blass aussehen (dieser Look gehört schließlich zum Beruf). Aber Kühlschränke kann man bekanntermaßen überall aufstellen, und im Keller muss ja auch noch Platz sein für endlose Versorgungsgänge mit verrosteten Rohren an der Seite. Auf der Suche nach ihrer ersten Leiche ist Colleen hier mal durch die langen, schummrig beleuchteten Katakomben geirrt, vorbei am Bettenlager, einer riesigen Halle voller Bettgerippe, an deren anderem Ende eine gekrümmte Figur mit einem Hammer auf ein Gestell einschlug, an der Wäscherei, in der sich Säcke mit urindurchtränkter Wäsche stapelten, vorbei an einer dreifach verriegelten Tür mit der Aufschrift »Nuklearmedizin, Dr. van Aken«, bis sie in einen Zivi mit blutunterlaufenen Augen hineinrempelte, der hinter einer Brandschutztür rauchte und sie zurück zum Fahrstuhl lotste.

Als nach Colleens Irrfahrt endlich im fünften Stock die Aufzugtüren aufgleiten, tritt sie in einen lichtdurchfluteten Raum, der tatsächlich eiskalt ist, denn die Pathologie hat neben den

OPs als einzige Abteilung des Klinikums eine Klimaanlage, weil sich die Keime sonst im ganzen Haus verbreiten wie auf einem Interkontinentalflug. Colleen fröstelt und zieht ihre Sommerjacke enger um den Körper zusammen. Eigentlich hat sie beim Kauf gehofft, der Mantel würde beim Gehen forsch hinter ihr herwehen, aber der ganze Kram in ihren Taschen wirkt wie Senkblei. Such is life, jetzt trägt sie eben einen Sack, und wer weiß, wann sie rotes Nähgarn, eine Stirnlampe und eine Rolle Gaffa-Tape noch mal brauchen wird.

In der Mitte steht eine Edelstahlbahre mit der abgedeckten Leiche drauf, funkelnd, als wäre jemand mit Antikalk-Poliermittel darüber gegangen, monolithisch wie eine moderne Kunst-Installation, Koons oder so. Darunter im Boden ist ein Abfluss, ein unscheinbares Detail, das Colleen immer wieder verstört, denn da fließen die Körperflüssigkeiten rein, wenn Dr. Susann Layman erst mal richtig mit der Kreissäge loslegt. Diese bestürzenden Kleinigkeiten sind es, die eine echte von einer TV-Obduktion unterscheiden, meint Susann immer, und darum kippen ihr dauernd die Praktikanten aus den rosa Kliniklatschen, weil sie zu viel *Bones* gesehen haben und deshalb Pathologe werden wollten.

Colleen hört es hinter Susanns Bürotür niesen. Sie klopft und drückt die Klinke runter, ohne auf eine Antwort zu warten. Susann schnäuzt gerade in eins dieser harten Recycling-Papiertücher, die kaum Flüssigkeit aufnehmen und zum Händetrocknen völlig ungeeignet sind, sich aber trotzdem seit Jahrzehnten hartnäckig auf öffentlichen Toiletten behaupten.

»Erkältet?«

Susann nickt wehleidig. »Den ganzen Tag rein in den Kühlschrank, wieder in diese Hitze. Das ist wie in der Sauna.«

Anstatt sie zu umarmen, winkt Colleen möglichst verbindlich aus der Entfernung, bloß nicht anstecken mit irgendwelchen Superviren. Ein bisschen Distanz ist vielleicht auch besser, denn an einem dermaßen von männlichen Vorstellungen dominierten Arbeitsplatz wie der Polizei muss zwischen den einzigen attraktiven Frauen – ja, Colleen ist da grundsätzlich selbstbewusst, auch wenn sie mal ein paar schlechte Tage hat wie jetzt gerade – per definitionem eine latente sexuelle Spannung herrschen, die sich irgendwann mal entlädt. Nicht unbedingt, weil Colleen oder die Gerichtsmedizinerin sich gegenseitig so unwahrscheinlich sexy fänden (na gut, Susann hat schon ganz süße Lachgrübchen), aber sobald zwei heiße Protagonistinnen sich offensichtlich nichts aus ihren männlichen Kollegen machen – was sie beide nicht tun, denn alle Männer um sie herum sind auf die ein oder andere Weise hirnamputierte Trottel, da sind sie sich einig, und das ist auch der Beginn ihres zarten Bandes gewesen –, ist die medial geschulte Erwartungshaltung und einzig logische Erklärung für die zurückgewiesenen männlichen Hirne, dass die beiden Frauen nun miteinander rummachen müssen. Und wenn alle männlichen Kollegen und Leser sich gleichzeitig genau diese Szene in allen schlüpfrigen Details vorstellen, überträgt sich die imaginierte Spannung wie durch Gedankenmanipulation auf sie. Und widerwillig haben sie es dann auch getan. Aber nicht auf der Weihnachtsfeier, darauf ist Colleen stolz, sondern hier auf dem Seziertisch. Sie hat Susann den Kittel ausgezogen, darunter hat sie eine perlmuttfarbene Bluse getragen ... Scherz. Sie haben es natürlich nicht gemacht. Diesen Gefallen tun sie den Männern nicht.

Sie gehen in den Obduktionssaal und Susann schlägt mit einer Hand das Tuch über der Leiche zurück, mit der anderen cremt sie ihre wunde Nase mit Bepanthen ein. Die tote Frau ist wachsblass, ihre Mascaratränen wurden abgewaschen und offenbaren ein ebenmäßiges Gesicht mit hohen Wangenknochen, leicht osteuropäisch angehaucht vielleicht. Eine grobe Naht läuft über ihren Torso.

»Todesursache ist der Kopfschuss, abgefeuert aus einem Meter Entfernung. Sieht stark nach einer Hinrichtung aus. Der Ballistiker kann dir da sicher mehr sagen.«

»Und der Finger?«

»Wurde abgesägt, während sie noch lebte. Hätte ihr Herz nicht mehr geschlagen, wäre aus dem Finger nicht so viel Blut gespritzt.« Susann nimmt sich Zeit für so viel Grausamkeit. »Der Sägewinkel spricht außerdem dafür, dass sie es selbst tun musste.«

Während Colleen noch ihren Würgereiz unterdrückt, nimmt Susann den Ringfinger mit einer Pinzette aus einer metallenen Nierenschale.

»Sieht ganz nach einer Spiegelstrafe aus.«

»Einer was?« Colleen bemüht sich, am Finger vorbeizugucken. Draußen ist das Wetter ja so schön.

»Eine Betrafungsmethode aus dem Mittelalter. Die Strafe soll zeigen, welches Verbrechen das Opfer begangen hat.«

»Äh, sie hat geheiratet?«, sagt Colleen, aber Susann lacht nicht. Ist vielleicht auch nicht so witzig gewesen. Aber das ist halt ihre Masche, um mit abgesägten Fingern klarzukommen. Andere saufen oder prügeln sich durch ihre Fälle, sie macht halt Witze auf Kosten von Toten. Wer ohne Sünde ist, werfe den ersten Stein.

»Wird diese Spiegelstrafe noch irgendwo praktiziert?«, fragt Colleen, obwohl sie keine Ahnung hat, warum eine Pathologin sowas wissen sollte.

»Im Zweifelsfall: Saudi-Arabien.« Susann lässt den Finger zurück in die Nierenschale klonken. »Aber es gibt noch was Wichtiges.«

Susann greift nach Colleens Hand und streift ihr den Ehering vom Finger.

»Guck dir das an.«

Colleen sieht auf ihre Finger. Vielleicht hätte sie ihre Nägel in letzter Zeit mal schneiden sollen, aber ansonsten sehen sie aus wie immer.

»Hier. Deine Muskeln sind dort, wo normalerweise der Ring steckt, kreisförmig zurückgegangen. Das nennt man Phantomring.«

Susann hält ihr die Nierenschale hin.

»Und jetzt guck dir den hier an.«

Tatsächlich zeigen die Fingermuskeln des Opfers keine Einbuchtung, wo normalerweise der Ring sitzt.

»Vielleicht haben die gerade erst geheiratet ...«, spekuliert Colleen. »Oder sie trägt den Ring nicht so oft.« Hat sie nämlich aus Bequemlichkeit auch lange nicht gemacht, bis Martin sich letztens darüber beschwert hat. Ihm zuliebe trägt sie jetzt brav den Ring, außer im Fitnessstudio. Und das hat rein gar nichts mit den süßen Typen an der Hantelbank zu tun, die man von der Beinpresse aus so gut beobachten kann ...

»Ich habe mir den Ring daraufhin mal genauer angeschaut.« Susann hält Colleen das Teil so nah vors Gesicht, dass sie die Gravur an der Innenseite sehen kann.

»Elvira & Robert Karmann, 7.7.1999?«

»Grob geschätzt ist das Opfer 25 Jahre alt, plusminus drei. Wenn das keine Kinderhochzeit war, kann das unmöglich ihr Ring sein. Und ich wette, sie heißt auch nicht Elvira.«

»Die trägt den Ring einer anderen?« Colleen kommt nicht mehr mit. »Haben wir wenigstens Fingerabdrücke? DNA-Reste?«

»Nichts bis auf eine schwarze Nylonfaser, sorry. Aber das würde ich wirklich jedem Mordopfer dringend empfehlen, den Täter noch ein wenig zu kratzen. So ein bisschen DNA unter dem Fingernagel hilft uns schon sehr. Dass sich das nicht rumspricht ...« Susann schüttelt desillusioniert den Kopf.

»Dann hätte der Täter den Finger aber mitgenommen, oder?«, sagt Colleen, und ihr fällt auf, dass sie sich bis zu diesem Zeitpunkt wunderbar unterhalten haben, ohne über einen Mann zu reden, eine Anomalie im Raum-Zeit-Kontinuum vielleicht, eine Art schwarzes Loch des Patriarchats, aber dann merkt sie, dass sie ja über etwas sprechen, was nur ein Mann angerichtet haben kann, er in seiner Abwesenheit also doch im Zentrum steht – aber bestehen sie vielleicht trotzdem den Bechdel-Test?

Auf dem Weg zum Auto grübelt sie über die widersprüchlichen Informationen. Das Absägen und Annageln des Fingers spricht für einen perversen Sadisten, der eine symbolische Message rüberbringen will, ist aber ganz schön viel Aufwand, nur um die Frau dann schnell mit einem Kopfschuss zu erlösen. Das ergibt überhaupt keinen Sinn aus Tätersicht – die Mischung aus Ritualmord und eiskaltem Mafiajob gefällt Colleen jedenfalls gar nicht.

Erst als sie am Parkplatz ankommt, merkt sie, dass sie den ganzen Weg ihren eigenen Ehering an- und ausgezogen hat. Sie wird doch jetzt nicht nervös werden?

11
THE WALKING DEAD

Das Hauptquartier von *Valhalla Capital* ragte vor Bryan in die Nacht, die Blaufrequenzen der Neonröhren und Monitore schnitten kalt leuchtende Quadrate aus der Dunkelheit. Ans gegenüberliegende Gebäude gelehnt beobachtete er unauffällig den Eingang, oder was er für unauffällig hielt. Auf jeden Fall achtete er darauf, nichts anderes zu tun, als zu beobachten, das hatte er in *Internal Affairs* gelernt: »If you see someone doing something and watching you at the same time, he's a cop.« Rauchen war Gott sei Dank eine erlaubte Ausnahme. Er hatte den Kragen seines Parkas hochgeschlagen, trotzdem fror er, ein feuchter Wind pfiff durch die Gebäudeschneisen zur Spree. Irgendwo in der Ferne explodierte eine Rakete. Traurige gelbe Schlieren am trüben Nachthimmel.

Vor einem Seiteneingang hatten sich ein paar zwielichtige Gestalten zusammengerottet, Meth-Junkies oder Hehler, fahrig und flatterhaft im Laternenlicht, die peu à peu von der düsteren Backsteinwand verschluckt wurden. Merkwürdig, äußerst merkwürdig, diese Stadt bot wohl doch Material für unzählige Ermittlungen, aber nicht heute, nicht für ihn. Bryans Fokus galt dem hell erleuchteten Haupteingang, der im Minutentakt Angestellte ausspuckte, die mit Atemwolken vor den Gesichtern in Taxis stiegen oder zum Parkplatz marschierten, wo ihre Teslas freudig aufblinkten, sobald ihre Besitzer näher kamen. Ein bisschen so wie schwanzwedelnde Hunde.

Als er Laura durch die gläsernen Drehtüren kommen sah, löschte er seinen Joint an der Wand und steckte ihn in den Zigarrentubo, den er immer in der Jackentasche hatte. Sie ging zielstrebig über die Straße, direkt auf ihn zu. Er drückte sich in den Schatten, was vollkommen unnötig war. Ihr Gesicht vom Smartphone erleuchtet, lief sie an ihm vorbei, die Augen angestrengt zusammengekniffen, ihre langen, blonden Haare quollen unter einer roten Strickmütze hervor.

Als sie schon fast vorbei war, sprang er ihr in den Weg. »Hey!« Laura schlitterte über das Eis, konnte gerade noch so das Gleichgewicht halten.

»Bryan?« Sie schirmte ihre Augen gegen die Straßenlaterne ab. »Verfolgst du mich schon wieder?«

Bryan hatte plötzlich alle zurechtgelegten Sätze vergessen, seine Wut war verraucht, und das lag nicht nur an dem Joint eben. Ihre Lippen glänzten rosa, wie frisch mit Labello präpariert. Auf den Schultern ihres Wollmantels glitzerten Schneeflocken. Er machte einen Schritt auf sie zu. Blieb stehen. Machte noch einen Schritt. Sie umarmten sich steif und mit viel Abstand zwischen den Oberkörpern, als müssten sie dazwischen wieder einen Fußball balancieren, wie damals auf der Erstsemester-Rallye, bei der Bryan dann doch widerwillig mitgemacht hatte, als er Laura entdeckte.

Ihre Augen glänzten eisblau wie Wick-Bonbons im Laternenlicht, die Wangen waren gerötet. Das lag an der Kälte, logisch, aber Bryan dachte sofort daran, wie sie früher ausgesehen hatte, nachdem sie miteinander geschlafen hatten, ihre roten Wangen in der weißen Bettwäsche. Aber irgendwas irritierte ihn. Er kam nur noch nicht drauf, was.

Sie standen einen unendlich unangenehmen Augenblick unschlüssig da, dann fragte er: »Kleiner Spaziergang?«

»Viel Zeit habe ich nicht.« Sie sah auf ihr Smartphone. Neuestes Modell, wahrscheinlich großzügig spendiert von *Valhalla*

Capital. Früher hatte sie ein billiges No-Name gehabt, mit Rissen im Display. »Aber du kannst mich zur U-Bahn bringen.«

Sie gingen am Spreeufer entlang und überholten ein paar Mütter, die ihre Kinderwagen wie Zwangsarbeiterinnen durch den Schneematsch schoben. Überall lagen gefrorene Hundekacke, Raketenhülsen, Glasscherben.

Lauras Handy klingelte. Irgendeine Standardmelodie, bei der immer zehn Leute im Umkreis in ihre Taschen griffen, wenn man auf die Bahn wartete.

»Sekunde.« Zwischen ihren Augenbrauen zog sich eine Falte zusammen. »Muss kurz drangehen.«

Sie stellte sich ein paar Meter abseits und begann ins Telefon zu sprechen. Bryan lehnte sich ans Geländer. Riesige Eisschollen trieben auf dem schwarzen Wasser, am gegenüberliegenden Ufer ankerte ein Eisbrecher. Warum ließen sie die Spree eigentlich nicht zufrieren, damit man Schlittschuhlaufen konnte? Enten waren jedenfalls keine zu sehen. Irgendwo hatte er mal gelesen, wohin die Enten im Winter verschwanden, aber er war sich ziemlich sicher, die waren eingefroren wie die Fische, und starrten jetzt mit Glubschaugen aus ihren Eisblöcken raus ins dunkle Wasser.

»So.« Laura lächelte gequält und steckte ihr Handy weg. Bryan lächelte zurück. Sie sprachen wieder miteinander. Sie hatte ihm eine Einladung geschickt. Plötzlich, nach einem halben Jahr Funkstille. Auch wenn sie noch ein Geheimnis darum machte, warum. Ihm kam auf einmal dieses Hitchcock-Zitat in den Sinn, was eine mysteriöse Frau ausmacht – sie ist blond, scharfsinnig und nordisch –, und musste grinsen. Laura guckte irritiert an sich runter, ob irgendwas mit dem Wollmantel nicht in Ordnung war, der garantiert nicht aus dem Second-Hand-Laden stammte, in den sie ihn früher immer geschleppt hatte. Auf einmal wusste Bryan, was mit Laura nicht stimmte: Nicht nur der teure Mantel passte nicht zu ihr, auch das Piercing war weg. Er starrte ungläubig auf das kleine Loch im linken Nasenflügel. Laura griff sich reflexhaft an die Nase.

»Ach das. Das ist nur wegen der Kundenbesuche …«

Bemerkenswert. Die Laura, die Bryan kannte, hatte sich in der Masterprüfung noch geweigert, das Teil rauszunehmen, und dafür eine Note Abzug in Kauf genommen, weil die Professorin so übertrieben konservativ war. Nur so aus Prinzip. Und das war nicht mal ein Jahr her. Aber klar, Kundenbesuche. Klang plausibel.

Es fiepste in Lauras Tasche. »Sorry, muss kurz antworten.« Sie strich sich die Haare hinter die Ohren und tippte im Gehen auf dem Bildschirm herum, steckte es wieder weg.

»Du bist nicht gekommen am Freitag«, sagte sie.

»Musste für meinen Vater einspringen.« Pause. »Hab mich eh über die Einladung gewundert.«

Lauras Blick irrte über die kalten Gebäudefronten. »Ich wollte mich bedanken, weil … Damals im Eiscafé …« Sie hielt inne. Schweigend gingen sie eine Weile nebeneinander her. Nur der Schneematsch unter ihren Füßen war zu hören. Warum fing sie jetzt wieder mit dieser alten Geschichte an? Er hatte sie im letzten Sommer halt zufällig auf der Straße gesehen und war ihr hinterhergelaufen, um sie zu überraschen. Aber dann hatte sie so komisch über die Schulter geblickt und er sich instinktiv hinter einen Busch geduckt, in Hauseingänge gekauert, hinter Laternen dünn gemacht … das hatte eine ganz eigene Dynamik gewonnen, er hatte sich ihr an die Fersen geheftet, Blut geleckt, und dann saß er auf einmal – ohne genau zu wissen, wie das geschehen war – versteckt hinter einem Rieseneisbecher in der Ecke eines Cafés, wo Laura sich mit einem anderen Mann traf. Und Bryan schließlich entdeckte, als sein Eis zu einer dreckigen Pfütze geschmolzen war. Er hätte es damals schon wissen müssen: Seine Eignung als Detektiv war miserabel.

»Als du weg warst, musste ich mich tausendmal bei Lance Kilbourne entschuldigen, damit er nicht sofort abhaut. Da habe ich ihm von deinem Detektivfetisch erzählt, und dass du wohl ein bisschen den Realitätsbezug verloren hast …« Bryan hatte keine Ahnung, was das Wiederkäuen dieser Peinlichkeit mit Bedanken zu tun haben sollte.

»Das hat ihn überzeugt, dass die Zeit reif ist.«

»Die Zeit reif wofür?« Bryan kam sich so begriffsstutzig vor wie nach einer Runde Bong in einer Telefonzelle.

»Für die App, zu deren Launchparty ich dich eingeladen habe.« Laura machte eine kurze Pause. »*Detectify*.«

Bryan blickte starr auf den Fluss. Na klar. Dieser Sack! Und er hatte ihn auch noch selbst auf die Idee gebracht.

»*Detectify*«, wiederholte er verächtlich, »muss jetzt eigentlich jede Nischenbranche an die digitale Revolution glauben?«

»Ist doch keine große Sache.« Laura verdrehte die Augen. »Für euch hat das nur Vorteile. Die App senkt bei Klienten nachweislich die Hürde, eine detektivische Dienstleistung in Anspruch zu nehmen. Das heißt: Es gibt in Zukunft mehr Fälle, die wir an euch vermitteln können! Die Leute werden auch weiterhin zu euch kommen, wenn die Qualität eurer Arbeit stimmt.«

Bryan schwieg. Er hatte plötzlich unbändige Lust auf den Joint in seiner Jackentasche.

»Sollen wir eure Detektei in die Datenbank aufnehmen? Ich kann bestimmt ein gutes Wort für euch einlegen.«

»Sehr freundlich von dir, aber wir haben schon eine Website«, sagte er emotionslos. »Außerdem will ich nicht jede fünf Minuten auf mein Handy gucken.«

Laura zuckte mit den Schultern. »Auf jeden Fall hatte die Sache auch ihr Gutes. Hättest du damals im Eiscafé nicht so eine Show abgezogen, hätte ich den Job jetzt nicht.«

Meinte sie mit »die ganze Sache« ihre Beziehung? War das also ihr Resümee des Jahres, das mit Abstand das beste in seinem Leben gewesen war? Aber vielleicht war es auch besser so. An ungestörte Stunden mit dieser Frau war ohnehin nicht mehr zu denken. Coitus interruptus wegen Push-Nachricht, darauf konnte er verzichten.

»Und was genau ist dein Job da?«, fragte Bryan missmutig.

»Ich bin für die Unternehmenskultur zuständig. Heißt, ich achte auf die Work-Life-Balance der Mitarbeiter, suche Wohnraum für die Internationals, organisiere die Launch-Events ...«

Launch-Events. Jetzt brauchte Bryan doch erst mal einen Zug. Er holte den Joint aus dem Tubo und zündete ihn an. Nach ein paar Zügen hielt er ihn Laura aus alter Gewohnheit hin. Sie schüttelte angewidert den Kopf. Wunderte ihn nicht. Smartphones waren schließlich das effektivste Mittel zur Raucherentwöhnung.

Eine U-Bahn ratterte über sie hinweg. Ein paar Tauben flatterten von den rostigen Stahlträgern. Ein Bus fuhr durch die Nacht wie ein gelbes U-Boot. Er war kurz davor abzuhauen. Aber eine Sache musste er noch wissen.

»Warum gerade die Geheimtinte?«

Laura sah ihn schuldbewusst an. »Es hat einfach zu gut gepasst. Die analoge Einladung mit der Geheimtinte – die Gäste waren total begeistert von diesem Gimmick.«

Bryan hustete den Rauch aus. Hatte sie das gerade wirklich gesagt? Gab es denn in dieser Welt nichts mehr, was heilig war und nicht gleich in Marketing verwandelt wurde? Nicht mal das erste Date? *Komm allein*, hatte er ihr damals mit Geheimtinte auf eine Karte geschrieben, *Hörsaal 1, 02:00 Uhr*. Als sie dort halb verängstigt, halb aufgekratzt auftauchte, hatte er bereits Hörsaal und Regieraum mit einem Dietrich aufgebrochen, eine raubkopierte DVD eingelegt, und als Werbung liefen die Trailer all ihrer Lieblingsfilme. Dann hatten sie, am selben Ort, wo sie ein paar Semester zuvor *Einführung in die Kulturwissenschaft* zusammen besucht hatten, *Inherent Vice (OmU)* angesehen, dazu hatte es Joints, Margaritas und frisches Popcorn gegeben, wofür Bryan extra eine kleine Popcornmaschine reingeschleppt hatte. Irgendwann hatte sie seine Hand genommen, und Bryan sah sich schon am Ziel seiner Träume, aber sie zog ihn bloß durch den Notausgang, weil plötzlich ein Security-Mann mit einer Taschenlampe im Hörsaal aufgetaucht war. Sie waren quer über den Campus gerannt, und als sie irgendwann in einer dunklen Ecke nach Luft schnappten, hatte sie ihn geküsst.

Bryan seufzte und wollte irgendwas sagen, aber Laura tippte schon wieder auf dem Display herum. Rasende Wut stieg in ihm auf. Nicht auf Laura. Sondern auf diesen Kilbourne. Dass der seine Idee geklaut hatte, geschenkt, viel wütender machte ihn, was er aus Laura gemacht hatte. Sie war zu einem Smartphone-Zombie geworden, wie sie zu Hunderten in den Craft-Beer-Läden saßen, in Gruppen stumm über ihre Displays gebeugt, oder ferngesteuert auf den Radweg latschten, und denen er am liebsten immer einen Bodycheck mitgeben würde, damit sie endlich aufwachten. Laura, die ihn früher zu tagelangen Wanderungen im sächsischen Outback geschleppt hatte, nur mit einem Kompass zur Orientierung, würde das jetzt niemals ohne Entzugserscheinungen überstehen. Er sah rüber zu ihr, wie sie in stummer Panik das Handy malträtierte. Dafür würde dieser Kilbourne bezahlen.

Es hatte wieder zu schneien begonnen. Aber keine schönen Kristalle, sondern fette, nasse Klumpen, die sich am Boden sofort in grauen Schneematsch verwandelten.

»Also, ich finde das alles gar nicht so gut mit dem Internet«, sagte Bryan und merkte selbst, wie bescheuert, hilflos und reaktionär das klang. Aber Laura hatte ihn sowieso nicht gehört. Sie wischte bloß mit starren Gesichtszügen über ihr Display. Er ließ sie einfach stehen. Sie schien es gar nicht zu bemerken.

12
SITUATION ROOM

Vor dem Revier hängt Eddy, der Hausmeister, gerade mal wieder die Fahnen auf halbmast. Hat sie was Tragisches verpasst, überlegt Colleen, während sie auf den bemoosten Sandsteinbau zustapft, der in seiner wechselreichen Geschichte schon SS, Stasi und KriPo beherbergt hat (*form follows function* nennt man das wohl), doch auch Eddy kann auf ihre Frage nur »Da kommt doch keiner mehr mit« brummen – er ist eben ein vorbildlicher Beamter, just do it. Aber er hat ja Recht: Hätte Colleen ihn nicht beim Hantieren am Fahnenmast gesehen, ihr wäre die Trauerbeflaggung wahrscheinlich gar nicht aufgefallen, so oft wie die in letzter Zeit zu sehen ist. Viel eher fragt sie sich, wie die Flaggen an den anderen Tagen so unbekümmert und frech im Wind knattern können, während irgendwo schon wieder der Busch brennt. Und wer entscheidet eigentlich, was tragisch genug für Halbmast ist? Gibt es da eine festgelegte Formel im Innenministerium, in die der Praktikant dann nur noch die aktuellen Parameter einsetzen muss?

$$\frac{\text{Anzahl der Opfer x Berühmtheit der Opfer (Skala 1-10) x Seltenheitswert (Skala 1-10)}}{\text{Entfernung in hundert Kilometern}}$$

Und wenn das Ergebnis größer 10 ist, geht die Order raus, dass im ganzen Land die Fahnen an jeder Grundschule, Bezirksregierung und Schützenhalle gesenkt werden müssen, ob es stürmt oder schneit. Colleen geht ein kleines Rechenbeispiel im Kopf durch, für den Fall, dass z. B. die Queen stirbt (sie war schon immer gut in Mathe):

$$\frac{\text{Anzahl der Opfer: 1 x Berühmheit der Opfer: 10 x Seltenheitswert: 10}}{\text{Entfernung in hundert Kilometern: 9}} = \frac{100}{9} = 11{,}1$$

Also, Fahnen hoch, so sad! Das Gleiche noch mal für einen Anschlag in, sagen wir, Abottabad:

$$\frac{\text{Opfer: 257 x Berühmheit: 1 x Seltenheitswert: 2}}{\text{Entfernung in hundert Kilometern: 60}} = \frac{514}{60} =$$

Puuhh, das ist zu schwierig für im Kopf, aber ganz sicher unter 10, Fahne bleibt oben, man will sich ja nicht von jedem Furz der Geschichte die Laune verderben lassen. Colleen betritt die automatische Drehtür. »Ein ständiges Hoch und Runter, das mit den Fahnen«, hört sie Eddy noch murmeln, wie das Leben an sich.

»Moinsen!« Sie drückt die Glastür zum Besprechungsraum auf. Sie ist nur fünf Minuten verspätet, und Gott sei Dank ist der Chef noch nicht da, wohl weil er endlich aufgegeben hat, sie wegen ihrer Unpünktlichkeit erziehen zu wollen. Die Leute passen sich von ganz alleine an, wenn man sie nur lange genug bricht. Dafür muss sie jetzt Smalltalk machen mit Detlev von der SpuSi, der vor Nervosität einen kegelförmigen Pappbecher nach dem anderen aus dem Wasserspender trinkt und spätestens zur Hälfte der Sitzung mit hochrotem Kopf wieder raus muss, oder dem Typen, der schon am Tatort die Sache mit der Absperrung versaut hat (Idioten merkt sie sich dann doch ganz gut, leider) und jetzt gerade mit Ach und Krach den Flipchart aufbaut. Colleen stöhnt. Das ist also ihr neuer Assistent. Denn so wie jedem Kommissar eine austauschbare, blonde Gehilfin als Eye Candy zur Seite gestellt wird, deren Namen sich keiner merken kann, die aber doch für ein bisschen erotisches Kribbeln am Arbeitsplatz sorgt und immer im richtigen Moment mit neuen Infos um die Ecke kommt, hat Colleen während der Elternzeit ihres Partners auch so einen attraktiven Sidekick gefordert. Das ist er jetzt also. Muskelstränge spannen sich unter seinem Hemd, die Pistole schlackert locker an der Hüfte, aber ein verdammtes Strebergrinsen im Gesicht. Oh oh Colleen, wenn das mal kein Eigentor wird.

Na ja, ausgesucht hat sie sich das ja auch nicht wirklich: Sie arbeitet am liebsten allein, aber dieses Partner-Ding ist leider Pflicht, weil es nicht nur Zivilisten für nötig halten, dass die Mordkommission zu zweit auftaucht, sondern auch die Polizisten selbst sich keine Ermittlung vorstellen können, ohne sich mit einem Partner suggestive Dialoge zur Informationsvermittlung zuzuspielen wie im TV. Manchmal kommt es Colleen sogar so vor, als bräuchten ihre Kollegen diesen Gesprächspartner, um überhaupt *denken* zu können. Grotesk, was sich da für Dialoge abspielen:

»Du glaubst also, der Mörder war jemand, den er kannte?«

»Ja, wir sollten mal die Anrufliste in seinem Handy überprüfen.«

»Oh, da liegt es ja!«

»Schauen wir mal rein, oder?«

»Du glaubst nicht, was ich hier gefunden habe.«

»Was denn?«

»Seine Ehefrau hat ihn kurz vor seinem Tod noch angerufen!«

»Du meinst...«

»Genau! Sie hat...«

Colleen lässt ihre Jacke über eine Stuhllehne gleiten und zapft zur Überbrückung Wasser für die verkümmerte Topfpalme in der Ecke. Grünpflanzen am Arbeitsplatz senken die Prävalenz für Depressionen um 30 Prozent, hat sie mal in einer Broschüre der Polizeigewerkschaft gelesen, deshalb gießt sie immer fleißig. Was sie aber nicht weiß: Ihre Kollegen tun deshalb das Gleiche und 70 Prozent der deutschen Pflanzen sterben an Überwässerung. So auch diese.

»Okay, was haben wir?«

Ihr Chef, Bloke Hoseley, lässt die Tür ins Schloss krachen und stellt einen Teller mit Leberwurstbroten und seine Kaffeetasse auf dem Konferenztisch ab. Obwohl sie längst einen Vollautomaten samt dazu passenden Tassen im Revier haben, trinkt der Chef immer noch Filterkaffee aus einer Tasse mit der Aufschrift »Ich Chef, du nix« oder so. Dazu seine ewigen Leberwurstbrote. Will er nicht langsam mal Donuts einführen?

Er klatscht in die Hände und schaut mit blitzenden Augen in die Runde. Sein Schnäuzer bebt vor Tatendrang. Colleen tauscht einen Blick mit Detlev von der SpuSi. Dann schaltet sie. Ach ja, gestern war Hochzeitstag.

Die Untergebenen beziehen ihre jeweiligen Positionen am Flipchart. Es folgt die unvermeidliche Rekapitulation der Fakten, damit alle, die gestern Abend auf der letzten Seite eingeschlafen sind, noch mal genau wissen, was der Stand der Ermittlungen ist. Damit das Ganze ein bisschen anschaulicher ist, werden dabei Fotos auf einer Pinnwand befestigt und dazwischen bunte Linien gezogen. Colleen nimmt den roten Filzstift, weil sie weiß, dass das die Lieblingsfarbe ihres Chefs ist.

»Opfer weiterhin unbekannt.« Daniel pinnt ein Foto der Toten an die Tafel. »Kein Ausweis, kein Handy gefunden. Keine Übereinstimmung mit offenen Fahndungen oder Vermisstenmeldungen. Ungefähr 28 Jahre alt, weiblich, erschossen mit Kaliber 9 mm.«

Weitere Detailfotos der Leichenteile landen an der Tafel: der blutige Stumpf, der Finger an der Wand. Der Chef kaut nachdenklich auf seinem Leberwurstbrot.

»Die Pathologin geht von einer Spiegelstrafe aus«, sagt Colleen.

Fragezeichen beim Chef. »Das heißt?«

»Folterpraxis aus dem Mittelalter«, sprudelt die Wikipedia-Definition aus Daniel, oder wie auch immer er heißt, heraus. »Wer klaut, dem wird die Hand abgeschlagen, Vergewaltiger werden kastriert...«

»Oder mit dem Opfer verheiratet«, sagt Colleen.

Keiner lacht. War ja auch kein Witz.

»Allerdings trug die Frau nicht ihren eigenen Ring, sondern den einer gewissen Elvira Karmann«, fährt Colleen fort. »Und das auch erst seit Kurzem. An ihrem Finger ist kein Phantomring zu sehen, ein entsprechender Rückgang der Muskulatur.«

»Der Ring wurde vor ein paar Monaten als gestohlen gemeldet«, ergänzt Daniel. »Frau Karmann wurde laut ihrer Aussage angetanzt, von einer Gruppe junger Männer umringt, die ihr Handtasche, Ehering und das Gefühl, sich auf deutschen Straßen frei und sicher bewegen zu können, entwendeten. Die Sache wurde ein paar Nafris angehängt, die sich in der Gegend aufhielten und jetzt wieder in Afghanistan Schlafmohn pflücken. Die Beute wurde nie gefunden.«

»Also keine Verbindung zum Opfer?«

Daniel schüttelt den Kopf. »So einen Ring kriegt man an jeder Straßenecke für fünf Euro.«

»Interessant...«, meldet sich Detlev von der SpuSi und reicht ein Foto herum. »An der Haus- und Wohnungstür wurden nämlich die Schilder von Frau Jones mit ›N. & T. Kipping‹ ersetzt. Reine Phantasienamen, wenn Sie mich fragen.«

»Karmann, Kipping ... und Frau Jones ist wer?« Der Chef kratzt sich verwirrt am Kopf, er mag es gar nicht, wenn er nicht mitkommt, und deshalb heißt es jetzt Schritt für Schritt erklären, denn nach Verwirrung kommt Wut, und nach Wut kommen Überstunden.

»Die Mieterin der Wohnung, in der die Frau ermordet wurde. Ist allerdings auch schon seit drei Monaten tot. Ihr Neffe Harry Jones ist unser Hauptverdächtiger. Er hat sich vor ihrem Tod um sie gekümmert und besitzt deshalb als Einziger einen Schlüssel zur Wohnung.«

Daniel befestigt ein vergilbtes Foto an der Wand, das den jungen Harry mit seiner Tante zeigt, bei seiner Kommunion oder so, ein Kinderriegel-Lächeln, als könne er kein Wässerchen trüben.

»Jones ist untergetaucht. An seinem letzten Wohnsitz war er nicht aufzufinden. Die Nachbarn haben ihn seit Tagen nicht gesehen. Eine Fahndung ist raus.« Daniel pinnt ein weiteres Foto an die Wand, in schönster Strafvollzugsästhetik. Trotz des gelblichen Hintergrunds und der schlechten Beleuchtung, die möglichst viel Schattenwurf im Gesicht erzeugen soll, damit der Betrachter dem Porträtierten seine bestialischen Verbrechen eher zutraut, die Ästhetik seine Schuldigkeit also schon impliziert – so will es das BKA, denn auf sympathische Fahndungsfotos melden sich statistisch 23 Prozent weniger Bürger –, hat sich der Fotograf bei Jones offensichtlich bemüht, das Menschliche im Verbrecher herauszukitzeln: Stiernacken, Glatze und vorgeschobener Kiefer können nicht über Jones' Welpenaugen hinwegtäuschen. Der Fotograf ist wahrscheinlich ein verhinderter Künstler, der den Job in der JVA bloß als »Brotjob« sieht und in zwanzig Jahren eine gefeierte Ausstellung macht, *Mugshots Revisited,* in der er die Verbrecher als geläuterte Privatmenschen porträtiert und Vorher-Nachher-mäßig nebeneinander hängt. Aber Jones wird dann leider nicht dabei sein können, also bei der Vernissage, denn der wird immer noch im Knast schmoren, wegen Verstümmelung und Mord, denkt Colleen und ballt ihre Hand zu einer Faust.

»Typische Kleinkriminellenbiographie: schon in der Kindheit durch Brutalität aufgefallen, weil er die Katze der Nachbarin stranguliert hat, dann diverse Male beim Klauen erwischt, bisschen Drogenhandel, Einbruchdiebstahl, Hehlerei, nichts Ernstes, ein ziemlicher Gemischtwarenladen. Saß ein halbes Jahr in der JVA Moabit wegen Körperverletzung, in letzter Zeit ist er unauffällig gewesen. Nicht unbedingt prädestiniert für einen kaltblütigen Mord, würde ich sagen.«

SpuSi: »Wir haben die Fingerabdrücke auf der Säge mit denen von Jones abgeglichen. Keine Übereinstimmung. Dafür circa zwanzig andere, aber auch da keine Treffer in der Datenbank …«

»Am Sägeblatt der Stichsäge haben wir ebenfalls DNA-Spuren Dutzender anderer Leute gefunden«, sagt Daniel.

»Das heißt, wir haben es mit einem Serientäter zu tun?« Hoseley ist plötzlich ganz aufgeregt, weil Serienkiller = Publicity, und Publicity = sehr gut. »Gab es so einen Fall denn schon mal?«

Was Colleen aber viel mehr interessiert: Woher hat Daniel diese Vorabinfo der Forensiker? Die knausern doch sonst immer so herum.

»Daniel, guckst du das bitte in den Akten nach?«, sagt Colleen.

»Schon erledigt.« Daniel grinst sein Strebergrinsen. »Vor '45 relativ häufig, wohl Selbstverstümmelung, um dem Wehrdienst zu entgehen, dann keine aktenkundigen Fälle mehr bis 1997. Ein Streit zwischen zwei Metzgereigehilfen um die Frau von der Wursttheke, wobei der eine dem andern mit dem Hackebeil den Finger abgesäbelt hat.«

Hoseley sinkt enttäuscht zurück in seinen Chefsessel. »Dann heißt es wohl abwarten. Sonst noch was?«

»Die Kugel bringt uns nicht weiter. 9mm, wahrscheinlich abgefeuert aus einer Glock 17, weitverbreitet«, zitiert Daniel den Bericht des Ballistikers. »Weitere Kugeln in der Innenseite der Wohnungstür, eine Hülse wurde außerdem im Keller gefunden. Die muss den Treppenschacht runtergefallen sein.«

SpuSi-Detlev zeigt auf die Fotos vom Tatort. »Das Blut im Treppenhaus stimmt nicht mit der Blutgruppe des Opfers überein. Ich habe in seiner Gefängnis-Krankenakte nachgeschaut: Es ist die gleiche wie von Harry Jones. Vielleicht gab es einen Kampf.« Er mustert noch mal das Bild. »Aber irgendwie sieht es so aus, als hätte der sich blutend die Treppe hoch- und nicht runtergeschleppt…«

Colleen nickt einen Auftrag in Richtung ihres Assistenten. »Alle Krankenhäuser anrufen und nach den Notaufnahmen der letzten 24 Stunden fragen… Jones wird zwar nicht so dumm sein, aber vielleicht haben wir ja Glück.«

Der Chef spült die Informationsflut mit einem Schluck Kaffee runter. »Was könnte uns sonst noch weiterhelfen?«

Daniel scheint ein unerschöpfliches Reservoir von Tatortfotos zu haben, diesmal die Tote im BH, fast aufreizend in Szene gesetzt.

»Das Opfer trug Dessous. Wahrscheinlich hat sie auf ihren Mörder gewartet.«

»Kann eine Frau nicht auch einfach *nur so* Dessous tragen, für sich selbst zum Beispiel?«, unterbricht Colleen ihn. »Brauchen Frauen immer einen Typ, um ihre Handlungen zu motivieren?«

Betretene Stille im Raum. Aber man muss sein Publikum ja auch erziehen.

»Der Nachbar vermutet, dass sie eine Domina war«, bringt Daniel schließlich heraus.

»Bei diesen Dessous – auf keinen Fall, wo sind denn da Lack und Leder?«, sagt der Chef. Noch mehr Stille. Eine Minute vergeht, in der er sich meditativ die Flusen vom Pullover zupft.

»Außer Harry Jones noch irgendwelche anderen Ermittlungsansätze?«

Colleen schüttelt den Kopf und will sich schon zum Abflug bereit machen, da räuspert sich Daniel: »Die Nafris und die Spiegelstrafe könnten auch auf einen islamistischen Hintergrund hindeuten.«

Einen Moment hört man nur das Gurgeln des Wasserspenders, dann prusten alle los. Außer Daniel. Ein absoluter Klassiker. Colleen kann nicht mehr, wischt sich Tränen aus beiden Augen. Bei jeder Pressekonferenz die Islamisten-Frage. Bei jeder Runde mit dem Innensenator. Bei jedem Stammtisch, jedem Party-Smalltalk, jedem Abendessen mit Martin, bei dem sie ihre Schweigepflicht Schweigepflicht sein lässt. Ohne Islamisten geht heutzutage gar nichts mehr. Manchmal hat sie das Gefühl, die Islamisten sind die Einzigen, die ihre Behörde überhaupt noch am Laufen halten. Wenn die irgendwann mal von selbst verschwinden, so wie jede Jugendbewegung es tut – Colleen hat damals schließlich auch geglaubt, dass sie bis zur Rente Plateauschuhe tragen und Tamagotchi spielen würde –, wird die Polizei, ihres einzigen Existenzgrundes beraubt, implodieren. Colleen schneutzt Freudentränen in ein Taschentuch.

»Der war gut.« Der Chef verlässt keuchend den Raum und kommt kurz darauf mit einem Porzellanschwein wieder, das eine Polizeiuniform trägt. »Fünf Euro in die Kaffeekasse.«

Daniel schaut verwirrt in die Runde.

»Noch nie was von Bullshit-Bingo gehört?« Der Chef klimpert demonstrativ mit dem Schwein, bis Daniel zerknirscht einen Schein durch den Schlitz drückt.

»Das lernt ihr also auf der Polizeischule?«, grunzt der Chef immer noch amüsiert. »Salafisten?«

»In den Kursen zur Extremismusprävention haben wir auch die Scharia behandelt, ja«, rechtfertigt sich Daniel. »Da ist Ehebruch bei Todesstrafe verboten.«

»Wie auch immer.« Der Chef zieht den Pullover über seinem Bauch zurecht. »Jones ist unser Mann. Überwacht seine Wohnung und sperrt sein Konto. Vielleicht können wir die Ratte aus ihrem Loch locken.«

»Keine Sorge, Chef, den kriegen wir am Arsch!« Daniel strafft seinen Körper und hält Colleen die Hand zum Einschlagen hin.

Was für ein Amateur. Colleen dreht sich angenervt weg. Wer sagt denn so was? *Am Arsch kriegen?* Diesen Satz gibt es doch nur in schlechten Synchronisationen amerikanischer Actionfilme. Und Daniel nimmt ihn für bare Münze. Wie peinlich. Sowas klingt doch wirklich nur aus dem Mund von Bruce Willis akzeptabel.

»Sonst irgendein Anhaltspunkt, wo man Harry Jones finden könnte?«, fragt sie genervt.

»Er hat zuletzt in verschiedenen Diskotheken als Türsteher gearbeitet. Laut den Akten vom Amt ist er derzeit Sicherheitsmann bei *Valhalla Capital*«, sagt Daniel kleinlaut.

»Moment, ist das nicht diese Internetfirma?« Der Chef scrollt hektisch durch das Investment-Portfolio auf seinem Handy. »Ich glaub, da hab ich Aktien von.«

13
LANCE KILBOURNE

»Das ist der Typ.« Bryan tippte auf den Computerbildschirm.

Auf dem Foto posierte Lance Kilbourne lässig vor einem Garagentor, auf welches das *Valhalla-Capital*-Logo gepinselt war. Er trug einen schwarzen Kapuzenpullover, das Gesicht jungenhaft, sein aschblondes Haar war an den Seiten zu einem Undercut rasiert. In seinen Augen ein fiebriger Glanz, den er sich wahrscheinlich im Silicon Valley antrainiert hatte – dieser Blick war schließlich die einzige Qualifikation, die man als Internetprophet brauchte. Oder er schielte hart.

Kilbourne war vor zwei Jahren mit einem Videoclip aus dem Nichts aufgetaucht, in dem er in schwarz-weißer Retro-Optik durch ein schlechtes Megafon zu einer Menge brüllt: »Wollt ihr das totale Internet?« Und alle jubeln »Jaaa«, dann wird das Bild farbig und Ultra-HD, die Gesichter der Menge werden zu lachenden Emojis, Kilbourne trägt plötzlich einen pinkfarbenen Bodysuit, hat eine süße Katze im Arm und singt mit Autotune-Stimme eine ironische *Valhalla-Capital*-Hymne. Mit diesem kalkulierten Skandal (aktuell hatte das Video über 20 Millionen Klicks) startete er seine »1000 Apps in 1000 Tagen«-Challenge und machte *Valhalla Capital* in der Folge zum größten Start-up-Inkubatoren des Landes, der seit seinem kürzlichen Börsengang rapide Kursgewinne verzeichnen konnte. Wie das alles finanziert wurde, blieb im Dunkeln. Seine Geldgeber hielten sich lieber im Hintergrund.

So hatte Kilbourne in den letzten acht Jahren ein ziemlich undurchsichtiges Geflecht von Firmen aufgebaut, von denen keiner so genau wusste, ob diese jeweils noch in der Finanzierungsphase, rentabel oder schon gescheitert waren – oder immer nur in Wolkenkuckucksheim existiert hatten. Kenny scrollte durch unzählige Firmenlogos von Lieferservices, Big-Data-Aggregatoren, Werbeagenturen und Content-Farmen, von denen Bryan sogar ein paar kannte. *ClickSlave*, eine Firma, die ostasiatische Leibeigene beschäftigte, um die Klickzahlen von Videos hochzutreiben, *TrollServe*, deren Angestellte hauptsächlich damit beschäftigt waren, die Kommentarspalten bei *Spiegel Online* mit Nazikram vollzuschreiben, oder *CleanInternet*, wiederum ostasiatische Billigkräfte, die den Dreck aus dem Internet filterten, weil die psychologische Betreuung der von Kinderpornographie und Enthauptungsvideos traumatisierten Social-Media-Manager in Deutschland zu kostenintensiv war (auch wenn auf diese Weise der ein oder andere gegrillte Hund schon mal als »akzeptabel« durch das Raster rutschte), oder auch *Petitesse,* Deutschlands größte Plattform für Onlinepetitionen und Open Democracy mit über 18 Millionen registrierten Usern, die täglich Bürgerbegehren für Tierwohl, traurige Delfine und Rassismus unterschrieben. Wohltätigkeit, Social Impact, die Welt mit totaler Vernetzung verändern – *Petitesse* war eine Firma, mit der sich Kilbourne besonders gern brüstete, wenn er von grienenden Politikern Innovationspreise für Geschäftsideen entgegennahm, die die Stadt wieder ein paar Hundert Arbeitsplätze im Einzelhandel kosten würde. Aber hey, wie sagte noch Mao Zedong: Den Internetstandort Deutschland in seinem Lauf hält weder Ochs noch Esel auf.

Das Logo von *SideStep* war natürlich auch dabei. Kennys Maus blieb aber auf einer stilisierten Pik-Ass-Karte liegen.

»*Spades Poker.* Ist das nicht die Seite, auf der du immer …«

»Was glaubst du, warum ich online pokere? Weil mir das

Spaß macht? Ich versaue deren User Experience, indem ich alle Neukunden abzocke!« Kennys Gesicht verfinsterte sich. »Lance hat damals meinen OpenSource-Code geklaut und damit seine ersten Millionen gemacht.«

»Pech für dich.« Bryan kramte den Joint unter den Akten hervor und zündete ihn an.

»Und jetzt klaut er deine«, setzte Kenny nach.

Konnte Bryan doch egal sein. Er sah seine Zukunft ja eh eher ... ja, wo eigentlich? Er legte die Beine hoch und hielt den Rauch besonders lang in seiner Lunge.

»Ach, habe ich das eigentlich schon erzählt? Ich habe ihn auf der Party eng umschlungen mit Laura gesehen.«

Bryans Lungenflügel verkrampften, und sein Körper wurde von einem Husten geschüttelt. Der Qualm brannte in seinem Hals, die Augen tränten, er röchelte nach Luft. Das Büro verschwamm vor seinen Augen. Dass Kenny ihn angrinste, konnte er trotzdem erkennen. Plötzlich hatte Bryan wieder die hyänenhaft gebleckten Zähne vor Augen, mit denen Kilbourne damals im Eiscafé zugesehen hatte, wie Laura ihn runterputzte. Ein paar Tage später belohnte er sie mit der Einstellung im mittleren Management: Wer so eiskalt mit dem Freund Schluss machte, war fürs Führen prädestiniert.

»Für 10 000 Dollar besorge ich dir im Darkweb einen Auftragskiller«, schlug Kenny vor.

Verlockend, doch ganz davon abgesehen, dass ihm die Kohle fehlte, würde er Laura so auch nicht zurückbekommen. Er musste Kilbourne mit seinen eigenen Waffen schlagen. Aber in den Clio würde er sich dafür nicht noch mal setzen. Nein, sie mussten die Sache in ganz großem Stil aufziehen.

»Ich hab eine bessere Idee.« Bryan deutete auf die geklaute Datenbank von *SideStep – das Seitensprungportal für Verheiratete.* »Wir gründen selbst ein Start-up!

14
INSIDE VALHALLA CAPITAL

Der Firmensitz von *Valhalla Capital* befindet sich in einer alten Fabrikhalle, auf deren abgebröckelten Putz ein riesiges Handy gesprayt ist, das in der Gesäßtasche einer Jeans verschwindet. Netter Po, findet Colleen. Sie parkt ihren Wagen mitten auf dem Radweg, wirft den Polizeiparkausweis hinter die Scheibe und lässt beim Aussteigen fast einen Radfahrer über die Klinge, d. h. ihre Fahrertür springen und hektikt auf das Gebäude zu. Die Legende besagt, dass Kilbourne die Halle damals (als das hier noch kein Trendbezirk war) für dekadente LAN-Partys gemietet hat, bei der Hunderte Computerfreaks um die Wette auf schleimige Aliens ballerten. Im Nachhinein will natürlich jeder bei diesem mythenumwobenen Beginn von *Valhalla Capital* dabei gewesen sein – und noch heute bilden sich Journalisten bei ihren Promo-Besuchen ein, die verschmurgelten Kabel, den Nerdschweiß und das Kaugummiaroma der vor Urzeiten verschütteten Energy-Drinks zu riechen.

Heute stinkt es aber nur nach abgestandenem Bier, was an dem riesigen Haufen leerer Flaschen am Ende des turnhallengroßen Foyers liegen muss, und den Hunderten Getränkekästen, die gerade von einer Ameisenstraße von Lieferanten nach draußen gekarrt werden. Eine Frau im Overall fegt herumliegende Plastikbecher zusammen, ein Typ steht auf einer Leiter und sammelt in schwindelerregender Höhe verirrte Ballons an der Decke ein. Wenn er sie zersticht, peitscht ein Knall durch das Foyer, der Colleen zucken lässt.

Sie stoppt eine vorbeirollende Bierflasche mit dem Fuß. Auf das Etikett ist eine Einladung für das gestrige Launch-Event einer Pfandsammel-App gedruckt – von den rauschenden Themenpartys hat Colleen schon mal in einem Boulevardblatt gelesen: Jede kleine App wird gefeiert, als wäre es eine Mondlandung. Das Geschäftsmodell von *Flaschengeld* wird auf einem Plastikbecher erläutert. Kurzfassung: Da mittlerweile selbst Obdachlose (und Flüchtlinge) Smartphones besitzen, kann auch das Pfandsammel-Business digitalisiert werden, und Bessersituierte können sich ihr Leergut bequem vom Balkon abholen lassen. Natürlich hochkompetitiv, die Sammler müssen sich gegenseitig überbieten, wie schnell sie da sein können und ob sie noch den Müll runterbringen. Wie gesagt, ein Riesenschritt für die Menschheit: Den Sammlern, die sonst mit nackter Hand in Abfalleimern rumwühlen, wird ihre Würde zurückgegeben.

Jetzt fällt Colleen auch wieder ein, woher sie *Valhalla Capital* kennt: In einem Memo wurde kürzlich auf die Probleme des Streifendienstes mit einer App namens *Detectify* hingewiesen, die selbsternannte Hilfssheriffs dazu anspornt, Jedermann-Festnahmen durchzuführen (wobei es sich bei den Festgenommenen meist um halbstarke Jungs mit Migrationshintergrund handelt, die ein halbes Gramm Gras in der Tasche haben oder T-Shirts tragen, deren Aufdruck irgendein Opa für IS-Symbole hält, aber nur das Wu-Tang-Clan-Logo sind).

»Was kann ich für Sie tun?«

Eine reglose Empfangsdame steht hinter einem Tresen, der aus antiken PC-Gehäusen zusammengeschweißt ist. Sie hat offenbar die Technik perfektioniert, mit absolut ausdruckslosem Gesicht in die Leere zu starren. Sie bewegt den Kopf nicht, verfolgt Colleen nicht mal mit ihren Blicken. Jeden Augenblick rechnet Colleen damit, dass sich ihr Gesicht in zwei Hälften teilt, aufklappt und darunter irgendwelche Zahnräder und blinkende Computerplatinen zum Vorschein kommen. Sie widersteht der Versuchung, der Frau in die Wange zu kneifen, und wirft Dienstausweis und das Fahndungsfoto von Harry Jones auf den Empfangstresen.

»McCollum, Kriminalpolizei. Arbeitet dieser Mann hier?«

Keine Reaktion. Ein Gesicht, als hätte man der Frau die Haut zu straff über die Knochen gezogen.

»Es geht um Mord«, sagt Colleen und setzt ihr charmantestes Lächeln auf. »Kein Kartellamt, kein Finanzamt, kein Problem.«

Eine Stimme wie synthetischer Pfirsichjoghurt: »Darüber kann ich Ihnen leider keine Auskunft geben.«

»Ich würde gern seine Kollegen sprechen.« Colleen klingt eher wie Jalapeño-Sauce: »Und Ihre Vorgesetzte.«

Die Empfangsdame greift sich ans Headset, als empfange sie eine Nachricht von irgendeiner Zentrale, die Colleens Auftritt per Überwachungskamera verfolgt hat. Fast im selben Moment hallen energische Schritte durch die Halle, eine junge blonde Frau kommt auf sie zugestakst und streckt schon auf halber Strecke den Arm für einen Handschlag aus. Hatte die nicht eben noch die Aufräumarbeiten koordiniert?, denkt Colleen. Ziemlich auf Zack, die Mannschaft hier. Und multitaskingfähig. Aber klar, das ist wohl diese On-demand-Kultur, mit der *Valhalla Capital* Millionen gemacht hat: Immer alles auf Abruf, seien es lauwarme Pizzas, Pornos oder Angestellte.

»Haben Sie eben Polizei gesagt?« Sie schüttelt Colleens Hand. »Laura Mullway, Unternehmenskultur.«

Und in Richtung der Empfangsdame: »Ich übernehme das schon.«

»Die Human-Resources-Abteilung ist bereits informiert«, insistiert diese ausdruckslos.

»Ich übernehme das, *Sara*.«

»Wie Sie wollen, Frau Mullway.« Das Licht in den Augen der Empfangsdame erlischt, und sie starrt wieder stur geradeaus.

»War das ein …«, flüstert Colleen, als sie ein paar Schritte gegangen sind.

»Roboter?« Mullway lacht glockenhell auf. »Nein, aber die Besucher sollen genau das denken. Eine dieser Ideen von Lance.«

Komischer Humor, denkt Colleen. Und ganz schön jung für eine Abteilungsleiterin. Ganz schön hübsch auch, ist ihr nächster Gedanke, und im selben Moment hasst sie sich dafür, denn das wird alles schon seine hochqualifizierte Richtigkeit haben.

Die Overallträger sind mittlerweile verschwunden, es ist totenstill. Zwei Paar Heels klappern über den Beton auf die alten Lastenaufzüge zu. Ihre Schritte hallen tausendfach von den nackten Fabrikwänden wider, als habe ihre Anwesenheit eine ganze Armee untoter Avatare aus den ewigen digitalen Jagdgründen erweckt, die unsichtbar neben ihnen hermarschieren. Ein Schauer läuft über Colleens Rücken, und sie beschleunigt ihre Schritte.

»Ich habe gerade nur zufällig mitgehört …«, sagt Mullway leise, als sie im Aufzug stehen. Ganz entspannt wirkt sie nicht. Sie fährt sich durch die Haare, ihre Augen flackern nervös an der Decke umher, als suche sie eine Überwachungskamera. Kein Wunder, denkt Colleen, höchst wahrscheinlich schaut ihnen dieser ›Lance‹ gerade beim intimen Kennenlern-Smalltalk zu, da sollte die Frisur schon sitzen. »Worum geht's denn genau, wenn ich fragen darf?«

»Kannten Sie Harry Jones?«

Mullway schüttelt den Kopf.

»Dann können Sie mir nicht weiterhelfen.«

Mullway macht ein bedrücktes Gesicht. Schwer zu entziffern, ob aus enttäuschter Sensationslust oder weil sie wirklich was auf dem Herzen hat. Aber fragen kostet ja nichts: »Wollen Sie mir irgendetwas sagen, Frau Mullway?«

»Nein, nein, ich …«

Sie wendet den Blick ab und drückt auf den Knopf von Untergeschoss 5.

Während der Reise abwärts legt sich ein dumpfes Dröhnen auf Colleens Ohren, und ein seltsam körperliches Unwohlsein befällt sie. Mit jedem Meter, den sie tiefer ins Erdreich dringen, steigt der Druck unter ihrem Trommelfell, als tauche sie an den Grund eines Schwimmbeckens oder werde beim Abheben eines Flugzeugs in ihren Sitz gepresst. Nur, dass Kaugummikauen gerade nicht hilft.

In einem Gang mit flackernden Neonröhren und Panzertüren mit der Aufschrift »*Soma* – Kein Zutritt!« auf beiden Seiten erfasst Colleen plötzlich ein elektrisierendes Vibrieren, als würden riesige schwarze Bowlingkugeln in totaler Finsternis an ihr vorbeiwälzen, der Sound von etwas unheimlich Mächtigem, das sie ganz tief drinnen, irgendwo unter ihrem Solarplexus berührt und ihr eine Gänsehaut nach der anderen über die Haut jagt, wie die Röntgenblicke von fremden Typen, die sie in der U-Bahn manchmal bis auf die Unterwäsche ausziehen.

»Das sind nur die Lüfter unserer Server«, sagt Laura Mullway, als sie Colleens Unwohlsein bemerkt, und bleibt vor einer unscheinbaren Tür stehen.

»Wollen Sie mir noch Ihre Karte geben, falls mir noch was einfällt?«, sagt sie, als Colleen die Hand schon auf der Klinke hat.

Die kramt in ihrer Manteltasche und hebt entschuldigend die Schultern.

»Lassen Sie sich einfach durchstellen.«

Im Kabuff hinter der Tür sitzen vier Männer um einen Tisch und spielen Poker. Dabei rauchen sie kettenweise Schwarzmarktzigaretten, die den Raum in einen blauen Dunst hüllen.

Sie haben alle den gleichen Stiernacken wie Harry Jones und tragen Unterhemd, unterscheiden sich eigentlich nur im Alter und den Schweregraden ihrer Tätowierungen (germanische Gottheiten, Susi Forever, das Logo von Tennis Borussia Berlin, die Gesichter ihrer Kinder oder Opfer?, chinesische Schriftzeichen die wahrscheinlich »gebratener Eierreis mit Hühnchen« bedeuten, und … ist das da tatsächlich ein indisches Sonnenrad?). Auf einem Display an der Wand sieht man die grünstichigen Überwachungskamera-Aufnahmen des Foyers und der anderen Eingänge. Die Männer blicken kurz auf, als Colleen den Raum betritt, dann schieben sie unbeirrt weiter Stapel mit Münzen auf dem Tisch herum. Hinter ihr fällt die Tür ins Schloss. Mullway hat sich wortlos verabschiedet.

Colleen hüstelt, halb wegen des Rauchs, halb wegen der Aufmerksamkeit.

»Kennen Sie diesen Mann?«

Sie wirft das Fahndungsfoto auf das aufgedeckte Blatt in der Mitte des Tisches.

»Schicken Sie 'n Kollegen vorbei, wennse was wollen.« Ein Typ mit vernarbten Augenbrauen bläst ihr Rauch ins Gesicht. Colleen zuckt nicht mit der Wimper. Für Momente wie diese hat sie sich schließlich Kontaktlinsen besorgt.

»Verstößt illegales Glücksspiel nicht gegen Bewährungsauflagen? Ich wette, mindestens einer von euch ist gerade frisch draußen. Einmal die Ausweise bitte.«

Gemeinschaftliches Grummeln. »Jetzt lassen Sie aber mal die Kirche im Dorf. Wir trainieren doch bloß 'n bisschen für *Spades*. Sie wissen schon, dieses neue Online-Ding.«

Der Älteste der vier, er ist mindestens siebzig, leckt über seine frisch gedrehte Zigarette: »Jungs, wo sind eure Manieren? Jetzt seid mal 'n bisschen freundlich zu der Lady.«

Der mit dem Sonnenrad kratzt sich die Glatze.

»Harry war eher der schweigsame Typ.«

»Hat immer 'n ordentliches Blatt gespielt.«

»Wollte sich was aufbauen, ehrliche Arbeit und so.«

»Einmal hat er was von 'nem Pornokino erzählt und seiner Alten, die da arbeitet.«

»Das war'n Puff. Der war verknallt in 'ne Nutte.«

»Würde mich nicht wundern, wenn der wieder auf die schiefe Bahn geraten ist.«

»Der brauchte ganz dringend Kohle.«

»Er machte irgendwie einen nervösen Eindruck in letzter Zeit.«

»Und dann ist er von einem auf'n andern Tag nicht mehr aufgetaucht.«

Ihr Engel, denkt Colleen, spielt mal weiter euer kleines Improvisationstheater. Sie packt die Bilder wieder ein und macht einen Schritt Richtung Tür.

»Hat Jones erwähnt, in welchem Laden seine Geliebte arbeitet?«

»Keine Ahnung«, sagt der Glatzkopf. »Müssen Sie sich wohl durchprobieren.«

Sie lachen dreckig.

»Aber schön die Hosen anbehalten!«, hallt es Colleen noch hinterher, doch da ist sie schon längst wieder auf dem Weg zur Erdoberfläche. Als sie wieder Netz hat: drei verpasste Anrufe ihres Assistenten.

»Ja?«

Er, atemlos: »Ich habe Harry Jones' Bankkonto gecheckt. Wir haben Bareinzahlungen in den letzten Wochen von über hunderttausend Euro. Immer größere Beträge, immer am selben Geldautomaten.«

15
DAS LETZTE GROSSE DING

Den restlichen Tag verbringt Colleen damit, die Pornokinos, Stripläden und Hinterzimmerpuffs im Einzugsbereich des Geldautomaten abzuklappern. Immer noch liegt eine drückende Hitze über der Stadt, die Luft riecht nach Diesel und Zwiebeln, und Colleen hält ihren Flüssigkeitshaushalt mit halbstündlichen Cola-Infusionen gerade so am unteren Limit. Bestimmt hundert Mal hält sie Fotos von Harry Jones und der toten Frau unter irgendeine Nase – aus Pietät und ermittlungstechnischen Gründen hat man das Einschussloch für das Bild mit einer roten Mütze bedeckt, damit sich mögliche Informanten nicht gleich unter Mordverdacht wähnen und dichtmachen –, aber sowohl die herumlungernden Zuhälter mit ihren baumstammdicken Armen als auch die Minderjährigen, die auf dem Straßenstrich lasziv Wassereis schlecken, winken sofort ab: »Nichts kennen Mann, nichts kennen Frau.«

Erst im *SEXTOTAL* hat Colleen Glück. Schon auf den gewellten Fotografien im Sichtkasten ist die Tote zu sehen, lediglich mit einem winzigen Amerika-Bikini bekleidet tanzt sie an einer Stange, obwohl, das stimmt nicht, sie trägt auch noch pink glitzernde Highheels mit 15-cm-Absätzen, auf denen Colleen nicht mal stehen könnte. Direkt neben dem Stripclub-Schaukasten baumeln halbe Hammel im Schaufenster eines Halāl-Schlachters. Die friedliche Koexistenz der beiden Fleischgeschäfte: »Dit is Balin, wa?!« Colleen prüft den Sitz ihrer Dienstwaffe und drückt die Tür zum Stripclub auf, *EINTRIT ab 18 Jahre, 18–3 Uhr, Inh. K. Natastompo.*

Die mit rotem Plüsch bezogenen Wände glitzern vor kondensierter Feuchtigkeit. Auf einer kleinen Bühne räkelt sich eine Brünette zu einem Song von Roxette, drumherum nippen ein paar schwitzende Männer an abartig teuren Afterwork-Bieren und starren in die Leere zwischen den Beinen der Tänzerin. Hinter der Theke spielt der dickliche Wirt *Candy Crush* auf seinem Smartphone. Jones ist nirgends zu sehen.

»Darf's was zu trinken sein?«, fragt Natastompo ohne aufzublicken, als Colleen sich auf einen Barhocker schwingt. Sie schiebt das Bild zu ihm rüber.

»Kennen Sie diesen Mann?«

Der Barkeeper wirft einen flüchtigen Blick darauf, mustert dann Colleen mit hochgezogenen Augenbrauen.

»Warum wollen Sie das wissen?«

»Schon mal gesehen oder nicht?«

Der Wirt legt sein Handy weg und reicht ihr die eingeschweißte Getränkekarte.

»Trinken Sie erst mal was.«

Massenhaft Cocktails zu unverschämten Preisen stehen auf der Karte – aber lecker sehen die Drinks schon aus. Sie blickt auf ihr Handy: 19 Uhr, gerade ist Happy Hour und eigentlich hat sie schon seit zwei Stunden Feierabend. Wenn die Firma zahlt …

»Machen Sie Bewirtungsbelege?«

»Was glauben Sie? Die halbe Stadt veranstaltet hier ihre Betriebsfeiern.«

»Dann einen Appletini, bitte.«

Natastompo sucht umständlich ein passendes Glas aus dem Regal, befeuchtet den Rand und bestreut ihn mit Zucker.

»Also, woher kennen Sie Jones?«

»Habe ich gesagt, dass ich ihn kenne?«

Das übliche Spielchen gegen die Langweile. Ein Spaß für die ganze Familie. Während sich der Barkeeper an den Flaschen zu schaffen macht, sucht Colleen nach einem geeigneten Druckmittel, um ihn zum Reden zu bringen. Pinke Lamettabahnen hängen zwischen den Lampen, die Plüschtapete löst sich in Streifen von der Wand, weit und breit keine Beschilderung des Notausgangs zu sehen.

»Wann war der Brandschutz eigentlich das letzte Mal hier?«, fragt sie.

Natastompo lacht anerkennend und stellt ihr den giftgrün glänzenden Drink hin.

»Harry hat hier mal 'ne Zeitlang die Tür gemacht.« Mit viel Hingabe steckt er noch einen Strohhalm in den Cocktail. »Aber dann hat er sich verliebt.«

»In diese Frau?«

Natastompo wirkt nicht gerade überrascht, als das nächste Foto auf dem Tresen landet.

»Ja, das ist Audrey. Die hat hier bis vor kurzem getanzt.«

Colleen nimmt einen Schluck von ihrem Drink. Apfeliger als erwartet, aber der Alkohol tut ihr gut, ihre Nerven entspannen sich merklich.

»Die beiden waren ein Herz und eine Seele. Er hat ihr Deutsch beigebracht.« Natastompo verschränkt die Arme vor der Brust, sichtlich stolz auf seine Rolle als Kuppler – wahrscheinlich einer der seltenen Lichtblicke in diesem rauen Geschäft. Dann legt sich eine nachdenkliche Falte auf seine Stirn. »Obwohl es nicht gerade leicht ist, mit einer Stripperin zusammen zu sein, glauben Sie mir.«

»Wollte er, dass sie aufhört? War er eifersüchtig?«, fragt Colleen, bevor der Wirt anfängt, seine eigene rührselige Geschichte zu erzählen.

»Es gelten die gleichen Regeln für alle: Wenn die Ablöse stimmt, kann sie gehen. Ich habe ja auch meine Unkosten.«

Äh, Menschenhandel? Natastompo zapft ungerührt noch eine Runde Bier für den Klub der einsamen Herzen.

»Aber plötzlich hatte Harry das Geld. Seitdem hab ich die beiden nicht mehr gesehen.«

»Wann war das ungefähr?«

»Lassen Sie mich mal sehen.« Natastompo holt ein ledriges Buch unter der Theke hervor und fährt mit dem Finger die Zeilen ab. »Vor ziemlich genau drei Monaten.«

Colleen rechnet. Vor drei Monaten ist auch Elisabeth Jones an ihrem Gulasch erstickt. Hat Harry also seine Tante umgelegt, um mit ihrem Sparstrumpf Audrey auszulösen? Sie hat es in den damaligen Ermittlungen nicht mal für nötig gehalten, Harry Jones vorzuladen, so unverdächtig erschien ihr diese Gulasch-Sache. Würde Audrey hier vielleicht noch friedlich Aerobic machen, wenn Colleen ihn damals verknastet hätte?

»Audrey ist tot. Wir haben sie mit einem Kopfschuss in der Wohnung von Jones' Tante gefunden.«

Natastompo wird bleich. Und das ist ernsthafte Erschütterung und nicht bloß dieses »Ich-weiß-von-nichts«-Gangster-Schock-Gesicht.

»Harry würde sowas nie tun! Er sieht vielleicht hart aus, ist tief in sich drin aber ein Lamm. Sie hätten sehen müssen, wie er sich um seine Tante gekümmert hat. Jede Woche ist er mit ihr einkaufen gegangen, in den Park ...«

»Wenn Jones es nicht war, wer dann?«, unterbricht ihn Colleen. »Er ist die einzige Verbindung zwischen Audrey und der Wohnung.«

Natastompo fängt an, die bereits polierten Gläser noch mal mit einem fusseligen Küchentuch abzureiben, seine Finger zittern.

»Die beiden hatten da so eine Sache am Laufen ... Harry wollte noch ein großes Ding drehen, bevor er ein für alle Mal aufhört.«

Colleen seufzt. Wie oft sie diesen Satz schon gehört hat. Und meistens liegt dann irgendwer unter der Erde. Klassischer Gangsterfehler: Wenn »letztes großes Ding« die Prämisse ist, ist die Sache zu 99 Prozent zum Scheitern verurteilt, das ist eine self-fulfilling prophecy – sehen die etwa kein Fernsehen? Bei der Häufigkeit dieser Todesursache unter Gangstern könnten Steinmetze neben den Standard-Grabsteinen für Soldaten (*Starb im Dienst fürs Vaterland*) auch locker eine preisgünstige Version für Kleinkriminelle anbieten: *Wollte noch ein großes Ding drehen.*

»Hat Jones Ihnen verraten, was er vorhatte?«

Natastompo schüttelt den Kopf.

»Nur, dass er danach mit Audrey abhauen will, in die Südsee. Kleinjungenträume, wenn Sie mich fragen.«

»Seine Masche hat jedenfalls funktioniert«, sagt Colleen. »In den letzten Monaten gab es hohe Bargeldeinzahlungen auf sein Konto. Er hat ein kleines Vermögen gemacht.«

Natastompo pfeift durch die Zähne.

»Typisch Harry. Da hat er einmal was am Laufen, und dann passiert dem Pechvogel so was.«

Colleen hat ihren Appletini ausgetrunken. Sie könnte noch den alkoholgetränkten Zucker am Boden aufsaugen, aber lässt es lieber. Sie muss schließlich noch fahren.

»Die Adresse von Audrey bitte.«

Natastompo zuckt mit den Schultern, untröstlich, damit kann er leider nicht dienen. Wahrscheinlich, weil er es selbst kaum erwarten kann, die dort versteckten Zasterberge einzusacken. Colleen greift über die Theke und reißt die Seite aus seinem Nuttenbuch. Sie gleitet elegant vom Barhocker.

»Danke für den Drink.«

Als Colleen in den schwülen Sommerabend tritt und sich innerlich schon auf den Feierabend vorbereitet, vibriert ihr Handy.

Wieder ihr Assistent. Langsam wird er lästig. Er brabbelt auch sofort los, aber Colleen hört gar nicht hin.

»Darius, hör zu«, unterbricht sie ihn. »Die Tote ist eine ehemalige Stripperin namens Audrey, wahrscheinlich aus Osteuropa. Ich gebe dir eine Adresse durch. Fahr mit ein paar Leuten hin und sicher die Beweismittel. Vielleicht haben wir Glück und Harry Jones ist so doof, sich dort zu verstecken.«

»Scheiße, McCollum, jetzt lassen Sie mich mal ausreden!« Sein Ton klingt nach Überstunden. »Wir haben eine neue Leiche.«

16
OLD DOGS, NEW TRICKS

Eine Woche später platzte die Detektei aus allen Nähten. Abgehalfterte Anzugträger und zerfurchte Ladies in Trenchcoats, aus dem Leim gegangene Exboxer und unehrenhaft entlassene Cops quetschten sich neben verarmte englische Aristokraten und nähende Mütterchen mit exotischen Giften in ihren Fingerhüten. Bryan erinnerte sich noch, wie sie alle mit seinem Vater abgehangen hatten, einen Zahnstocher zwischen den Zähnen, Schmauchspuren an den Händen, immer einen Spruch auf den blutverkrusteten Lippen. Jetzt waren einige mit Rollator und Pflegekraft gekommen.

Nach dem Treffen mit Laura hatte Bryan das lederne Adressbuch seines Vaters hervorgekramt und sie der Reihe nach angerufen. Sie sagten zwar alle, sie hätten Lupe und Totschläger schon lange an den Nagel gehängt – zu wenig Aufträge, zu strenge Waffengesetze, grassierende Altersmilde. Wenn es die Knochen noch mitmachten, schlug man sich als Türsteher durch, wessen Augen noch nicht trüb waren, arbeitete als Kaufhausdetektiv, und wer etwas zurückgelegt hatte, betrieb einen Laden oder eine Bar im Kiez. Nichts Großes, aber etwas, worauf man stolz sein konnte. Trotzdem waren alle sofort angespitzt gewesen, als Bryan ihnen sagte, er würde etwas Großes aufziehen und bräuchte dafür ihre Hilfe. Sie mussten ihr altes Leben furchtbar vermissen.

Er drängte sich aus der Teeküche nach vorn. Die Luft war so stickig, dass man kaum atmen konnte, aber kein Wunder bei den ganzen Pfeifen, Rothhändles und Selbstgedrehten, die zwischen den arthritischen Fingern klemmten. Durch den Qualm roch es nach Fusel, Schweiß und Frittenfett. Mit heiseren Stimmen raunten die Alten sich zu, wie sie sich mehr schlecht als recht über Wasser hielten, bei wem wieder ein Junge aufgetaucht war, der behauptete, sein erwachsener Sohn zu sein (und 18 Jahre Alimente nachforderte), diskutierten typische Berufskrankheiten wie Leber- und Lungenprobleme, oder zeigten sich auf dem Handy Fotos ihrer Nahkampfwaffensammlung. Kurz gesagt: Es ging um die Standardthemen Arbeit, Familie, Gesundheit und Hobbys. Nur zum Wetter gab's nichts zu sagen, das war unbestritten beschissen, auch wenn's draußen endlich aufgehört hatte zu schneien. Exakt so stellte Bryan sich sein Klassentreffen in fünfzig Jahren vor. Die einen hatten Rheuma, die andern falsche Zähne. Er grinste. Alle waren sie gekommen.

Mit einem Schulterklopfen begrüßte er Doc, stolzer Betreiber des *StonerMeals*-Lieferservices, der fettige Speisen für den Fressflash lieferte, schüttelte einem mürrischen Schweizer die Hand, der bei Bryans Anruf gerade im Krankenhaus gelegen hatte, sich aber jetzt doch hergeschleppt hatte, holte sich ein blendendes Lächeln von Honey McKinsey ab, die sich trotz ihres Alters mit ihrem perfekten Gebiss immer noch als Zahnmodel durchschlug, und drängte sich am fetten Jules vorbei, der den Stuhl mit seinem Körper einem echten Stresstest unterzog. Im Ruhestand hatte er mit seiner Frau ein spanisch-französisches Bistro namens *Si-Mais-Non* aufgemacht, das aber wohl nicht richtig lief, weil er selbst sein bester Kunde war.

Nachdem sich das Gemurmel gelegt hatte, setzte Bryan zu einer Rede an, in der er erklärte, dass sein Vater auf Kur sei und er sich inzwischen Gedanken über den Fortbestand der Detektei in digitalen Zeiten gemacht habe. Zusammen mit seinem Freund Kenny sei er dabei auf ein ganz interessantes Geschäftsmodell gestoßen, das …

»Genug mit dem Vorspiel!«, unterbrach ihn Dick Limp Tracy, der sich nach seinem letzten Fall eine veritable Karriere als Darsteller in Schmutzfilmchen aufgebaut hatte, die aber seit dem Aufschwung der kostenlosen Internetpornographie stagnierte. »Worum geht's?«

Bryan erklärte ihnen, was sie vorhatten. Mit ihren *SideStep*-»Exklusivdaten« würden sie die Ehepartner von fremdgehenden Leuten telefonisch als Klienten akquirieren, sich heimlich in die Fremdgehbörse einloggen, um Termine und Orte der geplanten Sextreffen zu recherchieren. Ihr Job im Außendienst würde es sein, vor Ort für belastendes Beweismaterial zu sorgen.

»Eigentlich mache ich ja keine Ehesachen«, unterbrach ihn Mahlow.

Sportello winkte ab: »Nee, ich auch nicht.«

»Hört mir erst mal zu«, sagte Bryan, »durch die Technik geht es jetzt ohne die ganzen Komplikationen …«

»Also kein stundenlanges Warten mehr?«, fragte Trout Ehrmanmike und kratzte die riesige Narbe, die quer über seinen Hals lief. »Wir wissen genau, wann und wo die sich treffen, und müssen sie nur in flagranti knipsen?«

»Exakt.«

»Was hätte ich mit meinem Leben anfangen können, wenn es diese Technologie damals schon gegeben hätte …«, murmelte Arch McLewer. »In der Zeit hätte ich ein Buch schreiben oder ein Instrument lernen können …«

»Das denkt man hinterher immer. Ich war zwanzig Jahre im Knast und hab bloß Gewichte gestemmt und die Arschbacken zusammengekniffen«, warf Isidro Parodi ein.

»Was sagt denn Papi eigentlich zu deiner Idee?« Das war Mönch, der eine schlechtgehende Reinigungsfirma besaß und zwar niemandem direkt in die Augen sehen konnte, aber eine umso größere Klappe hatte. Dreckiges Lachen erfüllte den Raum. Bryan wurde wütend. Unfassbar, die sahen in ihm immer noch den kleinen Jungen, der zwischen ihren Beinen mit heruntergefallenen Kippenstummeln spielte. Zeit für eine Demonstration. Er drückte die Schultern durch und zündete sich einen Monsterdübel an, den er lässig im Mundwinkel behielt.

»Solange mein Vater auf Kur ist, hab ich hier das Sagen. Wer darauf keine Lust hat, kann gehen. Also bist du dabei ...« – Bryan schnipste Asche auf Mönchs Jackett, die der sofort panisch abwischte – »... oder willst du weiter Klos putzen gehen?«

Wieder lachten alle, sogar lauter als zuvor. Mönch blickte starr zu Boden und fummelte an seinem Jackett herum, als wolle er die Karos sortieren.

»Und was ist mit der Bezahlung?«, fragte Fu Man Chu, der einen Asian-Fusion-Cuisine-Imbiss mit verbrecherisch günstigen Preisen betrieb; die 23a, gebratener Eierreis, war Bryans Favorit.

»Wir zahlen pro Fall eine Erfolgspauschale«, antwortete Bryan und nannte eine Zahl, die er für anständig hielt, ihm aber auch maximalen Gewinn versprach. Ein Raunen ging durch den Raum.

»Ich bin dabei!«, rief Yakayanka, der mit seiner Lederjacke und schmutzigen Haaren so heruntergekommen aussah, als ob er jeden Cent nötig hatte.

»Eine Sache noch«, sagte Bryan. »Wer von euch ist bei *Detectify*?«

Alle Arme gingen in die Höhe.

»Damit ist jetzt Schluss. Ich will euch exklusiv.«

»Leg noch 'n Zwanni drauf, und wir sind im Geschäft.« Das war Ivy Krakowski, die – einwandfrei konserviert – schon wieder von allen Männern umringt war. Die anderen nickten.

»Deal.«

Da blieb ihm noch ordentlich Puffer für die eigene Tasche. Wenn alles gut lief, hatte er sie ganz schön abgezockt. Im Verhandeln waren die Alten grottenschlecht, das hatte er schon vorher gewusst. Gab schließlich so einige, die am Ende eines Falls gar kein Honorar von ihren Klientinnen genommen hatten – Ehrensache –, und deren Altersvorsorge deshalb jetzt so löchrig war wie Mahlows Anzugjacke.

Tracy rieb sich die Hände. »Wann legen wir los?«

Bryan griff einen Stapel Papiere vom Schreibtisch, den sie vorbereitet hatten.

»Jetzt.«

17
EIN SOMMERNACHTSTRAUMA

Blaulicht zuckt über die noblen Einfamilienhäuser, deren bleiche Fassaden fast erschrocken aussehen, sonst kommt die Polizei hier nämlich nur vorbei, wenn sich ein übermütiger Sprössling beim Klauen erwischen lässt oder nachts besoffen ins Freibad einbricht. An den Fenstern lugen ab und zu Kinder hinter den Gardinen hervor, um nicht von den Eltern entdeckt zu werden, die auf dem Bürgersteig in Grüppchen zusammenstehen und tuscheln; es ist eine laue Sommernacht, und Colleen könnte wetten, dass sie Gläser mit Weißweinschorle hinter ihren Rücken versteckt haben.

Am Gartentor lungern zwei Beamte herum und geben jedem Fußgänger, der seine Schritte auch nur minimal verlangsamt, ein »Hier-gibt-es-nichts-zu-sehen« mit auf den Weg, was angesichts des Diskolichts nicht sehr glaubhaft ist. Colleen klonkt ja selbst öfter als nötig die kugelförmige Lampe aufs Autodach und genießt das blaue Flackern in der Dunkelheit, aber manche Kollegen starren wirklich stundenlang in das hypnotisierende Leuchten, so wie andere Leute ins Kaminfeuer – weshalb die chronische Abnutzung der blauen Lichtrezeptoren im Auge, *Morbus Escone*, als anerkannte Berufskrankheit von Polizei und Feuerwehr jedes Jahr Millionen an Steuergeldern verschlingt. Nur um eine glaubhafte Tatort-Atmosphäre in dieser Villengegend zu etablieren, ist das aber ziemliche Stromverschwendung, findet Colleen, greift durch das offene Fenster des Wagens und schaltet das Blaulicht aus.

Kopfschüttelnd geht sie auf das Haus zu. Sie fühlt sich irgendwie übertölpelt, denn nach dem ehernen Gesetz des Genres wäre frühestens am nächsten Vormittag mit der nächsten Leiche zu rechnen gewesen – alle hundert Seiten ein Toter, das ist doch der Leservertrag? Oder ist gleich Werbepause, und es muss vorher noch für ein bisschen Spannung gesorgt werden? Diese Cliffhanger machen sie noch wahnsinnig. Wie soll man da als ordentliche Polizistin noch mitkommen? Aber es hilft ja alles nichts. Ein Kaugummi gegen die Appletini-Fahne zwischen den Zähnen, betritt sie das Haus.

»Das Opfer ist Henning Rohleder, Anwalt.« Ihr Assistent David taucht aus einem toten Winkel auf, als habe er dort mit gespitztem Bleistift auf ihre Ankunft gewartet. »Es sollte eigentlich ein ganz normaler Fernsehabend mit der Familie werden, als plötzlich ...« Colleen hebt ihre Hand, um das Galileo-Mystery-Intro zu stoppen, und drängt sich an den Kollegen in Ganzkörperkondomen vorbei in die Küche.

Der übliche Pulvergeruch schlägt ihr entgegen, süßlich und verbrannt, aber da ist noch was anderes, eine penetrante Duftnote, von der ihr schlagartig übel wird. Die Axt steckt noch im freistehenden Küchenblock. Sie hat die geölte Arbeitsplatte gespalten, der Ringfinger und ein Stück vom kleinen Finger klemmen unter der rostigen Klinge, wie bei einem Unfall beim Holzhacken. Die Leiche des Mannes liegt ausgestreckt auf den Fliesen. Das Blut ist noch frisch und warm, die rote Lache hat sich in den Fugen der Kacheln zu einem Gittermuster in der ganzen Küche ausgebreitet, also versucht Colleen nicht auf die Ritzen zu treten, wie Jack Nicholson in diesem Zwangsneurotiker-Film.

Sechs ungezielte Schüsse in Kopf, Hals, Brust und Bauch, der Mann ist halb zerfetzt – ganz klar ein größeres Kaliber als bei Audrey. Die Sache sieht aus wie eine schlechte Kopie des ersten Mords, kein Vergleich zum eiskalten Laubsägen und Kopfschuss: Hier war jemand richtig wütend und hat abgedrückt, bis es nur noch Klick gemacht hat.

Colleen bückt sich runter zur Leiche. Das Gesicht des Mannes ist farblos und grau, aber nicht nur, weil das gesamte Blut aus der kreisrunden Schusswunde an seinem Hinterkopf ausgetreten ist, sondern vor allem, weil er ein total blasser Typ ist. Den hätte Colleen sofort wieder vergessen, würde er jetzt nicht fotografiert und sein Gesicht bis zur Lösung oder Einstellung des Falls an die Korkpinnwand im Revier geheftet (irgendwer macht dabei den vorhersehbaren Spaß, ihm die Nadel direkt durch die Schusswunde zu drücken). Seine Haut ist von unzähligen winzigen Falten durchzogen, die nicht gerade von den harten Kämpfen des Lebens zeugen, sondern von den sinnlosen Scharmützeln des Alltags: Er sieht exakt so aus, wie ein Ehemann nach zwanzig Jahren Ehe eben aussieht. Das ist das Einzige, was Colleen dazu einfällt. Aber wie gesagt, sie hat es auch nicht so mit Gesichtern.

»Die Nachbarn haben einen violetten VW wegfahren sehen und das Nummernschild notiert. Ich habe es schon überprüft. Der Wagen ist immer noch auf die alte Tante Jones registriert«, sagt David und deutet auf die eingeschlagene Fensterfront des Wintergartens. »Da vorne ist er rein.«

Colleen steigt über die Scherben hinaus auf die ausladende Terrasse. Ein Bewegungsmelder springt an und erleuchtet den Garten, wo eine geschmacklose Kombination aus Flechtmöbeln, Gasgrill und Topfpalmen herumsteht. Ein von Rosenstöcken gesäumter Kiesweg führt zu einem Werkzeugschuppen, dessen Tür zersplittert in den Angeln hängt.

»Frau und Kinder sind sofort geflohen, als Harry Jones mit der Axt durchs Fenster gekommen ist. Die Kollegen haben sie im Gästebad gefunden«, sagt David von drinnen, »die Kinder hatten ihre elektrischen Zahnbürsten wie Messer umklammert …«

Colleen geht wieder rein. Ein Designkronleuchter taucht das Wohnzimmer in ein warmes Licht, auf der riesigen Eckcouch liegt ein umgekippter Spielzeugbagger, dessen elektrische Schaufel wie bei einem Krampfanfall zuckt. Im Flachbild-Fernseher läuft ein *Wer wird Millionär?*-Promi-Spezial. Gerade geht es um 125.000 Euro und Günther Jauch macht Witze über die hochhackigen Schuhe der Kandidatin, die vor drei Jahren mal eine Kommissarin mit Gehfehler gespielt hat und sich mit dem Preisgeld den lang gehegten Traum von ihrer eigenen Stiftung erfüllen will.

»Der Tod trat nach grober Schätzung zur Fünfzig-Euro-Frage ein«, sagt David und grinst. Versucht er sich jetzt durch geschmacklose Witze einzuschleimen? Colleen schaltet den Ton aus. Des Fernsehers, nicht von David, schön wär's. Auf dem Couchtisch stehen Softdrinks und ein halbleere Schüssel mit Popcorn. Popcorn. Daher also ihr Würgereiz. Colleen muss plötzlich wieder an den Psychokiller denken, bei dessen Verhör sie am Anfang ihrer Karriere dabei gewesen ist und wegen dem sie Kinos meidet wie andere Leute Rastplatztoiletten.

»Menschen sind wie Maiskörner«, hatte der gesagt. »Roh sehen alle gleich aus. Aber wenn man sie erst mal in siedendes Öl wirft, ihre Haut platzt und sich ihr Inneres nach außen kehrt, dann gibt es keins mehr, das gleich aussieht. Erst da zeigt sich ihre Individualität.«

Weil man ihr in irgendeiner Fortbildung eingebläut hatte, man müsse sich in die Psyche des Täters hineinversetzen, hatte sie gar nicht erst versucht, ihn auf seinen Logikfehler hinzuweisen – schließlich gab es garantiert keine brünetten und blonden Darmzotten –, und hatte stattdessen gefragt, wie er nur so bestialisch morden könne. Die Antwort war so lapidar wie einleuchtend: »Wenn die Haut erst mal ab ist, wird es leichter.«

Colleen schüttelt die Erinnerung ab und geht zurück ins Esszimmer, wo die Leiche gerade in einen riesigen Plastiksack gewälzt wird.

»Was ist die Verbindung zwischen Rohleder und Audrey?«, fragt sie David, der gerade räsoniert, zu welchem Jauch-Kalauer Rohleder wohl gestorben ist, und dann die üblichen Ausflüchte herunterleiert, das wisse man leider noch nicht, die Ehefrau habe noch nie was von einer Audrey gehört und sie auf dem Foto auch nicht erkannt (oh Wunder), alles Mögliche werde noch forensisch ausgewertet …

Colleen lässt ihn stehen und wandert durchs Haus, bis sie das Arbeitszimmer findet. An beiden Seiten deckenhohe Bücherregale, ein alter Sekretär mit Blick aus dem Fenster, Briefbeschwerer aus Messing, das volle Programm. Colleen blättert sich durch Aktenordner, zieht Fächer auf und schüttet den Inhalt des Papierkorbs auf den Boden. In der untersten Schublade des Sekretärs findet Colleen schließlich, was sie sucht. Eine Kladde, achtlos hineingeworfen, mit den Kontoauszügen der letzten paar Monate.

Colleens Zeigefinger gleitet über die Abbuchungen. Auf den ersten Blick scheint alles normal. Lastschriften von der Telekom, Restaurants, Baumärkten, Überweisungen an die Kita *Sonnenkinder* und an die Schwester für »Geschenk Mama, danke«. Am 12.3. eine Abhebung von je 1000 Euro an drei Geldautomaten, ganz in der Nähe von Tante Jones' Wohnung.

»David!«, ruft Colleen, was völlig unnötig ist, denn der kleine Scheißer ist ihr lautlos gefolgt und glotzt ihr schon die ganze Zeit über die Schulter, er ist schließlich hier, um was zu lernen. »Hat Harry Jones am 12.3. zufällig 3000 Euro auf sein Konto eingezahlt?«

David scrollt auf seinem Handy durch die Akten, dann weiten sich seine Augen.

»Prostitution?«, schießt es aus ihm heraus.

»Oder Salafisten«, sagt Colleen sarkastisch und schaut sich die anderen Auszüge noch mal genauer an. Ihr Blick fällt auf eine monatliche Lastschrift von *PizzaSofort* über 19,99 Euro, völlig unverdächtig eigentlich, und Colleen erkennt sie nur, weil die bei ihr selbst jeden Monat auf dem Kontoauszug auftaucht: ein kleiner Servicetrick, mit dem Verheiratete den monatlichen *SideStep*-Mitgliedsbeitrag als Pizzalieferung getarnt zahlen können, falls die Partner ihre Kontoauszüge prüfen. Möglich gemacht vom gemeinsamen Mutterunternehmen *Valhalla Capital*. Wo Jones plötzlich gekündigt hat, um seine letzte, große Nummer durchzuziehen.

Colleen setzt sich an den Sekretär, auf dem neben dem gerahmten Bild einer ehemals glücklichen Familie der Laptop steht. Sie hat Glück: *Rohbert63* ist noch bei *SideStep* eingeloggt.

Sie ruft seine letzten Kontakte auf. Und tatsächlich: Audrey, hier bekannt unter dem Nicknamen *Natalia_89*, lächelt mit großen weißen Zähnen in die Kamera, das tief ausgeschnittene Top gibt ihren Brustansatz frei. Colleen fühlt ein unangenehmes Kribbeln, als würde eine klamme Hand über ihren Nacken fahren: *Natalia_89* ist einer dieser Zombie-Avatare, die noch jahrelang ziellos im Netz rumgeistern werden, während ihre realen Vorbilder längst kompostiert sind. So wird die Welt sich an Audrey erinnern: halbnackt, auf einer Fremdgehseite.

Colleen klickt auf den Chat zwischen ihr und Rohleder.

Die letzte Nachricht hat *Natalia_89* vor zwei Wochen gesendet: ein Foto von Rohleder, nackt im Bett mit Audrey, seine Erektion ein schlechter Witz, die Holztäfelung im Hintergrund ist eindeutig die aus Tante Jones' Wohnung.

Darunter noch eine weitere Nachricht von *Natalia_89*:

Denk dran, keine Polizei.

18
DOGVILLE

»Könntest du ein Auge auf Eileen haben, während ich arbeite?« Mahlow zerrte seinen altersschwachen Dobermann am Halsband ins Büro. »Die kann nicht mehr so gut allein sein.«

Bryan zog ängstlich die Beine an, als sie unter seinen Schreibtisch trottete. Der vernarbte Abdruck ihres Kiefers auf seinem Oberschenkel hatte plötzlich wieder zu jucken begonnen.

»Keine Angst, die beißt nicht«, sagte Mahlow. »Jedenfalls nicht mehr.«

Fiel ihm wohl erst jetzt wieder ein, dass Bryans letzte Intim-Begegnung mit seinem Haustier mit zwölf Stichen geendet hatte. Und Eileens Zähne blitzten immer noch ziemlich spitz unter ihren Lefzen hervor, da konnte sie so trüb zu ihm hochstarren, wie sie wollte – noch mal fiel Bryan bestimmt nicht auf diese Masche herein. Aber im Grunde genommen konnte sich der greise Köter kaum aufrecht halten: Das linke Hinterbein war nur noch ein pelziger Stummel. Er musste sich jetzt echt mal zusammenreißen. Schiss vor Hunden war was für Postboten, nicht für Detektive! Zeit, die alten Geschichten zu begraben.

Bryan zwang sich, die Beine wieder unter den Tisch zu stellen. Dann streckte er vorsichtig die Hand aus und strich über das grau durchsetzte Fell.

»Was ist denn mit ihrem Bein passiert?«

»Die haben sie aus Versehen in den Müllwagen geworfen, weil sie ein Nickerchen in einem Karton gemacht hat. Konnte sie gerade noch rausziehen, bevor die Presse richtig loslegte.« Mahlow schaute mitleidig zu ihr runter. »Aber ein Bein ist dringeblieben.«

»Und deshalb kannst du sie nicht mit auf Observation nehmen?« Bryan kraulte sie hinter den Ohren. War gar nicht so schwierig, wenn man sich einmal überwunden hatte.

»Daran liegt's nicht.« Mahlow schüttelte den Kopf. »Wenn's spannend wird, muss sie vor Aufregung immer pinkeln. Versuch mal, wen zu verfolgen, wenn du an jedem Baum halten musst.«

Was haben alte Männer und Hunde gemeinsam?, dachte Bryan.

»Ich hol sie heute Abend wieder ab.« Mahlow füllte einen Aschenbecher mit Wasser und warf eine Handvoll Breckies daneben.

»Aber ...« Bryan wedelte mit einem Ausdruck. »Ich muss auch gleich wen observieren.«

»Übernehme ich für dich.« Mahlow steckte den Zettel in seine Sakkotasche und ging zur Tür. Dort drehte er sich noch einmal um.

»Sei nicht traurig, Kleiner: Du bist der Kopf, wir sind die Muskeln.«

Jetzt war Bryan also endgültig an dieses Büro gefesselt. Es hatte harmlos damit angefangen, dass sich die Haudegen ihre Onlinebestellungen in die Detektei liefern ließen, weil sie neuerdings den ganzen Tag auf Achse waren – inzwischen stapelten sich Pakete und Versandbeutel am Schaufenster zu einer wackeligen Pyramide, die jede Sekunde einzubrechen drohte. Was bestellten die überhaupt die ganze Zeit? Neue Trenchcoats? Austauschklingen für Schnappmesser? Importierten Fusel? Die Paketboten hatten jedenfalls sofort geschaltet und sein Büro zur Annahmestelle der halben Straße umfunktioniert. Alle paar Minuten kam jemand rein, um ein Paket abzuholen, ohne dabei das eigene Desinteresse für die Detektei auch nur im Geringsten zu verbergen.

Aber damit nicht genug. Der fette Caligula Fox hatte seine Orchideen bei ihm untergestellt, und jeden Abend, wenn er seinen Lohnumschlag abholte, unterzog er Bryan einem knallharten Verhör, ob er sie auch stündlich gegossen hatte. Oder Honey McKinsey, die zwischen zwei Touren auch mal gern einen Zahnreinigungstermin im Hinterzimmer einschob. Die Gurgel- und Schleifgeräusche, die dabei undeutlich nach vorn drangen, waren einfach nur widerlich, Bryan bekam schon eine Gänsehaut, wenn er nur daran dachte. Zwischendurch tauchten Mahlow und ein paar andere Recken in »ihrem Pausenraum« auf, saßen inmitten des Chaos auf Plastikstühlen, rauchten Kette und tranken Whiskey oder sonst was aus Wassergläsern – und Bryan durfte hinterher die Flaschen zum Altglas bringen.

Aber der Laden brummte, das konnte man nicht anders sagen. Vor allem die Klientinnen waren hochzufrieden mit dem Service der *Detektei Auster*: Endlich Schluss mit den Lügen ihrer Ehemänner. Und die schmerzfreien unter ihnen ließen sich sogar ab und zu in die starken Arme der Detektive sinken – was wiederum deren Arbeitsmoral extrem steigerte, genauso wie jede Buchung des sogenannten »Denkzettel-Services« für Hochstimmung in der Belegschaft sorgte. Die Sache war Spilley Hammers Idee gewesen (»Das war früher üblich in der Branche, Bryan. Und ein blaues Auge hat noch keinem geschadet.«), und ihm sollte es recht sein (»Bekommst 15 Prozent Vermittlungsgebühr, Junge. Für deinen Aufwand«).

Kenny war die meiste Zeit ruhiggestellt. Wenn er Bryan nicht gerade mit Joints versorgte, arbeitete er in der Ecke an irgendwelchen Sachen zur Optimierung der Website.

»Skalieren, Bryan, skalieren«, sagte er, wenn er die Ergebnisse alle paar Tage präsentierte, »das ist die nächste Phase im Startup-Zyklus.«

Bryan selbst verbrachte seine Zeit damit, die Datenbank nach Fremdgehern zu durchforsten, Akquiseanrufe bei den Ehepartnern zu tätigen, Fremdgeh-Chats zu lesen und den Schichtplan für die nächsten Tage zu schreiben. Eine Regel hatte er sich bei der Kundengewinnung allerdings auferlegt: Er beschränkte sich auf Adressen aus Stadtteilen, die demographisch besser dastanden. Aus Zehlendorfer oder Charlottenburger Klienten konnte man mehr Kohle rausholen als aus Neuköllnern, außerdem bekam das Ganze dadurch einen gewissen Robin-Hood-Aspekt. Und man lief weniger Gefahr, nach Feierabend auf die Fresse zu bekommen.

Alles lief also spitze, generell betrachtet, sogar die Mietrückstände waren bezahlt. Trotzdem fühlte Bryan sich nicht wie der Chef eines erfolgreichen Start-ups, sondern eher wie der Hausmeister. Irgendwas lief schief, so auf symbolischer Ebene. Genau genommen lag es gerade in der Ecke und furzte. Wenigstens schien Eileen einigermaßen pflegeleicht zu sein, denn nachdem sie eine kleine Runde durchs Büro gedreht hatte, schlief sie. Ab und zu wachte sie auf und bellte leise, als müsse sie böse Geister verscheuchen, und Bryan kickte einen Brekkie in ihre Richtung. Eine perfekte Symbiose. Bis das Drecksvieh pinkeln musste.

Bryan warf sich den Trenchcoat über, schob das gebrechliche Wesen vor die Tür und schloss die Detektei ab. Der Schnee war geschmolzen, nur ein paar dreckige Eishaufen türmten sich noch am Rand des Gehwegs, und unter Bryans Füßen knirschte eine festgetretene Masse aus Kies, Scherben und Raketenhülsen; Fräulein Smilla wäre sicher auch für diesen Dreck ein passendes Wort eingefallen. Die eiskalte Luft schmerzte zwar noch in der Lunge, aber an den Sträuchern waren erste Knospen zu sehen, und der Schimmel blühte auch schon auf einer mit *Free Palestine* besprayten Matratze, die jemand auf den Gehweg geworfen hatte. Eine Leine hatte Mahlow nicht dagelassen, aber das war auch nicht nötig, denn Eileen blieb sowieso alle zehn Sekunden hechelnd stehen wie ein Rentner, der alibimäßig ins Schaufenster guckt. Alle paar Meter kamen sie an *Valhalla-Capital*-Plakaten vorbei, die in grellen Farben an den Straßenlaternen hingen und mit einem Countdown die Tage bis zum »Tag X« runterzählten, an dem wahrscheinlich wieder irgendeine bahnbrechende App präsentiert würde. Als gerade niemand hinguckte, riss Bryan eins ab, und unter den Fetzen kam eine verwitterte, alte Schicht zum Vorschein: *#GesichtZeigen. Gegen Vollverschleierung auf deutschen Straßen.*

Vom Kiosk holte er sich Kaffee und eine Zeitung und ging zum Lesen in einen kleinen Park, den die Nachbarschaft als Schrotthalde für alte Möbel und Technikgeräte benutzte. Überall lagen zertretene Couchtische, alte Kühlaggregate und Satellitenschüsseln herum, im Schilf eines Tümpels trieb ein Fernsehgehäuse. Bryan setzte sich auf eine Parkbank, zündete sich einen Dübel an und schlug die Zeitung auf. Auffälliger ging es zwar nicht, Zeitungsleser auf Parkbänken waren schließlich völlig aus dem Stadtbild verschwunden – aber er beobachtete ausnahmsweise auch niemanden, er las ja nur.

Eileen lag zu seinen Füßen und schaute zu, wie auf der anderen Seite des Parks ein Golden Retriever ein Gummispielzeug apportierte, und Bryan meinte, in ihrem Blick unendliche Traurigkeit darüber zu spüren, dass ihre alten Knochen so was nicht mehr mitmachten. Als der kerngesunde Familienköter Eileen unter der Bank entdeckte, kam er kläffend angesprintet, und als impfte ihr der Jungspund neue Kraft ein, wedelte sie plötzlich mit dem Schwanz und hüpfte auf ihren drei Beinen im Kreis um das Hinterteil des Golden Retrievers. Erstaunlich, dachte Bryan. Was Hormone so möglich machen, selbst im hohen Alter.

»Hey Sie, was machen Sie da?« Das Herrchen hastete auf Bryan zu, das feiste Gesicht rot vor Kälte, bei jedem Wort stieß wütender Dampf aus seiner Nase.

»Ich?« Bryan schob den Joint in seinen Jackenärmel und blies den Rauch in die andere Richtung.

»Ja, Sie! Oscar spielt nicht mit schwarzen Hunden!« Er rempelte Bryan zur Seite und zerrte sein winselndes Tier am Halsband weg von Eileen. »Wissen Sie, wie schnell Sie sonst einen Mischling haben?«

Bryan starrte ihn entgeistert an und faselte irgendwas Klägliches von wegen »hohes Alter« und »geht doch gar nicht mehr«, aber der Typ klopfte ihm nur gönnerhaft auf die Schulter und meinte: »Nur ein Scherz, Junge. Aber wie sagt man? In jedem Witz schlummert ein Körnchen Wahrheit. Ciao!«

Und weg war er.

Bryan tätschelte den krummen Rücken der alten Hündin, die verständnislos ihrem Spielgefährten hinterhersah. War das gerade wirklich passiert? Oscar spielt nicht mit schwarzen Hunden? Bryan verstand den Humor der Leute nicht mehr. Hatte der ihn wirklich gerade weggeschubst?

Er sah sich nach einem Stock um, den er für Eileen werfen könnte, aber sie stöberte selbst schon im Schilf herum und kam schließlich mit einer gammeligen Fernbedienung im Maul zurück, die sie vor seine Füße plumpsen ließ.

»Ernsthaft, Eileen?« Bryan kickte die Fernbedienung einen Meter von sich weg. »Ich fasse die bestimmt nicht an.«

Aber Eileen stupste die Fernbedienung mit ihrer feuchten Nase wieder vor seine Füße und schaute ihn so lange mit ihren treuen Augen an, dass er doch irgendwann nachgab und warf.

So ging das jetzt Tag für Tag: alle paar Stunden den Körper hochwuchten, einen Gang mit Eileen machen, Schrott apportieren. Frische Luft war eigentlich nicht so sein Ding, aber man gewöhnte sich an alles. War schließlich auch gut für den Kreislauf, und er hatte nicht vor, wie sein Vater in Thrombosestrümpfen zu enden. Das hatte immer ausgesehen wie Strapse, wenn der die vor einer Observation anzog, und Bryan konnte in keinen Stripladen gehen, ohne an die behaarten Beine seines Vaters zu denken.

Wenn er vom Gassigehen wiederkam, wartete meist schon irgendwer vor der Tür. Entweder ein Nachbar mit einem Paketschein oder einer seiner Leute, um neue Fotos vorbeizubringen, die Bryan samt Rechnung an die betrogenen Ehepartner mailte und auf den Geldeingang wartete. Am späten Nachmittag dann ging er wieder nach draußen mit Eileen, an der Sparkasse vorbei. Immer holte er nur Zehner und Zwanziger, damit die Batzen schön dick wurden. Wenn er abends den Recken ihre Umschläge aushändigte, fühlte er sich ein bisschen wie der Pate.

Ab und zu versuchte er, seinen Vater zu erreichen, um ihn am Erfolg der Detektei teilhaben zu lassen, aber meist meldete sich nur die Mailbox. Nur einmal kam er kurz durch, sein Vater war durch ein lautes Stimmengewirr kaum zu hören.

»Hallo? Bryan?« Eine blecherne Stimme wie vom andern Ende der Welt.

»Papa! Wo bist du?«

»Sohn, der Empfang ist hier ganz schlecht. Was hast du gefragt?«

Im Hintergrund ein Geräusch, als würde eine Bahn durchfahren.

»Wo du bist.«

»Im Fernsehzimmer. Die sind hier alle schwerhörig!«, brüllte sein Vater ins Telefon.

»Die Detektei läuft super!«, sagte Bryan. »Ich habe Mahlow, Spadow und Ehrmanmike reaktiviert!«

»Wen? Ich verstehe dich ganz schlecht!«

»Na, deine alten Kumpels von früher!«

Hydraulische Türen öffneten und schlossen sich.

»Ich muss jetzt. Fangopackung. Melde mich später bei dir, ok?«

Was er natürlich nie tat. Und auch Laura reagierte nicht auf seine Nachrichten, wenn er sie einlud, mal im Büro vorbeizuschauen. Brauchte wahrscheinlich eine Extraeinladung, die feine Dame, am besten mit Geheimtinte geschrieben.

Aber selbst diese Tiefschläge konnten Bryans Laune nicht trüben. Er war jetzt schließlich Chef eines erfolgreichen Startups, 24/7 in Action, da blieb keine Zeit für Familie oder Liebe. Dass er dabei genau genommen die Action anderen überließ: geschenkt. Er legte die Füße hoch und hielt sich mit Stuhlkippeln fit. Keine Ahnung, warum er früher die Hardboiled-Schule so gefeiert hatte. Das Leben als Armchair-Detektiv war doch eigentlich viel angenehmer.

19
CALL ME MAYBE

Der Hausmeister hat kaum den Schlüssel in Audreys Wohnungstür umgedreht, da stürmt Colleen schon mit gezogener Waffe hinein und brüllt einen Standardsatz aus dem Polizeihandbuch: »Hände hoch oder ich schieße«, »Hier spricht die Polizei«, »Kommen Sie raus, wir wissen, dass Sie da drin sind« – so was in der Art. Ein kurzer Scan des Raumes, dann lässt sie die Pistole sinken: eine Matratze mit zerwühlter Bettwäsche, das Spülbecken voller Teller, ein vergessener Müllsack, eine Tiefkühlpizza, auf der die Fruchtfliegen tanzen. Die Waschmaschine durchgelaufen, aber nicht mehr ausgeräumt, weil in drei Kilometern Luftlinie Audreys Gehirn just in dem Moment an die Wand spritzte, als auf der Leuchtanzeige ENDE aufblinkte.

Colleen bleibt reglos stehen. Die unverrichteten Dinge plötzlich Verstorbener machen sie immer furchtbar melancholisch. Leichen, ob erwürgt, erschossen oder erschlagen, sind für sich genommen abstrakte Anomalien – bei 600 Morden auf 80 Millionen Einwohner fast so wahrscheinlich wie ein Sechser im Lotto, dass es einen selbst trifft (je nachdem, welche Zahlen man ankreuzt). Die Botschaft der zurückgebliebenen Dinge dagegen lautet: Es kann auch dich treffen, jederzeit und egal, wie normal du bist; also hinterlass deine Wohnung immer so, dass sie dir nicht peinlich ist, wenn die Polizei nach deinem Ableben deine Tür eintritt.

Colleen könnte eine endlose Liste solcher Dinge anfertigen: nicht beendete Mahlzeiten (die Spargelköpfe ausgerechnet bei der Henkersmahlzeit bis zuletzt aufgehoben), unterbrochene Tätigkeiten (nur die Hälfte der Haare abrasiert, weil es plötzlich an der Tür klingelte) oder solidarisch mit ihren toten Besitzern verhungerte Haustiere. An der Spitze der Liste stünde die hundertjährige Schildkröte, die aus ihrem Terrarium zusehen musste, wie ihr dritter Besitzer bestialisch stranguliert wurde, und die dann – nachdem sie zwei Weltkriege problemlos überlebt hatte – wenige Tage später erbärmlich verdurstete: Vergeblichkeit, Vergeblichkeit. Als Colleen sie damals vertrocknet und in ihren Schild zurückgezogen fand, hat sie zum ersten Mal an einem Tatort geweint.

Auch jetzt steigen ihr Tränen in die Augen, aber das liegt nur am Verwesungsgeruch, also stellt sie erst mal den fies stinkenden Müllsack vor die Tür und reißt die Fenster auf, und ja, schon wird es schlagartig besser.

Keine Anzeichen, dass Jones hier ist, trotzdem schiebt Colleen den konsternierten Hausmeister zurück in den Flur – er wird diese schlampigen Mieter nie verstehen – und hängt von innen die Kette vor, um unangenehme Überraschungen zu vermeiden. Im Badezimmer stehen zwei Zahnbürsten im selben Becher, was Colleen kurz irritiert, denn daran gewöhnt man sich irgendwie nie, dass auch Mörder sich die Zähne putzen oder ein Lieblingseis haben.

Sie wühlt ein bisschen in den Schränken und der Kommode herum, wo Audreys Bikini mit der Amerika-Fahne wieder auftaucht, sowie allerlei andere steuerlich absetzbare Berufsbekleidung, die mal wieder die Grenzen der männlichen Fantasie belegt: Schulmädchen, Sekretärin, Politesse. Als sie gerade ein ultraknappes Dirndl in der Hand hält, flackert vor Colleens innerem Auge ein Bild von Martin in seinem Männlichkeitscamp auf – Landmädchen mit Stroh im Haar tanzen ums selbst entfachte Lagerfeuer –, aber genauso schnell, wie sie das Dirndl zurückstopft und die Schublade zuknallt, ist sie auch wieder im eiskalten Ermittlungsmodus, im Zimmer eines Mordopfers, und verfolgt unnachgiebig ihre Spur.

Sie startet den Laptop, dessen Display von Staub und Flüssigkeitsspritzern überzogen ist. Während der Computer hochfährt, zieht sich Colleen Plastikhandschuhe über und untersucht ein paar zerknüllte Blätter, die auf dem Tisch herumliegen. Was viel interessanter ist als das unlesbare Gekritzel: Unter dem Papierkram taucht eine Schachtel Zigaretten auf. Noch halb voll, light, ohne Zusätze. Lecker. Colleen steckt sich eine zwischen die Lippen, vielleicht kann sie damit ja den Gestank hier vertreiben. Es hat wirklich nur pragmatische Gründe, warum sie jetzt rauchen will; sie hat keine jahrelange Sucht hinter sich, versucht nicht, sich das Rauchen vergeblich abzugewöhnen, weder verweist es auf eine tiefgreifende psychische Problematik, wie bei ihren lasterhaften Kollegen im TV, noch hält sie viel vom ostentativen Rauchen von Romanfiguren, nur damit die zwischen zwei Dialogzeilen etwas zu tun haben. Rauchen ist geruchstechnisch einfach das geringere Übel. Leider findet sie nirgendwo ein Feuerzeug, es wäre auch zu schön gewesen, und steckt die Kippe in die Jackentasche, kann sie bestimmt später noch gebrauchen.

Sie öffnet den Internetbrowser und klickt sich durch den Surfverlauf: Internetforen, in denen sich Auswanderer gegenseitig Tipps geben, Homepages von Immobilienmaklern in Vietnam, die Website der thailändischen Botschaft, und da, im letzten Tab, tatsächlich das Fremdgehportal *SideStep. Natalia_89* ist noch eingeloggt.

Colleen klickt auf das Briefsymbol und gelangt zu den privaten Nachrichten, die Audrey mit allerlei Männern ausgetauscht hat. Eine ganz schöne Liste, da wird Colleen blass vor Neid – sie selbst hat während ihrer halbjähren Mitgliedschaft vielleicht mit zehn Männern gechattet, hier sind es Hunderte in zwei Wochen. Aber *Natalia_89s* Geheimnis ist so genial wie enttäuschend: Nacktbilder, die sie aus den unmöglichsten Winkeln von sich selbst im Spiegel gemacht hat – nebst dem Angebot, sich doch gleich selbst von der Echtheit dieses 1-a-Körpers zu überzeugen, bei einem Stelldichein bei ihr zu Hause, ihr »Ehemann« sei morgen Abend nicht vor Ort, Lenaustraße 10, Klingeln bei Kipping. Das ließen sich die meisten Typen natürlich nicht zweimal sagen.

Am Tag nach dem Date erhielten alle die Drohung, nicht zur Polizei zu gehen, inklusive eines Beweisfotos in der Art, wie Colleen schon eins auf Rohleders Computer gesehen hat: nackte Männer im Bett mit Audrey, immer in der exakt gleichen Pose, sie muss ihr Programm nach einem festen Muster abgespult haben, sie war schließlich ein Profi.

Colleen klickt sich durch die Bilder. *Natalia_89* war nicht gerade wählerisch, was ihre Erpressungsopfer angeht: Bleiche, dickliche Körper von Bänkern wechseln sich ab mit den Bratmaxe-Gesichtern von Familienvätern, zwischendurch der Sixpack eines Managers in der Midlife-Crisis, dann wieder Bierbäuche, die wie Schürzen über den Genitalien hängen, aufgedunsene Gesichter, schlecht rasierte Brustbehaarung ... Colleen will ja niemanden bodyshamen, aber schöpfen diese Typen keinen Verdacht, wenn ein Gerät wie *Natalia_89* sich für sie interessiert? Wahrscheinlich nicht, wenn das Wunschdenken an Realitätsverlust grenzt. Und die meisten Männer überschätzen sich sowieso gnadenlos. Das wird frau ja wohl noch denken dürfen.

Colleen geht zur Spüle und zapft sich ein Glas Wasser. Das ist also die Masche, das letzte große Ding. Durch seinen Job bei *Valhalla Capital* ist Jones auf die Idee gekommen, per *SideStep* Männer von Audrey verführen zu lassen und sie dann zu erpressen. Und die Fotos als Druckmittel, damit die Männer schön die Füße stillhalten. Nicht schlecht, Harry, ziemlich lukrative Sache (schließlich ist niemand so erpressbar wie Ehemänner,

Colleen weiß, wovon sie spricht). Und mit den Hunderttausend sind Harry und Audrey ihrer Insel ja auch ziemlich nahe gekommen – bis eins der Opfer durchgedreht ist, sich eine Stichsäge und eine Knarre besorgt hat, und die Geschichte für Audrey im Kühlhaus geendet hat anstatt in der Südsee.

Colleen untersucht noch mal die Nachrichten. Audreys letzter Kontakt war ein gewisser »Gelöschter Benutzer«, Verabredung exakt zur vermuteten Tatzeit, aber kein Profilfoto mehr zu sehen, nur noch die Nachricht im Postfach. Mist. Da hat sich wohl jemand unsichtbar gemacht. Deswegen knöpft sich Jones jetzt im Blutrachemodus einen nach dem anderen vor, weil alle Erpressten verdächtig sind.

Auch wenn Colleen diese Männer abtörnen, muss sie sie warnen. Bloß wie? Natürlich hat keiner hier Namen, Adresse oder Telefonnummer angegeben, alles bleibt anonym, das ist ja der Sinn der Sache.

Colleen schickt eine Mail an die Computerforensik, vielleicht kann die sich ja irgendwie da reinhacken und über die IP-Adressen auf den Telefonanschluss der Männer zurückschließen, aber eigentlich hat sie da wenig Hoffnung, denn das sind alles im Schnelldurchgang umgeschulte Streifenbullen, die schon genug damit zu tun haben, Word-Dateien (*.docx) in Open-Office (*.odt) oder Pages (*.pages) umzuformatieren, weil die Polizeicomputer wie gesagt alle aus beschlagnahmten Beständen stammen und man sich mit der bereits installierten Software der Vorbesitzer begnügen muss. Und außerdem ist ab 17 Uhr bei den Behörden ja nie mehr jemand zu erreichen. Also gibt es nur einen Weg.

Colleen fängt an zu tippen. Bei jedem Buchstaben knirschen die Chipskrümel zwischen den Tasten.

Hallo *supreme_69*, hier ist Colleen McCollum, Kriminalpolizei. Sie wurden von Harry Jones erpresst. Es besteht

Grund zur Annahme, dass Sie in akuter Lebensgefahr sind. Verlassen Sie sofort Ihre Wohnung und kontaktieren Sie mich.

Weil viel zu viele Internetbetrüger mit gefälschten Polizei-Websites arbeiten, auf denen man dann für illegalen Musik-Download oder krankhaften Pornokonsum zahlen muss, schaltet Colleen die Webcam ein, hält ihren Dienstausweis neben ihr Gesicht, und sendet das Bild ab, auch wenn sie darauf müde und einsam aussieht, aber sie ist ja jetzt auch nicht zum Flirten hier. Obwohl ihr etwas mulmig dabei ist, tippt Colleen ihre Diensthandynummer ein, denn wenn sich die Typen erst durch die Hotline der Polizei kämpfen müssen, hängen sie immer noch in der Warteschleife, wenn Harry mit der Axt zwischen den Zähnen an ihrer Tür klopft. Die 110 ist bekanntlich die härteste Nummer der Stadt, dagegen ist es ein Kinderspiel, beim Arbeits- oder Finanzamt durchzukommen, die einzig todsichere Methode ist zu behaupten, die Nachbarn feiern zu laut, dann steht sofort eine SOKO-Wanne vor der Tür. Erst recht glaubt einem keiner, wenn man behauptet, eine Kommissarin habe auf einer Fremdgehwebsite geschrieben, dass man in Lebensgefahr schwebe ... Da lächelt Oberwachtmeister Bulthaupt nämlich nur milde und legt auf.

Colleens Handy vibriert in ihrer Jackentasche. Sie fummelt es schnell heraus, aber es ist nur ihr Assistent Damian.

»Hast du die Kamera gefunden?«

»Ja, die steckte in einem Astloch der Holzvertäfelung. Ist nicht mal so groß wie eine Murmel.«

Seine Stimme klingt blechern, weit entfernt, als wäre er am Ende von so einer Schnur mit zwei Dosen dran, mit denen Colleen als Kind immer mit ihrem Bruder gespielt hat.

»Leider nur so ein billiges Video-Babyphon, das die Aufnahmen live auf einen Computer oder ein Handy sendet.«

»Das heißt, kein Bild vom Mörder?« Colleen stöhnt. Wenn sie selbst versucht, die Dateien auf diesem Computer hier zu finden, dauert das ewig. Während sie noch überlegt, wie sie das jetzt am besten formuliert, klemmt Colleen sich das Handy zwischen Schulter und Ohr, stopft Laptop und Netzteil in ihre Taschen und versiegelt die Tür mit einem Streifen Klebeband.

»Damian, versteh das jetzt nicht falsch, aber du musst bei mir zu Hause vorbeikommen. Wir müssen den Laptop auswerten.«

Und schon hat sie wider Willen ihr erstes Workdate mit einem Kollegen. Ausgerechnet am Wochenende, wo Martin nicht da ist. Zufall oder Berufskrankheit? Sollte da doch der ein oder andere Funken übergesprungen sein, ohne dass sie es gemerkt hat? Anders lässt sich so ein Zufall ja nicht erklären. Und wie so was ausgeht (nämlich schlecht), wissen wir ja alle …

20
MEN AT WORK

Strömender Regen prasselte aufs Autodach, die Sorte Aprilregen, der jeden Augenblick aufhören oder für Tage andauern kann. Neblig war es noch dazu, aber konnte auch sein, dass er den selbst hier drin mit seinen Dübeln produzierte, überlegte Bryan. Um sich die Zeit zu vertreiben, sah er den Tropfen zu, wie sie an der Fensterscheibe Wettrennen spielten. Kreuz und quer flitzten sie die Scheibe herab oder fusionierten zu Megatropfen, die dann die kleineren auf der Zielgerade überholten. Er setzte ein paar imaginäre Dollars auf diesen oder jenen Tropfen, verlor aber ständig, bis er bei der Bank einen Riesenhaufen Schulden hatte und keinen Kredit mehr bekam. Ab und zu warf er einen Blick in den Rückspiegel auf die Tür der Nummer 17, eine bescheidene Doppelhaushälfte, wie aus dem Katalog bestellt, wo *Rolf_Wolf*, bürgerlich Herr Brandeis, gleich von *Aisha_87* besucht werden sollte, aber bisher absolute Fehlanzeige.

Anfangs hatte es ihn genervt, dass er kurzfristig für Trout Ehrmanmike einspringen musste, weil der übers Wochenende seine Enkelin zu Besuch hatte, aber eigentlich war es doch ganz chillig hier. Bryan lehnte sich zurück und drehte die Heizung auf, die er mittlerweile hatte reparieren lassen. Keine Spur mehr von Iltis. Was hatte er sich am Anfang eigentlich so angestellt? Sonst hatte er doch auch kein Problem damit, den ganzen Tag rumzusitzen und nichts zu tun. Seine komplette Jugend hatte er gefühlt nichts anderes gemacht, als an verregneten Nachmittagen in Autos zu sitzen, im Diner Apfelkuchen zu essen und sich gratis Kaffee nachschenken zu lassen. Das fiel zwar jetzt flach, weil er seinen Posten nicht verlassen durfte, aber der Kuchen war im tiefsten Reinickendorf sowieso viel zu teuer.

Ein weißer Lieferwagen hielt vor Nummer 17. Bryan rückte den Rückspiegel zurecht. Lieferwagen, da läuteten bei ihm sofort die Alarmglocken. Massig Platz für Drogenlieferungen, Uzis und 200-Kilo-Gangster hinter der Schiebetür. Aber dann stiegen nur zwei Handwerker in roten Overalls aus, ein Mann und eine Frau, holten ihre Werkzeugkästen aus dem Laderaum und gingen durch den Vorgarten auf das Haus zu. Komisch, sich Handwerker zu bestellen, wenn man einen Seitensprung plante. Konnte sich nur um einen Notfall handeln. Vielleicht ein Wasserrohrbruch, oder es regnete rein. Manche standen auch drauf, wenn jemand zuguckte. Und falls Pornofilmdialoge ein Maßstab dafür waren, spielen Handwerker, die irgendwelche Rohre verlegen, sowieso eine große Rolle in den sexuellen Fantasien der Leute. Na ja, war nicht sein Bier. Bryan sank in den Sitz und zündete sich noch einen Joint an. Offensichtlich verspätete sich *Aisha_87* ziemlich, oder sie hatte kalte Füße gekriegt.

Als er nach einer halben Stunde vom Zuschlagen der Haustür geweckt wurde, dämmerte es bereits. Bryan erschrak. Die Handwerker kamen durch den Vorgarten gelaufen, allerdings hatten sie jetzt Skimasken auf und blickten hektisch nach links und rechts, als hätten sie eine Bank ausgeraubt. Vielleicht ja nur gegen den Feinstaub beim Bohren oder das fürchterliche Wetter. Bryan rieb sich die Augen. Aber warum rannten die so?

Am Lieferwagen angekommen, zogen sie die Masken ab und warfen ihre Werkzeuge zurück in den Laderaum. Bryan griff nach dem Fernglas. Im Zoom waren die Werkzeugkästen plötzlich nur noch billige Baumarktware aus Plastik, kein Profiequipment. Und selbst durch den Regen sah er, dass die Zollstöcke in den Taschen ihrer Overalls an den Enden nicht abgewetzt waren vom Bierflaschenöffnen, sondern nagelneu. Nirgends ein Firmenname auf dem Lieferwagen: Hier war eindeutig was faul.

Die Rücklichter leuchteten auf, und der Wagen fuhr los. Bryan zögerte keinen Augenblick. Scheiß auf die hundert Euro Erfolgsprämie, das stank alles dermaßen zum Himmel hier – da musste er ran. Der Lieferwagen bog bereits um die Ecke. Bryan drückte aufs Gas, dass die Reifen durchdrehten.

An der nächsten Kreuzung hatte er sie wieder vor sich, trotz des Regens fuhren die beiden ziemlich zügig. Bryan folgte dem Lieferwagen über die Stadtautobahn, eine breite Ausfallstraße und schließlich auf immer schmaler werdenden Landstraßen mit Kreuzen am Fahrbahnrand ins Hinterland. Andere Autos wurden seltener, und er ließ sich zurückfallen, bis er die roten Schlussleuchten nur noch erkennen konnte, wenn er die Augen zusammenkniff. Sollte er die Scheinwerfer besser ein- oder ausschalten? Würden sie eher einen beleuchteten Wagen bemerken, diesen aber als normal einstufen, oder einen unbeleuchteten verdächtig finden? Er versuchte sich fieberhaft an die Tricks der Verfolgungsjagd zu erinnern, in die ihn sein Vater auf den Urlaubsfahrten nach Frankreich eingeweiht hatte. Stundenlang waren sie Autos gefolgt und hatten sich ausgemalt, was deren Insassen wohl verbrochen hätten. *Immer ein Wagen dazwischen, sich zurückfallen lassen, auch mal überholen, Sonnenschutz runter …* Bryan musste daran denken, wie ein paranoider Opel-Fahrer, den sie aus Spaß über 200 Kilometer lang verfolgt hatten, sie auf einem Rastplatz abgefangen und seinen Vater gegen eine Tanksäule geschubst hatte. So ein Typ mit wilden Haaren und irrem Blick samt einer peinlich berührten Freundin, die sich tausendmal entschuldigte, während Bryan und sein Vater vor Lachen fast erstickten.

Der Regen wurde heftiger, auf der Straße standen bald riesige Pfützen, und mehr als einmal hatte Bryan das Gefühl, als schleuderte er auf die nächste Eiche am Straßenrand zu, ohne dass sein panisches Kurbeln am Lenkrad irgendwas brachte. Nach einer halben Stunde passierten sie die Landesgrenze von Berlin, und ein Schild begrüßte sie in Brandenburg: *Neue Perspektiven entdecken.*

Es war bereits stockdunkel, als sie durch ein Dorf mit verrammelten Fensterläden fuhren, vorbei an einer verfallenen Tankstelle, und schließlich an einem Schild mit der Aufschrift *Kleiner Kitzsee, Campingplatz* auf einen Schotterweg abbogen. Bryan ließ ihnen eine Minute Vorsprung, dann fuhr er hinterher. Er sah den Lieferwagen gerade noch unter dem Schlagbaum hindurchfahren und hinter einer Reihe Fichten verschwinden.

Bryan hielt in einiger Entfernung des Eingangs hinter einem Busch. Sackgasse. Was, wenn die beiden ihn entdeckt hatten und ihn in eine Falle lockten? Erst als er den Motor ausmachte, bemerkte er, wie heftig das Herz in seiner Brust pochte. In seinen Fingern kribbelte es. Er klappte die Sonnenblende runter, und sah im Spiegel, dass er breit grinste. So gut hatte er sich seit Monaten nicht gefühlt. Wenn er sich's recht überlegte, noch nie.

Er sprang aus dem Wagen und rannte durch den eiskalten Regen zum Wärterhäuschen, in dem noch Licht brannte. Bryan duckte sich unter das winzige Vordach, aber binnen Sekunden war er durchnässt.

»Was gibt's?« Der Platzwart schob sein Fenster hoch. Hundertzwanzig Kilo Muskeln und Fett, nur notdürftig von einem Unterhemd zusammengehalten, starrten Bryan feindselig an. Ein halbgelöstes Kreuzworträtsel lag vor ihm, manche Zeilen mehrmals durchgestrichen und korrigiert. Ein elektrischer Heizlüfter brummte in der Ecke, über den Schimmelflecken an den Wänden hingen *Heimat Brandenburg*- und *Girls & Bikes*-Kalender.

»Bogart«, sagte Bryan.

»Was?«

»Schauspieler des Film noir.« Er deutete auf das Kreuzworträtsel.

Grunzend trug der Platzwart das Wort in die Kästchen ein.

»Was woll'n Se hier bei diesem Sauwetter? Sind bestimmt nicht hergekommen, um beim Kreuzworträtsel zu klugscheißen.«

»Äh«, Bryan druckste herum und deutete dann auf den Clio, dessen Scheinwerfer wie Raubtieraugen durch die Büsche leuchteten; was für ein mieses Versteck, der Mann musste ihn schon lange entdeckt haben.

»Hab mich verfranst. Wo geht's denn hier zum Kitzsee?«

»Ist ein Privatsee. Zutritt nur über den Campingplatz.«

Bryan streckte sich und versuchte im speckigen Gästebuch zu lesen, das aufgeschlagen auf dem Tisch lag. Sofort landete die fette Hand des Platzwarts darauf.

»Was ist? Woll'n se was mieten?« Der Platzwart deutete auf ein verwittertes Preisschild neben dem Fenster. »Nebensaison kostet zwei Euro weniger pro Nacht.«

»Ich wollte wirklich nur zum See, vielleicht könnte ich kurz über Ihren Platz ...«

»Nur der Tod ist umsonst.« Der Platzwart ließ die Scheibe nach unten krachen und widmete sich wieder seinem Kreuzworträtsel.

Als Bryan eine Stunde später wieder in den Nimrodweg einbog, bretterte er fast in einen Krankenwagen, der ihm mit Blaulicht entgegenraste. Im letzten Moment riss er das Lenkrad rum und landete polternd auf dem Bürgersteig, wo ihm der Motor absoff. Egal, wie oft er den Schlüssel im Schloss drehte, die Mistkarre sprang nicht mehr an. Er stieg aus. Zwar hatte es endlich aufgehört zu regnen, aber seine Klamotten waren nicht mal ansatzweise getrocknet, und er konnte förmlich spüren, wie sich irgendwelche Grippeviren über seinen schlotternden Körper hermachten.

Im Vorgarten der Nummer 17 stand ein Pulk von Leuten um eine Frau Anfang 50, die sich zitternd am Griff eines Rasenmähers festhielt. Die Fahrertür eines Skoda in der Einfahrt stand noch offen, der Inhalt ihrer Handtasche war über den Rasen verstreut. Bryan stellte sich zu den Schaulustigen. Eine Frau mit Fellweste klärte gerade eine dazugekommene Nachbarin auf.

»Sie hat Rolf neben dem Rasenmäher gefunden, ohnmächtig.«

»Wer weiß, wie lang er da schon lag.«

»Das nasse Gras hat wohl die Klingen blockiert, und als er sie säubern wollte, ist die Maschine wieder losgegangen.«

»Ich sag meinem Harald ja immer, er soll den Stecker ziehen, wenn er da unten drin rumfuhrwerkt.«

Bryan stutzte: Der Stecker steckte doch gar nicht. Das Kabel war nicht mal ausgerollt.

»Und da hat es ihm den Finger abgehackt.«

»Furchtbar ...«

Die Nachbarin nickte und starrte auf Frau Brandeis, die mittlerweile angefangen hatte, auf Knien durchs Gras zu rutschen und mit den Fingern die Halme zu durchkämmen.

»Ich glaube, wir können hier nichts mehr tun.«

»Sie hat ja unsere Nummer.«

Sie tauschten peinlich berührte Blicke aus und machten sich auf den Weg zurück in ihre Häuser. So gut kannte man sich schließlich auch wieder nicht.

Bryan sah sich um. Alle Spuren waren vom Regen verwaschen, nur auf dem überdachten Treppenabsatz fand er zwei Paar Fußabdrücke aus roter Lehmerde. Er bückte sich und roch daran. Erdig. Leider hatte er weder enzyklopädisches Wissen über Bodenbeschaffenheit noch Zugriff auf ein geologisches Analyselabor, trotzdem zog er sein Taschentuch hervor und wischte ein bisschen was davon auf. Sonst gab's nicht viel zu sehen. Vor allem kein Blut am Rasenmäher.

Als die Nachbarn in ihren Häusern verschwunden waren, ging er zu Frau Brandeis, die immer noch durchs Gras robbte und mit halb erfrorenen Fingern den Boden abtastete, irgendein Kauderwelsch vor sich hin brabbelnd.

»Er muss doch hier irgendwo sein ... Der kann doch nicht einfach so verschwinden ... Nach einundzwanzig Jahren ...«

Bryan versuchte sich an Details aus dem Akquisegespräch zu erinnern, in dem er ihr von dem *SideStep*-Profil ihres Mannes und der bevorstehenden Verabredung mit *Aisha_87* erzählt hatte, aber er hatte schon zu viele von der Sorte geführt und das schockierte Schweigen oder hysterische Geheule war immer das gleiche.

»Frau Brandeis?«

Die Frau sah auf. Ihre rotgeweinten Augen irrten an ihm vorbei über die Rasenfläche.

»Bryan Auster.« Unverständnis in ihren Augen. »Von der Detektei Auster. Sie haben uns engagiert, um ...«

»Halten Sie den Mund!« Die Frau versuchte strauchelnd hochzukommen. »Sehen Sie nicht, dass wir gerade andere Probleme haben?«

Bryan trat einen Schritt zurück.

»Können Sie mir vielleicht sagen, warum Sie heute die Handwerker im Haus hatten?«

»Wovon sprechen Sie? Welche Handwerker?«

»Die Handwerker, die anstatt der Verabredung Ihres Mannes kamen ...«

»Machen Sie sich über mich lustig? Hauen Sie endlich ab!«

Sie griff nach einem Lippenstift, der im Gras lag, und warf ihn nach Bryan.

»Runter von unserem Grundstück. Und lassen Sie sich hier nie wieder blicken!«

Bevor sie ihm mit ihrer Nagelschere noch ernsthaften Schaden zufügen konnte, flüchtete Bryan ins Auto. Komische Nummer. Wer mähte denn bei Regen seinen Rasen? Noch dazu ohne Strom? Und warum waren anstelle von *Aisha_87* die Handwerker zum Date erschienen? Bisschen viele Absonderlichkeiten für seinen Geschmack – wenn hier alles mit rechten Dingen zuging, hieße er nicht mehr Bryan Auster.

21
WE ONLY COME OUT AT NIGHT

Das Klingeln ihres Handys reißt Colleen aus dem Schlaf. Sie ist noch halb besoffen von der Flasche Weißwein, die sie mit Dorian geteilt hat (geteilt, so wie ältere Geschwister die Schokolade mit ihren jüngeren teilen: 75 zu 25 Prozent), aber sie hat auch erst eine Stunde geschlafen und das Licht brennt noch im Zimmer. Immerhin scheint ihr Assistent weg zu sein und schnarcht nicht auf der Couch nebenan. Jetzt erinnert sie sich, er musste noch zu seiner Freundin, die in der Nähe wohnt, klare Exit-Lüge, dabei hatte sie zu jeder Zeit professionelle Distanz gehalten (oder??), und die Auswertung des Laptops hatte auch keine neuen Erkenntnisse, geschweige denn Fotos der anderen Erpressungsopfer, zutage gefördert.

Eine verängstigte Stimme am anderen Ende der Leitung: »Frau McCollum?«

Atemlos erzählt der Mann, er sei nach der Warnung, die Colleen ihm von Audreys *SideStep*-Profil geschrieben hat, die ganze Nacht wach geblieben und habe die Straße beobachtet. Seine Frau und Kinder seien im Bett und schliefen. Das Haus hätten sie entgegen Colleens Rat nicht verlassen, wie hätte er ihnen das auch erklären sollen, ohne mit der Wahrheit rauszurücken? Und jetzt scheißt er sich in die Hosen, weil Harry Jones offenbar bewaffnet um sein Haus schleicht. Und das meint er ganz wörtlich.

»Bleiben Sie ruhig«, sagt Colleen und muss sich ernsthaft zusammenreißen, nicht hysterisch loszulachen, so unsinnig ist dieser Satz, denn selbst bei ihr brechen ja gerade alle Schweißdämme, ihr Herz hat plötzlich Schluckauf, die Pupillen schalten auf maximalen Lichteinfall. »Wir sind gleich da.«

Colleen und Dorian treffen gleichzeitig vor dem Haus ein, zu spät, wie es aussieht, der violette Passat ist durch die Vorgartenhecke gecrasht und steht mit blinkenden Lichtern auf dem umgepflügten Tennisrasen. Durch das Küchenfenster sehen sie Harry Jones, wie er in einer Besteckschublade kramt, seine Knarre auf einen in der Ecke kauernden Mann gerichtet. Harry zittert wie ein Grippekranker, um seinen Oberkörper ein mit dunklem Blut getränktes Bettlaken, seine Augen glasig, er muss nur so mit Schmerzmitteln vollgepumpt sein.

»Das ist schon sowas wie 'ne Geiselnahme, oder?«, sagt Dorian und tippt 110 in sein Telefon. »Da müssten wir jetzt nach Protokoll ...«

»Scheiß aufs Protokoll.« Colleen will nicht die ganze Nacht mit Lautsprecherdurchsagen und psychologischer Verhandlungsführung und Scharfschützen auf dem Dach verbringen. Jones hat sowieso nichts mehr zu verlieren, das heißt, sie haben keine Verhandlungsmasse außer »Ich-weiß-so-einer-sind-Sie-nicht-Harry-Sie-wollen-das-doch-auch-nicht-wirklich« – und wie er das will, er hat ja schon erfolgreich einen Mann umgelegt und ist jetzt wieder kurz davor. Sie fummelt die Knarre aus ihrem Holster. »Gib mir Deckung, wir gehen da rein.«

Harry Jones hat leider schon die Geflügelschere in der Hand und den Finger des Mannes darin, er drückt gerade zu – klingt gar nicht so anders als die Weihnachtsgans bei Martins Eltern –, als Colleen brüllt: »Waffe runter, oder ich schieße!« Aber da explodieren auch schon ihre Ohren, zwei Kugeln sirren an ihr vorbei und bohren sich irgendwo in Jones' zusammensackenden Körper. Hinter ihr posiert Dorian mit rauchendem Colt, »Silbermedaille bei den Polizeimeisterschaften 2016, keine Angst, ich hab ihm nur die Kniescheibe zertrümmert«, grinst er, dabei wäre das Colleens einmalige Chance gewesen, endlich mal selbst im Einsatz zu schießen, nicht immer nur auf Pappkameraden und Zielscheiben.

Colleen kocht vor Wut. Schon wieder denkt irgendein Typ, er könne es besser als die Frau und erwartet wahrscheinlich auch noch Luftküsse, weil er sie beschützt hat. Warum ballert sie also zum Ausgleich nicht Dorian ins Knie, im offenen Gefecht kann sowas schon mal passieren, Friendly Fire, ihr Wort gegen seins, eine kleine Abmahnung von Hoseley, und es hat sich?

Der Mann kreischt tonlos und starrt ungläubig auf seinen fehlenden Finger. Scheiße, Colleen kennt den. Ist das nicht *Beanz_76?* Aber natürlich, auf seinem *SideStep*-Profilbild trägt er so einen witzigen Mexikanerhut, dessen Ironie ihn von der Mehrzahl der maskulin posierenden Typen unterschieden hat, weshalb Colleen damals auch ein paar unverfängliche Nachrichten mit ihm ausgetauscht hat. Er war ganz amüsant und schlagfertig, aber natürlich ist nichts weiter draus geworden, Colleen betreibt das ja nur zum Zeitvertreib, die Fiktion genügt ihr, für die Realität hat sie Martin. Apropos Realität: Dass er Kinder hat, hat *Beanz_76* damals glatt verschwiegen – sonst hätte Colleen doch gar nicht mit ihm gechattet, ethische Grundsätze sind Pflicht, selbst oder gerade beim Fremdgehen.

Beanz_76 erkennt Colleen natürlich nicht, weil er gerade panisch Eiswürfel aus dem Kühlfach zerrt, um seinen abgeknipsten Finger zu retten, und dabei die ganze Küche mit Blut bespritzt. Aber vielleicht sollte Colleen seiner Frau oder den beiden Kindern was von seinem Doppelleben stecken, die gerade schlaftrunken in Pyjamas in die Küche stolpern und denken, sie seien im Fernsehen.

22
AUF DER JAGD

Am nächsten Tag legte sich Bryan an der heruntergekommenen Tankstelle auf die Lauer. Sie wurde von einem Typen namens Achim und seiner blutjungen Stieftochter betrieben, die keine Fragen stellten, solange er genug Bifi-Rolls und Cola kaufte. Selbst als er direkt neben einer Zapfsäule rauchte, sagten sie nichts.

Er war bestens vorbereitet. Er trug eine Sonnenbrille und eine tief in die Stirn gezogene Basecap, außerdem hatte er sich aus dem Schrank seines Vaters ein paar Rentnerklamotten besorgt. Denn so viel war klar: Jedes kleine Detail konnte am Ende von entscheidender Bedeutung sein. Auf dem Beifahrersitz seine Ausrüstung: Kamera, Fingerabdruckpulver, ein rotes Notizbuch, das ihm Bennelac geschenkt hatte, ein französischer Ex-Cop, der in Neukölln rumharzte und den sie kürzlich wegen der Auftragsflut engagiert hatten, sowie ein Aktenordner mit leeren Klarsichtfolien für die Beweismittel. Das Taschentuch mit der Lehmerde von gestern hatte er schon fein säuberlich eingetütet. Wenn seine Mutter diese Ordnung sehen könnte, sie wäre stolz auf ihn. Oder schockiert, wie stark der Sohn nach dem Vater schlug. Aber die war wahrscheinlich gerade irgendwo in Las Vegas, Nevada, und warf Nickels in eine Slotmaschine. Die Französisch-Kassetten seines Vaters hatte Bryan in den Müll geschmissen. Er brauchte Platz im Handschuhfach für den Totschläger, eine Leihgabe von Juan Málaga, der keine Verwendung mehr dafür hatte, weil er nicht mal mehr seine Gazpacho unfallfrei in den Mund löffeln konnte. Arthrose in den Fingern, die Spätfolgen einer großen Boxerkarriere. Manchmal kam es Bryan so vor, als betriebe er keine Detektei, sondern eine bedarfsgerechte Beschäftigungstherapie für gealterte Haudegen, die er genauso gut bei Altersheimen anbieten und einen Haufen Schotter machen könnte. Wenigstens knauserten die Recken nicht mit der Ausleihe von schwerem Gerät und zeigten ihm, wo genau man im Nacken treffen musste (zwischen HWS 2 und 3), damit selbst die fiesesten Ganoven keinen Mucks mehr taten.

Als er gegen Mittag schon ein halbes Dutzend Bifis und Cola intus hatte und sich den Schlüssel für die versiffte Toilette geben ließ, kam ihm der Gedanke, dass er natürlich auch Kenny bitten könnte, ihm das Passwort von *Aisha_87* rauszusuchen, um sich damit in ihr *SideStep*-Profil einzuloggen und so möglicherweise etwas über das Motiv der Handwerker herauszufinden. Aber solche Abkürzungen hatte es früher schließlich auch nicht gegeben, als sein Vater es zu etwas gebracht hatte. Wenn Bryan in seine Fußstapfen treten wollte, musste er die Sache auf die alte Tour durchziehen.

Am späten Nachmittag tauchte der Lieferwagen endlich am Ende der Landstraße auf, und Bryan hängte sich an seine Stoßstange. Kurz war er unsicher, ob es überhaupt der richtige Wagen war, denn am vorherigen Tag war das Kennzeichen noch ein anderes gewesen, aber als er auf der Stadtautobahn einmal beschleunigte und sie überholte, sah er im Rückspiegel das leuchtende Rot ihrer Overalls. Wo fuhren die hin? Zu ihrem nächsten Opfer? Und wenn ja, was würde Bryan dann tun? Sich todesmutig dazwischenwerfen? Wenn er nur daran dachte, zitterte sein Fuß so heftig auf dem Gaspedal, dass der Clio ruckelte, als ginge das Benzin aus. Als die beiden endlich den Blinker zu einem Supermarkt im Industriegebiet setzten, war er längst schweißgebadet.

Bryan parkte den Wagen in sicherem Abstand zu ihrer Parkbucht und warf seine Ausrüstung in einen Rucksack. Vielleicht stellten sie ja irgendein Produkt zurück ins Regal, und er konnte ihre Fingerabdrücke nehmen.

Er schnappte sich einen Einkaufswagen und folgte ihnen durch die Gänge. Wahllos packte er Alibi-Einkäufe in seinen Wagen oder ging zur Ablenkung durch einen parallel verlaufenden Gang, nur um sich im nächsten wieder an ihre Fersen zu heften.

Der Mann war mindestens 1,90, und sein Overall schlackerte dermaßen an seinem Körper, dass wahrscheinlich auch noch eine zweite Person hineingepasst hätte. Darunter trug er ein weißes T-Shirt mit gelben Flecken unter den Achseln, das eine strenge Geruchsspur hinter sich herzog. Aber da war noch was anderes, ein rauchiger Mentholduft, zu dem auch die gelblichen Fingerspitzen an der rechten Hand passten, mit der er ausschließlich glutenfreie Produkte aus den Regalen zog. Bryan sah nochmal hin. Oh no. Nur vier Finger.

Als der Mann sich umdrehte, hätte Bryan vor Schreck fast die Raviolidose fallen gelassen, die er gerade von einem Stapel genommen hatte: Grobe, tiefe Furchen liefen quer über seine Stirn, über Nase und Wangen bis hinunter zum Hals, als hätte ihm jemand als Kind einen Laubrechen durchs Gesicht gezogen und mit dem jugendlichen Wachstum wären die Narben zu schnell gedehnt worden. Sein Alter schätzte Bryan auf Anfang vierzig, vielleicht täuschte er sich aber auch wegen dieser fahlen Hautfarbe eines Nierenkranken und er war jünger.

Die Frau war etwa gleich alt (oder gleich schlecht gealtert), klein und stämmig, und band ihre roten Haare zu einem strengen Dutt. Ihre Haut spannte über den Wangenknochen, dazu eine schmale, knochige Nase: eins dieser Gesichter, bei denen man sofort an den kahlen Schädel darunter denken muss, wie in einem Anatomiebuch. Sie trug eine randlose Standardbrille, wie man sie in der Drogerie an der Kasse bekommt, und eine dünne silberne Kette mit einem Lilienanhänger um den Hals, den sie ab und zu in den Mund nahm und darauf herumbiss wie junge Mädchen auf ihren Haaren. Sie war offenbar ein Kaugummifan, jedenfalls warf sie gleich eine Monatsration Wrigley's Erdbeer in den Wagen. Ansonsten war ihr Gesicht in einem permanenten Ausdruck schlechter Laune versteinert, nur die tiefliegenden grauen Augen flackerten wach umher.

Nicht gerade Bonny und Clyde die beiden. Sie hielten so viel Abstand wie möglich, nicht mal eine zufällige Berührung am Arm oder so, da war kein Lächeln, keine Chemie. Das waren keine Menschen, die freiwillig viel miteinander zu tun hätten, wenn nicht irgendetwas sie unwiderruflich zusammengeschweißt hätte: Familie, ein Job, das Schicksal. Sie hießen Vince und Kathleen. Sie sprach seinen Namen »Winz« aus.

Als Bryan gerade hinter einem Stapel Ü-Eier versteckt beobachtete, wie die zwei darüber beratschlagten, welches Schälmesser sie kaufen sollten, vibrierte das Handy in seiner Hosentasche. Er starrte entgeistert auf das Display: seine Mutter. Das konnte nicht ihr Ernst sein. Da rief sie ihn wochenlang nicht an, und ausgerechnet jetzt, wo er mitten in einer Beschattung war, meldeten ihre untrüglichen Mutterinstinkte, dass es genau jetzt an der Zeit war, ihren Sohn zu nerven.

Eigentlich sollte er sie wegdrücken.

»Ja?«

»Happy Birthday!«

Sie sang ein paar Takte ins Telefon. Bryan schaute auf das Datum einer Tageszeitung. Tatsächlich. Das hatte er völlig verdrängt.

»... to youuuu.« Sie schmatzte einen Kuss über den Atlantik.

»Danke, Mama. Nett, dass du anrufst.«

»Ich vergesse doch nicht den Geburtstag meines einzigen Sohnes!«, sagte sie theatralisch, und ihre Stimme machte ungewohnte Hüpfer. Offenbar war sie ganz gut angeheitert.

»Wie viel Uhr ist es bei dir, Mama?«

»Warum? Zehn, glaube ich.«

»Abends?«

»Morgens.«

Er stellte sich vor, wie sie mitten im Nirgendwo auf dem Bett lag und das Telefonkabel wie ein Highschool-Girl um die Hand wickelte. Und Sekt aus dem Zahnputzbecher trank wie eine Tupperware-Vertreterin.

»Erzähl. Was machst du denn heute noch Schönes?«

Bryan starrte in seinen Einkaufskorb, in dem alle möglichen Alibiprodukte lagen. Pfirsiche, Abflussreiniger, Rasierschaum.

»Bin Einkaufen. Heute Abend kommen noch ein paar Leute vorbei.«

»Laura auch?«

Vince und Kathleen waren bei den Getränken angekommen und steuerten langsam auf die Kassen zu.

»Hör mal, Mama, ich muss jetzt wirklich …«

»Was ist denn so wichtig, dass ich dir nicht mal gratulieren darf? Eigentlich wolltest du mich zu deinem Geburtstag besuchen kommen …«

Ihre Stimme klang plötzlich wehmütig. War sie einsam? Sekt zum Frühstück? Und was war aus ihrem Wohnmobil-Rentner geworden?

»Wie geht's denn …« Er suchte fieberhaft nach dem richtigen Namen. »Roland?«

»Ach der … Kleine Planänderung.« Stille am andern Ende. »Was macht Oliver so? Habt ihr heute schon gesprochen?«

»Keine Ahnung, der ist in Ungarn. Auf Kur.«

»Auf Kur?«

»Irgendwas mit seinem Rücken.« Vince und Kathleen legten ihre Waren aufs Band. »Mama, ich muss jetzt wirklich los …«

»Oliver hatte doch nie was …«

»Können wir später telefonieren?«, unterbrach Bryan sie.

Ein Seufzen, das den Ozean zwischen ihnen zu Tränen gerührt hätte. Er wollte noch irgendwas Aufmunterndes sagen, aber Kathleen bezahlte bereits, und Vince war mit dem Wagen schon auf dem Weg zum Ausgang.

»Okay, Mama, der Empfang wird gerade schlecht … Ich ruf später zurück. Hab dich lieb!«

Bryan ließ den Einkaufskorb mitten im Gang stehen und zwängte sich an der Kassenschlange vorbei. Sein Handy schaltete er auf Flugmodus. Er konnte jetzt keine weiteren Störungen gebrauchen.

Vince und Kathleen waren an der Supermarkt-Bäckerei stehen geblieben und bestellten Kaffee. Seine Chance. Er hatte maximal eine Minute, wenn sie irgendwas Aufwendiges mit Milchschaum wollten, vielleicht zwei.

Bryan rannte nach draußen auf den Parkplatz und presste sein Gesicht an ein Seitenfenster des Lieferwagens. Im Fußraum lagen zerknüllte Zigarettenschachteln, Papiertüten und Coffee-to-go-Becher – die Hälfte mit blutrotem Lippenstiftrand –, ein Becher Müllermilch im Getränkehalter, eine Karte von Berlin und Umgebung in der Beifahrertür, am Spiegel ein Duftbaum, an der Windschutzscheibe ein Aufkleber vom Campingplatz. Auf dem Beifahrersitz lag ein zerfleddertes Buch: *Die Lilie und der Löwe*. Nichts, was ihm weiterhalf, aber auch besser als nichts.

Als er gerade das Fingerabdruckpulver auf die Klinke streuen wollte, packte ihn jemand von hinten.

»Was machst du da?« Kathleens Stimme klang wie ein Reibeisen, so, wie man es sonst nur im Discounter hörte, wenn kettenrauchende Mütter nach ihren Blagen schrien.

»Äh …« Bryan wand sich aus dem Griff. »Könnten Sie mich vielleicht in die Stadt mitnehmen?«

Kathleen ließ eine rosa Kaugummiblase platzen und begutachtete ihn skeptisch. Aus der Nähe sah Bryan, dass ihre Haare am Ansatz schwarz nachdunkelten. Und ihre Augen wurden durch die Brille kein bisschen verzerrt! War das bloß Fensterglas zur Tarnung? Viel zu einfach zu durchschauen, von einem Profi wie ihm.

»Wir haben keinen Platz für drei.« Kathleen wandte sich ab, und plötzlich dämmerte Bryan, dass er mit den Cordhosen seines Vaters, mit Sonnenbrille und Basecap mindestens genauso verdächtig aussah.

»Ich warte hier schon seit Stunden! Ich würde mich auch hinten rein setzen …«, bettelte er Vince an, der mit Einkaufstüten beladen auf sie zusteuerte, eine Zigarette im Mundwinkel. Als er die Schiebetür öffnete und die Tüten verlud, verrenkte Bryan den Kopf, um einen Blick in den Laderaum zu erhaschen.

»Zieh Leine. Ist alles voll mit Werkzeug.«

»In was für einer Branche sind Sie tätig, wenn ich fragen darf?«

»Maniküre.«

Kathleen stieg in den Wagen. Bryan fasste in die Tür, bevor sie sie zuschlagen konnte.

»Bräuchte ich auch mal wieder. Haben Sie vielleicht eine Visitenkarte?«

»Komm, Vince, wir müssen.« Kathleen startete den Motor.

Vince warf seine Zigarette vor Bryans Füße. »Trampen ist in Deutschland verboten.«

»Ist es nicht«, antwortete Bryan patzig.

Bevor er reagieren konnte, hatte Vince ihn an der Gurgel gepackt, gegen den Lieferwagen gedrückt und presste mit beiden Daumen auf seinen Kehlkopf. Seine Augen waren gelb eingetrübt, als würde er langsam blind werden, und sein rechtes Auge starrte an Bryan vorbei.

»Lass die Scheiße, Kleiner. Wir nehmen keine Fremden mit.«

Die Hände lösten sich von seinem Hals, dann knallten Wagentüren. Bryan ging in die Knie und krächzte nach Luft, während der Lieferwagen vom Parkplatz fuhr.

23
DIE KOMMISSARIN IN IHREM HÄUSLICHEN UMFELD (INTERMEZZO)

Und schon wieder wird Colleen unsanft aus ihren Träumen gerissen. Gerade noch ist sie, durch Schlafmaske und Ohropax abgeschirmt von Sonne und dem Lärm des *Fanshawe's* – einer neuen Craftbeerkneipe gegenüber, deren hauseigenes *Awe Ale* Colleen zu sehr nach Citrusreiniger schmeckt –, in einem angenehmen Dämmerzustand vor sich hin gedriftet, da packt sie eine riesige Hand und löst an den Rändern ihres Bewusstseins erdbebenartige Erschütterungen aus.

Runter mit der Maske. Der Wecker zeigt 17:06 Uhr. Martin sitzt am Bettrand und beobachtet sie. Sein Holzfällerhemd ist mit bunten Farben bekleckst, deren vielfarbige Geometrie ihre komatösen Synapsen zum Kreiseln bringt, also murmelt sie ein »War spät gestern/Hatte Nachtschicht/Lass mich« ins Kissen, merkt aber selbst, dass sie eine mörderische Fahne hat, und Mund und Augen besser schnell wieder dichtmachen sollte.

Nachdem sie gestern Nacht Harry Jones' ohnmächtigen Körper festgenommen, ins Krankenhaus verfrachtet, und sämtlichen Papierkram auf Montagmorgen oder Dominik abgewälzt hatte, ist Colleen immer noch dermaßen aufgedreht gewesen, dass an Schlaf nicht zu denken war. Sie hätte sowieso nur mit adrenalingeweiteten Pupillen und Tinnitus hellwach im Bett gelegen, warum also nicht gleich irgendwo hingehen, wo alle so aussahen, als seien sie dem leibhaftigen Tod begegnet, und die

Bässe so laut waren, dass sie das Fiepen übertönten? Colleen hatte ihre Kollegin Meret angerufen, die in puncto Party eine Bank ist, und fünf rauschhafte Stunden, eine Million Lichtblitze, Bassgewitter, und Trockennebel-Einspritzungen, unzählige passiv gerauchte Zigaretten, ein paar Milligramm von anderen Tänzern ausgeschwitzter und in Colleens Körper reindiffundierter Chemikalien (so wird sie ihre dubiosen Testwerte jedenfalls beim nächsten Screening erklären) sowie eine spektakuläre Tanzschrittfrequenz (die 10 000-Schritte-pro-Tag-Marke knackt Colleen sonst nie) später fanden sie sich in einem Café am Spreeufer wieder, wo sie im Schutze ihrer Sonnenbrillen ein letztes Glas Sekt tranken und eine enthusiastische Unterhaltung darüber führten, wie herrlich die Sonne gerade durch die Wolken brach – bis Meret irgendwann schlagartig ihr Sohn ein- und Colleen ins Bett fiel.

Sie zwingt sich hoch, faselt »einen Moment, Schatz« oder so was Ähnliches und stolpert ins Bad. Ihr Gesicht sieht im Spiegel genauso zerknautscht aus, wie ihre Birne sich anfühlt. Zeit für den ersten Cocktail des Tages, Paracetamol auf Eis. Ihre Füße tun furchtbar weh von dem debilen Gestampfe in der Nacht, höchste Zeit, sie wieder hochzulegen, oder vielleicht könnte Martin die kurz massieren? Colleen lässt das Waschbecken volllaufen und taucht ihr Gesicht ins eiskalte Wasser, um ihre verpeilten Träume zu vertreiben.

Sie kann sich zwar nur noch in Fetzen daran erinnern, aber es war diese Art von Traum, bei dem man schon im Schlaf spürt, wie die Augen unter den Lidern ängstlich hin und her zucken, ein Traum, aus dem man halbstündlich mit rasendem Herzen hochschreckt, um große Schlucke Wasser zu trinken, ein Traum, in dem Hotdogs von überlebensgroßen Stichsägen zu Ketchup blutendem Wurstbrei zersägt werden. Ein gesichtsloser Mann jagte sie durch die verwinkelten Kellergänge von *Valhalla Capital*, im Licht der aufblitzenden Neonröhren konnte sie nur seine ornamental tätowierten Arme erkennen – gekreuzte Äxte, Runenschrift, Fratzen mit rausgestreckten Zungen –, klapp-klapp-klapp hallten die Schuhe des Mannes hinter ihr, mal näher, mal weiter entfernt, und von den Seiten drängte das furchtbare Wummern aus den verbotenen Serverräumen auf sie ein. Dann rannte Colleen durch eine Fabrikhalle, in der sie mannsgroßen Holzspänen ausweichen musste, die von einer gigantischen Hobelbank raspelten, sich dann aber als Knochensplitter rausstellten, die von einer Knochenreibe herabfielen, der Hobelbank des Lebens gewissermaßen, und zu feinem Mehl zersplitterten, durch das Colleen auf den grün erleuchteten Notausgang zuwatete. Jedenfalls ziemlich unappetitlich, das alles.

Als sie in die Küche kommt, räumt Martin gerade das Eisfach aus. Tiefkühlerbsen, Fischstäbchen und diverse Eissorten stapeln sich auf der Anrichte. Auf dem Küchentisch liegt ein blutiger Klumpen Fleisch in einer Plastiktüte, aus der roter Sud aufs Holz suppt. Mindestens fünf Kilo purer Muskel. Schon wieder dieses saure Brennen im Hals, vielleicht sollte Colleen mal wegen ihrem Reflux zum Arzt, also wieder raus aus der Küche, wenn sie jetzt hier kotzt, sitzt ihr Alibi von der Nachtschicht noch schlechter.

Sie stützt sich auf den Waschbeckenrand und starrt in den Spiegel. Was ist das wieder für eine Nummer? Leichenteile kommen doch in die Tiefkühltruhe im Keller, wo sie dann von einem neugierigen Nachbarn zufällig entdeckt werden! Und warum zum Teufel ist alles so verschwommen?

Okay. Ursache ermittelt. Sie pult sich ihre verschmierten Kontaktlinsen aus den Augen, die sie heute Morgen darin vergessen hat. Noch ein bisschen aufs Klo setzen und warten, vielleicht räumt Martin in der Zwischenzeit ja seinen noch zuckenden Sonntagsbraten weg.

Von Leichenteilen hat sie in den vergangenen Tagen wirklich genug gehabt, und leider wird sie das Gefühl nicht los, dass das auch noch eine Weile so weitergeht. Denn wer Audrey verstümmelt und umgebracht hat, wird ihr plötzlich klar, wissen sie immer noch nicht. Harry Jones haben sie nur so schnell gestoppt, weil er ein totaler Trampel ist, aber irgendwo da draußen rennt immer noch ein Irrer herum, der gern mal eine Stichsäge zweckentfremdet.

Zurück in der Küche – wo der Fleischklumpen tatsächlich mittlerweile im Tiefkühler verschwunden ist und Martin das Blut vom Tisch wischt – schnappt sich Colleen einen der Eiswürfel, die in der Spüle gelandet sind. Sie reibt ihn sich in den Nacken. Wohlige Kälteschauer laufen über ihren Rücken und drängen die mentale Benebelung zurück: rotes Fleisch, Wild, Ferien auf dem Bauernhof.

»Selbst geschossen?«

Martin schüttelt den Kopf, und ein stolzes Grinsen schleicht sich auf seine Lippen.

»Aber gesichtet.«

Dann sprudelt die Geschichte aus ihm heraus, wie sie nachts mit einer Thermoskanne Tee und Butterbroten auf einem Hochsitz saßen und auf eine sternenbeschienene Lichtung herabblickten. Ab und zu rief eine Eule oder flatterte eine Fledermaus vorbei, bis nach stundenlanger Warterei endlich ein majestätisches Reh auf die Lichtung getreten sei und an den zarten Knospen eines Baumes gezupft habe, ein Bild von so vollkommener Ruhe und Friedlichkeit, dass er noch ein paar Minuten wartete, bis er den eingenickten Kollegen antippte, und dreißig Sekunden, ein leises Klicken und einen Knall später sei das Tier im Mondlicht zusammengebrochen.

Was blitzt da so in Martins Augen? Dieses Funkeln hat sie doch schon zigmal aus sicherer Distanz durch Gitterstäbe gesehen. Hat Martin etwa Lust am Töten gefunden? Colleen ist ja eigentlich dafür, Fleisch nicht nur als billigen Proteinlieferanten aus Discounter-Plastikschalen wahrzunehmen; sie begrüßt ein weniger entfremdetes Verhältnis zu den Dingen, und eigenhändiges Jagen & Töten ist ja ein Schritt in diese Richtung, die logische Konsequenz des eigenen Gemüsebeets quasi. Andererseits ist es vielleicht auch gerade eine Errungenschaft der Zivilisation, das Töten von Tieren zu delegieren, es in aseptischen Verhältnissen mit einem Bolzenschussgerät durchzuführen, ohne eine besondere Lust dabei zu empfinden – aber das ist möglicherweise auch nur die Brille einer Kommissarin, die überproportional oft mit Mördern zu tun hat, die ihre Karriere damit begonnen haben, auf dem Bauernhof ihrer Großeltern unschuldigen Hasen den Hals umzudrehen. Die Leute durch maximale Abstraktion gar nicht erst auf den Geschmack zu bringen, sich gegenseitig die Birne einzukloppen: *Das* ist Zivilisation.

»So ein Jagdschein kostet gar nicht so viel, wie ich dachte. An ein paar Wochenenden lernt man Fährtenlesen, Ausweiden, Schießen, das volle Programm.« Martin wringt den Wischlappen aus, Blutfäden tropfen in die Spüle.

»Wir könnten das auch zusammen machen«, fügt er hinzu, weil er wohl spürt, dass er sich hier gerade eine Grundsatzdiskussion einbrockt. »Den Waffenschein hast du ja schon.«

Aber noch nie auf was Lebendes geschossen, möchte Colleen hinzufügen, und Nächte wie gestern tragen nicht gerade dazu bei, ihre Lust auf Schusswaffengebrauch zu steigern. Ist ja schön, dass Martin ein neues Hobby gefunden hat. Aber Angeln hätte sie irgendwie besser gefunden.

»Und dieser Jagdschein wird von Keltenhof angeboten, nehme ich an?«, fragt sie.

Martin nickt, als habe er die Schärfe ihrer Stimme völlig überhört. »Im Mai beginnt ein neuer Kurs. Frauen willkommen. Dann können wir mal wieder was zusammen machen.«

Stimmt, darüber haben sie gesprochen. Zeit miteinander verbringen. Sie hatte dabei aber eher Kino, Schwimmengehen, durch die Bars im Kiez tingeln gemeint. Obwohl, bei dem Gedanken an Alkohol wird ihr gleich wieder schlecht.

»Und, was hast du so getrieben?«, fragt Martin und räumt die Weinflasche und die beiden Gläser vom Tisch, die Colleen seit dem Arbeitstreffen mit Dominik noch nicht weggestellt hat.

»Hab ich doch gesagt. Nachtschicht.« Immer noch keine Bereitschaft, ihm von ihrem Fall zu erzählen. Merkwürdig.

»Was zu essen bestellen?«, fragt sie stattdessen und ist froh, dass ihre Schlagfertigkeit langsam wieder ein normales Level erreicht: »Oder willst du dein Reh gleich blutig essen?

24
HAPPY MEAL

Sein Vater hatte auch am Abend nicht angerufen, und auch sonst hatte ihm niemand gratuliert, aber vielleicht war er selbst schuld, wenn er in sozialen Medien nur einen Fake-Geburtstag angab und das Handy jedes Jahr am falschen Tag mit Glückwünschen rappelte.

Um sich zumindest ein anständiges Geburtstagsessen zu besorgen, ging Bryan zu Fast-Food-Freddy. Niemand war besser an der Fritteuse als er, und mit ein bisschen Glück sprangen auch noch ein paar Informationen über Vince und Kathleen dabei heraus, denn Freddy hatte jahrelang im Knast gesessen und war in zwielichtigen Kreisen nach wie vor gut vernetzt. Auch jetzt standen ein paar kantige Jungs mit Sonnenbrillen an einem Stehtisch vor der Imbissbude und schaufelten haufenweise Burger in sich rein, Proteinnachschub fürs Fitnessstudio. Über ihnen blinkte eine überdimensionale Leuchtreklame in der Nacht, abwechselnd eine Palme, eine Sonne und ein Burger in Neonfarben, darunter stand der Name des Ladens: *Miami Burger Bun*.

Als Bryan die marode Wellblechhütte betrat, war Freddy gerade dabei, Essen für einen Fahrradkurier fertig zu machen und vorsichtig in dessen Warmhaltebox zu packen.

»Halsabschneider«, murmelte er ihm hinterher. Dann hellte sich sein Gesicht auf.

»Bryan, mein Freund.« Freddy griff seine Hand mit zwei fettigen Pranken. »Das Übliche?«

Bryan nickte. Freddy warf zwei Burger-Patties auf den Grill und tauchte die Pommes ins siedende Fett.

Fast-Food-Freddy war muskulös und tiefer gebräunt als seine Fritten, außerdem bildete er sich was drauf ein, die Bude nach irgendeinem Gedicht benannt zu haben, das er nicht müde wurde aufzusagen. Leider war es ziemlich schlecht. Sein Traum war es immer gewesen, eine Burger-King-Filiale zu haben, aber wegen der hohen Franchise-Gebühren wurde daraus nur eine Imbissbude, die aber legendär. Gerüchten zufolge hatte er die Speisekarte seinen Unterweltkontakten zuliebe kürzlich auf Halāl umgestellt, was Freddy aber dementierte, das sei lediglich das Gesetz von Angebot und Nachfrage. Und an Gesetze, das hatte er seinem Bewährungshelfer versprochen, gedächte er sich ab jetzt zu halten.

»Hab gehört, du machst gerade richtig Kasse«, sagte Freddy beiläufig.

Bryan stutzte. »Woher hast du das?«

Freddy machte eine seitliche Kopfbewegung in Richtung der Jungs. »Das Schutzgeld-Business schläft nicht.«

Bryan nahm ein Bier aus dem Kühlschrank, was gegen die Halāl-Theorie und für Freddys Treue gegenüber ökonomischen Gesetzen sprach.

»Hast du zufällig was gehört«, fragte Bryan und nippte an seinem Kindl, »von maskierten Handwerkern, die Leuten die Finger abschneiden?«

»Welchen Finger?«

»Keine Ahnung. Macht das einen Unterschied?«

Freddy zuckte die Achseln. »Hört sich nach was an, was meine Jungs machen würden, wenn einer aus der Reihe tanzt und sich bei der eigenen Familie bedient. Alte Sitten. Hey Jungs, wisst ihr was davon?«

Kollektives Kopfschütteln mit vollen Mündern.

»Sind Deutsche die beiden«, sagte Bryan.

»Hey, das sind auch Deutsche!«, sagte Freddy entrüstet.

»Weißt schon, wie ich meine. Biodeutsche. Kartoffeln.«

»Achte mal 'n bisschen auf deine Worte.« Freddy tippte sich an die Stirn. »Die Sprache bestimmt das Bewusstsein.«

Er rüttelte das Fett von den Pommes und würzte sie in einer Schale mit Paprikasalz.

»Finger ab, sagst du? Klingt nicht gut, Mann, klingt gar nicht gut.« Seine Stirn legte sich in Falten. »Ich hab mal 'nem Typen den Finger gebrochen. Ist sofort dran verreckt. Schock, haben die gesagt. Konnte ich nicht wissen, aber eingefahren bin ich trotzdem für drei Jahre. Das muss höllisch wehtun.« Er wendete die Patties. »Und die Opfer rufen nicht die Bullen?«

»Nur den Krankenwagen. Tun sogar so, als wär's ein Unfall gewesen. Finger in den Rasenmäher gekriegt, so was halt ...«

Freddy lachte dreckig. »Vielleicht irgendein perverser Fetisch, Amputieren oder so? Und die haben ein Geschäftsmodell draus gemacht, fahren rum und entfernen ihren Kunden auf Wunsch Körperteile? Gibt schließlich den kränksten Scheiß in dieser Stadt. Und wenn's das noch nicht gibt, hol ich mir den Gründungszuschuss dafür! Sei mal nicht so paranoid, Kleiner.«

Er stellte das Essen auf die Theke. »Geht aufs Haus. Aber red mal mit den Jungs wegen eures kleinen Beitrags zum Allgemeinwohl. Im Kiez wird brüderlich geteilt.«

Bryan sah rüber zu den Jungs, die ihn mit Zahnstochern zwischen den Zähnen begutachteten. Er legte einen Schein auf die Theke. »Hab's 'n bisschen eilig. Mach heute mal lieber zum Mitnehmen.«

»Alles klar, Junge«, sagte Freddy und hielt ihm die Faust hin über die Bratfläche. »Ich mag dich, Bryan. Pass bloß auf, dass du dir deine Finger nicht verbrennst.«

Bryan hatte die Burger gerade verschlungen, als es klingelte. Waren das etwa schon die Schutzgeldjungs, die ihm die Bude zerlegen wollten? Er öffnete mit vorgelegter Türkette.

»Überraschung!«

Es war Kenny, beide Hände hinter dem Rücken versteckt.

»Dass ausgerechnet du an meinen Geburtstag denkst...«

Kenny grinste. »Na ja, das Datum ist immerhin in deinem Passwort drin...«

Bryan schüttelte den Kopf und löste die Kette. Der Spinner war einfach unverbesserlich.

»Brauchst gar nicht so zu gucken. Selbst schuld, wer seinen Geburtstag benutzt.«

Kenny drängte sich an ihm vorbei und baute sich in der Küche zur Bescherung auf.

»Rechts oder links zuerst?«

»Links.«

»Herzlichen Glückwunsch!« Kenny zog einen kleinen Schokokuchen mit einer brennenden Kerze darauf hervor.

»Selbst gebacken?«

»Logisch, nach geheimem Rezept von Muttern.«

Im Küchenlicht sah Bryan, dass der Kuchen mehr grün als braun war, mit ordentlich Stücken drin.

»Und jetzt rechts«, sagte Kenny und zog ein Päckchen hervor. Das Geschenk war in einem Fetzen Aldi-Prospekt verpackt, aber immerhin mit roter Schleife. Nachdem Bryan mehrere Schichten mit Sonderangeboten abgewickelt hatte, blieb ein schwarzes Tütchen übrig. Er öffnete es. Drinnen lagen ein paar Grasblüten, die rötlich schimmerten.

»*Virtua*. Besonders anspruchsvolle Sativa-Züchtung, gedeiht nur auf eisen- und schwefelhaltigem Boden. Außerdem ziemlich lichtempfindlich, das Zeug. Der Geschmack kommt nur zur vollen Entfaltung, wenn bei Vollmond geerntet wird. Hab ich extra für dich besorgt.«

»Danke Mann.« Bryan umarmte seinen Freund, der die ungewohnte Nähe wie ein Brett über sich ergehen ließ und ihm dabei verspannt auf den Rücken klopfte.

Kenny machte sich los. »So, Kerzen auspusten!«

Bryan holte Luft.

»Halt, doch nicht, warte!«

Kenny holte einen Joint hervor und zündete ihn an der Kerze an.

»Jetzt darfst du.«

25 CONFESSIONS OF A DANGEROUS MIND

Colleen nickt der Beamtin an der Tür zu und betritt Harry Jones' Krankenzimmer. Der liegt im Bett und starrt apathisch an die Decke. Sein schlaffer Körper steckt in einem dieser grün-weißen Krankenhaushemden, die hinten offen sind und bei der unausweichlichen Flucht für Lacher beim TV-Publikum sorgen. Jones' Haare sind seit Tagen nicht gewaschen worden, ein angegrauter Bart wächst in Büscheln auf seinen Wangen. Durchsichtige Schläuche pumpen Blut und Wundsekret aus seinem eingegipsten Knie in einen Plastikbeutel, der am Bettgestell aufgehängt ist. Als er Colleen reinkommen sieht, stöhnt er und dreht ihr – so gut es eben geht, wenn beide Hände mit Kabelbindern ans Bettgitter gefesselt sind – seinen blanken Arsch zu.

»Wenn Sie den Einzelzimmerzuschlag kassieren wollen, Schwester, reden Sie mit dem Bullenschwein da draußen, ich hab keins bestellt.«

Weil Harry Jones die letzten paar Tage im künstlichen Koma gelegen hat und sein mentaler Status seit dem Aufwachen exakt dem entspricht, was man in medizinischem Fachjargon »durch den Koffer« nennt, spart Colleen sich fürs Erste ihren Kommentar, von wegen es heiße gefälligst nicht Bullenschwein, sondern Bullensau, oder besser noch: Kuhsau, denn da draußen stehe schließlich eine PolizistIN und gendern müsse man/frau heutzutage schon. Jones' zerebraler Dämmerzustand könnte aber auch mit den Opioid-Infusionen zusammenhängen, die ihm über einen Zentralvenenkatheter gedrückt werden, damit Horden von Medizinstudierenden ihm in aller Ruhe Blut für ihre jeweiligen Doktorarbeiten abzapfen können. Seit seiner Einlieferung gilt Jones nämlich als medizinisches Kuriosum: Laut dem behandelnden Arzt war es wegen des massiven Blutverlusts aus der Schusswunde im Bauch physiologisch eigentlich unmöglich, noch einen ganzen Tag herumzurennen und einen brutalen Mord zu begehen, sogar fast zwei, wenn Colleen und Dennis nicht dazwischengegrätscht wären: Jones' Blutverlust ist schlicht ein Wunder, ein alttestamentarisches Wunder vielleicht, sein Rachedurst muss irgendwas mit der Gerinnung gemacht haben, der Arzt konnte es sich schlicht und einfach nicht erklären.

Wie ein Grund zu medizinischem Jubel hat Jones aber nicht gerade ausgesehen, als Colleen gestern schon mal hier war und sein halbes Gesicht noch hinter einer Beatmungsmaske steckte, die seine Brust regelmäßig auf- und abpumpte. Colleen konnte nichts mit ihm anfangen, als seinen kaltsteifen Zeigefinger auf den Fingerabdruckscanner des beschlagnahmten Smartphones zu drücken, um es zu entsperren.

Auf dem Handy hatten sie wie erwartet die Erpressungsvideos gefunden, in denen Audrey den jeweiligen Mann wahlweise an der Krawatte oder dem Hemdkragen ins Zimmer zerrte und aufs Bett warf, eine Show mit Bademantel abzog, der Mann sich unbeholfen der eigenen Klamotten entledigte (Socken blieben in 80 Prozent der Fälle an), bevor sich Audrey auf ihn legte, und dafür sorgte, dass der jeweilige Typ – bitte recht freundlich – in die versteckte Kamera lächelte. Das war dann gewissermaßen Harry Jones' Stichwort. Er kam mit einem Baseballschläger reingestürmt, sorgte für ein bisschen Angst und Schrecken, und ab ging es im Gänsemarsch zum Geldautomaten.

Anhand der abfotografierten Personalausweise der Erpressten – Jones hatte wirklich an alles gedacht – hatten Colleen und Dennis heute Vormittag sämtliche Männer einbestellt und vernommen, doch natürlich hatten die in der Nacht von Audreys Ermordung alle auf ihrer bescheidenen Ehebetthälfte neben ihren Frauen geschnarcht (was diese auch bereitwillig bestätigten). Außerdem stimmten ihre Fingerabdrücke nicht mit denen am Werkzeugkasten überein, also wurden alle wieder auf freien Fuß gesetzt.

»Können Sie mich mal am Rücken kratzen, Schwester?« Jones wackelt mit seinen festgezurrten Händen. »Das juckt dort schon seit Stunden.«

»Schluss mit dem Schwachsinn, Jones.« Colleen dreht den Hahn des Schmerzmitteltropfes zu. »Je schneller wir das hinter uns bringen, desto eher geht's zurück ins Reich der Träume.«

Jones grinst gequält und eine Reihe ungepflegter Zähne kommt zum Vorschein. »Was ist mit einem Anwalt?«

»Steht im Stau.« Wenn Colleen überhaupt eine Chance hat, etwas aus Jones rauszukriegen, dann jetzt. Sobald er nicht mehr high ist und benommen vor Schmerzen, mit anderen Worten: nach offiziellen Polizeistandards vernehmungsfähig, wird Jones nur noch per Anwalt mit ihr kommunizieren, schließlich ist er ein Profi und sitzt nicht zum ersten Mal auf der Anklagebank. Dass von seinen Aussagen jetzt nichts in einem Prozess genutzt werden kann, ist Colleen egal, sie will nur morgen nicht wieder um sechs Uhr morgens geweckt werden, um die nächste Leiche vom Parkett zu kratzen.

»Macht's Ihnen was aus, wenn ich den Ton abstelle? Ich kriege immer so schnell Tinnitus.« Sie schaltet das Überwachungsgerät, aus dessen Lautsprecher Blutdruck-, Puls- und Sauerstoffsättigungswerte piepen, auf lautlos. Außerdem schubst sie den Notrufknopf ein paar Zentimeter von Jones' Hand weg.

»Fangen wir am besten ganz von vorne an.« Colleen räumt eine Plastiktüte mit persönlichen Gegenständen (Goldkettchen, Ledergürtel mit einer Schnalle in Form eines Schlangenkopfes, blutverkrustete Armbanduhr) vom Hocker und setzt sich.

Immer auf Augenhöhe mit Verbrechern. Wie bei Kleinkindern. »Beim Tod Ihrer Tante.«

Jones' Unterlippe zittert. »Sie hatte Gulasch gekocht«, sagt er wie ein Grundschüler, der die Frage seiner Lehrerin beantwortet. »So wie jeden Donnerstag. Ich kam etwas zu spät, weil ich noch mit diesem Wucherer Natastompo über Audreys Ablöse verhandelt habe, und Tantchen hatte schon angefangen zu essen. Sie mochte es nämlich gar nicht, wenn das Essen kalt wird, da hat sie dann geschimpft, obwohl Gulasch ja erst richtig zart wird, wenn man es ein paarmal aufwärmt ...«

Jones' Augen irren durch den Raum und bleiben am Fernseher hängen, wo Schafherden von Hütehunden über die beruhigenden Rundungen irischer Hügellandschaften getrieben werden. Als das Bild wechselt und eine Reihe bunt lackierter Fischerboote gezeigt wird, fährt er fort. »Als ich in die Küche kam, lag sie schon auf dem Boden, neben ihr das Gulasch auf den Fliesen verteilt. Sie hat noch geatmet, aber ihr Gesicht war schon ganz blau. Sie hat mich in der Tür gesehen und ... sie hat ihre Hand ausgestreckt, als würde sie nach mir greifen ...« Harry schluchzt trocken auf. »Ich hatte das Handy schon draußen, um den Notarzt zu rufen, aber dann ... dann habe ich einfach nur dagestanden und gewartet, bis sie aufhörte zu röcheln. Sie war so alt und unglücklich ...«

»Und hatte zufällig einen Sparstrumpf, mit dem Sie Audrey freikriegen konnten?«

Jones nickt mit erstarrten Zügen. »Tantchen hat den Banken nie vertraut. Ihre gesamten Ersparnisse waren in einer Pater-Brown-Gesamtausgabe versteckt.«

Tja, wie man sich irren kann, dabei hat damals alles wasserdicht ausgesehen. Aber solange Jones diese Aussage nicht vor Gericht wiederholt, ist Colleen nur allzu bereit zu vergessen, was er gerade gesagt hat. Sonst würde die Akte wieder rausgekramt, die Colleen damals so vorschnell geschlossen hat, und das gäbe mächtig Ärger und Abzug von mühsam gesammelten Fleißsternchen. So eine unterlassene Hilfeleistung mit Todesfolge fällt bei der abzusehenden Mordanklage sowieso nicht ins Gewicht – man muss den Job auch mal pragmatisch sehen.

»Und nachdem Audrey frei war, haben Sie den Zuhälterjob übernommen und sie gleich wieder arbeiten geschickt?«

Jones schnellt aus dem Bett hoch und versucht sich auf Colleen zu stürzen, aber die Kabelbinder schneiden ihm in die Handgelenke. Nicht mal eine Kopfnuss schafft er, sein wutentbranntes Gesicht stoppt eine Handbreit vor ihrem. Colleen bewegt sich keinen Zentimeter. Jones funkelt sie wütend an und lässt sich zurück ins Kissen sinken.

»Ich wollte mit all dem Schluss machen, eine ehrliche Arbeit annehmen und ein glückliches, bescheidenes Leben führen«, schluchzt er. »Es war Audreys Idee. Ich hätte mich niemals darauf einlassen sollen.«

Na klar, alles Audreys Schuld. Colleen unterdrückt ihr Bedürfnis, Harrys Kopf hart auf den Verhörtisch zu schlagen, wie sich das eigentlich für so eine feige Bemerkung gehört, aber hier gibt es ja gar keinen Tisch, nur ein Bettschränkchen, auf dem normalerweise Süßigkeiten, Blumensträuße und Gute-Besserung-Karten aus dem Krankenhausladen stehen, bei Harry aber gähnende Leere herrscht, denn die einzigen beiden Menschen, die ihn vielleicht besucht hätten – Tantchen und Audrey –, werden gerade von Würmern verdaut. Stattdessen nickt Colleen ihm bestätigend zu, positive Verstärkung nach dem Motto: Quatsch dich nur weiter auf den elektrischen Stuhl.

»Als ich bei *Valhalla Capital* den Rausschmeißer gemacht habe, habe ich Audrey mal zu einem Launch-Event reingeschmuggelt. Sie hat sofort die Möglichkeit erkannt: *SideStep* ist ein unerschöpfliches Reservoir an Erpressungsopfern. Wir haben uns einen Ehering besorgt, einen falschen Namen an die Tür geklebt und ein paar Trottel mit einem Fake-Profil in die Falle gelockt. Es lief alles perfekt, bis …« Harry heult plötzlich schrill auf, als wäre seine Erinnerung bisher nur ein schmerzmittelgetrübter Tümpel gewesen, in dem er auf unangenehm spitzen Kieseln herumgestakst ist, jetzt aber plötzlich in eine Scherbe tritt, die Erinnerung an Audreys Ermordung nämlich, die sich in all ihren gestochen scharfen und blutroten Details in sein narkotisiertes Hirn bohrt.

Colleen zieht ihre Samthandschuhe aus und verstaut sie in ihrer Manteltasche. Sie kann ihm *Die harte Tour*™ jetzt nicht länger ersparen. Sie rückt den Hocker näher ans Bett und hält das Handy so, dass beide den Bildschirm sehen können.

Das Schlafzimmer. Ein frisch bezogenes Bett, indirekte Beleuchtung, Audrey bereitet sich vor dem Spiegel auf ihren nächsten Erpressungstermin vor. Sie rückt sich noch mal die Dessous zurecht, wirft den Bademantel über und steckt einen Ring an den Finger.

»Ich hab immer draußen im Wagen gewartet und mir die Live-Übertragung aus dem Schlafzimmer auf dem Handy angeguckt«, sagt Harry leise. »Wenn wir genug Material hatten, bin ich nach oben und hab die Typen allegemacht.«

»Dieses Mal aber nicht …«

»Genau. Es war noch niemand ins Haus gegangen, außer ein paar Handwerkern, aber ich habe mir nichts dabei gedacht. Vielleicht verspätet sich der Typ ja, dachte ich, auch wenn die sonst immer sehr pünktlich waren, die konnten es meist gar nicht erwarten, endlich fremdzugehen. Ich hab also die Haustür im Blick behalten, im Radio lief DFB-Pokal, Hertha gegen Hoffenheim, 1:1 in der 76. Minute, und als ich dann wieder auf mein Handy gucke …« Jones' Stimme versagt, er wendet sein Gesicht vom Handy ab.

Zwei vermummte Gestalten schubsen Audrey ins Schlafzimmer. Aus ihrer Hand spritzt Blut, das Gesicht ist schmerz- und angstverzerrt, den abgesägten Finger hat sie in der einen Hand, den Hammer in der anderen. Die Gestalten tragen Handwerkeroveralls und Skimasken, die größere drückt eine Pistole mit Schalldämpfer in Audreys Rücken. Mit zittrigen Knien klettert sie aufs Bett, wird von der Pistole hin und her dirigiert, und als der Finger zur Zufriedenheit der Gestalten platziert ist, schlägt sie ihn, als würde sie ein Bild aufhängen, an die Wand.

Colleen stoppt das Video. Winzige Schweißperlen stehen auf Harrys Stirn. Seine Augen irren zurück zum Fernseher, er hofft auf beruhigende Tieraufnahmen, aber jetzt werden dort die zehn größten Naturkatastrophen der Neuzeit gezeigt, und kochendes Magma macht fliehende Dorfbewohner zu Asche.

»Was ist dann passiert?«

»Ich bin sofort nach oben gerannt. Als ich die Treppe hochkomme, stürmen mir die Typen schon entgegen. Ich erwische einen mit dem Baseballschläger, aber der andere hat die Pistole und ballert mir in den Bauch, und dann sind sie an mir vorbei die Treppe runter.«

»Deswegen also die Patronenhülse im Keller …«, kombiniert Colleen, immer schön, wenn sich Puzzleteile zusammenfügen, da lacht das Polizistenherz.

»Ich hab geblutet wie ein Schwein. Aber ich habe mir geschworen, die Typen zu finden und umzulegen, bevor ich abkratze. Ich hab mir eine Knarre besorgt und bei denen angefangen, die wir zuletzt erpresst haben.«

»Die übrigens beide unschuldig waren. Genauso wie alle anderen von Ihrer Erpressungsliste. Die haben alle ein Alibi.«

Harry winkt ab. »Schwachsinn. Wer soll es sonst gewesen sein? Niemand außer denen wusste von der Wohnung.«

»Das frage ich Sie.«

Ein Krankenpfleger steckt seinen Kopf herein, und schaut, ob es schon Zeit ist, Harry Jones zum Abendessen zu füttern. Ist es nicht, teilt Colleen ihm unter heftigem Augenbraueneinsatz mit, und er zieht wieder Leine.

»Mit wem war Audrey in der Nacht ihres Mordes per *Side-Step* verabredet?«

Harry zuckt mit den Achseln.

»Das war so ein Araber mit Sonnenbrille, Ahmed irgendwas. Da haben wir erst noch überlegt, ob bei dem überhaupt genug Kohle zu holen ist. Aber wir dachten, wir probieren es, weil das ja auch nur ein blödes Vorurteil ist und der 22-Uhr-Termin sowieso noch frei war.«

Hat Dominik also doch recht mit seinen Salafisten? Das wäre eine empfindliche Niederlage gegen einen Anfänger. Colleen steht auf.

»Kommt sonst jemand in Frage? Irgendwer, der von Ihrer Masche wusste? Irgendwelche Schulden oder offene Rechnungen?«

Harry schüttelt den Kopf. »Habe ich alles abbezahlt.«

»Sie meinen: Ihre Tante hat bezahlt.«

»Es tut mir leid«, flüstert Jones und fängt unvermittelt wieder an zu schluchzen.

Colleen kann jetzt doch nicht anders, als Jones ein bisschen zu bemitleiden, und legt ihre Hand auf seinen Arm: »Keine Sorge, wir kriegen die Typen« – und diese Ermutigung geht mindestens genauso an ihre eigene Adresse.

Sie ist schon aus der Tür und desinfiziert sich gerade die Hände, da fällt ihr schlagartig ein, dass sie die Standardfrage aller Standardfragen vergessen hat – ein unverzeihlicher Kunstfehler –, also lugt sie noch einmal kurz ins Zimmer:

»Ist Ihnen an diesem Abend sonst noch irgendwas Ungewöhnliches aufgefallen?«, fragt sie ohne Einleitung.

Jones fährt zusammen. Hatte sich vermutlich schon in den Schlaf geweint, nachdem sie raus war. »Na ja ...«, beginnt er, »da war noch so ein junger Typ in einem rostigen Auto, der gleich nach den Handwerkern ins Haus ist. Ziemlich groß, in einem grellen Hawaiihemd und mit diesem grässlichen Schnäuzer im Gesicht ...«

26
DEATH IS A LONELY BUSINESS

Am nächsten Tag musste Bryan bis zum Einbruch der Dunkelheit an der Tankstelle rumhängen, bevor der Lieferwagen endlich auf der Landstraße auftauchte. Er wartete, bis sie an ihm vorbei waren, zählte bis fünf (alter Trick beim Beschatten mit Auto) und zündete den Motor.

Er folgte den beiden zurück in die Stadt. Die feuchten Straßen glänzten im Scheinwerferlicht, und durchs offene Fenster wehte der Duft eines bevorstehenden Gewitters, finstere Wolken trieben über den dunstigen, von Lichtsmog orange gefärbten Himmel. Ein Flugzeug drehte eine Kurve über der Stadt, viel zu tief für Bryans Geschmack, aber vielleicht waren das auch nur die Signalleuchten einer Drohne, und irgendwo auf der Autobahnbrücke stand ein Kind mit einer Fernbedienung und spielte CIA.

Vince und Kathleen fuhren rein nach Neukölln, bis sie keine fünf Minuten von seinem Zuhause entfernt vor einem unscheinbaren Wohnhaus parkten und ihre Werkzeuge ausluden. Auf der anderen Straßenseite hörte ein Typ in einem Passat bei offenem Fenster Bundesliga und schrie jedes Mal auf, wenn Hertha nebens Tor schoss. Der hatte es wohl nicht mehr in seine Wohnung geschafft, weil er keine Sekunde des Spiels verpassen wollte, so wie Bryan früher, der, nachdem seine Eltern schon reingegangen waren, oft noch allein im Auto sitzen geblieben war, um eine Folge *Drei???* zu Ende zu hören.

Die Haustür fiel hinter Vince und Kathleen ins Schloss. Bryan blieb reglos im Clio sitzen und suchte die vom kalten Fernsehlicht flackernden Fenster nach ihnen ab, aber Fehlanzeige. Fast-Food-Freddy hatte ihn verunsichert. Vielleicht handelte es sich ja wirklich um eine einvernehmliche Fetisch-Sache, per *Side-Step* verabredet, er hatte letzte Nacht so eine fiese Amputationsdoku auf YouTube gesehen, und durch das Internet konnte man schließlich aus allem ein Geschäft machen …

Er zog die Tüte mit Gras heraus, die er von Kenny zum Geburtstag bekommen hatte. Roch wirklich heftig. »Vorsicht mit der Dosierung«, hatte Kenny gemeint, »und nur für besondere Momente«, aber wenigstens im Kiffen war Bryan kein Amateur. Er streute großzügig ein, rollte und nahm einen tiefen Zug.

Puh, das ballerte tatsächlich nicht schlecht. Die Welt nahm augenblicklich schärfere Konturen an, er sah, wie sich zwei Mücken im Laternenlicht paarten, seine Ohren schienen wie Abhörschüsseln jedes Flüstern mitzuschneiden, und die Nervenenden in seinen Fingerspitzen registrierten auf einmal jede noch so kleine Vibration. Was für ein geiles Zeug, so musste sich Spiderman nach dem Biss der Spinne fühlen, oder Sherlock Holmes, wenn er auf Heroin Geige fiedelte …

Dann sah er sie am Fenster. Sie war ungefähr in seinem Alter, ein weißer Bademantel über ihren delikat gebogenen Schlüsselbeinen, lange schwarze Haare reichten ihr bis über die Schultern. Das Gesicht mit seinen hohen Wangenknochen wie besetzt von Truffaut, sah traurig zu ihm herunter. Eine Frau, in die er sich verlieben könnte. Aber irgendwas stimmte da nicht. Die Wimperntusche lief ihr in Bahnen das Gesicht herunter – und bildete er sich das nur ein, oder winkte sie ihm verzweifelt zu, bevor sie die Gardinen schloss?

Bryan löste den Anschnaller. Plötzlich ergaben alle Entbehrungen der letzten Wochen einen Sinn. Hatte er nicht genau darauf gewartet? Brauchte es nicht immer eine Frau in Not, um einen Mann hinter seinem Ofen hervorzulocken? War das nicht bei Chandler, Hammett und Malet genauso? Das war die Frau im purpurnen Dress, das war seine Carmen Sternwood, seine Femme fatale. Als hätte dieses Bild irgendwas in seinem Mediengedächtnis getriggert – verzweifelte Frau am Fenster, das ging quasi zurück bis zu Rapunzel –, wusste er instinktiv, was zu tun war. Er zerrte den Totschläger aus dem Handschuhfach, nahm einen letzten, tiefen Zug und behielt ihn lange in der Lunge. Dann stieg er aus, zu allem bereit wie Marlowe, wie Spade, seine Helden der Nacht.

In ein paar Schritten war ich an der Haustür. Zylinderschloss aus den Achtzigern, eine meiner leichtesten Übungen. Während ich mit dem Dietrich im Schloss rumfuhrwerkte, sah ich mich um. Beobachtete mich dieser Hertha-Fan? Nein, der stierte nur ins Leere, weil seine Mannschaft sich wieder eine Bude gefangen hatte. Klick, und ich war drin. Ich schlich die Stufen rauf, bis ich vor der Tür mit dem Klingelschild *Kipping* stand, hinter der gedämpfte Stimmen zu hören waren. Ich legte ein Ohr an die Tür. War das ein Schluchzen? Dann drei Schläge mit dem Hammer. Ich kam verdammt noch mal zu spät.

Hastig steckte ich den Dietrich ins Schloss, aber der ließ sich nicht drehen, irgendwas klemmte. Ich drückte die Schulter gegen die Tür, veränderte noch mal den Winkel im Schloss. Aufgebrachte Stimmen drangen durch das Holz. Ich brauchte mehr Druck. Nahm einen kleinen Anlauf mit der Schulter und drehte gleichzeitig den Dietrich mit aller Gewalt. Mit einem Ruck flog die Tür auf, und ich stolperte über die Schwelle.

Am Ende des Flurs standen Kathleen und Vince mit Skimasken über den Köpfen, vor ihnen die kreidebleiche Frau in einem rotbefleckten Bademantel, aus ihrer Hand pulste Blut auf den Boden, eine Pistole mit Schalldämpfer am Kopf. Erschrocken wandten sich mir die Masken zu, ein Schrei, aber nicht von der Frau, sondern von Vince, seine Hand zitterte, es machte Klick, ein Sirren in der Luft, dann sackte die Frau mit einem Loch in der Stirn in sich zusammen. Einen Moment starrten wir alle drei entsetzt auf den leblosen Körper am Boden, ein rotes Rinnsal floss die Nasenwurzel herab.

Kathleen schaltete als Erste. »Das ist der Typ vom Parkplatz!«

Oh shit. Ich machte einen Satz nach hinten und schlug die Wohnungstür von außen zu. Kugeln bohrten sich auf der anderen Seite ins Holz. Ich sprang die Treppe hinauf, nur eine Etage, dann blieb ich stehen und lauschte. Unten wurde die Tür aufgerissen, dann hallten Schreie und Schritte durchs Treppenhaus. Verfolger rennen immer nach unten, dachte ich, altes Geheimwissen, atmete heftig, schwitzte wie ein panisches Schwein. Ganz leise bewegte ich mich höher, zum Glück knarrten die Stufen nicht. Oben angekommen, drückte ich die Tür zum Dachboden auf und schloss sie so leise hinter mir, wie das geht, wenn die Hände parkinsonmäßig zittern.

Vollkommene Dunkelheit umfing mich. Ich schleppte mich in eine Ecke, wo ich mich übergab, bis nur noch Galle aus meinem Mund tropfte. Draußen brach nun tatsächlich das Gewitter los, wie auf Bestellung. Donner rollten über das Dach, und Blitze erleuchteten für eine Sekunde eine Schaufensterpuppe mit bizarr verdrehten Armen, verbogene Vogelkäfige, vergessene Wäsche auf einer Leine. Die Dachbalken knarzten unter den Gewitterwinden und herumwehende Spinnweben legten sich wie unsichtbare Hände auf mein Gesicht.

Ich würgte noch ein paar Speichelfäden aus dem Mund. Aber es half nicht. Mir gingen diese Geräusche nicht mehr aus dem Kopf. Das Sirren der Kugel, das Knacken beim Einschlag in den Schädel, das Geräusch des auf den Boden sackenden Körpers. Ich hatte mir immer vorgestellt, es sei ein erhabenes Gefühl, dem Tod ins Auge zu blicken, eine Art grundlegende Menschheitserfahrung, aber ich fühlte mich einfach nur beschissen. Die

Typen in den Büchern und Filmen steckten das locker weg – Zigarette an und weiter. Selbst wenn ihr Partner dran glaubte, kümmerte sie eigentlich nur, wie sie die hysterische Ehefrau beruhigen und dann ohne viel Drama ins Bett kriegen konnten. Aber was, wenn es der Detektiv selbst war, der zitternd auf einem Dachboden saß, ohne die Allheilmittel Whiskey und Tabak? Das war einfach nicht vorgesehen. Was für eine Scheiße, was für ein schwachsinniges Männerbild, wie hatte ich mich so blenden lassen können, zu denken, ich sei aus dem gleichen Holz geschnitzt? Ich war aber nur ein Lappen, ein verschreckt zitternder Lappen noch dazu.

Plötzlich flog die Tür auf und eine Gestalt kam hereingehumpelt. Ich duckte mich tiefer in meine Ecke. Die Bohlen knarzten unter den näher kommenden Schritten. Waren das Vince oder Kathleen, die das Haus systematisch durchsuchten? Ein Blitz zuckte durch die Dachluken und erleuchtete einen massigen Körper, um den ein schwarzgefärbtes Laken gewickelt war. Der Mann schnaufte vor Schmerzen, während er sich an irgendwelchen Kisten zu schaffen machte. War das der Hertha-Fan, der eben noch unten im Auto gesessen hatte? Hatten Kathleen und Vince den auch erwischt? Ich war kurz davor, mich aus der Deckung zu wagen, da hatte er plötzlich eine Pistole in der Hand. Zielte planlos herum in der Dunkelheit, nach links, nach rechts. Hatte er mich entdeckt? Er griff sich an den Bauch, keuchte, krümmte sich. Dann steckte er die Waffe in seinen Hosenbund. Unter lautem Stöhnen schälte er sich aus dem dunklen Bettlaken und riss ein verstaubtes von der Leine. Dann fiel die Tür ins Schloss, und ich hörte, wie der Mann langsam die Treppe hinunterwankte. Als ich sicher war, dass er nicht wiederkommen würde, raffte ich mich hoch und hob das Laken auf. Es war warm und feucht.

Es gab nur eine Möglichkeit. Ich musste den ganzen Wahnsinn hier träumen. Ich war in irgendeinen Roman geraten, in einen Film, was hatte ich überhaupt gedacht, wer ich war – Dick Tracy? Was für ein fieser Trip. Eine ekelhafte Einbildung. Was hatte Kenny mir da für ein mieses Zeug untergejubelt? Mit Pilzen versetzt? Mit halluzinogen wirkendem Dünger verunreinigt? Scheiße, was, wenn ich nie mehr davon runterkam? Wie damals, als ich tagelang alles schwarzweiß gesehen hatte, als wäre ich in einem Noir-Streifen hängengeblieben, aber das hier war um einiges heftiger, eine ganz humorlose Sache.

Ich versuchte, mich auf Details im Raum zu konzentrieren, so wie ich es sonst immer machte, wenn ich einen schlechten Film erwischt hatte. Bloß nicht die Augen zumachen, bloß nicht in den Körper reinhorchen, bloß nicht lauschen, wie das Blut in den Ohren pulste, wie das Herz immer schneller pochte, nicht die schwarzen Flecken auf den Händen anschauen. Wasser trinken. Das half doch bei allem. Ich öffnete eine Dachluke und ließ den Regen in mein Gesicht peitschen. Die Tropfen schmeckten nach Schwefel.

Plötzlich erfasste mich Panik. Kathleen und Vince wussten spätestens jetzt, dass ich ihnen auf den Fersen war. Sie mussten nur den Clio vor der Tür entdeckt haben und irgendeinen Bullen bestechen, damit er ihnen den Fahrzeughalter raussuchte, und schon konnten sie mir nachts vor der Detektei auflauern. Ich musste die Polizei rufen. Aber ganz davon abgesehen, dass mein Handy unerreichbar auf dem Beifahrersitz des Clio lag, was sollte ich denen erzählen? Dass ich zugesehen hatte, wie Kathleen und Vince irgendwelchen Leuten die Finger absägten? Weil es mir Spaß machte, Detektiv zu spielen? Klar, ich hätte die Cops zum Wohnwagen führen können, aber wer wusste schon, ob Vince und Kathleen nach dieser Nummer nicht schon über alle Berge waren und der Wohnwagen ein ausgebranntes Wrack? Und was dann? Meine Fingerabdrücke waren auf der Klinke der Wohnungstür, und der THC-Gehalt meines Bluts würde jede Skala sprengen. Und sie würden mich ja nicht mal zu Unrecht verknacken: Wäre ich nicht dort reingeplatzt, hätte Vince sich niemals so erschreckt, dass er auf den Abzug drückte …

Regen drosch auf die morschen Schindeln, eiskalte Rinnsale tropften in meinen Nacken. Ich kauerte mich in die Ecke, Beine an den Körper gezogen, den Kopf auf die verschränkten Arme gelegt. Ab und zu nickte ich ein, nur um im nächsten Moment wieder von einem Donnerschlag hochzuschrecken, der direkt über mir explodierte. Irgendwann hatte ich jedes Zeitgefühl verloren, kein Anhaltspunkt außer das Zählen der Sekunden zwischen Blitz und Donner. Einundzwanzig. Zweiundzwanzig. Dreiundzwanzig.

Als das Gewitter in den frühen Morgenstunden aufhörte, war ich nur noch ein zitterndes Wrack. Fieberschauer jagten meinen Rücken hinauf, die Klamotten klebten an der aufgeweichten Haut, meine Augen brannten vor Salz. Aber irgendwie kam ich doch hoch, drückte die Luke auf und kletterte raus.

Über den Dächern Berlins herrschte eine eigentümliche Ruhe. Nur das Gurren der Tauben war zu hören, weit unten rauschte der Berufsverkehr über den Kottbusser Damm. Die Sonne wärmte mein Gesicht, und mit dem Mantel der Nacht fiel auch der Schrecken ab: Die tote Frau war plötzlich weit weg, Kathleen und Vince mit ihren Folterwerkzeugen und Pistolen auch, und tief unter mir auf der Straße wuselten die Menschen mit ihren kleinen und großen Sorgen, mit dem Gefühl unbedingter Wichtigkeit der eigenen Person, verkleinert zu den Miniaturen, die sie waren. Sie hetzten mit einem Coffee to go zur U-Bahn, stritten mit Kollegen und Partnern am Handy, oder fragten sich auf dem Weg zum Drittjob, wie sie diesen Monat bloß ihre Miete bezahlen sollten. Von hier oben schien alles ruhig und klein und lächerlich. So musste es dem Universum gehen, wenn es runter auf die Erde guckte und sich die ganzen Krisen und Kriege durch die Distanz in die erratischen Bewegungen von Mikroben auflösten. Tiefer Frieden durchflutete mich, das gleiche Gefühl wie früher, wenn ich meinen Vater zeitunglesend am Frühstückstisch sitzen sah und alles, was ich mir nachts in den dunkelsten Farben ausgemalt hatte, löste sich in Wohlgefallen auf, wie die Frosties in der Schüssel, die schon für mich auf dem Tisch stand.

Die Ziegel waren vermoost und glitschig vom Regen. Vorsichtig setzte ich einen Fuß vor den anderen, ging halb gebückt, um mich mit den Händen abstützen zu können. Über den Giebel gelangte ich auf das Flachdach des Nachbarhauses, lief von dort über morsche Ziegeldächer und auf den Trittstufen der Schornsteinfeger die Firste entlang, kletterte ohne Ziel die Absätze hinauf und hinunter, kreuzte Dachterrassen und zwängte mich durch rostiges Antennengestrüpp, das mir die Klamotten zerriss. Zwischen den Schornsteinen waren Nester in den Windschatten gebaut, aber die Vögel kümmerten sich nicht um mich, bis auf ein paar Tauben, die übellaunig gurrend Platz machten.

Manche Dachstühle waren ausgebaut, und ich sah durch Panoramafenster, wie sich die Bewohner noch einmal im Bett umdrehten, duschten oder mit ihrer Kleinfamilie frühstückten, vollkommen ahnungslos, was in der letzten Nacht in knapp hundert Metern Luftlinie von hier passiert war.

Über den Rohbau einer Sonnenterrasse gelangte ich in ein Treppenhaus und landete ein paar Straßen entfernt vom Tatort. Vorsichtig ging ich dorthin zurück und schaute um die Ecke die Straße entlang. Der Lieferwagen war weg, aber ein Haufen Polizeiwagen mit kreisendem Blaulicht hatten meinen Clio eingeparkt. Ein Beamter war gerade dabei, Absperrband vor dem Haus aufzuspannen.

27
DON'T BE EVIL

Der Lastenaufzug rattert einen dunklen Schacht nach oben, das rostige Metall knarzt wenig vertrauenerweckend. Colleen läuft es kalt den Rücken herunter, sie ist kein Fan von engen Räumen, erst recht nicht, wenn sie an antiken Drahtseilen baumeln. Bringt es eigentlich was, beim Aufprall hochzuhüpfen, weil man dann in der Luft ist, wenn es Matsch macht? Rationalisieren, Colleen, rationalisieren: Irgendwo wird schon eine silberne Plakette kleben, »Bis zu 8 Personen oder 500 kg«, und das Rumpeln kommt bloß aus versteckten Lautsprechern, weil die Architekten trotz Modernisierung den Industriecharme des alten Fabrikgebäudes erhalten wollten, wie im Ruhrgebiet.

An den Gittertüren ziehen die Stockwerke vorbei, jedes mit seinem eigenen Einrichtungsmotto: Ebene 2 sieht aus wie ein Dschungel, Lianen ranken sich unter der Decke, und sind das Affen, die da herumturnen?, auf Ebene 4 eine Unterwasserwelt samt Aquarium, in dem Fische ihre Gesichter am Glas platt drücken, und Ebene 5 hat ein Science-Fiction-Motto, überall Schläuche, Laserschranken und Stormtrooper wie in *Star Wars*. Auf allen Etagen beugen sich gut frisierte Leute über frisch polierte Displays und lächeln verbindlich – wer will es ihnen verdenken in dieser schönen neuen Arbeits-Erlebniswelt?

Als sie endlich raustritt aus der Höllenmaschine, eilt ihr schon ein Sekretär in einem Super-Mario-Pullover entgegen –

»Lance ist noch in einem Gespräch, aber Sie können in seinem Büro warten« –, ihr vorerst letztes Hindernis auf dem Weg nach ganz oben. Nachdem Colleens Zugriffsanfrage auf das gelöschte *SideStep*-Profil von »Ahmed irgendwas« (Zitat Harry Jones) vom *Valhalla-Capital*-Datenbeauftragten abgeschmettert wurde, hat sie vom *Data Manager Junior* über den *Senior* alles abtelefoniert, was einen Telefonhörer halten kann, Praktikanten und Freelancer eingeschüchtert, Catering-Dienstleister und Putzkräfte beschwatzt, aber alle, ausnahmslos alle, haben denselben Schwachsinn runtergebetet: Die Daten würden nun mal nicht vorgehalten. Sie hat auf stur gestellt wie ein rotgesichtiger Familienvater, der sich wegen eines defekten Küchenmixers an einem schwülen Samstagvormittag bei Karstadt über Kasse, Fachverkäufer, Abteilungsleiter zum Geschäftsführer hochterrorisiert – und ist jetzt hier gelandet: Privataudienz bei Lance Kilbourne höchstpersönlich, der es glücklicherweise kurzfristig einrichten konnte.

»Und was ist das Motto dieser Etage?«, fragt Colleen, während sie einen unverputzten Backsteingang auf zwei riesige, verspiegelte Glastüren zulaufen.

Der Sekretär zieht seine Codekarte über einen Terminal in der Wand und die Türen zischen auf.

»Endgegner«, sagt er.

Allein betritt Colleen Kilbournes Büro. Der Raum hat in etwa die Größe eines Basketballfelds, jedenfalls schätzt Colleen das, weil an beiden Enden Körbe hängen und auf den Boden bunte Linien gemalt sind. Gut, solche Orientierungshilfen zu haben (Körbe, Linien), wenn man die Größe von irgendwas schätzen muss, denkt Colleen, der ansonsten jedes räumliche Vorstellungsvermögen abgeht. Haben jedenfalls die Typen vom Pilotentest der Lufthansa damals gesagt, weil sie irgendeinen blöden Würfel nicht schnell genug im Kopf drehen konnte. Sie ist sich aber ziemlich sicher, dass die bloß keine Frauen in ihrem

High-Flyers-Club wollten, denn so ungleichmäßig kann das räumliche Vorstellungsvermögen gar nicht zwischen den Geschlechtern verteilt sein – außer Gott ist ein harter Sexist und will nicht, dass Frauen durch seinen Himmel fliegen. Deswegen wurde es eben Berufswunsch Nummer 2: Polizistin.

Die Bürowände sind vollgeklatscht mit Monitoren, auf denen Werbevideos, Tortendiagramme und Imagefilme von Kilbournes unzähligen Firmen und Apps um die Wette quasseln und Colleens Sinnesorgane bis zum Äußersten reizen. Der einzige Lichtblick ist ein Panoramafenster am Ende des Raumes, aber um dort hinzukommen, muss sie sich erst mal einen Weg zwischen unzähligen Sockeln hindurch bahnen, auf denen verrostete Computer und Platinen stehen. Soll bestimmt so was wie ein Museum des digitalen Zeitalters sein, und jedes Teil hat auf Auktionen Tausende von Dollar gekostet. Irgendwelche Nerds kann man damit sicher beeindrucken (»Guck mal, der Commodore64!« – »Ich glaub's ja nicht, ist das ein 3/86er?« – »OMG, Pentium III/500 hatte ich auch früher«), aber Colleen lässt der Schrott vollkommen kalt, denn so viel anders sieht es in der Großraumetage des Präsidiums auch nicht aus.

Sie erkennt sofort, dass Kilbourne hier klassische Polizeitaktik anwendet: Jemanden in einem geschlossenen Raum mit verschiedenen Betätigungsangeboten warten lassen und ihn dabei beobachten, um Rückschlüsse auf seine Persönlichkeit zu ziehen. Sie lässt Verdächtige ja schließlich selbst gern schmoren, bis die fast verrückt werden. Okay, oft kommt sie auch einfach nur zu spät.

Die Auswertung hier übernimmt aber wahrscheinlich ein Algorithmus, der in ein paar Jahren auf öffentlichen Plätzen zur Terrorismus- und Lappalienprävention eingesetzt wird, und wie jeder Mensch neigt Colleen zur vorauseilenden Selbstzensur: Sie wird sich jetzt hier nicht vor aller Augen die Brauen zupfen oder in der Nase popeln.

Die Beschallung durch die Displays sorgt bei Colleen langsam für eine hypernervöse Stimmungslage, und ihre Finger verkeilen sich in den Manteltaschen. Sie kommt sich vor wie in einer japanischen Shoppingmall, oder wie sie sich eben eine vorstellt. Wenn sie dauerhaft hier drin sein müsste, würde sie in kürzester Zeit Augenkrebs oder ADHS oder beides bekommen, deshalb entscheidet sie sich für die meditativste Form des Zeitvertreibs: aus dem Fenster gucken.

Von hier oben hat sie einen 1-a-Panoramablick auf die Spree, wo sich die ersten Touristen an Deck der Rundfahrtsboote die Glatzen verbrennen und sich notdürftig mit Berliner Weiße, Geschmacksrichtung Himbeer, rehydrieren. Als ihr Vater mal zu Besuch war, hat Colleen mit ihm auch so eine Fahrt gemacht, dabei aber extra darauf geachtet, eins der alten Schiffe zu erwischen, auf denen ein Ureinwohner die Fakten live ins Mikro berlinert. Jetzt tragen die Touristen Kopfhörer, und jeder wählt im multilingualen Gerät einen Sprachkanal, auf dem dann eine geschlechtslose, akzentbereinigte Stimme eingespielt wird, und alle fahren gemeinsam einsam durch Berlin. Dafür sind die Sitze angeblich hämorrhoidenfreundlicher.

»Frau McCollum!«

Colleen hat ihren Körper über die Jahre auf so viel Trägheit trainiert, dass sie nicht zusammenzuckt, wenn plötzlich jemand von hinten auftaucht – Lance Kilbourne steht aber wirklich sehr nah hinter ihr; als sie sich umdreht, passt nicht mal mehr ein iPhone 7 zwischen ihre Nasen.

»Was für eine Ehre, Sie endlich zu treffen! Sie sind ja schon fast eine Legende bei uns! Mit wem Sie schon alles gesprochen haben ... Ich habe das Gefühl, Sie kennen meine Mitarbeiter langsam schon besser als ich.«

Kilbourne lächelt sie offen und freundlich an. Colleen durchflutet auf einmal ein unbekanntes Gefühl tiefer Ruhe und Ausgeglichenheit, tonnenweise Glückshormone werden in ihren

Synapsen ausgeschüttet, und erst denkt sie, das liegt an Kilbournes magischer Aura, aber dann fällt ihr auf, dass bloß alle Monitore auf lautlos geschaltet wurden, als er eingetreten ist.

Der Kerl sieht erstaunlich jung aus dafür, dass sein Wikipedia-Artikel ihn mit 40 Jahren angibt, kaum die üblichen Augenringe, eine Haut, von der man essen könnte, nur ein paar sympathische Lachfältchen. Seine blonden Haare sind zu einem Undercut rasiert und die blauen Augen harmonieren – Kontaktlinsen vermutlich, Colleen kennt diese Tricks alle – wunderbar mit einem marine-blauen T-Shirt, das seine austrainierten Oberarme betont. Etwas wirklich Besonderes findet Colleen im ersten Augenblick nicht an ihm, aber dann bemerkt sie seine merkwürdig flache Nase. Irgendwie komisch – die Nasenlöcher, fast punktförmig, wie beim späten Michael Jackson. Geradezu reptilienartig. Wurde da herumgedoktert? Rübennase kleiner geschnippelt? Egal. Weitere Wiki-Facts, zusammengetragen von den fleißigen Bienchen der Informationsgesellschaft: geboren in der Nähe des Tagebaus Hambach, dem tiefsten Punkt Deutschlands, Gewinner des *Serial Entrepeneur Awards* der FDP 2016 und *Techcrunch Centerfold of the Month* September 2017, ledig.

Colleens Blick fällt von seinen Oberarmen auf die Unterarme. In seiner rechten Ellenbeuge ist eine kleine Einstichstelle in einer Vene, aus der Blutstropfen quellen.

»Sie bluten.«

»Ach das.« Er wischt den Tropfen mit dem kleinen Finger ab und schmiert sich das Blut ins Zahnfleisch, als wäre es Koks. Dann lächelt er breit. Leicht rötliche Schlieren auf seinen spitzen Zähnen.

»Cookie?« Er hält ihr eine Schüssel mit Keksen hin, zarter Teig durchsetzt von unwiderstehlichen Schokostückchen, aber eigentlich hat sie gerade überhaupt keinen Hunger. Colleen schüttelt den Kopf.

»Nein danke.«

Kilbourne hält ihr die Schüssel insistierend unter die Nase. »Keinen Cookie zu nehmen ist unhöflich.« Lächeln und Augenklimpern. »Kommen Sie. Für später!«

Okay, nimmt sie halt doch einen. Wahrscheinlich selbstgebacken und ein empfindlicher Künstler.

»Wie kann ich Ihnen denn helfen?«, sagt Kilbourne zufrieden, als sie den Cookie in ihrer Tasche verschwinden lassen hat.

»Es geht um Mord.« Dieser Satz verfehlt eigentlich nie seine Wirkung, aber Kilbournes Augenwinkel bleiben unbewegt. Extra abgebrüht der Mann. Oder zu viel Botox.

»Einer Ihrer ehemaligen Mitarbeiter hat das Dating-Portal *SideStep* für die Erpressung von Ehemännern benutzt.«

»Name?«

»Harry Jones. Er hat bei der Security im Keller gearbeitet.«

»Human Resources.« Lance blickt an Colleen vorbei ins Leere. Es dauert etwas, bis sie kapiert, dass er über das Intercom jetzt direkt mit seinen Mitarbeitern verbunden ist und ihr Dialog temporär unterbrochen ist. Sie hat sich immer noch nicht daran gewöhnt, dass Menschen in letzter Zeit immer mitten im Gespräch ihr Smartphone zücken, zwanzig Sekunden abwesend sind, und dann erwarten, ansatzlos das Gespräch weiterführen zu können. Colleen hat es ja überhaupt nicht mit Manieren, aber auf die Grundsätze zwischenmenschlicher Kommunikation sollte man sich in einer Gesellschaft schon einigen können, findet sie, sonst gibt's Zeter und Mordio.

»Harry Jones aus der Security«, sagt Lance. »Sofort Akte an Rechtsabteilung weiterleiten.«

Oh, oh. Wenn Harry Jones aus dem Knast kommt – *wenn* er denn jemals aus dem Knast kommt – wird schon ein Prozess wegen Vertragsverletzung auf ihn warten, und dann kann er die Kohle, die er beim Steineklopfen verdient hat, gleich weiter an *Valhalla Capital* überweisen. Wie heißt es noch immer so schön? *Mitarbeiter der Firma und deren Angehörige sind vom Gewinnspiel ausgeschlossen.*

»Erledigt.« Kilbourne wendet sich wieder Colleen zu. »Aber sagten Sie nicht, es gehe um Mord?«

»Audrey Estrelle, die Partnerin-in-crime von Jones, wurde ermordet.«

Lance zuckt die Schultern. Er scheint das für eine gerechte Strafe zu halten. »Und was wollen Sie jetzt von mir? Ich war es jedenfalls nicht.«

»Der Account, über den der Mörder das Treffen vereinbart hat, wurde gelöscht. Wir brauchen die Daten von Ihnen: IP-Adressen, E-Mail, Kreditkartennummer …«

»Da kann ich Ihnen leider keine andere Antwort geben, als meine Mitarbeiter es schon getan haben. Wir haben die Daten nicht«, unterbricht Kilbourne sie, inzwischen dann doch etwas ungeduldig. »Sehen Sie, das Konzept von *SideStep* sieht vor, dass die User ihre Accounts permanent löschen können, wenn sie genug vom Abenteuer haben und keine Rückstände in ihrem Eheleben zurückbehalten wollen. Das ist unser Versprechen an die User. Und die schätzen unsere Vertraulichkeit – ist das nicht so, Frau McCollum?«

Er grinst spöttisch. Plötzlich wird Colleen klar, dass Kilbourne weiß, dass sie bei *SideStep* angemeldet ist, denn natürlich werden routinemäßig alle Online-Existenzen überprüft, bevor Kilbourne jemanden trifft, das ist wie bei der Einreise in die USA. Sie überlegt, ob sie erwähnen soll, dass sie bei *SideStep* bloß aus Recherchezwecken in diesem Mordfall angemeldet ist, aber dann hätte sie wohl kaum das Freundinnen-werben-Freundinnen-Sonderangebot mit ihrer Freundin Carmen wahrgenommen und mit ihrer privaten Kreditkarte bezahlt, und zeitlich kommt das auch alles nicht hin. Oder droht Kilbourne gerade gar nicht, sie auffliegen zu lassen, sondern das ist nur eine seltsame Art zu flirten?

»Kommen Sie«, sagt Colleen so kumpelhaft wie möglich. »Wir wissen doch beide, wie das läuft. Irgendwo da im Keller steht hinter einer unscheinbaren Tür doch ein verstaubter Server, wo alles gespeichert ist.«

Lance lacht auf und hakt sich bei ihr unter.

»Lassen Sie mich Ihnen etwas zeigen, Frau McCollum.«

Er führt sie zu dem Modell eines Öltankers, der *MSC Willeford*, das ebenfalls auf einem Sockel steht. Colleen hat schon von diesem extravaganten Spielzeug gehört, das Kilbourne für eine Unsumme von einer chinesischen Reederei gekauft hat. Wem eine Luxusjacht nicht »think big« genug ist, der muss wohl ins nächsthöhere Regel greifen. Wahrscheinlich hat er sich das Teil sowieso bloß geholt, um darauf Golf zu spielen, das hat sie mal in irgendeinem Film gesehen.

»Effektiv ab dem 1. Januar haben wir unsere Server hierher verlagert.«

»Auf einen Öltanker?«

»Wir nennen es *Valhalla Island.* Sehen Sie, selbst wenn wir die Daten hätten, wäre ich nicht verpflichtet, sie Ihnen auszuhändigen. Sie befinden sich nicht auf deutschem Territorium. Genauer gesagt, in gar keinem Territorium. Unser Firmensitz ist nur noch eine GPS-Koordinate in internationalen Gewässern.«

Lance streicht liebevoll über das Modell.

»Wie Sie sich vorstellen können, muss man einen Tanker nicht oft tanken. Und wenn doch, machen wir das über Tankschiffe, so müssen wir keinen Hafen anlaufen. Den Datenverkehr wickeln wir über unser eigenes Satellitensystem ab. Wir kreuzen bevorzugt nahe den Polregionen, wegen der automatischen Wasserkühlung für die Server.«

Er tippt auf ein Display und ein Globus erscheint, auf dem ein roter Punkt nahe Grönland blinkt.

»Hier befindet sich unser Schiff gerade. Keine Hoheitsgebiete, keine Steuern, keine Legislation.«

»Keine Angst vor Software-Piraten?«

Kilbourne lacht. »Hiermit«, sagt er und nimmt eine antike Fernbedienung von einem Sockel, der mit *Sony KB-1520* beschriftet ist, »kann ich das Schiff steuern. Jeder denkt, es ist nur ein Ausstellungsstück, die erste TV-Fernbedienung aller Zeiten, aber eingebaut ist eine hochmoderne Fernsteuerung. Kleine Kreuzfahrt gefällig?« Er hält sie ihr hin. »Wo soll es hingehen? Nutzen Sie den Ziffernblock zum Navigieren.«

Colleen lenkt den roten Punkt auf dem Display in die Nähe des Hamburger Hafens.

»Guter Versuch.« Er bricht die Routenänderung mit einem Druck auf die Aus-Taste ab und zwinkert anzüglich. »Aber Sie können mich ja mal aufs Schiff begleiten.«

Kilbournes Uhr vibriert und zerstört die romantische Stimmung, die gerade aufzukommen droht.

»Verzeihen Sie, Frau McCollum, ich habe nicht viel Zeit. Unsere Challenge ruft: 1000 Apps in 1000 Tagen auf den Markt werfen. Only the fittest survive. Mittlerweile sind wir bei Nr. 973: *Immobility*, der kostenlosen App zum Schätzen von Wohnungspreisen. Darf ich Sie vielleicht zu unserem Launch-Event einladen?«

Colleen hofft, dass sich ihr Pokerface-Training weiter auszahlt, aber Kilbourne hat bestimmt Sensoren in den Wänden versteckt, die die unsichtbaren Mikrozuckungen ihrer Nasenflügel registrieren: Ja, auf so ein Launch-Event hätte sie wohl Lust.

»Und bringen Sie doch Martin gerne mit«, fügt Kilbourne hinzu, als er sie am Arm zum Aufzug geleitet. »Es gibt Austern. Oder isst der nur noch Reh?«

28
HIER IST EIN MANN NOCH MANN

Nach dem Fiasko bei Kilbourne braucht Colleen dringend ein Erfolgserlebnis. Dass ein Baumarkt am Donnerstagabend der optimale Ort dafür ist, bezweifelt sie zwar, aber er ist leider die einzige Spur, die ihr bleibt.

Im Büro ist es heute nicht besonders gelaufen, wenn sie ehrlich ist. Wie erwartet hat Harry Jones die Aussage offiziell verweigert, will nichts mehr von Mord oder »irgendeiner Stripperin namens Audrey« wissen und beruft sich auf Erinnerungslücken infolge eines Durchgangssyndroms. Woran er sich aber sehr gut erinnern kann, ist »Nötigung am Krankenbett und Amtsmissbrauch«, wie es so schön im Brief seines Anwalts heißt, der Colleen per Einschreiben zugestellt wurde und ihrer Personalakte ein neues, ruhmreiches Kapitel hinzufügen wird.

Wenigstens haben sich die Forensiker mittlerweile zur Mitteilung ihrer Ergebnisse bequemt. Seit amerikanische Wissenschaftler den sogenannten *CSI-Effekt* entdeckt haben, der besagt, dass in Gerichtsverfahren Augenzeugenberichte und Indizienketten gegenüber forensischen Zaubermethoden (Schwarzlicht, Genanalyse, Handauflegen) an Bedeutung verloren haben, und dies auf die Popularität der CSI-Sendungen zurückführen, besteht Hoseley auf die Mitwirkung dieser Scharlatane an ausnahmslos jedem Fall. Hamlet Caine hat jedenfalls wieder eine große PowerPoint-Show abgezogen, deren Ergebnisse die letzten Strohhalme sind, an die Colleen sich jetzt klammert:

— Die schwarze Nylonfaser, die unter Audreys Fingernagel gefunden wurde, ist eine absolute Standardfaser, die in 90 Prozent aller Kleidung benutzt wird.
— Am Sägeblatt der Stichsäge wurde ein winziger Splitter Birkenholz gefunden. Kein Frischholz vom Baum, sondern solches, wie man es tausendfach beim Trockenbau verwendet.
— Der Werkzeugkasten stammt aus dem Baumarkt Gruftinger (steht unverkennbar drauf, dafür braucht's keine Forensiker).
— Im Fußabdruck vom Parkett wurden Schlammpartikel gefunden, die der Zusammensetzung nach wahrscheinlich von der Mecklenburgisch-Brandenburgischen Seenplatte stammen. Was erst mal auch nicht weiterhilft, weil die ungefähr 6 000 Quadratkilometer groß ist und dies den Täterkreis nicht derart einschränkt, dass es Grund zum Jubeln gäbe, Landflucht hin oder her.
— Außerdem klebt nicht nur Audreys Blut am Sägeblatt, sondern auch das von zwanzig anderen Menschen. Das heißt, es stimmt, was Colleen schon seit dem ersten Anblick der Leiche ahnt: Die Mörder haben bereits vor Audrey zugeschlagen. Die DNA-Tests haben allerdings ergeben, dass mehr als die Hälfte der Opfer Männer sind, also muss sie ihre Theorie vom Frauenkiller leider in die Tonne kloppen.

Auswirkungen auf die Ermittlungen haben diese neuen Erkenntnisse freilich nicht. Der Chef ist zufrieden mit dem Fang von Harry Jones, den er öffentlichkeitswirksam präsentiert und sich dafür auf die Schulter klopfen lassen hat. Darüber hinaus hat er Andeutungen gemacht, die Ermittlungen im Fall »Fingerab« bald einstellen zu wollen, da Colleen offensichtlich nicht in der Lage ist, an die *SideStep*-Daten ranzukommen. Zum Ausgleich hat Hoseley ihr ein paar Vorgänge der Marke »Rentner-tot-in-Wohnung-aufgefunden« auf den Tisch gelegt. Er hat nämlich sehr wohl registriert, dass sie die Ermittlungen bei

Tante Jones' Gulasch-Tod damals ein bisschen hat schleifen lassen und ihnen das jetzt ganz schön auf die Füße gefallen ist. »Eine wichtige Lehrstunde« nennt er das, Colleen nennt das unbezahlte Überstunden. Deswegen schafft sie es auch erst jetzt in den Baumarkt, in ihrer Freizeit, weil sie maskierte Massenmörder auf den Tod nicht ausstehen kann.

Nachdem Colleen dreimal über den Parkplatz gekurvt ist, findet sie endlich eine Lücke zwischen zwei fetten SUVs, steigt aus und gießt den pisswarmen Rest ihrer Wasserflasche auf einen japsenden Hund, der am Unterstand für Einkaufswagen angebunden ist. Sie schnappt sich einen Wagen, oder eher eine Art Tieflader, und manövriert das ratternde Teil auf den Eingang zu. Zu beiden Seiten der Schiebetüren hängen riesige Werbeplakate, die Männer mit Kettensäge und Vorschlaghammer zeigen, inklusive Wampe und ergrautem Haarkranz. Mal wieder typisch, denkt Colleen, während Frauen selbst in Zellulitecreme-Werbung mit den makellosen Beinen zwanzigjähriger Models gequält werden, könnte man meinen, im Baumarkt befinde sich der Jahreskongress des »Male Body Positivity Movement«, so selbstbewusst, wie hier defizitäre Körper ausgestellt werden: *Hier kann Mann sein, wie Mann ist.*

Drinnen riecht es nach Bratwurst und Pommes. Direkt hinter dem Eingang ist ein Imbissstand aufgebaut, an dem sich Männer mit Currywurst und Joppiesauce stärken, neben ihnen Einkaufswagen, auf denen Holzlatten, Topfpalmen und Toilettensitze lagern. Chartsmusik rieselt aus Lautsprechern herab, zwischen den Songs werden Kärcher, Blumenerde und Schlagbohrmaschinen angepriesen. Colleen läuft ziellos durch die Gänge und lädt sich ein paar Alibiartikel auf den Wagen, damit es so aussieht, als hätte ihr Mann sie hergeschleppt und wäre bloß gerade hinten in der Türe-Tore-Zargen-Abteilung. Sie testet in der Bäderabteilung noch wahllos ein paar Klobrillen, dann legt sie los.

Gang für Gang und Regal für Regal arbeitet sie sich durch den Markt und erledigt den Job der Forensiker, denn sie kann lange darauf warten, dass die sich selbst die Hände schmutzig machen und Vergleichsmaterial für die Tatortfunde besorgen.

— Maske: Bingo, auf dem Einnähschild, das sicher tierisch im Nacken kratzt, steht: 90 Prozent Nylon.

— Werkzeugkasten: Gleicht dem vom Tatort wie ein Ei dem andern.

— Stichsäge: Nach einem intensiven Beratungsgespräch mit einem jungen Mann namens Ole findet Colleen tatsächlich die passende Maschine, obwohl Ole sie warnt, dass dies ein Billigprodukt sei und der Schnitt nicht besonders sauber ausfalle.

— Sicherheitsschuhe: Colleen gleicht die verschiedenen Profile mit einem Foto des Fußabdrucks ab, und tatsächlich, der Schuh *Ellroy* passt haargenau.

Fehlt nur noch das letzte Teil des Puzzles. Colleen folgt einem Familienvater, der mit einem Festmeter Holz in die Zuschnittabteilung unterwegs ist, und überholt ihn, als er sich in einer Schlange anstellt, die so lang ist, dass er definitiv den Anstoß der Europa League verpassen wird.

Sie geht an den wartenden Männern vorbei, die sich mit ihren Zollstöcken im Nacken kratzen oder auf Zettel mit Zuschnittmaßen für DIY-Schrankwände starren und beten, dass sie sich bei ihrer Schnapsidee im Hobbykeller nicht verrechnet haben, weil hacke.

Der Mann hinterm Tresen ist voll darauf konzentriert, seine Kreissäge durch eine Küchenplatte zu jagen. Dicke Venen laufen über seine behaarten Arme, er trägt eine Schutzbrille und riesige Ohrenschützer, weil die Säge einen ohrenbetäubenden Lärm macht, den alle anderen stoisch bis zum Hörsturz ertragen.

Colleen tippt ihm von hinten auf die Schulter. Der Mann zuckt dermaßen zusammen, dass er sich fast in die Hand sägt. Er reißt die Ohrenschützer vom Kopf, das Kreischen erstirbt – man kann fast das Kopfschütteln der Wartenden hören, erste Heim- und Handwerkerregel: *Nie, wirklich nie, einen Mann an der Säge erschrecken* –, aber bevor er sie anbrüllen kann, hat Colleen ihre Haare um einen Finger gewickelt und fragt kokett:

»Ich hab zu Hause eine Tür, die nicht richtig schließt. Was mache ich denn da?«

»Haben Sie keinen Mann im Haus?«, brummt der Typ durch den rötlichen Bart, der sein ganzes Gesicht bedeckt und nur winzige Aussparungen für Nase, Mund und Augen frei lässt. Colleen registriert, dass sein Blick runtergeht auf ihre Hand, um nach einem Ehering zu schauen.

Colleen probiert es mit einer zweigleisigen Antwort: »Ich lege selbst gerne Hand an.«

»Tja ...« Ein Grinsen unter seinem Bart, Typ Holzfäller, aber nicht unbedingt unattraktiv. »Dann kann ich auch nicht helfen.«

Er streckt seine Hand aus. »Nur ein Scherz. Ich bin Jens.« Er tippt auf das Plastikschild mit seinem Namen.

Colleen schüttelt seinen Handschuh, der schlaff in ihrer Hand liegt. Ausziehen wäre höflicher, aber schließlich sind wir unter Kerlen.

»So eine Tür verzieht sich natürlich mit der Temperatur«, sagt Jens. »Lassen Sie mich raten: Leimholz?« Colleen zuckt die Schultern, woher soll sie das denn wissen, erstens würde sie eine Leime nicht mal in freier Wildbahn erkennen, geschweige denn deren abgeholztes Holz, und zweitens ist die Tür weiß lackiert.

»Das ist nämlich besonders temperaturfühlig«, schiebt Jens hinterher. »Leider hat man da nicht allzu viele Optionen. Man könnte aber ...«

»Ist auch nicht so wichtig«, unterbricht Colleen ihn. »Sagen Sie mal, verkaufen Sie hier eigentlich viel Birkenholz?«

»Tonnenweise.«

In ihrem Rücken gibt es erstes Murren, weil Jens sich mit einem Arm lässig auf die Kreissäge gestützt hat und nicht danach aussieht, als würde er bald weitermachen.

»Sie würden sich also nicht an einen bestimmten Kunden erinnern, wenn ich Ihnen ein Bild zeige?«

»Sie stellen aber komische Fragen.«

Sie hält ihm ihren Dienstausweis vor die Nase.

»Jens, ist Ihnen in letzter Zeit irgendein ungewöhnlicher Kunde aufgefallen? Jemand, der eine Stichsäge gekauft hat?«

»Wusste ich doch, dass Sie keine normale Kundin sind«, sagt er und streicht sich mit dem Handschuh durch den Bart. »Worum geht's denn?«

»Um Mord. Aber sagen Sie's nicht weiter«, flüstert sie.

»Hier? Im Baumarkt?«, stammelt Jens und bekommt panische Rehäuglein, als könne der Mörder jederzeit hinter einem Ballen Glaswolle hervorspringen.

»Keine Angst«, sie legt ihm beruhigend die Hand auf den Unterarm. »Sie sind in Sicherheit. Also, Stichsäge, klingelt's da bei Ihnen?«

»Tut mir leid, da müssen Sie besser beim Marktleiter nachfragen«, sagt er plötzlich in Eile. Er deutet über die Regale hinweg ans andere Ende der Halle. »Ich muss jetzt auch mal weitermachen.«

Colleen bückt sich und steckt eine Handvoll Sägespäne in die Jackentasche.

»Ich liebe einfach diesen Geruch von Holz.« Sie reibt die feinen Späne zwischen den Fingern. »Erinnert mich an meinen Vater.« Und das ist noch nicht einmal gelogen.

Der Marktleiter hat sein Büro in einer Art verglastem Vogelkasten, zu dem man zwar eine ziemlich steile Leiter (79,99 €) hinaufklettern muss, dann aber mit einem traumhaften Blick über die Eisenwarenabteilung belohnt wird. Der Marktleiter – auf dem Plastikschild an der Brust ein Doppelname: Win-Slow – erinnert Colleen an ihren eigenen Chef, und manchmal kommt es ihr so vor, als kämen alle Männer in mittleren Führungspositionen aus der gleichen Klonmaschine. Sie wedelt mit ihrem Dienstausweis.

»Ich brauche eine Liste aller Leute, die in letzter Zeit Stichsäge, Werkzeugkasten, Maske und Blaumann gekauft haben.«

Win-Slow schaut verdutzt drein. »Ich habe hier eine Liste mit den Leuten, die Poolreiniger, Dünger und einen Haufen Nägel gekauft haben …« Er wirft ein Klemmbrett mit zerfledderten Adressen und Unterschriften auf den Tisch. »Aber jeden zu notieren, der einen Hammer kauft, das geht ein bisschen zu weit, oder?«

Seit eine Baumarktkassiererin die Behörden eingeschaltet hat, weil ihr die Einkaufsliste eines jungen, bärtigen Mannes dubios vorkam, stehen die Baumärkte in der ersten Frontlinie im Kampf gegen den Terror. Die Nachricht: Jeder kann seinen kleinen Beitrag leisten für ein sicheres Deutschland. Aber diese Verantwortung nimmt Herr Win-Slow wohl auf die leichte Schulter.

»Sie speichern keine Kundendaten mit den gekauften Artikeln?«, fragt Colleen fassungslos. Speichert denn heute keiner mehr irgendwas? Erst *Valhalla Capital*, jetzt der Baumarkt. Und was ist eigentlich aus der guten alten Vorratsdatenspeicherung geworden?

»Dann würde ich gern die Aufzeichnungen Ihrer Überwachungskameras sehen.«

Diese Worte, man kann es nicht anders sagen, zaubern dem Marktleiter ein Lächeln aufs Gesicht. Als habe er nur darauf gewartet, öffnet Win-Slow eine unscheinbare Tür an der Rückwand, hinter der eine Videothek zum Vorschein kommt, die der *VIDEOLAND*-Filiale, in der Colleen ihre halbe Jugend verbracht hat, alle Ehre gemacht hätte. Endlose Regale mit Videokassetten, nur von einer verstaubten Glühbirne beleuchtet, in der Ecke ein kleiner Fernseher mit integriertem VHS-Schlitz.

»Ich weiß, ich weiß.« Der Marktleiter hebt entschuldigend die Arme. »Ich bin halt ein alter VHS-Aficionado.«

Er führt Colleen an den Regalen entlang. Die Kassetten stecken in ausgeblichenen Papphüllen und sind mit Filzstift nach Tag und Uhrzeit etikettiert, die Rückstände von Generationen abgerissener Etiketten kleben noch darunter. Einzelne Schätze zieht er gezielt heraus und kommentiert ihren Status innerhalb seiner Sammlung: »Eine Sony von 1996, zeichnet sich durch besonders reißfestes Magnetband aus, obwohl die Tonqualität etwas darunter leidet. Und hier eine rare Fehlproduktion von TDK, mit 260 statt 240 Minuten Laufzeit. Von BASF bin ich eigentlich kein Fan, aber beim 1994er-Jahrgang haben sie es wirklich geschafft, Bild- und Tonqualität auf ein neues Level zu heben.«

Colleen nickt eifrig und versucht, zwischendurch nicht auf ihr Handy zu schauen.

»Klar, so ein VHS-Aufzeichnungssystem macht schon viel Arbeit. Aber es hat auch Vorteile. Mir kann kein Hacker mein ganzes Archiv löschen«, grinst der Marktleiter triumphierend. Es sei denn, er kommt mit einem Riesenmagneten vorbei, denkt Colleen.

»Leider müssen wir das System bald modernisieren.« Win-Slow seufzt. »Eine 240-Minuten-Kassette bedeutet, dreimal am Tag das Band wechseln. Und weil wir dieselben Kassetten seit Jahren immer wieder benutzen, leiern langsam die Bänder aus und das Bild verzerrt. Ich find's schön, aber die Zentrale macht Druck wegen der Vereinheitlichung der Sicherheitstechnik ...«

Sein Blick irrt an den Regalen entlang und verliert sich irgendwo zwischen Januar und Februar. »Aber Sie kommen heute noch mal in den guten alten VHS-Genuss!«

Colleen kann es kaum erwarten.

»Welchen Tag wollen Sie sich denn anschauen?«

»Ähh …« Alle?

Sie geht am Regal entlang und wählt die drei Kassetten vom 3.3., aus keinem besonderen ermittlungstaktischen Grund, sondern einfach, weil sie Schnapszahlen mag (außer bei Hochzeiten).

Sie schiebt die Kassette in den Rekorder und fühlt sich dabei wieder wie 15, als sie in sturmfreien Nächten mit Carmen *Trainspotting* oder *Pulp Fiction* geguckt und dabei Unmengen Chips und Cola in sich reingeschüttet hat, was einmal ziemlich schiefgegangen ist, weil sich das Band von *Buffy, the Vampire Slayer* im Gerät verhakt hatte und sie es nur mit einem Küchenmesser wieder herausbekamen. Danach gab's für Colleen, the Video-Slayer, Hausverbot bei *VIDEOLAND*. Wenn Win-Slow das ahnte, er würde sie hier nicht unbeaufsichtigt mit seinen Schätzchen hantieren lassen.

Das Überwachungsvideo ist erwartbar langweilig. An sechs parallel geschalteten Kassen packen Kunden ihre Waren aufs Band oder lassen große Artikel direkt vom Wagen scannen, mal gibt es ein Storno, mal schließt eine Kasse und dafür macht eine andere auf, mal fällt jemandem ganz am Anfang der Schlange schlagartig ein, dass er was vergessen hat, und rennt noch mal los, während alle anderen warten müssen. Mal funktioniert das Kartenlesegerät nicht, mal sind die lustigen Tierchen, die es ab 50 Euro Einkaufswert für die Kinder gibt, aus, und es gibt ein großes Geschrei. Die meistverkauften Artikel sind Glühbirnen, dicht gefolgt von Abflussstöpseln und Tiernahrung. Und in diesem Gewusel sucht Colleen also Männer, von denen sie nicht weiß, wie sie aussehen, und die einen Werkzeugkasten, einen Blaumann und eine Stichsäge kaufen. Eine Nadel im Heuhaufen zu finden wäre einfacher.

Alle halbe Stunde kommt der Marktleiter mit Kaffee herein und fragt, ob diese Haptik nicht toll sei, das Plastik und die Magnetstreifen, das leise Geräusch der sich drehenden Spulen. Und erst das Bild, dieses leichte Flimmern, hat das nicht tausendmal mehr Charme als die gestochen scharfen Bilder von DVD oder Blu-Ray! Colleen nickt, denn schon nach der ersten Stunde ist ihr schwummrig zumute (wie es erst den Kassierern gehen muss, sie wird sich nie wieder über ihren Job beschweren), nach der zweiten Kassette entwickelt sie einen inständigen Hass auf Handschleifer, weil deren Verpackungen denen von Stichsägen täuschend ähnlich sehen, und bei der dritten Kassette ist Colleens bester Freund die Vorspultaste. Und es warten ja nur noch gefühlte hunderttausend weitere Bänder auf sie.

Die Lautsprecherdurchsage des Marktleiters (der kleine Luis ist in der Kleintierabteilung verloren gegangen) kommt ihr also gerade recht: »Ich schau da unten besser mal nach dem Rechten«, sagt sie und fängt an, die Leiter runterzuklettern. Als ihr Kopf auf Höhe seiner enttäuscht dreinschauenden Schuhe ist, fügt sie entschuldigend hinzu: »Mein Mitarbeiter holt die Kassetten später ab.«

Da kann sich der Dustin einen schönen Videoabend mit seiner Freundin machen. Delegieren, Colleen, delegieren. Bevor sie den Laden verlässt, gönnt sie sich noch eine Currywurst-Pommes (ohne Darm). Die hat sie sich redlich verdient.

29
THE BIG SLEEP

Als Bryan erwachte, war er schweißgebadet. Das Laken klebte an seinem Körper wie ein feuchter Kokon. Seine Stirn glühte. Gott sei Dank. Nur ein Fiebertraum. Er hatte sich im Eisregen am Campingplatz verkühlt, und nichts von alldem war passiert. Hatte er nicht schon die ganze Zeit diese fiese Grippe in den Knochen gespürt?

Er setzte sich auf. Durchs Fenster fiel das blasse Licht der Straßenlaternen, ein paar Betrunkene stolperten gröhlend vorbei. Wie lang hatte er geschlafen? Er tastete nach der Fernbedienung und schaltete den Fernseher ein, aber nirgendwo wurde über einen Mord berichtet. Nur Reality Shows, Autotuning, Police Procedurals.

»Ahh, Dornröschen, endlich aufgewacht!« Kenny steckte seinen Kopf durch die Tür.

»Was machst du hier drin?«, krächzte Bryan.

»Irgendwer muss schließlich den Laden am Laufen halten.« Kenny setzte sich ans Bett und prüfte die Temperatur von Bryans Stirn, als hätte er jahrelange Übung darin. »Du hast vier Tage geschlafen. Hab doch gesagt, *Virtua* vorsichtig dosieren. Das Zeug fordert seinen Tribut.«

Bryan kniff die Augen zusammen, um das Datum im Teletext zu erkennen. Kenny sagte die Wahrheit. 96 Stunden im Koma? Das konnte nicht wahr sein.

»Aber keine Sorge. Doktor Pardon hat ab und zu nach dir

geschaut. Warst völlig weggetreten. Bist immer nur kurz aufgewacht, hast einen angestarrt und wirres Zeug geredet.«

»Ich muss zum Clio.« Bryan rappelte sich aus dem Bett auf, aber seine Beine knickten unter ihm weg. Kenny half ihm zurück ins Bett.

»Der Wagen steht vor der Tür. Mahlow hat ihn für dich abgeholt.«

»Woher ...«

Kenny zuckte die Schultern. »GPS-Sender unter der Stoßstange. Müssen ja wissen, wo sich die Fahrzeuge der Detektei aufhalten. Falls mal was passiert.«

Bryan raffte sich wieder hoch und hangelte sich an den Wänden entlang ins Bad. Auf der Toilette war er endgültig davon überzeugt, dass er bloß ein kleiner Spinner mit einer Überdosis Fantasie war, dem die ganze Detektivsache in den verkifften Kopf gestiegen ist. Aber dann fiel sein Blick auf die zerrissenen Klamotten in der Dusche. Die Taubenscheiße war unverkennbar. Er griff in die Hosentasche, zog das schwarze Tütchen hervor und spülte das Teufelszeug das Klo runter.

Aus dem Spiegel starrte ihm ein anderer Bryan Auster entgegen. Die Augenringe waren tiefer, die Lachfalten in Krähenfüße verwandelt, seine Gesichtszüge härter, kantiger, mit tiefen Schatten, als hätte sie ein Comiczeichner gezogen. Aber vor allem der Ausdruck seiner Augen war neu. Sie strahlten eine eisige Leere aus, die ihn selbst erschreckte. Sie hatten etwas gesehen, was sie nicht hätten sehen sollen.

Er torkelte zurück ins Bett. Bogart, Bacall und Deneuve starrten von ihren Postern an der Wand auf ihn herab. Sie schüttelten mitleidig die Köpfe.

»Hier, rauch das, dann geht's dir besser.« Kenny hielt ihm einen Joint an den Mund, aber Bryan drehte den Kopf weg. Noch mal ließ er sich bestimmt nicht vergiften. Kenny zuckte die Schultern und blies ihm Rauch ins Gesicht.

Bevor Bryan zurück in einen dunklen Schlaf fiel, hörte er ihn noch aus weiter Ferne sagen: »Die Detektei ist bei mir in guten Händen. Wenn du wieder fit bist, starten wir die nächste Phase.«

Als er das nächste Mal aufwachte, saß Kenny neben seinem Bett und las ein Taschenbuch. Bryan setzte sich auf, er fühlte sich unmerklich besser.

»Was liest du da?«

Kenny hielt ihm das Cover hin. *Die Bequemlichkeits-Gesellschaft. Wie wir uns aus Faulheit selbst versklaven.*

Bryan schob sich das Kopfkissen hinter den Rücken. Draußen war es wieder Tag geworden, mattes Sonnenlicht drang durch die zugezogenen Gardinen. »Und worum geht's da?«

Kenny las ihm den Klappentext vor: »Heutzutage muss alles personalisiert, just in time produziert und on demand an die Haustür geliefert werden. Für diesen Service bezahlen wir mit unseren Daten. Der Soziologe Jens Mars bringt Licht ins Dunkel der Informationsökonomie und ...« Kenny bricht ab. »Ach, es geht im Grunde nur darum, dass die Leute sich aus Bequemlichkeit einen intelligenten Kühlschrank kaufen, der sich selbst alles nachbestellt, und am Anfang denken sie, toll: nie wieder morgens aufwachen und es ist keine Milch mehr da für den Kaffee, aber dann weiß man irgendwann nicht mehr, wo man sonst Milch herbekäme als aus dem eigenen Kühlschrank, weil es keinen Einzelhandel mehr gibt (und keine Kühe!) – bis man irgendwann wie in *Matrix* als menschliche Batterie in einem Kokon aufwacht, wo man per Magensonde ernährt wird.« Kenny legte seine Stirn in Falten. »Wenn man überhaupt aufwacht. Soll ich dir was daraus vorlesen?«

In den nächsten Tagen verfiel Bryan in einen apathischen Dämmerzustand, der nur unterbrochen wurde, wenn Sportello ihm ein *StonerMeal* vorbeibrachte, er vom Rumoren im Schlafzimmer seiner Eltern geweckt wurde – war sein Vater etwa zurück? – oder Doktor Pardon reinschaute, die fettige Hand auf seine Stirn legte und ein unverständliches Gemurmel von sich gab, bevor Kenny ihm wieder einen Joint zwischen die aufgesprungenen Lippen drückte.

Während dieser kurzen Wachphasen zählte er die Flecken der totgeschlagenen Mücken an der Decke und rechnete jeden Moment damit, dass ein weißer Lieferwagen vor der Tür hielt und Kugeln durch die Scheibe pfiffen. Ab und zu geisterten rote Laserpointer durch sein Zimmer, und er rollte sich aus dem Bett auf den Boden, blieb atemlos liegen, aber es waren immer nur Kinder, die draußen Antiterroreinsatz spielten.

Vor die Tür hätte er sich vorerst sowieso nicht getraut. Wenn alle Menschen in irgendwelche unsichtbaren Geräte sprachen, wie sollte man da noch den normalen Bürger von einem echten Agenten unterscheiden?

Einmal hatte er einen merkwürdigen Traum. Er saß mit Kenny in der Detektei, die aussah wie in ein Hackernest verwandelt: überall Kabel, Dioden, verschmurgelte Platinen.

»Mir ist was klar geworden«, sagte Kenny mit nachdenklich in Falten gelegter Stirn. »Kilbourne will die Gedanken der Menschheit kontrollieren.«

Bryan prustete los. So ein Schwachsinn. Wie sollte denn das gehen? Kenny sollte ihm mal lieber den Dübel reichen, anstatt so paranoid daherzureden.

»Na, dann pass mal auf«, sagte Kenny ernst.

Er holte ein zylinderförmiges Gerät aus der Tasche.

»Das ist *Sara*, der neue persönliche Assistent von *Valhalla Capital*.«

»*Sara*? Du meinst das Navi?«

»Nein! Sie ist viel mehr als das. Vergiss Amazon Echo. Gib dir das hier! Hallo, *Sara*.

»Hallo, Kenny.« Eine unwahrscheinlich angenehme Stimme drang aus dem Gerät, nicht besonders markant, aber mit Raum für das eigene Vorstellungsvermögen. Sie klang wie eine Mischung aus Laura und seiner Mutter, fand Bryan und vermisste die Stimme schon in dem Moment, als sie verklungen war.

»Und das sind Millie und Mollie.« Kenny zog die Decke von einer Kiste, die schon die ganze Zeit in der Ecke gestanden hatte und komische Geräusche von sich gab.

Zwei Albinomäuse saßen träge in einem Käfig und starrten mit ihren roten Augen nach oben ins Neonlicht. Man sah sogar ihre Herzen durch das durchsichtige Fell schlagen. Solche Viecher bekam man definitiv nicht in der Zoohandlung.

»Die hab ich von einem Praktikanten aus Kilbournes Labor klauen lassen«, erriet Kenny seine Gedanken. »Sie sind auf *Saras* Stimme dressiert. *Sara*, sag *Lauft im Kreis.*«

Saras Stimme drang aus dem Lautsprecher und wiederholte Kennys Befehl. Als würde am anderen Ende des Kreises ein Stück Käse auf sie warten, begannen die Mäuse willenlos durchs Streu zu pflügen.

»Verarsch mich doch nicht«, sagte Bryan ungläubig, »die hast du aus dem Zirkus!«

So was hatte er schon mal auf YouTube gesehen. Man konnte Elektroden kaufen, Kakerlaken ins Hirn pflanzen, und sie dann fernsteuern. In die Wohnung seiner Nachbarin zum Beispiel. Eine Schande, dass es so was nicht gegeben hatte, als er klein war.

»Sag irgendwas, was sie machen sollen. Denk dir irgendwas aus.«

Bryan überlegte. »Rückwärts laufen.«

Sara wiederholte sein Kommando in ihrer unnachahmlich charmanten Art, und schon bewegten sich die winzigen Mäusebeine rückwärts durch den Käfig. Bryan lachte begeistert.

»Auf die Hinterbeine!«

»Stapelt euch!«

»Hüpft über meinen Finger.«

Die Mäuse vollführten alles, was *Sara* ihnen befahl. Das war einfach großartig!

»Weshalb sollte das bei Menschen anders sein?«, unterbrach Kenny Bryans Experimente. »Alle denken, *Sara* sei die willenlose Assistentin, weil sie so toll Lieder abspielen oder Trivia in Wikipedia-Artikeln nachschauen kann. Aber in Wirklichkeit werden hier Menschen *abgerichtet*. Denk mal drüber nach: *Sara* wird ihr alleiniges Tor zur Welt, und weil sie die Antwort auf alle Fragen hat, vertrauen die Leute ihr irgendwann blind, während gleichzeitig alles aufgezeichnet wird, was sie sagen, was wiederum zur Selbstdisziplinierung der User führt. Außerdem kommen auf Saras Vermittlung auch noch Lebensmittellieferungen ins Haus ... Das ist Pawlow'sche Konditionierung in Reinform. Digitales Stockholm-Syndrom! Was wird erst passieren, wenn sich die Gratifikationsmuster tief genug in die Hirne gebrannt haben?«

Bryan streichelte den beiden Mäusen mit dem Zeigefinger über den Rücken. So was würde *Sara* doch nie tun.

»Und jetzt beißt euch gegenseitig tot«, sagten Kenny und *Sara* fast gleichzeitig. Die Albinomäuse stürzten sich quiekend aufeinander und bissen mit ihren Schneidezähnen Fellfetzen aus dem Körper der anderen.

»Stopp!« Bryan riss den Deckel des Käfigs ab und packte eine Maus, aber die hatte sich noch in das halb abgerissene Ohr der anderen verbissen, die jetzt vor Schmerz quiekend in der Luft baumelte und mit den Beinchen strampelte.

»Halt das an!«, brüllte Bryan und schlug mit der freien Hand nach dem Gerät, das an der Wand zerplatzte und sich mit einem Zischen aus dem Leben verabschiedete. Sofort ließ die Maus in seiner Hand die andere zurück in den Käfig fallen, wo sie sich in die Ecke verzog.

»Scheiße Kenny, du bist vielleicht krank!«

Bryan ließ sich mit der Maus in der Hand in den Schreibtischstuhl sinken. Er strich durch das glatte Fell des winzigen Tieres, das sich schlagartig von dem Blutrausch erholt hatte und seine Wunden leckte.

»Nein, nicht ich bin krank«, sagte Kenny. »*Die* sind krank, kapier das doch mal. Fass, Mäuschen!«

Bryan durchzuckte ein heller Schmerz. Aus seinem Finger quollen Blutstropfen. Er ließ das Biest auf den Boden fallen, wo es sofort in einem Kabelhaufen verschwand.

Das nächste Mal erwachte Bryan von der Türklingel. Er pellte sich aus den feuchten Laken und lugte durch die Gardinen. Ein weißer Lieferwagen parkte in zweiter Reihe. Das Führerhaus war leer. War es das gleiche Modell wie von Kathleen und Vince? Wie hatten sie ihn gefunden? Er ließ die Gardine zufallen und schlich barfuß in den Flur. Er legte sein Ohr an die Tür.

»Hallo?«

»Ich hab hier ein Paket für Bryan Auster.«

»Legen Sie's vor die Tür.«

»Ich brauche noch eine Unterschrift.«

Na klar. Einer der ältesten Tricks. Bryan wartete ab.

»Also was ist?« Es klingelte noch mal, dann ein Fluchen auf der anderen Seite. »Arschloch.«

Bryan hörte ein Piepen und das Klappern des Briefkastens, als der Paketbote die Benachrichtigungskarte einwarf. Der Mann ging einen Treppenabsatz weiter nach oben, Stimmen, das Schlagen einer Tür. Frau Lansbury. Das war fast noch schlimmer, als erschossen zu werden. Bryan brachte es besser sofort hinter sich.

Mit der Benachrichtigungskarte in der Hand quälte er sich die Treppe rauf. Frau Lansbury war sofort an der Tür. Hinter ihr stapelten sich haufenweise Pakete; seit Bryan nicht mehr in der Detektei war, hatten die Boten offensichtlich sie zur neuen Annahmestelle auserkoren.

»Wenn du da bist, warum machst du nicht selbst die Tür auf?«

Sie duzte ihn, als wäre er immer noch der kleine Hosenscheißer, der Stolperfallen im Treppenhaus aufspannte. Er hüstelte.

»Ich fühle mich nicht so gut.«

»Kein Wunder, bei dem Gequalme. Im ganzen Haus stinkt es.«

»Haben Sie vielleicht ein Paket für mich?« Er wedelte mit der Karte. Aber sie holte gerade erst Luft, um richtig loszulegen.

»Und dieses Gesindel, das du ins Haus bringst! Kein Wunder, dass deine Mutter weg ist...«

Hatte er sich verhört? Verletzte sie gerade Gesetz Nr. 1, das man in Neukölln schon im Kindergarten eingebläut bekam? Die Mütter anderer Leute waren tabu, außer man hielt ein Maul voll Sand für eine besondere Delikatesse. Oder Fäuste. Oder Blei. Die Strafe passte sich dem Alter an. Tödliches Schweigen.

»Schon als Kind warst du meiner Meinung nach gemeingefährlich.«

Jetzt wieder diese Leier. Nur weil er damals so eine Phase hatte, in der er nachts in fremden Wohnungen herumwanderte, das musste so mit elf oder zwölf Jahren gewesen sein, noch bevor er von seinem Vater den Bund mit ausgedienten Dietrichen geschenkt bekommen hatte. Es hatte dafür keinen besonderen Anlass oder eine psychologisch motivierte Urszene gegeben, wie es ihm die Autoren von Pulp-Detektivromanen vielleicht in die Biographie geschrieben hätten, in der ihn etwa ein fieser Bruder in einen finsteren Wandschrank gesperrt hatte, aus dem er sich mit einem umgebogenen Kleiderbügel befreien musste – er hatte damals einfach nur mal diesen Kreditkartentrick aus dem Fernsehen ausprobieren wollen und stand plötzlich nachts in der Wohnung der schnarchenden Nachbarin. Und dann hatte sich das Ganze irgendwie verselbstständigt.

»Ich wollte Ihnen wirklich keine Angst einjagen«, sagte Bryan.

»Eine Todesangst habe ich ausgestanden! Schleicht da nachts jemand durch meine Wohnung, und morgens steht auf meiner Schreibmaschine: *Du wirst sterben.*«

Das hatte er damals gemacht? Hatte er völlig verdrängt. Ganz schön fies. Aber auch irgendwie lustig.

»Jahre habe ich in Angst gelebt. Bis ich eines Tages in einem alten Krimi genau das Gleiche gelesen hab. Da wusste ich, dass nur du kleiner Scheißer es gewesen sein konntest. Immer die Nase in den Büchern. Und dahinter ein Fernglas zum Spannen. Krank war das! Selbst für ein Kind.«

Bryan knetete seine Benachrichtigungskarte. »Es tut mir leid«, presste er hervor. »Kann ich jetzt endlich mein Päckchen haben?«

Sie drückte es ihm in die Hand.

»Du bist dran mit Flurputzen.«

Dann knallte sie die Tür zu.

Auf dem Weg nach unten untersuchte er das Päckchen. Es war etwa so groß wie ein Schuhkarton und ziemlich schwer. Standard-Versandverpackung, kein Absender, gestempelt im Postzentrum Frankfurt. Bestellt hatte er jedenfalls nichts. Mit einem Küchenmesser schlitzte er das Packband auf und öffnete den Karton. Darin: ein großes und zwei kleine Bündel, mit Paketband umwickelt. Er schnitt sich durch mehrere Schichten Knallfolie, dann blitzte schwarzes Metall auf. Bryan ließ die Rolladen nach unten rattern. Dann zog er ihn hervor. Ein Hunter-Revolver, kalt wie Stahl. Die Registrierungsnummer an der Waffe war weggeschliffen. Dazu zwei randvolle Schachteln 0.38er-Munition. Er durchsuchte noch mal den Karton. Aber keine Rechnung, kein Rücksendeschein, kein Hinweis, wo die Waffe herkam. Und vor allem: *wie* die hierherkam.

Er zielte auf die eigene Brust im Flurspiegel. Kniff ein Auge zu, um besser zielen zu können. Wo entsicherte man das Ding eigentlich? Gab es da nicht immer so einen kleinen Schalter?

Read User's Manual Before Using war in den Stahl geprägt, sauwitzig, wenn keine Anleitung dabei liegt. Also Learning by Doing. Er drückte den Abzug, der Hahn spannte sich, die Trommel drehte sich eine Kammer weiter, und es klickte. Geil. Klang genauso wie im Film. Vielleicht sogar besser. Nur das Plastik am Griff fühlte sich irgendwie billig an.

Als Kenny reinkam, machte Bryan gerade Trockenübungen. Aus der Deckung springen und losfeuern, so Sachen eben. Schnell ließ er die Waffe unter dem Kopfkissen verschwinden.

»Ah, ist sie endlich angekommen?« Kenny streckte die Hand aus. »Zeig mal her. Ist es die Richtige?«

Widerwillig holte Bryan die Waffe unter dem Kissen hervor und reichte sie Kenny.

»Jetzt guck nicht so. Du hast mir im Fieber alles erzählt. Und gesagt, du brauchst eine Knarre. Da hab ich dir halt eine bestellt.« Kenny wog sie in der Hand. »Ganz geile Qualität, oder? War billiger, als ich dachte.«

Als Bryan ihn skeptisch anschaute, sagte er: »Keine Sorge. Das sind ganz normale Ausgaben für eine Detektei. Kann man von der Steuer absetzen.«

Bryan nahm die Waffe wieder an sich und drehte nachdenklich an der Trommel. Geschenke von Kenny waren mit Vorsicht zu genießen. Wegen ihm steckte er ja überhaupt in dem ganzen Schlamassel. Aber irgendwas an dem Teil übte eine Anziehungskraft aus, der er nicht widerstehen konnte.

»Was hast du mir da letztens überhaupt für ein Zeug angedreht?«, fragte er.

»Du meinst *Virtua – der Mutmacher?* Das kitzelt verborgenes Potenzial aus dir heraus!« Kenny legte pädagogisch seine Hand auf Bryans Arm. »Du brauchtest einfach mal was, um ein bisschen aus dir herauszukommen.«

30
DEAD END

Jedes Mal das Gleiche. Wenn am Vorabend ein neuer *Tatort* gesendet wurde (*Großstadtrevier* geht auch klar), steht am Morgen das halbe Präsidium zusammen und diskutiert, in welchen Details wieder von der Wirklichkeit der Polizeiarbeit abgewichen wurde. Colleen schleicht sich dann immer durch den Hintereingang rein, denn nachdem sie den Kollegen einmal erklärt hat, der *Tatort* sei doch die eigentliche Realität und sie ahmten diese nur performativ nach, gab es einen Tumult mit Handgreiflichkeiten. Seitdem hält sie lieber die Klappe, was die vierte Wand betrifft.

Sie arbeitet sich unter Ellbogeneinsatz durch die Meute bis zu ihrem Büro und schließt die Tür. Die Luft ist stickig und abgestanden, also reißt sie die Fenster auf und schließt einen USB-Ventilator aus dem 1-Euro-Shop an ihren Computer an, der wenigstens in einem kleinen Windkanal für Erfrischung sorgt. Sie ignoriert das rot blinkende Lämpchen ihres Telefons, zehn verpasste Anrufe – allein sechs davon vom Fuhrparkmanagement. Nie im Leben wird sie die Saubande zurückrufen. Der hart erkämpfte Corolla gehört ihr!

Auf dem Desktop ploppt ihr sofort eine automatisierte E-Mail des neuen Betriebssystems entgegen, das, wenn Daten nicht eingepflegt werden, unerbittliche Erinnerungen verschickt (Colleens ganzes Postfach ist voll davon, 3000 ungelesene Nachrichten, unter denen die wichtigen Sachen untergehen) – und ihr mitteilt, dass der Fall »Finger-ab« heute ausläuft. Eine Big-Data-Auswertung sämtlicher Kriminalstatistiken seit Anbeginn der Aufzeichnungen, die irgendein Start-up gegen ein fürstliches Honorar für die Bundespolizei durchgeführt hat, hat nämlich ergeben, dass bei einem Fall, der nicht innerhalb von drei Tagen gelöst wird, die Wahrscheinlichkeit der Lösung jeden Tag um 50 Prozent sinkt. Heute, genau eine Woche später, beträgt sie also nur noch 1,5625 Prozent, weshalb es im Sinne einer effektiven Polizeiarbeit lohnenswerter ist, sich auf frische Fälle zu konzentrieren. Vorbei die Zeiten, in denen Kommissare jahrelang an Fällen knabberten, um dann als Greise einem ebenfalls vergreisten Verbrecher das Handwerk zu legen und ihn kurz vor der Verjährungsfrist noch lebenslänglich einzuknasten.

Mit Sicherheit hat wiederum das Fernsehen seinen Anteil an der Sache, denn Fälle, die sich nicht in einer Woche lösen lassen, kann man schlecht in 1,5 Stunden erzählen. Das ist die berühmte Realität-Tatort-Kopplung™. Vielleicht wird sich das durch Netflix wieder ändern, who knows. Aber Colleen hat keine Zeit, auf irgendeinen Paradigmenwechsel zu warten, ihr läuft die Zeit davon. Schon morgen wird ein neuer Fall auf ihrem Tisch liegen.

Nachdem sie die Warnung weggeklickt hat, sortiert sie die Fakten. Ihren Antrag auf Haus- oder besser Schiffsdurchsuchung bei *Valhalla Capital* hat die Staatsanwältin (eine versoffene, zwangsversetzte Hamburgerin, die sich bei Ermittlungen dauernd einmischt) eiskalt abgeschmettert. Wenn Kilbourne sagt, sie halten keine *SideStep*-Daten vor, tun sie das auch nicht, heißt es in ihrer Begründung, und nur auf Basis eines wackligen Verdachts ein deutsches Marineschiff loszuschicken, damit es die *MSC Willeford* irgendwo in der Behringsee entert, überschreitet dann doch geringfügig das Budget, das für eine gewöhnliche Mordermittlung veranschlagt ist. Außerdem lässt das Wirtschafts- in enger Absprache mit dem Innenministerium ausrichten, von so einer Durchsuchung gehe ein fatales Signal für den Innovationsstandort Deutschland aus, es müsse einen Vertrauensvorschuss für die digitale Industrie geben (Digital first, Bedenken second), zumal die großen Internetkonzerne erst kürzlich eine Digitale Charta verabschiedet hätten, weshalb man doch bitte wegen einer osteuropäischen Prostituierten nicht so einen Wind machen solle, zumal keinen auf hoher See.

Sieht so aus, als sei Martin ihre letzte Chance. Wenn der schon am Wochenende mit diesem Kilbourne Rehe erschießt, anstatt etwas mit ihr zu unternehmen, wäre es nur fair, wenn er zum Ausgleich die *SideStep*-Daten rüberwachsen ließe. Unter der Hand, versteht sich. Bisher hat sich bloß noch keine passende Gelegenheit ergeben, ihn zu fragen. Warum zum Teufel hat er eigentlich nie erwähnt, dass seine Kanzlei für *Valhalla Capital* arbeitet? Oder hat sie bloß nicht richtig zugehört? Irgendwas läuft gerade schief mit der Kommunikation im trauten Heim. Vielleicht sollten sie sich mal mit einer Tüte Popcorn ein paar Achtsamkeits-Seminare auf YouTube geben. Seit dem Baumarkt ist Colleen irgendwie auf den Geschmack gekommen, was meditative Videos betrifft.

Ergeben hat die Recherche allerdings nichts, außer dass Colleen sich den ewig währenden Hass von Dario zugezogen hat, der sie jetzt beim Vorbeigehen wütend durch die Glastür anstarrt – aber Hass ist ja meist der Anfang jeder funktionierenden kollegialen Beziehung. Mit umso breiterem Grinsen teilt er ihr deshalb mit, dass seine erneute Befragung des von ihrer Verhörtaktik völlig verschüchterten Nachbarn erstaunliche Erkenntnisse zu Tage gefördert hat: Angeblich hat er die Handwerker schon durch seinen Spion beobachtet, als sie die Treppe raufkamen – noch *bevor* sie die Skimasken aufzogen. Die Phantombilder seien bereits in der Mache.

Als die Bilder sechzehn Kaffee und vier Runden Solitär später auf ihrem Schreibtisch landen, bestätigen sich Colleens Befürchtungen: Zwei grotesk deformierte Gesichter mit langen Nasen und großen Ohren sind darauf zu sehen. Entweder die Killer sind einem fiesen Märchen entsprungen oder der Zeichner hat verdammtes Glück, dass er Beamter ist und nicht auf einem Hocker am Alexanderplatz sitzt, wo er für fünf Euro Karikaturen von Touristen zeichnet.

Als sie ihn anruft, kann sie endlich mal ausprobieren, was sie in der Fortbildung für die gehobene Beamtenlaufbahn gelernt hat (Untergebene internalisieren Wut, Führungspersonen externalisieren sie, aka nach oben buckeln, nach unten treten). Sie faltet ihn dermaßen zusammen, dass er mit Sicherheit in eine künstlerische Sinnkrise gerät und monatelang keinen Stift mehr in die Hand nimmt, und das, obwohl der arme Mann immer wieder beteuert, der Nachbar habe die Mörder eben nur im Vorbeirennen durch seinen Spion gesehen.

Colleen beauftragt Dario, rauszufinden, welche Krümmung das konkave Glas des Spions hat, um irgendwo einen konvexen Gegenpart zu besorgen, und wenn es in ihrem alten Gymnasium bei Herrn Schwarz ist, der sie im Physikunterricht mit der Lichtkrümmung gequält hat (»Eintrittswinkel gleich Austrittswinkel«) – vielleicht kann man dann was Brauchbares auf den Phantombildern erkennen.

Am Ende des Tages der erwartete Downer. Audienz beim Chef. Hoseley sitzt hinter seinem Schreibtisch, sein notorisches Leberwurstbrot vor sich, und klackert mit seinem Gebiss.

»McCollum, wie weit sind wir im Fall ›Finger-ab‹?«

»Ähhh … Wir brauchen noch ein bisschen?«, versucht sie ihr Glück, aber Hoseley schlägt sofort auf den Tisch.

»Die Ermittlungen werden eingestellt«, spendiert er ihr eine Ladung Rügenwalder-Atem. »Es passt alles zusammen. Harry

Jones: Waisenkind, ohne Mutter bei der Tante aufgewachsen, verliebt sich in ein leichtes Mädchen. Gemeinsame Erpressungsmasche, dann dreht er irgendwann vor Verlustangst durch, bringt seine Geliebte und die Liebhaber gleich mit um.«

Hoseley grinst sie zufrieden an. »Wie klingt das für Sie, Kollegin?«

Colleen könnte kotzen. Da ermittelt sie tagelang in diesem Fall, schläft nächtelang nicht, und am Ende ist es wieder nur ein armes Würstchen mit einem Kindheitskomplex gewesen, mit dem sich alles kausal 1:1 erklären lässt und sich das Grauen der Morde in erklärbare Muster auflöst, die pure Katharsis, schlimm ist das. Dass nichts davon zusammenpasst und die Tatwaffe, mit der Audrey erschossen wurde, immer noch fehlt, wird zugunsten der Aufklärungsquote der Abteilung (beim nächsten gelösten Mordfall gibt es eine Sonderbelobigung mit Sternchen für alle) unter den Teppich gekehrt.

»Aber auf dem Video sind doch *zwei* Leute mit Masken zu sehen?«, wendet sie ein.

»Papperlapapp«, winkt Hoseley ab. »Die Statur des einen passt doch wunderbar zu Harry Jones. Und der andere ist eben ein Komplize, der ihn dann anschließend im Streit um die Beute angeschossen hat.«

»Welche Beute? Und wer soll überhaupt dieser Komplize sein?« Viel länger hält sie das nicht mehr aus, ohne in den Teppich zu beißen.

Hoseley genehmigt sich noch ein Stück von seinem Brot und denkt nach.

»Was ist mit diesem Saubermann Rohleder? Der hatte doch auch was mit Audrey. Den hat Jones dann wiederum später aus Rache erschossen.« Er öffnet die Akte und besieht kauend die Fotos von Rohleders Leiche. »Fragen können wir den jedenfalls nicht mehr.«

Der Mann hat wirklich eine blühende Fantasie. Colleen hört

kaum noch zu, wie er fortfährt, wenn das nicht bei der Staatsanwaltschaft durchgehe, habe man immer noch die Story von den osteuropäischen Hurenschleppern in der Hinterhand, die mit Audrey noch eine Rechnung offen hatten. Die seien längst über alle Berge, so wie man es von diesen rumänischen Einbrecherbanden gewohnt ist, die in gehobenen Wohngegenden schnell ihre Anhänger vollpacken und dann über die Grenze machen.

Das musste ja kommen, denkt Colleen. Ihr Chef ist schließlich auch Politiker, und tut, was er tun muss, um seinen Ruf als knallharter sicherheits- und innenpolitischer Experte zu festigen. Für die Karriere nach der Karriere gewissermaßen, er ist noch lange nicht fertig mit diesem Land, droht er immer wieder, und da passt ihm diese Osteuropa-Geschichte eigentlich noch viel besser in den Kram als der durchgedrehte Harry Jones.

Aber Hoseley kann vergessen, dass Colleen diesen Schwachsinn schluckt. Sie wird an der Sache dranbleiben. Jedes Mal läuft das so: Offiziell wird der Fall eingestellt und sie schnappt in ihrer Freizeit den Mörder. Vielleicht ist Hoseley also auch bloß ein gewiefter Taktiker, der ihre Reaktion (Kampf der widerspenstigen Untergebenen gegen das korrupte System, man kennt das Muster ja aus dem Fernsehen) antizipiert und die Geschichte nur deshalb so demonstrativ zu den Akten legt, um sie zu unbezahlten Überstunden anzustacheln?

Sie steht auf, grummelt irgendwas, geht zur Tür. Als sie nach der Klinke greift, steht Hoseley auf und sagt: »Ach, noch was, McCollum.«

Colleen dreht sich um, wie man das eben so macht, wenn der Boss die ganze Zeit schon wusste, dass er noch was sagen wird, aber extra gewartet hat, bis man an der Tür ist, wegen der Dramaturgie. Falscher Abgang, nennt man das, hat sie mal gehört.

»Mir ist zu Ohren gekommen, dass Sie Zeugen erzählen, Ihr Ex-Partner sei tot anstatt im Erziehungsurlaub?«

Der Nachbar muss beim Phantombild-Machen gepetzt haben.

»Gibt es da einen Unterschied?«

Der Chef guckt versteinert. Okay, keine Witze mehr für Sie heute.

»Haben Sie ein Problem mit Ihrem Ex-Partner?«

»Nein.«

»Haben Sie ein Problem damit, dass ein Mann sich Elternzeit nimmt?«

»Nein, absolut nicht.«

»McCollum, haben Sie schon mal was von Neuer Männlichkeit gehört? Ich kann Ihnen da mal was raussuchen. Der Mann von heute ist sanft, interessiert sich für die Familie, macht sich nicht mehr für die Karriere kaputt, geht aber trotzdem Holz hacken, angeln und Fußball gucken. Ein Mann ist dabei immer noch ein Mann.«

Colleen betrachtet das Stückchen Leberwurst, das sich im Schnäuzer ihres Chefs auf und ab bewegt, während er spricht. Sie kann sich kaum vorstellen, wie der zuhause am Kamin strickt und dabei die Männer-Beilage der *ZEIT* liest, in der sich spannende Artikel zu Bartpflege und Großwildjagd mit Werbestrecken von *Boss* und *Glashütte* abwechseln. Als die Leberwurst endlich auf die Tischplatte fällt, sagt sie:

»Der Zeuge wollte meinen Ausweis sehen. Als ich ihn gerade in die Enge getrieben hatte, wurde er plötzlich misstrauisch, weil wir nicht zu zweit da waren. Und ich hatte den Ausweis im Wagen liegen lassen. Da habe ich etwas improvisiert, Sie wissen schon, die Mitleidskarte gespielt.«

Der Chef sieht sie verdutzt an. Dann lacht er laut auf.

»McCollum, Sie sind mir eine! Und ich dachte schon, Sie sind eine Misandristin!«

Whatever, Chef.

»Aber dass mir das nicht wieder vorkommt!« Schön mit dem Ellenbogen in die Leberwurst gestützt vor lauter Begeisterung. Lecker.

31
BAD NEWS

»Kann ich vielleicht reinkommen?« Laura wirkte nervös, schaute sich im Treppenhaus um. Reinkommen? Auf gar keinen Fall! Seine Haare waren fettig vom Fieberschweiß, er hatte seit Tagen nicht geduscht, das Shirt über und über bekleckert von Hühnersuppe, mit der er sich selbst therapierte. Die Klingel hatte ihm den Schock seines Lebens verpasst, obwohl er den Ton seit frühster Kindheit kannte. Aber offenbar war das Zeitalter einer neuen Empfindsamkeit angebrochen. Danke, Kenny. Danke, Vince und Kathleen.

»Bist du allein?«, fragte er durch den Türspalt und umfasste den Griff der entsicherten Glock fester, weil er nicht sehen konnte, ob noch jemand im toten Winkel lauerte.

Laura verdrehte die Augen und ging zurück zur Haustür.

»Halt, warte!« Er ließ die Pistole in einer Schublade verschwinden und machte die Türkette los. »War nur ein Scherz.«

»Witzig.« Im Flur blieb sie unschlüssig stehen. Sie sah blass aus, blasser noch als im Januar, und hatte die Schultern nach oben gezogen, als rechnete sie jeden Moment damit, dass sie jemand von hinten packen würde. Sie trug zerschlissene Jeans und einen ausgeleierten Pullover, den Bryan ihr mal geschenkt hatte. Auch das Piercing steckte wieder in ihrer Nase. Hatte Kilbourne sie gefeuert? Ein winziger Hoffnungsschimmer keimte in Bryan auf. Und erstickte gleich wieder.

»Ich habe heute die Liste der Immobilien bekommen, die ich für unsere *Valhalla Internationals* als Co-Living-Spaces einrichten werde«, sagte sie.

»Co-Living-Spaces«, fragte Bryan. »Und was habe ich damit zu tun?«

»Habt ihr die Briefe von der Hausverwaltung nicht bekommen?« Laura schien erstaunt. »Da wärt ihr aus der Gegend die Einzigen. Die Beschwerdefrist ist jedenfalls gestern abgelaufen.«

Bryan dachte an den unheilvollen Stapel im Büro, und sein Magen zog sich zusammen. »Wir müssen hier raus?«

Er starrte sie an, wie sie sich fahrig eine Haarsträhne aus dem Gesicht wischte, die Augen auf den Boden gesenkt, aus ihren Wangen jegliche Farbe gewichen, während sie darlegte, dass ausgerechnet ihr Haus dazu auserkoren war, den Standort Berlin attraktiver für internationale Spitzenkräfte zu machen.

»Gibt's da nicht so was wie ...« Er kramte in seinem Hirn nach einem der Kampfbegriffe von einem Protestflyer, den er immer als Mischpappe benutzte. »... Milieuschutz?«

Laura nickte unsicher. »Die Stadt hat keinen Gebrauch von ihrem Vorkaufsrecht gemacht. Für die Entwicklung von Berlin ist die Förderung der Technologieszene essenziell, das weiß die Politik. Die Verträge sind so gut wie unterschrieben.«

Sie sah sich im Flur um, der seit Monaten nicht mehr gesaugt worden war. Staubflusen lagen in den Ecken, ein turmhoher Stapel Pizzakartons neigte sich pisamäßig neben der Garderobe, und hier und da stapelte sich Pfand, das die Haudegen stehen gelassen hatten. Maß sie alles gerade schon für den Umbau aus? Wo sollte die Kaffeebar hin, wo der Jacuzzi?

»Ich bin hier, um euch ein Angebot zu machen. Lance ist viel daran gelegen, dass alles reibungslos vonstattengeht. Draußen in Britz gibt es ein Wohnhaus ...«

»Britz?« Bryan musste lachen.

»Die anderen Mieter haben schon zugestimmt. Bei euch ist es sogar reine Kulanz. Ich habe ein gutes Wort für euch eingelegt. Die Wohnung ist offiziell nämlich nur ein Gewerberaum.«

War das ihr Ernst? Kam hierher und erzählte ihm, dass er aus der Wohnung, in der er 25 Jahre gewohnt hatte, rausgeschmissen würde, und erwartete auch noch Dankbarkeit? Und sollte es ein Zufall sein, dass Kilbourne ausgerechnet ihr Haus zum Kauf auserkoren hatte, das einzige aus der Straße, das Laura kannte? Hatte Bryan ihr nicht selbst von der gebrechlichen Vermieterin erzählt, deren Kinder nur darauf warteten, das Haus höchstbietend zu verscherbeln und sich ein Leben in der Sonne zu machen? Mit Sicherheit hatte er das! Er war so ein Opfer.

»War's das?«, fragte er mit blecherner Stimme. »Oder willst du jetzt schon mal ausmessen, wo die Tischtennisplatte hinkommt? Nur zu.«

Er öffnete ihr demonstrativ die Tür zum Wohnzimmer, stieß die Tür zu seinem Zimmer und zur Küche auf, machte Licht im Klo, wollte sogar das Schlafzimmer seiner Eltern aufmachen, aber die Tür war abgeschlossen. Wütend riss Bryan an der Klinke. Scheiße, hinter dieser Tür war er verfickt noch mal gezeugt worden, in diesem Flur hatte er Laufen gelernt, auf diese knarzenden Dielen hatte er nachts gehorcht, wenn sein Vater unterwegs war, draußen vor dem Büro hatte er sich zum ersten Mal geprügelt, auf diesem Klo das erste Gras geraucht, das erste Mädchen geküsst – und das sollte jetzt alles vorbei sein, nur damit ein paar kalifornische Hipster eine angenehme Work-Life-Balance in den Arsch geschoben kriegten? Er schlug mit der Faust gegen das Holz, erst mit dem Ballen, dann mit den Knöcheln, immer fester, bis das Spanholz splitterte und seine Haut aufplatzte.

Laura sah schockiert dabei zu, wie er auf die Tür einprügelte, und das spornte ihn noch mehr an, je schockierter sie aussah, desto heftiger schlug er zu, als könnte er damit irgendwas ungeschehen machen, als wäre die Tür schuld an der Toten im Bademantel, an den Overallträgern, an *Valhalla Capital* und Kilbourne. Seine Augen füllten sich mit Tränen. Ob vor Schmerz oder Wut, egal. Schluchzend trat er noch ein paarmal dagegen, dann hörte er auf.

Laura zog ihn in die Küche und drückte ihn auf einen Stuhl. Sie tupfte seine Hand mit einem feuchten Küchentuch ab, legte einen Kühlakku aus dem Gefrierfach darauf. Mit der freien Hand rollte Bryan einen Betäubungsdübel.

»Ich mache mir ja auch meine Gedanken ...« Laura machte einen leidenden Gesichtsausdruck und streckte Zeige- und Mittelfinger nach dem Joint aus.

Ohne sich in die Augen zu schauen, rauchten sie.

»Manchmal frage ich mich, ob ...« Sie brach den Satz ab und starrte aus dem Fenster. »Es passieren so komische Sachen.«

»Was meinst du?« Bryan pulte abgebranntes Papier vom Joint.

»Ich weiß nicht. Nichts.« Sie atmete durch. »Vor ein paar Tagen bin ich zufällig runter in den Keller. Mit einer Polizistin.«

»Polizei? Bei euch?«

»Irgendeine Stripperin, die tot in ihrer Wohnung gefunden wurde. Hatte eigentlich nichts mit der Firma zu tun.«

Bryan setzte sich auf. Sein Schmerz war wie weggeblasen.

»Was hat die Polizistin gesagt?«

»Nicht viel. War eher der wortkarge Typ. Die wollte einen Rausschmeißer sprechen.«

»Kannst du dich an ihren Namen erinnern?«

»MacColt oder MacMagnum. Irgendwas in die Richtung. Was interessiert dich das überhaupt?« Laura sah ihn angesäuert an. »Jedenfalls, nachdem ich sie da unten abgeliefert hatte, hab ich mich noch ein bisschen umgesehen. Eigentlich sollte da unten nichts mehr sein, seit die Server ausgelagert wurden. Aber warum werden diese leeren Räume noch bewacht, hab ich mich gefragt?«

»Und?«

»Nichts. Das ist es ja. Alle Türen waren verschlossen.« Laura sah verängstigt aus, ihre Augen grau und geweitet. »Aber dahinter – Geräusche, das kannst du dir nicht vorstellen. Und auf der Tür so ein komisches Logo und ein neuer Schriftzug: *Soma*.«

Das Smartphone piepste in ihrer Tasche. Sie schüttelte den Kopf, als wäre sie aus einer Trance erwacht, und stand wie automatisch auf.

»Na ja, egal. Ich weiß gar nicht, warum ich dir das erzähle. Ich bin schon viel zu spät zur Launchparty. Überleg es dir mit Britz. Wenn ihr das Angebot nicht annehmt, habt ihr gar nichts in der Hand.«

Bryan lief ihr hinterher. »Sollen wir heute Abend irgendwas zusammen machen? Kino oder so?« Er zwang sich zu einem Lächeln. »Kenn da ein gutes, da haben wir immer die besten Plätze.«

Sie senkte den Blick und öffnete die Tür. »Das wäre keine gute Idee, Bryan. Und das weißt du auch.«

32
MAKE LOVE, NOT WAR.

Um runterzukommen (und weil in der näheren Umgebung ihrer Wohnung auch nach drei Runden kein Parkplatz zu finden war, da sich eine Car-to-go-Epidemie ausgebreitet hatte), macht Colleen einen kleinen Spaziergang nach Hause. Goldenes Licht dringt durch die grünen Kronen der Bäume, der Asphalt flimmert sich die letzte Hitze des Tages aus den Knochen, Studierende ziehen mit Bieren in der Hand von Späti zu Späti, und die Cafés sind immer noch voller Espresso trinkender Menschen, kaum besorgt um ihren Schlaf, weil sie später eh in die Clubs weiterziehen, wo sie dann weitere Wachmacher in anderen Aggregatzuständen nachlegen werden.

Jedes Mal, wenn Colleen hier entlanggeht, haben neue Läden die alten ersetzt, und sie macht sich mit Martin immer einen Spaß daraus, zu wetten, welche von denen nächste Woche wohl noch da sein werden. Der Zynismus dieses Spiels ist ihnen durchaus bewusst, denn für die Besitzer geht es schließlich um ihre Existenz, aber um Pop-up-Stores mit Designerschuhen oder schwedische Frühstückscafés ist es nun wirklich nicht schade. Wenn es dagegen einen der alteingesessenen Läden trifft, legen sie pflichtbewusst eine Schweigeminute ein, obwohl sie noch nie einen von denen betreten haben.

Gegen 19 Uhr, so wie jetzt, macht Spazierengehen am meisten Spaß. Dann legt sich so eine entspannte Ruhe auf die Bürgersteige, und es hängt ein würziger Geruch in der Luft, weil die jungen Familienväter ihre abendliche Runde um den Block drehen und dabei einen Joint rauchen, was wohl sowas wie die zeitgemäße Version des Gassigehens mit Stopp an der Trinkhalle ist.

Bamm. Colleen läuft gerade wie hypnotisiert einer Geruchswolke aus Kräutern hinterher, als sie frontal umgerempelt wird und fast auf das Pflaster stürzt. Sie will dem Typen gerade nachschimpfen, aber ist das nicht der Glatzkopf aus dem Security-Kabuff bei *Valhalla Capital*, der da den Gehweg entlangeilt? Auch auf die Gefahr hin, dass sie einer schizophrenen Paranoia vom Passivkiffen auf den Leim geht, folgt sie ihm ein paar Meter um die nächste Hausecke, wo er die Stufen zu einem schäbigen Detektivbüro hinunterspringt, das es auch nicht mehr lange machen wird – so Colleens bescheidene Einschätzung zur Kiezentwicklung.

Vor dem Haus blockiert eine Ansammlung von vielleicht fünfzig Menschen die Straße, sie halten Plakate und Schilder hoch – GEGEN DIE VERDRÄNGUNG, WOHNEN IST MENSCHENRECHT, INVESTOREN RAUS –, und immer wieder kommen Sprechchöre auf, die nicht bis zum Ende durchgehalten werden und absterben. Überall stehen aufgepolsterte Kollegen mit Sturmhelmen unter den Armen, an der Ecke zum Kottbusser Damm außerdem ein paar Mannschaftswagen, und aus einem Streifenwagen macht der Einsatzleiter deeskalierende Ansagen, die aber durch den Lautsprecher so verzerrt und aggressiv rüberkommen, dass sie die Demo eher anstacheln als beruhigen. Colleen lässt ihre Haare ins Gesicht fallen und schleicht sich vorbei, damit sie bloß keiner erkennt. Sie hat zwar nichts mit den Hundertschaften zu tun, aber man trifft sich schon mal vor dem Revier oder trinkt ein Bier auf einer Party, und als ihr Blick auf eine Polizistin mit Pferdeschwanz fällt, muss sie melancholisch an ihre rosarote Anfängerzeit denken, als sie Martin kennengelernt hat.

Eine junge Frau drückt Colleen einen selbstkopierten Flyer in die Hand, den sie schnell wegsteckt, dann geht sie weiter, denn in der Nähe von Demos beschleicht sie immer das Gefühl, eine miese Verräterin zu sein. Auch wenn sie selbst mitdemonstriert, gegen Atomkraft oder Massentierhaltung zum Beispiel, hat sie dauernd das Gefühl, dass die Mitdemonstranten sie komisch angucken und sie qua ihrer Aura für einen Undercover-Cop halten, was sie außer Dienst aber explizit nicht ist (auch wenn das Beamtengesetz dies unverschämterweise anders sieht).

Endlich wieder in ihrer Straße, sieht Colleen, dass das *Tarnow* durch einen neuen Laden ersetzt wurde, dem *Gabriel's Ice-Cubes,* in dem erlesene Spirituosen direkt aus hohlen Eiswürfeln getrunken werden. Eine Kellnerin ist gerade dabei, ein Graffito abzuschrubben, das quer über das Schaufenster und bis rüber auf Colleens Haustür gesprayt wurde: »Berlin hasst euch«.

Ein paar Treppen weiter oben öffnet Colleen die Wohnungstür, die aufschwingt, als hätte sie nie etwas anderes getan. Hat Martin etwa ... Tatsächlich. Auf der Kommode steht ein offener Werkzeugkasten, aus dem Zollstock, Hammer, Säge ragen. Es ist ein anderes Modell als am Tatort, trotzdem läuft Colleen ein Schauer über den Rücken.

Ein Stöhnen reißt sie aus ihren Gedanken. Es kommt aus dem Schlafzimmer. Mit der Post unterm Arm geht sie den Flur entlang, leichter Puls- und Blutdruckanstieg, holt Martin sich gerade einen runter, oder ist da eine andere Frau in ihrem Bett? Eindeutig die ersten Anzeichen einer Paranoia.

Sie drückt die Tür einen winzigen Spalt auf und sieht seinen nackten Oberkörper, der sich auf und ab bewegt. Wieder lautes Stöhnen. Auf dem Boden? Sonst ist er doch eher ein Bett-oder-im-Stehen-Typ. Noch ein Stückchen weiter auf. Er hat seine Boxershorts noch an. Wie süß. Er macht heimlich Liegestütze. Nicht zu fassen, dieser Mann bringt sich tatsächlich in Form, wo er Colleen doch bisher immer für ihre Fitti-Besuche kritisiert hat, weil er irgendwo gelesen hat, dass Körperarbeit an Bauch- und Brustpresse eine kapitalistische Selbstdisziplinierungsmaßnahme ist. Solche Zitate hat er immer parat, manchmal links, manchmal rechts, Hauptsache, es passt ihm in den argumentativen Kram – die straffen Früchte ihres Workouts erntet Martin natürlich trotzdem gerne. Jetzt jedenfalls Liegestütze. Colleen bleibt in der Tür stehen und hört zu, wie Martin bei jedem Push stöhnt wie ein Tennisspieler im Wimbledon-Finale.

»Ist das nicht postfordistische Selbstoptimierung?«, fragt sie, als er gerade an der tiefsten Stelle ist und sich mit einem langgezogenen Urlaut versucht hochzudrücken. Martin zuckt zusammen, die Spannung weicht aus seinen Muskeln und er klatscht aufs Parkett. Er blickt mit hochrotem Gesicht zu ihr hoch.

»Das ist ganz normale sportliche Ertüchtigung«, presst er hervor.

Martin steht auf und betrachtet sich im IKEA Standspiegel – ein hässliches Teil, weiß, mit abgerundeten Ecken, aber irgendwie hat der wie so vieles in ihrer Wohnung auf mysteriöse Art und Weise im gelb-blauen Möbellabyrinth seinen Weg in ihren Einkaufswagen gefunden. Der Spiegel ist nicht nur hässlich, er hat auch einen ausgeprägten Umkleidekabinen-Effekt, der den Körper auf vorteilhafte Weise verzerrt und Colleen immer mindestens zwei Kilo leichter aussehen lässt, als sie es tatsächlich ist. Jeden Morgen ärgert sie sich über diese normative Bevormundung ihres Körpers durch die zweifellos männlichen Designer, die diesen Spiegel für eine weibliche Käuferschaft konzipiert haben. Danke, Jungs. Sie kann der Realität durchaus ins Auge sehen und ist mit ihr keineswegs unzufrieden. Möglich aber auch, dass sie beim Aufbauen bloß ein paar Schrauben zu fest angezogen hat.

»Siehst du was?«, fragt Martin zweifelnd, denn er sieht darin viel mehr wie ein Hänfling aus als in echt.

»Du machst große Fortschritte!« Collen drückt ihm einen Kuss auf die Wange. »Und danke für die Tür.«

Er grummelt irgendwas und zieht sich sein T-Shirt wieder über den Kopf. Aber nicht mit Colleen. Schnell wieder aus damit. Und ab auf den Boden. Oder ins Bett, ihr gerade egal.

»Was hast du denn da?« Sie streicht über einen riesigen blauen Fleck auf Martins Schulter. Kommt ihr bekannt vor, diese Stelle.

»Ach, das ...« Martin zieht sie wieder zu sich ran und küsst ihren Hals. Aber Colleen kann sich jetzt nicht mehr richtig konzentrieren, denn anscheinend war gestern Abend doch kein Fußball, sondern das erste Schnupper-Treffen der Neujäger inklusive Rumballern mit großem Kaliber, und Martin hat sich vom Rückstoß die Schulter zertrümmert. Aber warum findet sie das überhaupt so schlimm? Sie spielt ja auch gern Räuber und Gendarm. Nur ohne Schießen. Apropos Jäger. Sie nimmt Martin in die Beinschere, wie sie das mal in einem Bond-Film gesehen hat, und flüstert in sein Ohr: »Kommst du für mich an *SideStep*-Daten von Kilbourne?«

Als Martin zu einem kleinen Power-Nap angesetzt hat oder wie auch immer Colleen sein postkoitales Schnarchen interpretieren soll, sammelt sie die über den ganzen Boden verstreuten Briefe ein. Krankenkasse, Beamtenversorgung, der Polizeipräsident von Berlin (innerstädtisch nur 17 km/h zu schnell, aber auf dem Foto hat sie das Handy am Ohr – ein Glück, dass die Briefe automatisch erstellt werden und »ohne Unterschrift gültig« sind, sonst könnte sie bei ihrer Vorgeschichte in Flensburg bald mit einem Tretroller Verbrecher jagen gehen).

Außerdem ein Brief der Inkasso-Abteilung der KFZ-Werkstatt *Wepper*, 2100 Euro plus 10 Prozent Säumniszuschlag. Es dauert ein paar Minuten, in denen sie perplex auf das Blatt Papier starrt und sich das Hirn zermartert, wie es zu diesem Irrtum kommt, bis sie merkt, dass das wieder eine dieser skurrilen Scherz-Einladungen zu einem Launch-Event ist, die Kilbourne ihr seit ihrer Begegnung täglich schickt. Vor allem diese faltenglättenden Probepäckchen aus der innovativen Kosmetiklinie *Soma* haben es ihr angetan. Diesmal geht es um die App *NeighbourCheck24*, mit der man prüfen kann, ob Privatpersonen, zum Beispiel die eigenen Nachbarn, ein Insolvenzverfahren am Laufen haben und man ihnen deswegen besser kein Salz oder Eier mehr leiht. Sie will das Blatt schon zerknüllen und Martin damit bewerfen, weil er trotz ihres Einsatzes der Beinschere bestätigt hat, dass es – Ehrenwort – keine *SideStep*-Daten gibt, entscheidet sich dann aber doch dagegen. Warum soll sie eigentlich nicht mal bei dieser illustren Veranstaltung vorbeischauen? Sie hat ja heute Abend sonst nichts zu tun.

Und vielleicht, ganz vielleicht, kann sie dabei ja noch was über den Mord herausfinden.

33
BRYAN AUSTER, CEO

»Was soll der Scheiß? Bist du verrückt geworden?« Bryan starrte entgeistert auf das, was früher mal ihr Büro gewesen war. Meterweise Kabel hingen wie schwarze Lianen durch den Raum und verbanden sämtliche Steckdosen mit Servertürmen so groß wie Särge. Rote Dioden blinkten alle paar Sekunden in einem unheilvollen Muster auf und brachten das Neonlicht an der Decke zum Flackern. Der Drucker spuckte ein Blatt nach dem anderen aus, auf dem Boden hatte sich schon eine zentimeterdicke Schicht gebildet.

»Willkommen zum Launch-Event der *Detektei Auster 2.0!*« Kenny drehte sich auf seinem Schreibtischstuhl einmal im Kreis. Seine Augenringe waren tiefe Krater, die Pupillen geweitet, als hätte er da unten im Darkweb etwas extrem Verstörendes gesehen, Aliens zum Beispiel. Seine Finger krampften sich zu Klauen zusammen, die Reflexe eines nächtelang überreizten Nervensystems. Neben ihm auf dem Tisch standen unzählige Flaschen *Booster 3000*. Links die vollen mit dem orangenen Getränk, rechts die leeren und am Boden noch ein paar mit einer verdächtig helleren Flüssigkeit darin, der Flaschenhals von innen beschlagen.

Bryan war nach Lauras Besuch wieder ins Bett gefallen und nach einer fiebrigen Kopfkino-Horrorvorstellung so tief weggepennt, dass er das Dauerbimmeln seines Handys gar nicht mitbekam. Beim Aufwachen: unzählige Nachrichten und verpasste

Anrufe eines Kommilitonen, der am Newsdesk irgendeines Kabelsenders jobbte und wissen wollte, was an der Meldung dran sei, dass die *Detektei Auster* eine geklaute Datenbank von *SideStep* online stellen würde. Das war gegen 15 Uhr gewesen. Bryan hatte derweil geschnarcht und von Laura albgeträumt. Gegen 18 Uhr eine weitere Nachrichtenflut, die Bryan geweckt hatte. Er könne leider nicht mehr auf eine Bestätigung warten, schrieb der Typ, die Sache sei einfach zu heiß und die Seite funktioniere ja bereits, geile Idee, ob er wisse, dass ihr Filmprof nach einem »außerehelichen Seitensprung« suche und das auch noch mit seiner offiziellen Uni-Mail-Adresse? Hahaha.

»Kannst du mir das erklären?«, fragte Bryan und wedelte mit seinem Handy.

»Der Lifecycle eines Start-ups. Sagt dir das was?« Kenny lehnte sich zurück und verschränkte die Arme hinter dem Kopf. »Inkubation, Implementation, Investment – und dann: Skalieren, Skalieren, Skalieren! Da heißt es: Do or die!« Er setzte einen beleidigten Gesichtsausdruck auf. »Du solltest mir eigentlich danken, du warst ja völlig außer Gefecht!«

»Was hast du getan?« Bryan presste jedes Wort einzeln hervor.

Kenny guckte unschuldig. Er hatte wirklich riesige Teller von Augen.

»Ich hab bloß ein kleines Tool auf der Website eingebaut, mit dem jede misstrauische Ehefrau die Datenbank von *SideStep* nach ihrem Ehemann durchsuchen kann. Und umgekehrt. Und natürlich auch alle anderen, die es interessiert. Freiheit für Informationen!«

Kenny drehte den Monitor zu Bryan und öffnete die Website der Detektei. Auf rosa Hintergrund prangte in fetten Buchstaben:

»IST IHR EHEPARTNER UNTREU?« Darunter ein Texteingabefeld, in dem »max@mustermann.de« stand.

»Lass mich mal.« Bryan drängte Kenny zur Seite und tippte die Mail-Adresse von Professor Neal Carey ein, der seine Masterarbeit betreute. Enter.

FREMDGÄNGER! BETRÜGER! LÜGNER!, blinkte es in fetten Lettern auf dem Monitor. Sie wollen Klarheit? Dann engagieren Sie die *Detektei Auster 2.0.*

Was hatte dieser autistische Spinner da wieder angerichtet? Hatte der ihn absichtlich mattgesetzt, um den Launch heimlich vorzubereiten? Scheiße, er hätte damit rechnen müssen, dass so was passierte: Kenny durfte man einfach nicht unbeaufsichtigt mit einem Rechner in einem Raum lassen. Seinen Uni-Abschluss konnte er sich jetzt jedenfalls abschminken.

»Die Presse hat sofort angebissen, als ich sie über unseren neuen Service informiert habe.« Kenny zeigte ihm ein paar Artikel in Blogs und auf Clickbait-Seiten, die über den Leak der Daten und von der disruptiven Geschäftsidee des neuen Detektiv-Start-ups *Auster 2.0* berichteten:

Detektei gegen Goliath: Auster legt sich mit Kilbourne an.

Ich weiß, mit wem du's letzten Sommer getan hast:
Detektei stellt *SideStep*-Nutzer bloß

Start-up-Krieg: *Detektei Auster* greift *Detectify* an

Datenskandal bei *Valhalla Capital*: Sind auch
Sie betroffen?

Bryan schüttelte ungläubig den Kopf. Was zum Teufel war das?! Seine Visage spannte sich in Full-HD über den ganzen Bildschirm, ein uraltes Selfie von einer Mafia-Mottoparty, das Kenny auf Bryans privatem Rechner ausgegraben haben musste. Mit Photoshop in ein Großraumbüro kopiert, grinste er jetzt in einem schlecht sitzenden Anzug und mit Corleone-mäßig gegelten Haaren als »CEO Bryan Auster« in die Kamera.

»Hammer, oder?«, sagte Kenny stolz. »Ich habe dir auch ein kleines Interview in den Mund gelegt, damit die was zum Zitieren haben.«

> Bryan Auster, CEO *Detektei Auster 2.0*:
>
> *Ich selbst habe in meiner Familie schmerzhafte Erfahrungen mit Untreue machen müssen. Deshalb weiß ich, wie schwer es für Angehörige ist, herauszufinden, dass sie all die Zeit belogen und betrogen wurden. Aber Sie haben das Recht, Bescheid zu wissen.*
>
> *Wollen Sie weiter in der Ungewissheit leben, ob Ihre Lieben wirklich dort sind, wo sie gerade vorgeben zu sein? Ob sie Überstunden machen, im Stau stehen oder shoppen sind? Oder doch mit jemand anders im Bett liegen? Oder auf dem Küchenfußboden.*
>
> *Glauben Sie mir, die ständige Unklarheit ist quälender als jede böse Wahrheit. Lieber ein Ende mit Schrecken als ein Schrecken ohne Ende. Wir von der* Detektei Auster 2.0 *können Ihnen Sicherheit geben.*

»Mit einer persönlichen Note, damit du nahbarer bist als CEO. Den größten Erfolg haben CEOs, die ihre eigene Biographie mit der Geschichte der Firma verbinden – wie Steve Jobs, möge er in der Hölle schmoren.«

Bryan rieb sich die Augen. Das konnte doch alles nicht wahr sein. Woher wusste Kenny davon? Tatsächlich hatte sein Vater monatelang nicht bemerkt, dass seine Frau eine Affäre hatte – in einem der endlosen Streits vor ihrem Verschwinden hatte sie ihm vorgeworfen, er sei ein mieser Detektiv, wenn er nicht mal die Indizien zusammenzählen konnte, dass sie das Parfüm gewechselt hatte und abends lange wegblieb. Oliver Auster, der gutmütige Trottel, hatte alle möglichen Leute beschattet, nur nicht seine eigene Ehefrau.

Bryan schüttelte den Gedanken ab und starrte wieder auf den Monitor.

»Ich bin CEO?«

»Na klar. Und ich CTO.«

Und der musste natürlich auch seinen Senf dazugeben:

Kenneth Gambol, CTO *Detektei Auster 2.0*:

SideStep *macht den Usern große Versprechungen von Sicherheit, Anonymität, Diskretion. Und trotzdem ist mit ein paar Klicks im Darkweb diese Datenbank zu finden.*
Es gibt keine Datensicherheit im kommerziellen Internet – Valhalla Capital *nutzt die Naivität seiner User eiskalt aus. Mit unserem Service verstehen wir uns auch als Anwalt künftiger User. Lance Kilbourne wird jetzt gezwungen sein, seine dubiosen Geschäftspraktiken zu überprüfen.*

»Hier, guck dir die Seitenzugriffe an.« Auf dem Bildschirm erschien eine Grafik, auf der ein Graph exponentiell durch die Decke ging. »Jetzt ist sogar *Spiegel Online* drauf angesprungen! Wir gehen viral! *Detektei Auster 2.0* – der heißeste Scheiß im Internet.«

Oh Gott. Bryan wurde plötzlich eiskalt. Das war eine Einladung zum Abschlachten! Wenn Kathleen und Vince sich heute irgendwo im Internet rumtrieben und sein Foto sahen, war es nur eine Frage der Zeit, bis die beiden hier mit schallgedämpften Knarren auftauchten! Bryan taumelte zur Steckdosenleiste und schaltete sie ab, aber die Server hörten nicht auf zu blinken.

Kenny sammelte derweil die Blätter vom Boden auf, die immer noch im Sekundentakt aus dem Drucker segelten. »Na, dann ran an die Arbeit. Das sind alles neue Aufträge.« Er reichte Bryan triumphierend das oberste Blatt. »Worauf wartest du noch, Watson?«

»Das ist kein neuer Auftrag«, sagte Bryan tonlos. »Das ist eine einstweilige Verfügung.« Aber das war gerade seine geringste Sorge.

Es klopfte an der Scheibe. Ein rotes Kameralicht, daneben eine Reporterin mit Mikro in der Faust. Bryan riss einen Aktenordner aus dem Regal und hielt ihn sich vors Gesicht wie ein Angeklagter bei der Urteilsverkündung. Wenn er jetzt nicht aufwachte und in den Cowboy-Modus schaltete, war er geliefert. *Strike first, strike hard*, wie Swinebaker sagte. Ihm blieb keine Wahl. Er musste Kathleen und Vince heute noch zur Strecke bringen. Sonst würden sie es tun.

»Hey, hast du schon das neue Logo gesehen?«, rief Kenny ihm hinterher, als Bryan die Detektei verließ.

Hatte er. Auf der Frontscheibe der Detektei prangte eine aufgeklappte Austernschale, in der statt einer Perle eine Haselnuss steckte. Darunter stand der neue Slogan:

Detektei Auster: Wir knacken jede Nuss.

34
SNAFU

Völlig overdressed, so eine Scheiße. Schon die stiernackigen Türsteher am Eingang glotzen blöd, aber spätestens, als Colleen sich durch die Massen von zerschlissenen Jeans, befleckten Röcken und durchlöcherten Shirts schiebt (Mottoparty Insolvenz!), wünscht sie sich, sie hätte nicht auf Martin gehört und diese perlmuttfarbene Bluse von ganz hinten aus dem Schrank gezerrt. Wenigstens wirkt ihr Göttergatte noch deplatzierter. Mit seinem Anthrazit-Anzug sieht er aus wie ein Gerichtsvollzieher, der den Leuten hier gleich die Drinks unter dem Arsch wegpfändet. Unauffällig reißt Colleen einen Knopf von ihrer Bluse und lässt ihn in der Tasche verschwinden, sie hat das Teil eh noch nie besonders gemocht. Sie drängen sich am DJ-Pult vorbei zum Catering. Yummy. Es gibt Texaseintopf aus der Dose und pisswarmes Aldi-Bier aus Plastikflaschen.

Martin, der Spielverderber, trinkt natürlich nur Wasser, weil er nachher noch auf einen Männlichkeits-Trip will und dafür seine gesamte Energie benötigt. Sie soll ihn da später noch schnell vorbeifahren (seine Outdoor-Klamotten liegen schon im Kofferraum – sehr romantisch), und ups: fahren, aber jetzt hat sie schon das Bier aus dem Plastikträger gerissen, es aufgedreht und die Hälfte heruntergestürzt, um die texanische Glutamat-Explosion in ihrem Mund einzudämmen …

»Frau McCollum!« Kilbourne ist mal wieder aus dem Nichts aufgetaucht, mit einer gequält lächelnden Laura Mullway im

Schlepptau. Sie sieht müde und abgekämpft aus, aber eigentlich kein Wunder, wenn sie hier jeden Tag eine Party organisiert, ganz im Gegensatz zu Lance, der noch frischer und jünger wirkt als bei ihrem letzten Treffen.

»Schön, dass Sie es geschafft haben! Ich hatte die Hoffnung ja schon aufgegeben …« Er haucht Colleen einen Kuss auf die Wange.

»Leider haben Sie sich unseren *NeighbourCheck24*-Abend ausgesucht.« Er deutet auf den Billigfraß. »Sie hätten wirklich zum *Immobility*-Launch kommen sollen, da gab es Sekt und Austern!«

Ach, da ist Colleen mit Bier und Eintopf doch ganz gut bedient, Sekt prickelt immer so in ihrem Bauchnabel.

»Und Martin!« Kilbourne umfasst dessen Oberarme. »Machst ja richtig Fortschritte, Großer.«

»Passen Sie bloß auf, dass er Ihnen keine Konkurrenz beim Blattschuss macht«, versucht Colleen ihre Gesichtskirmes in den Griff zu kriegen, »der wird dank Ihnen noch zum Waffennarr.«

»Ich kann Ihre Vorbehalte ja verstehen«, sagt Kilbourne versöhnlich. »Ich hätte mir früher auch nicht vorstellen können, dass es mir Spaß macht, aber in meiner Zeit in den Staaten hab ich tatsächlich Schießen gelernt. Sind ja alle völlig waffenverrückt da drüben. Da geht man statt zum Golf auch mal auf die Shooting Range.«

»Und geht es für Sie später auch noch auf den Keltenhof?«, fragt Colleen spitz. »Wie wäre es dann mit einer Fahrgemeinschaft?«

»Nein, nein, dafür habe ich ja gar keine Zeit, ich bin bloß der Investor. Mein Freund Canino hat *It's a Man's World* gegründet, Sie wissen schon, Managerseminare in der Wildnis, Schießen, Jagen, körperliche Ertüchtigung. Alles, was verweichlichten Typen wie mir fehlt, die den ganzen Tag vorm Computer sitzen.«

Kilbourne lacht laut und spannt seine Muskeln unter dem Shirt an. Seine Ellenbeugen sind übersät von roten Einstichlöchern.

»Fand ich innovativ, also hab ich ein bisschen mitfinanziert. Peanuts. Und nachdem Martins Kanzlei für mich die rechtlichen Sachen mit dem Offshore-Firmensitz geregelt hat, hab ich sie auf ein Wochenende eingeladen. Natürlich nur die Leute mit Potenzial.« Kilbourne schlägt Martin schon wieder auf die Schulter. Muss er auch aus den Staaten haben, diese Kumpanei. »Mal an was anderes denken nach dem ganzen Papierkram. Die Natur spüren. Ganz animalisch, Sie wissen schon.«

Zwinkerzwinker. Urg. Merkt Martin eigentlich, wie sie gerade angegraben wird? Nee, der starrt Kilbourne nur an wie Colleen früher ihre Take-That-Poster, aber jetzt sind die dreißig Sekunden, die für ihre Begrüßung veranschlagt wurden, offenbar sowieso vorbei.

»Sorry, ich muss wieder, der Kultursenator. Viel Spaß heute Abend!«

Sie sehen ihm nach, wie er einen kleinen blonden Typen im Anzug überschwänglich umarmt.

»*It's a Man's World*?«, fragt Colleen. »Was ist denn das für ein beschissener Name?«

Bis die App-Präsentation losgeht, treiben sich Colleen und Martin bei ziemlicher Funkstille am Buffet rum. Martin schlingt Schale um Schale Texaseintopf in sich rein, als würde er tagelang nichts mehr kriegen, und fragt ständig irgendwen, wie lange die Veranstaltung heute wohl dauert, weil er unbedingt pünktlich an seinem Treffpunkt sein muss; Colleen langt lieber beim Bier ordentlich zu. Auf leeren Magen kriegt man das sogar ganz gut runter.

»Tschuldigung, dürfte ich kurz?« Eine Frau tippt Colleen von hinten an und deutet auf das Buffet.

Colleen stutzt. Diese Stimme kennt sie. Ein Gefühl, als würde sie plötzlich eine Kindergartenfreundin wiedertreffen, extrem vertraut, aber nicht ohne einen Schuss unterdrückter Wut, als hätte sie Colleen mal einen Bauklotz über den Kopf geschlagen. Sie kramt in ihrem Kopf, findet aber kein Gesicht, das mit dem Zahn der Zeit zu dieser blassen Frau mit blonden Kraushaaren geworden sein könnte.

»Kennen wir uns irgendwoher?«, fragt sie.

Die Frau dreht sich zu ihrem Begleiter, einem Typ Anfang 30, in Jeans und T-Shirt. »Siehst du, genau das habe ich eben gemeint.«

Verwirrt blickt Colleen zwischen den beiden hin und her. Wie, was hat sie gemeint?

»Dass mir das öfter passiert«, sagt die Frau erklärend. »Ich bin die Stimme von *Sara*.« Aber Colleen kennt keine Sarah.

»Die Stimme in der Navigations-App. *›In 1 Kilometer links halten‹*, Sie wissen schon.«

Colleen fällt es wie Schuppen von den Augen. Diese Stimme hat sie tausendmal sicher ans Ziel gebracht und vor Staus bewahrt, sie aber auch an den unmöglichsten Stellen wenden lassen, und ein paarmal sogar übel im Stich gelassen: Dann stand sie mit Blaulicht irgendwo in der Wallachei und musste sich von einem Trecker aus dem Feldweg ziehen lassen. Daher also die latente Wut.

»Aber eigentlich heiße ich Doris.« Entschuldigend macht sie alle miteinander bekannt. »Das ist Karl Wolfgang Flender, Schriftsteller. Er recherchiert für einen Roman.«

Artig geben sie sich die Hand.

»Einen Roman?«

Nervös streicht er sich durch die Haare, knetet seine Frisur zurecht.

»Na ja, Sie wissen schon: Die junge Sprecherin Doris will eigentlich Filme synchronisieren, aber bei jedem Casting sagen ihr die Regisseure, sie habe leider zu wenig Ausdruck und Charakter in der Stimme. Nach endloser Suche findet sie endlich einen Job, bei dem genau diese Eigenschaften gefragt sind: als Stimme einer Navigations-App.

Ab jetzt wird Doris/*Sara* dauernd an ihrer Stimme erkannt, zum Beispiel wenn sie beim Bäcker Brötchen kauft, und ihre Stimme wird zur ultimativen Projektionsfläche. Einsame User verlieben sich unsterblich in sie, weil sie der einzige Bezugspunkt in deren Leben ist, aber sie wird auch auf der Straße angepöbelt, weil das Programm bei einem wichtigen Termin versagt hat oder so. Anfangs genießt Doris/*Sara* ihre Popularität noch, dann gerät sie in eine tiefe Identitätskrise.«

Flender nimmt einen dramatischen Schluck Bier. Jetzt wird's wohl noch spannender, denkt Colleen und betrachtet gelangweilt das Logo auf seinem Shirt, ein von einem Pfeil durchbrochener Kreis. Martin hat schon abgeschaltet.

»Da sie so populär ist«, fährt dieser Flender fort, »bekommt sie jetzt auch plötzlich Anfragen von Filmproduzenten, die sie unbedingt als Synchronsprecherin buchen wollen. Aber ihr Arbeitgeber ist unerbittlich mit den Exklusivrechten, und Doris/*Sara* kann ihren Traum nicht wahr machen.

Als *Sara* irgendwann abgeschafft wird und durch *Melanie* ersetzt wird, ist das zunächst eine große Befreiung. Aber dann merkt Doris, dass ein Teil von ihr wie ausgelöscht ist. Die Leute erkennen sie nicht mehr auf der Straße, ihre Tonstudio-Termine fallen weg, und die Filmindustrie hat plötzlich auch kein Interesse mehr an ihr. Die wollten sie nur als Stimme des Unternehmens haben, jetzt ist Doris ihnen wieder zu ausdruckslos.«

Er macht eine Pause.

»Im Endeffekt ist es die Geschichte einer Künstlerin, die versucht, ihre wahre Stimme zu finden.«

»Spannend ...« Colleen gulpt noch was von ihrem Bier herunter und wendet sich wieder *Sara* zu. »Was ich mich schon immer gefragt habe ...«

Plötzlich piept und surrt es überall, und die Leute starren gebannt auf ihre Smartphones, der Smalltalk ist vom einen auf den anderen Moment erstickt.

»Fuck«, sagt Martin.

»Fuckfuckfuck«, sagen die Leute um ihn herum.

Terroranschlag, denkt Colleen und zieht ihr Handy raus, aber keine Push-Nachricht, dass sie in Deckung gehen soll. Ist sie die Einzige hier ohne Empfang? Sie linst auf Martins Display, der nervös auf einer Tech-News-Seite herumscrollt. Sie schnappt die Worte »Leak«, »*SideStep*«, »Hacker«, »Exploit« und »Auster« in ihrer Umgebung auf. Überall bricht Geschäftigkeit aus, eine Gruppe pflockt sich um Lance zusammen, wie eine Horde Bodyguards, die bei Code 1 einen Präsidenten schützen müssen und ihn durch Menschenmassen rücksichtslos nach draußen bugsieren. Andere sprechen im Tempo von Maschinengewehrsalven in ihre Handys oder Headsets, die DJane legt ein bedrohliches Grummeln unter die Szenerie, damit alle in die richtige Stimmung für Action kommen. Jeder hier scheint zu wissen, was er zu tun hat, nur Colleen und der Schriftsteller nicht, sie stehen blöd mit ihren Bieren in der Gegend rum und haben sich nichts zu sagen.

Soweit Colleen das aus den Gesprächsfetzen mitkriegt, hat eine Onlinedetektei namens *Auster* eine Datenbank mit sämtlichen *SideStep*-Usern in die Hände gekriegt, und jetzt kann jeder nach der Mail-Adresse seines Partners suchen und ihm eine Szene machen. Gut, dass sie eine Fake-Mail-Adresse benutzt hat, denkt Colleen mit einem Blick auf Martin, der ein paar Meter weiter mit weit aufgerissenen Augen »einstweilige Verfügung« in sein Handy brüllt.

Ein paar Minuten später hat man sich zu einer improvisierten Pressekonferenz um Kilbourne zusammengerottet. Auch wenn Laura Mullway sich redlich bemüht, die Leute in einen Halbkreis zurückzudrängen, ist Lance bald von allen Seiten mit Smartphones, Kameras und Diktiergeräten umzingelt, und Colleen stellt sich einfach dazu und hält ihr Handy nach oben, wie man das heute eben macht bei Geburten, Unfällen, Popkonzerten.

»Das Ausmaß des Datendiebstahls ist noch unklar. Wir vermuten, dass es sich um eine Datei handelt, die Ende Dezember bei der Auslagerung der Server auf die *MSC Willeford* von einem Servicedienstleister entwendet wurde.

Wir wissen noch nicht, welche Daten außer den E-Mail-Adressen im gestohlenen Datensatz enthalten sind und ob die Kriminellen diese ebenfalls veröffentlichen könnten. Wir werden alle User sofort informieren, damit sie entsprechende Gegenmaßnahmen treffen können.

Wir verurteilen die rücksichtslose Profitgier der *Detektei Auster*, die ihre verbrecherischen Machenschaften auf dem Rücken unschuldiger Menschen austrägt. Wir entschuldigen uns bei allen Nutzern, die uns das Vertrauen geschenkt haben und dies hoffentlich auch weiter tun, und versprechen, dass wir die Täter mit aller Härte verfolgen werden. Danke.«

Halt, Moment, die Täter mit aller Härte verfolgen, das ist doch mein Job, denkt Colleen und drängt sich zu Kilbourne durch, der abgelöscht in der Ecke steht, während Fragen und Kamerablitze auf ihn einprasseln. Seine Augen zucken komisch von links nach rechts, wie bei einem Reptil.

»Gibt also doch eine Datenbank«, grinst sie ihn an.

Aus seinem Gesicht ist jede menschliche Regung getilgt, er zischt: »Freuen Sie sich mal nicht zu früh, McCollum.«

35
MOONLIGHT CAMPINGPLATZ

Die letzten Meter zum Campingplatz fährt Bryan ohne Scheinwerfer. Er parkt den Clio wieder hinter dem Gebüsch und sondiert erst mal die Lage. Alles scheint ruhig. Keine verdächtigen Bewegungen oder Geräusche. Vorn im Häuschen des Wärters brennt noch Licht, der Schlagbaum … Ach, wem will er hier eigentlich was vormachen? Nichts ist mit Lage sondieren, er schindet bloß Zeit, weil ihn während der Fahrt plötzlich der Mut verlassen hat. Was soll er schon ausrichten gegen zwei Maskenkiller, die Leute ohne mit der Wimper zu zucken verstümmeln und abknallen? Er, mit seiner Pistole aus dem Darkweb, mit der er bisher nur Trockenübungen gemacht hat? Er, der sich fast in die Hose pisst, überhaupt aus dem Clio zu steigen? Super Idee, Bryan.

Warum hat er nicht einfach die blöden Aufträge seines Vaters erfüllt, Dienst nach Vorschrift, und sich endlich um seinen Uni-Abschluss gekümmert? Er wischt sich mit beiden Händen über die Augen. Niemals Ehegeschichten, hat Mahlow ihn immer beschworen. Und er hat nicht gehört. Doch was man begonnen hat, muss man auch zu Ende führen. Aber sobald das hier vorbei ist, das schwört er sich, ist mit der ganzen Detektivsache Schluss. Ein für alle Mal.

Ein sternenklarer Nachthimmel spannt sich über ihm auf, als er aus dem Wagen steigt. Die Luft ist kühl und feucht. Er schnallt die Kameratasche, in der sich keine Kamera befindet, an seinen Gürtel und geht die letzten Meter zum *Kleinen Kitz-*

see Camping zu Fuß. Der Platz sieht belebter aus als bei seinem letzten Besuch. Vor dem Schlagbaum parken allerlei Autos mit Berliner Kennzeichen. An einem Mast weht eine Deutschlandfahne, daneben stehen überquellende Mülltonnen, von denen ein fauliger Geruch ausgeht. Die gesamte Fahrt hat er gegrübelt, wie er die Sache am besten angeht, und kurz vor Brandenburg hat sich so was wie ein Plan herauskristallisiert: Die beiden ausfindig machen, die Luft aus den Reifen des Lieferwagens lassen und dann aus sicherer Entfernung die Polizei rufen, damit die den Rest übernimmt. Auch auf die Gefahr hin, dass nur zwei betrunkene Dorfbullen anrücken, mit Sicherheit kein SEK aus der Hauptstadt. Furchtbar erbärmlich, das Ganze. Bryan zieht sein Handy hervor. Kein Empfang. Nicht mal Notrufe. Geht ja spitzenmäßig los.

Der Platzwart sitzt über einen Teller gebeugt in seinem Häuschen und tunkt eine Frikadelle in eine Senfpfütze. Neben dem Teller steht eine halbleere Flasche Korn. Auf einem kleinen Fernseher läuft irgendein Fußballspiel, das er konzentriert verfolgt. Kreuzworträtsel hat er wohl vorerst aufgegeben.

Bryan klopft an die Scheibe.

»Du schon wieder«, grunzt der Platzwart und lässt den Hack-Batzen, den er sich gerade in den Mund schieben wollte, zurück auf den Teller fallen.

»Ich würde gern einen Wohnwagen mieten.«

»Sind alle belegt.«

»Dann reicht mir vielleicht auch eine Info.«

Bryan schiebt einen Schein unter dem Fenster hindurch. Der Dicke steckt ihn routiniert in die Tasche seiner Jogginghose.

»Bei Ihnen campt ein Pärchen, Vince und Kathleen. Sie fahren einen weißen Lieferwagen. Müssten seit Februar hier sein.«

»Gibt hier keine Dauercamper. Schon gar nicht im Winter.«

»Wenn ich's mir recht überlege, tut's auch ein Zeltplatz. Bezahlt habe ich ja schon.«

Der Platzwart drückt sich von seinem Stuhl hoch und wischt seine Finger drohend am Unterhemd ab.

»An Schnüffler vermiete ich nicht. Also verpiss dich, bevor ich rauskomme.«

Bryan verpisst sich. Für eine Viertelstunde kauert er sich hinter einen Hagebuttenbusch und schlägt die Zeit mit einem Joint tot. Dann wirft er einen dicken Stein gegen eine Blechmülltonne. Der Deckel scheppert mit einem Riesengetöse zu Boden. Kurz darauf kommt der Wart keuchend aus dem Häuschen gelaufen, sein Bauch schwabbelt bei jedem Schritt über dem Hosenbund. Als er bei den Tonnen ankommt und anfängt, auf die verflixten Ratten zu fluchen, duckt Bryan sich unter dem Schlagbaum hindurch und verschwindet in der Dunkelheit.

Auf dem Platz riecht es nach Grillwurst und Mückenspray. Es ist furchtbar still, nur der Kiesweg knirscht unter seinen Füßen, und ab und zu dringt aus weiter Ferne ein keckerndes Lachen zu ihm herüber, wie aus einem Horrorfilm. In den Fenstern der Wohnwagen bewegen sich Schemen von Menschen – aus den Parzellen glotzen ihm verwitterte Gartenzwerge nach, aber er begegnet niemandem. Er läuft zum Waschhaus, dem einzigen Ort, wo um diese Zeit noch Leute Geschirr spülen oder ihre Handys an den Steckdosen für Rasierapparate aufladen.

Dort blättert Farbe von den Wänden, und es stinkt ekelhaft nach Chlorreiniger. Ein Mann putzt sich an einer Reihe dreckiger Waschbecken die Zähne, die sonnenverbrannte Plauze in die Keramik gehängt, Mücken schwirren um seine tragbare Gaslampe. Bryan wäscht sich am Becken neben ihm die Hände.

»Schöner Abend, nicht?«

Der Mann nickt und stiert in einen von Haarrissen durchzogenen Spiegel.

»Kennen Sie zufällig ein Pärchen, das hier seit Februar campt? Er ziemlich dünn mit blonden Haaren, sie rothaarig und einen

Kopf kleiner. Fahren einen weißen Lieferwagen. Vito, glaube ich.«

Der Mann spuckt aus.

»Und ob ich die kenne. Das sind meine Nachbarn. Was wollen Sie von denen?«

»Wir hatten vor Kurzem einen netten Plausch. Den wollte ich gern fortsetzten.«

Er kratzt sich das weiße Brusthaar.

»Da haben Sie Pech. Die beiden sind vor einer Stunde abgereist.«

Verdammt! Dann müssen sie ihm auf der Landstraße entgegengekommen sein. Wäre er nicht so in Grübeleien vertieft gewesen, hätte er sie vielleicht bemerkt. Bryan spürt, wie seine Hände feucht werden. Er ist also tatsächlich zu spät. Sie haben sein Bild im Internet gesehen und sind jetzt vermutlich auf dem Weg zur Detektei. Auch wenn Kenny selbst schuld an dem ganzen Schlamassel ist, wünscht Bryan ihm doch keine Begegnung mit den beiden Psychos. Er holt sein Handy heraus, aber immer noch kein Netz.

»Haben sie gesagt, wo sie hin sind?«

»Dies ist ein freies Land, es besteht keine Rechenschaftspflicht.«

Der Mann grinst und kommt sich dabei wohl extraschlau vor. Er wäscht seine Zahnbürste aus, steckt sie in seinen Kulturbeutel und geht ohne Abschied davon.

»Können Sie mir sagen, wo ihr Wohnwagen steht?«, ruft Bryan ihm hinterher.

»Was geht Sie das an?« Er dreht sich um und mustert ihn misstrauisch.

Bryan deutet auf seine Gürteltasche, in der er den Revolver versteckt hat. »Ich bin Journalist und schreibe einen Artikel über Dauercamper. Eigentlich war ich mit ihnen verabredet ...«

»Bisschen spät am Abend dafür, oder?«

»Ich stand im Stau.« Bryan macht ein zerknirschtes Gesicht. »Sie wissen ja, der Berliner Verkehr …«

»Merkwürdig, dass die beiden Ihnen nicht Bescheid gesagt haben, dass sie weg sind. Schienen eigentlich zuverlässige Zeitgenossen zu sein.«

Bryan zieht das Handy hervor. »Der Empfang hier ist schlecht. Vielleicht ist die Nachricht nicht durchgekommen.«

Der Mann wiegt den Kopf bedächtig hin und her. Schaut skeptisch. »Können Sie sich irgendwie ausweisen?«

Oh Mann. Sein Vater hatte für solche Gelegenheiten immer einen Haufen Fake-Ausweise in der Geldbörse, absolute Standardausrüstung eines jeden Profis. Aber Bryan hatte die noch nicht ausgetauscht, weil er für die Fotos seinen *Magnum*-Gedächtnisschnäuzer noch weiter züchten wollte. Er ist so ein Lauch.

»Nur ein Scherz. Kommen Sie, ich lade Sie auf ein Bier ein.« Der Mann lacht jovial. »Sie können ebenso gut mich und meine Frau interviewen. Wir kommen seit dreißig Jahren hierher. Die Natur, wissen Sie.«

»Aber Sie haben sich doch gerade erst die Zähne geputzt.«

»Das macht doch nichts.« Er streckt seine Hand aus. »Dieter.«

Bryan folgt Dieter, der mit der Gaslampe über den nächtlichen Platz vorangeht. Fledermäuse flattern über sie hinweg, in ein paar Zelten schimmern noch Leselampen, durch die Planen hört man Leute schnarchen – alles ist so friedlich, dass Bryan sich kaum vorstellen kann, wie Vince und Kathleen hier ihr Unwesen getrieben haben.

»Wie waren sie so als Nachbarn?«, fragt er und steigt über einen liegen gebliebenen Tretroller.

»Ganz nette Menschen, muss ich sagen. Immer hilfsbereit, kinderlieb, großzügig. Der Vince hat mir an der Dönerbude immer einen ausgegeben.«

Er bleibt stehen.

»Hier ist es.«

Nicht ohne Stolz öffnet der Mann ein kniehohes Gartentor, von dem ein gepflasterter Weg zu einem Wohnwagen führt. Im erleuchteten Fenster sieht Bryan eine Frau im Nachthemd stricken. Er deutet auf den benachbarten Wohnwagen, der im Dunkeln liegt.

»Und dort haben Vince und Kathleen gewohnt?«

Bryan lässt den Mann stehen und setzt mit einem Sprung über den Gartenzaun.

»Hey, was ist jetzt mit dem Bier?«

»Ich komme drauf zurück«, ruft er über die Schulter und geht auf den Wohnwagen zu. »Nicht.«

Er schaltet seine Handytaschenlampe an und lässt den Lichtkegel über den Wagen gleiten. Die Radkappen sind mit Holz verkleidet, ein rostbraunes Vorzelt und ein Grill stehen davor. Hastig zieht Bryan den Reißverschluss nach oben. Bis Dieter den Platzwart alarmiert, bleiben ihm höchstens ein paar Minuten. Im Zelt riecht es nach nassen Gummistiefeln und Essensresten. Die Tür zum Wohnwagen steht auf.

Drinnen sieht es nicht so aus, als ob die beiden noch mal wiederkommen. Die Schränke stehen sperrangelweit offen, nur noch Mottenkugeln und Flusen liegen darin. Zwei getrennte Schlafkojen, auf denen sich zerwühlte Wäsche türmt. In der Kochnische zwei Sätze Essgeschirr mit angetrockneten Spaghetti Bolognese.

Er wickelt sich ein Taschentuch um den Zeigefinger und schiebt vorsichtig Teller und Tassen auseinander, untersucht die Lampenschirme und drückt die Holzverkleidung aus den Fugen, aber Fehlanzeige. Auch Mülleimer, Rauchfang und Besteckschublade ergeben nichts. Verflixt. Hektisch wirft Bryan einen Blick aus dem Fenster – er muss schneller machen, jede Sekunde kann hier der Platzwart auftauchen – und bleibt mit der Hand irgendwo hängen. Das Taschentuch reißt und sein Fingerabdruck landet fett und breit auf der Schrankwand. Scheiß drauf, jetzt ist es eh zu spät, und mit beiden Händen beginnt er den Wohnwagen zu durchkämmen.

Seine Ausbeute hält sich in Grenzen. Aus dem Ausfluss fischt er mit Toilettenpapier ein paar Schamhaare. Kann man ja nie wissen, wozu die noch mal gut sind. Ein paar wellige Erotikzeitschriften unter dem Lattenrost, die er lieber liegen lässt. Zwischen den Sitzpolstern findet er außerdem eine Visitenkarte. *Deutscher Kulturverein Vincentina e. V.* Das Logo ist ein auf der Spitze stehendes Dreieck, darin ein stilisiertes Gesicht mit schlitzförmigen Augen, ohne Mund. Die langen Haare sind in eine schwarze und eine weiße Strähne geteilt, im Hintergrund ein weißer Kreis, wahrscheinlich der Mond.

Daneben steht eine Berliner Adresse.

36
AFTERSHOW

Wann ist sie eigentlich das letzte Mal allein zu Hause gewesen und hat so richtig gemütlich Katastrophen-News gesuchtet? Herrlich, so viel Platz auf der Couch, vor allem aber ist sie heilfroh, jetzt nicht Martin neben sich zu haben, der sie so mies belogen hat. Von wegen es gebe keine *SideStep*-Nutzerdaten, und jetzt taucht aus dem Nichts plötzlich eine ganze Datenbank auf und versetzt ein Land in Ausnahmezustand. Sie spürt höchstens einen Hauch von schlechtem Gewissen, dass sie ihn bei *Valhalla Capital* einfach stehen gelassen hat, als die Belegschaft und sämtliche Assoziierten von Kilbourne zusammengepfercht wurden wie Schweine vor dem Bolzenschussgerät, um herauszufinden, wer von ihnen das Datenleck ist. Aber ob er jetzt dort, zu Hause von ihr oder in seinem Bootcamp in die Mangel genommen wird, ist eigentlich ziemlich egal. Er hat es nicht anders gewollt.

Colleen öffnet noch eine Dosa Cola – sie ist immer noch ein bisschen angesäuselt vom Aldi-Bier – und genießt den News-Stream, der parallel aus Fernseher, Radio, Laptop und Handy plärrt. Atemlose Konferenzschaltungen, Meinungsmacher und Nachrichtensprecher überbieten sich in der Analyse des Datenskandals bei *Valhalla Capital*, dem vielversprechendsten deutschen Unternehmen seit Krupp-Stahl. Es ist für alle was dabei: Die Börsianer fürchten, dass sich die Aktie bei Öffnung des Frankfurter Parketts bereits im freien Fall befinden wird,

Boulevardmagazine berichten, dass – Skandal! – »er« (d. h. irgendwer) seiner großen Liebe fremdgeht, »kurz nach der Geburt des zweiten Sohnes«; Politikblätter gehen die Mitarbeiterlisten der Ministerien durch: ab an den Pranger für den Missbrauch von dienstlichen E-Mail-Adressen – alles natürlich mit freundlicher Unterstützung der sogenannten Netzgemeinde, die unter *www.ich-habe-die-ehe-gebrochen.de* eine öffentliche Shaming-Liste zusammenträgt, welche Politiker, Starlets, Sportler, Parteifunktionäre und sonstigen Personen des öffentlichen Lebens bereits als Betrüger identifiziert wurden.

Diese sind machtlos gegen so viel asoziale Energie. Vor laufender Kamera folgen tränenreiche Geständnisse nebst Liebeserklärungen an Partner und Kinder, Beschwerden wegen übler Nachrede, Klagen über diese Hexenjagd, Todesdrohungen gegen *Auster, Privatdetektive* oder Dementi, jemals *SideStep* genutzt zu haben (»Hab ich doch gar nicht nötig«). Was für ein Wahnsinn, das zu leugnen, denkt Colleen, die Nachricht wurde doch schon über x Facebook-Accounts verteilt, deren User sowieso keine Gegendarstellung drucken werden, selbst wenn sie vom Presserat gerügt würden.

Aus diesem Grund entscheiden sich manche Promis in vorauseilendem Gehorsam gleich für die Generalbeichte: Sexuelle Vorlieben, Coming-outs, Fetisch-Apologien, Bitten um eine »letzte Chance« inklusive Ankündigungen, Selbsthilfegruppen besuchen zu wollen, werden gepostet und von den einschlägigen Klatschseiten wiederum in Klickstrecken zusammengefasst (»Die zwanzig reuigsten Sünder – bei Nr. 17 musste ich weinen«). Manche scheinen auch geradezu befreit und verkünden erleichtert: Ich gehe fremd, und das ist auch gut so. Das sind die Einzigen, die irgendwie ihr Gesicht wahren können, findet Colleen. Das Leak zeichnet auch politisch ein ernüchterndes Bild: So ziemlich alle Moralapostel, Abtreibungsgegner, Homoehe-Feinde, Herdprämienforderer und Konservativpolitiker stellen sich als scheinheilige Schweinepriester heraus, die es sich »außerhalb der deutschen Kernfamilie auch gerne mal von hinten besorgen lassen«.

Sie beobachtet, wie politische Karrieren innerhalb von Stunden den Bach runtergehen und sich mühsam erarbeitete Glaubwürdigkeitsprozente in den Promillebereich pulverisieren, dazu immer wieder die Bilder der improvisierten Pressekonferenz, in der Kilbourne mantraartig den Satz wiederholt: »Wir können noch nicht mit absoluter Sicherheit sagen, welche Daten überhaupt im gestohlenen Datensatz enthalten sind.« Ein bisschen Spaß macht das schon. Lässt sich nicht leugnen. Bloß eine Schale Käse-Nachos fehlt ihr noch zum perfekten Glück.

Ihr eigenes *SideStep*-Profil (*colleenxoxo83*) hat sie vor ein paar Minuten gelöscht. Warum hat sie das eigentlich nicht schon früher gemacht, fragt sie sich jetzt. Haben sie die regelmäßigen Push-Nachrichten »5 heiße Ehemänner warten auf dich« bei der Stange gehalten, obwohl zu Hause ja bereits 1 heißer Ehemann auf sie wartete? Nicht, dass das Löschen irgendwas bringen würde, auf der Website der Detektei Auster blinkt bei Eingabe ihrer Fake-E-Mail-Adresse (stechpalme@ynet.de) immer noch BETRÜGER! FREMDGEHER! LÜGNER! über den Bildschirm, aber fürs Gewissen ist es gar nicht so schlecht. Die Website ist jedenfalls immer noch online, Martins Kanzlei und die einstweiligen Verfügungen haben offensichtlich nichts dagegen ausrichten können, wahrscheinlich sind die Server von *Auster* ebenfalls auf Kreuzfahrt im offenen Meer, liegt bei dem Namen ja nahe.

Die findigen Privatschnüffler sind für eine Stellungnahme bisher nicht zu erreichen. Eine Reporterin moderiert inmitten eines wütenden Mobs vor dem Detektivbüro, auf dessen Vortreppe ein verwirrter alter Mann mit seinem zauseligen Hund in einem Haufen Pappkartons campiert, ein Tetrapak Rotwein in der Hand. Wenig später hat die Reporterin eine Nachbarin aufgetrieben, die bereitwillig auspackt, Bryan Auster habe schon als Kind krankhafte Züge an den Tag gelegt. Einmal habe er plötzlich nachts bei ihr im Schlafzimmer gestanden und sie aus dunklen Augenhöhlen angestarrt – er musste die Tür aufgebrochen haben –, und sie mit einem Brotmesser bedroht. Morgens habe auf ihrer Schreibmaschine gestanden: *Du wirst sterben*. Da war er gerade mal neun Jahre alt. Eine zugeschaltete Psychiatrieprofessorin der Charité Berlin bestätigt, dass es durchaus möglich sei, eine krankhafte Disposition zum Voyeuristen verdeckt durch ein Detektivgeschäft auszuleben und so in der bürgerlichen Welt kaum aufzufallen – irgendwann breche die Krankheit aber meist durch, wie jetzt lehrbuchmäßig bei *Auster, Privatdetektive* geschehen.

Colleen trinkt noch einen Schluck und betrachtet das Bild des »CEO«, wie er sich nennt, Bryan Auster. Ein blasser junger Mann in einem Hawaiihemd mit Hanfblütenmuster unter dem Billigjackett, einen hässlichen Schnauzer wie einen Zensurbalken im Gesicht – halt, Moment mal, hat nicht Harry Jones von genau so einem Typen mit Schnurrbart am Tatort gesprochen?

Höchste Zeit also für eine Verhaftung. Allein schon für diesen Freddie-Mercury-Gedächtnisbart muss man ihn aus dem Verkehr ziehen. Aber erst morgen früh. So eine schnarchfreie Nacht allein im Ehebett lässt sie sich bestimmt nicht entgehen.

37
IT'S A MAN'S WORLD

WALDHOTEL KELTENHOF steht auf dem Zettel, den der massige Busfahrer gerade hinter der Frontscheibe eines Reisebusses befestigt, der mit laufendem Motor die Toreinfahrt zur Nummer 87 blockiert. Bryan zwängt sich an den geöffneten Gepäckklappen vorbei und atmet warme Abgase ein, die sich im Torbogen stauen. Für einen Moment ist er ganz woanders, wacht an einer nächtlichen Tankstelle vom Benzinduft auf, seine Eltern trinken Café au Lait im Shop und bringen ihm, wenn er Glück hat, ein *Tintin*-Heft mit, in dem er die Sprechblasen nicht versteht.

Das dreieckige Logo des *Deutschen Kulturvereins Vincentina e.V.* hängt neben einem düsteren Treppenaufgang im Hinterhof, die Türen sind nur angelehnt. Bryan geht das unbeleuchtete Treppenhaus hinauf bis in den zweiten Stock. Hinter einer verschlossenen Glastür öffnet sich eine Fabriketage, ausgelegt mit schweren Perserteppichen, in deren Mitte ein paar Stühle im Kreis herumstehen. Verstaubte Topfpflanzen, an den Wänden ausgeblichene Plakate, von den Seiten gehen unzählige Türen ab – eine sorgsam zusammengestellte Büroatmosphäre, die auf Unauffälligkeit bedacht ist. In einem Postkartenständer vor der Glastür stecken Flyer für Seminargruppen mit Titeln wie *Wann ist ein Mann ein Mann?*, *Echte Gemeinschaft erfahren* oder *Freie Frauen, freie Männer.*

Bryan will sich gerade das Faltblatt mit der Überschrift *Verliebt, verlobt, verlassen. Wie Mann Demütigung in Kraft verwan-*

delt genauer ansehen, da taucht ein Typ mit Klemmbrett auf der anderen Seite auf. Er ist um die vierzig und trägt einen dunkelbraunen Schurrwollanzug, unter dem sich ein wie aus Marmor gehauener Soldatenkörper abzeichnet. Sein filigranes Gesicht wird durchbrochen von einer grobporigen Knollennase, als habe jemand zum Spaß eine Kartoffel auf die Nase einer antiken Statue gesteckt. Derart verunstaltet, signalisiert sein Gesicht die grundsätzliche Bereitschaft, einen Menschen mit den bloßen Händen zu erwürgen.

Klirrend landet eine ausgebeulte Golftasche vor Bryans Füßen.

»Kann ich was für Sie tun?« Die Stimme des Mannes ist eine Oktave tiefer, als Bryan es erwartet hat.

»Äh, ja.« Bryan steckt schnell das Faltblatt zurück. »Ich möchte gern mit zum Waldhotel Keltenhof.«

»Journalist?« Der Mann deutet auf die Gürteltasche, die an Bryans Hüfte baumelt.

»Äh, nein ... Diabetiker.« Bryan kramt die Visitenkarte hervor, die er im Wohnwagen gefunden hat. »Vince und Kathleen schicken mich.«

Der Mann mustert Bryan stirnrunzelnd von oben bis unten, sein Blick gleitet über Hawaiihemd und Trenchcoat. Dann lächelt er dünn und blättert durch seine Papiere.

»Sie haben Glück. Uns ist eben ein Teilnehmer abgesprungen.« Er streicht einen Namen von der Liste. »Name?«

»Frank Abendroth.«

»Michael Canino.« Der Mann packt seine Hand. »Dann sind wir ja vollzählig.«

Er hält Bryan das Klemmbrett hin. *Haftungsausschluss gegenüber der IAMW GmbH* steht auf dem unterschriftsreifen Formblatt. »Natürlich nur für den Fall, dass Ihnen etwas zustoßen sollte.«

Während Canino den Ständer nach drinnen rollt, öffnet

Bryan den Reißverschluss der Golftasche ein Stück weit. Gewehrläufe, mindestens ein halbes Dutzend, glänzend und lang, von denen ein beißender Geruch ausgeht, Schießpulver vermutlich. Seine Finger fahren andächtig über das kalte Metall, als Caninos Schuhe plötzlich neben der Tasche auftauchen. Bryan blickt nach oben in sein Grinsen.

»Sie können es wohl kaum erwarten, was?«

Nachdem Canino die Golftasche im Gepäckraum des Busses verladen hat und Bryan gerade einsteigen will, tippt er ihm auf die Schulter. »Das Handy bitte.«

Bryan sieht ihn verständnislos an.

»Haben Vince und Kathleen Ihnen das nicht gesagt? Keiner weiß, wo sich das Hotel Keltenhof befindet.«

Bryan kramt sein Smartphone aus der Hosentasche. Fünf verpasste Anrufe von Oliver Auster. Plötzlich sieht er seinen Vater vor sich, wie er im Fernsehzimmer inmitten gebrechlicher Kurgäste aus der *Tagesschau* erfährt, dass seine Detektei in einen Riesenskandal verwickelt ist. Wahrscheinlich ist er schon auf der Rückreise, um sein Lebenswerk vor seinem nichtsnutzigen Sohn zu retten. Noch viel beunruhigender ist aber, dass Kenny nicht auf seine SMS und Anrufe reagiert. Scheiße, Bryan hätte selbst ins Büro fahren sollen, um ihn zu warnen, aber das Visitenkarten-Indiz schrie einfach danach, ihm sofort nachzugehen. Er will seine Hand gerade zurückziehen und es noch mal versuchen, da hat Canino das Handy schon in der Tasche und schiebt ihn die Trittstufen in den Bus hinauf.

Etwa zwanzig Männer und Frauen sitzen in den abgewetzten Sitzreihen, die Gesichter nur spärlich von den Deckenlämpchen erleuchtet, Schatten unter den Augen und die Kapuzenpullis tief über die Köpfe gezogen, jeder auf einem Doppelsitz für sich. Niemand sagt ein Wort. Bryan geht grußlos durch die Reihen und setzt sich auf den letzten freien Platz ganz hinten.

»Ihr kennt die Spielregeln.« Canino stellt sich breitbeinig in den Gang. »Keine Namen, keine Adressen, keine Vergangenheit. Es gibt keine Privatgespräche, keine Extrawürste. Es geht hier nicht um den Einzelnen, sondern ums große Ganze. Nur in der Gruppe sind wir stark.«

Mit einem Haufen schwarzer Stofffetzen geht er durch die Reihen und verbindet den Passagieren die Augen. Bryan kommt als Letzter dran.

»Jetzt ruht euch aus. Versucht ein bisschen zu schlafen. Ihr werdet eure Kräfte heute Nacht noch brauchen.«

Aber Schlaf ist das Letzte, woran Bryan jetzt denken würde. Jeder Muskel seines Körpers ist gespannt, die Hand liegt auf der Kameratasche. Er lauscht auf das Dröhnen des Motors, das Stoppen und Anfahren, versucht, sich auf einer imaginären Stadtkarte vorzustellen, wo sie hinfahren. Nach einer Viertelstunde sind sie wohl auf der Stadtautobahn. Der Motor summt regelmäßig, ab und zu dringen ein Husten oder die Verkehrsnachrichten zu ihm, irgendwann beginnt Regen gegen die Fenster zu schlagen. Bryan lehnt den Kopf an die vibrierende Scheibe und gibt es auf. Denn wenn er ehrlich ist, kennt er sich auf den Straßen New Yorks wahrscheinlich besser aus als in der eigenen Stadt.

Sie stehen in der Finsternis auf einem Feldweg, ein kalter Wind pfeift über die ungeschützte Erde. In den Lichtkegeln der Busscheinwerfer wabert Bodennebel, der wie eine eiskalte Hand in Bryans Kleidung kriecht. Sonst nirgendwo Licht, nur der Vollmond spiegelt sich in den trüben Pfützen im Feldweg. Drei quälende Stunden hat die Fahrt gedauert, aber von einem Waldhotel weit und breit keine Spur.

»Bis zum Frühstück sind es 20 Kilometer«, sagt Canino und öffnet die Ladeklappe, in der ein Haufen Armeerucksäcke liegen. »Je schneller ihr lauft, desto eher könnt ihr euch stärken.«

Was ist denn das für ein Abfuck, denkt Bryan, der sich schon auf eine Nacht in gestärktem Leinen, mit Pay-TV und Minibar eingestellt hat. Seine Mitreisenden scheinen nicht sonderlich irritiert. Sie machen Dehnübungen, lockern die Glieder; in ihren Gesichtern eine ungute Mischung aus Angst und Vorfreude. Erst jetzt sieht er, dass die meisten Camouflage-Hosen und Wanderstiefel tragen und ihn argwöhnisch beäugen. Diese Hawaiihemden waren von Anfang an eine hirnrissige Idee.

Als die Rucksäcke geschultert sind, verteilt Canino ein paar Taschenlampen. Bryan drückt er einen Kompass in die Hand, ein bärtiger Mann bekommt eine Karte mit ihrer Marschroute. Dann steigt Canino in den Bus, der langsam durch den Schlamm zurücksetzt.

»Nach Südost«, sagt der Bärtige, nachdem er die Karte studiert hat.

»Äh …« Bryan balanciert den Kompass auf der Hand und hält ihn ins Mondlicht. Die Nadel dreht sich rasend im Kreis. Verdammt, das Teil muss kaputt sein, oder ist das normal? Scheiße, hätte er damals beim Wildcampen mit Laura mal besser aufgepasst, aber er war ja nur aufs Pilze sammeln fixiert gewesen. Und warum hat dieser Canino ihnen nicht einfach ein Navi gegeben?

»Hier lang, würd ich sagen«, sagt er und deutet in irgendeine Richtung.

»Gib her.« Ein Ellbogen trifft Bryan direkt über der Niere, und noch bevor der stechende Schmerz in seinem Gehirn ankommt, rempelt ihn ein Schatten in den Morast. Keuchend kniet er im Dreck, Matsch suppt in seine Schuhe, der Hunter ist plötzlich nicht mehr in der Gürteltasche, sondern in seiner Hand. Der Arm ausgestreckt in Richtung des heiseren Lachens in der Dunkelheit. Ein Klick und die Großmäuler werden diesen Tag noch bereuen. Langsam senkt er wieder den Arm. Ruhig Blut, denkt er. Sollen sie ihn ruhig für einen Schwächling halten, das ist fürs Erste die beste Tarnung. Als der Schmerz nachlässt, rappelt er sich auf und läuft den anderen hinterher, die sich schon Richtung – ja wohin eigentlich? – in Bewegung gesetzt haben.

Sie marschieren über brachliegende Felder mit sandigem Boden, durch dichte Nadelwälder, in denen der Mond nur ab und zu zwischen den Baumwipfeln auftaucht, und an reglosen Seen vorbei, über denen der Nebel wie ein gespenstischer Vorhang hängt. Schweigend arbeiten sie sich voran, das Schu-huhen der Eulen, das Schmatzen des Morasts und das Knacken der Äste unter den Stiefeln sind die einzigen Geräusche. Anfangs überholt Bryan noch ein paar Typen mit Wohlstandsbäuchen, aber auch seine Schritte werden zunehmend langsamer. Die Rucksackriemen schneiden in seine Schultern, und durch den Stoff drückt der scharfkantige Inhalt in seinen Rücken, bei jedem Schritt scheuert der Bauchgurt an seiner Hüfte die Haut auf. Er hat nicht die leiseste Ahnung, was er da überhaupt schleppt; noch mehr Waffen oder bloß eine Schikane – Backsteine wie in Army-Filmen?

Bald kann er kaum mehr seinen Vordermann im dichten Bodennebel erkennen, und weit hinter ihm muss sich auch noch eine Handvoll Leute durch die Nacht quälen. Ab und zu beugen sich die zwei Anführer über Karte und Kompass, und die Nachzügler schließen wieder zur Gruppe auf, aber bevor sie keuchend nach Luft schnappen können, setzt sich der Marsch wieder in Bewegung.

Irgendwann lässt Bryan sich mit Seitenstechen an einen Baum fallen, jetzt rächt sich seine Raucherlunge. Sofort wird er von einem Typen mit vor Anstrengung verzerrtem Gesicht überholt. Er rafft den Sinn dieser Unternehmung einfach nicht. Das macht irgendwer freiwillig? Sich freitagnachts durch den Wald zu quälen ist nicht gerade das, was er sich darunter vorstellt, ein »freier

Mann« zu sein, wie es in den *Vincentina*-Broschüren heißt – als »freier Mann« würde Bryan eher in Jogginghose auf der Couch liegen. Und dass er hier irgendwo auf Vince und Kathleen trifft, bezweifelt er mittlerweile sowieso.

Später passieren sie einsam liegende Höfe, aus deren Ställen die Tiere blöken und Hunde bellend bis zum Gatter rennen, aber keine Menschenseele lässt sich blicken. Als sie gerade durch einen Hohlweg marschieren, stolpert eine Frau vor ihm über einen Ast und wird vom Gewicht des Rucksacks zu Boden gerissen. Sie bleibt stöhnend liegen. Bryan hilft ihr hoch, die Frau ist vielleicht fünf Jahre älter als er, ihr halbes Gesicht von Schlamm bedeckt.

»Danke«, sagt sie, und behält seine Hand einen Moment zu lang in ihrer. »Jane Doe.«

»Bryan Auster.« Sofort beißt er sich auf die Lippen, aber ihr Blick bleibt regungslos.

Im Morgengrauen erreichen sie einen verfallenen Schuppen, vor dem Canino an einem lodernden Feuerkorb wartet. Er hat sein Outfit gewechselt, trägt jetzt einen enganliegenden schwarzen Rollkragenpullover, Cargohosen und Boots, und hat sich schwarze Balken auf die Wangenknochen gemalt, wie Football-Spieler oder Navy SEALs. Aus einer Schubkarre wirft er abwechselnd Holzstücke ins Feuer und rührt in zwei bauchigen Kesseln, die in den Flammen baumeln.

Bryan lässt den Rucksack von den Schultern fallen. Sein Magen krampft, und er würgt einen dünnen Kotzfaden auf die Erde. Vom Ende der Reihe sieht er zu, wie Canino Haferschleim in Blechbecher klatscht. Die meisten Teilnehmer müssen auf dem Weg mehr als einmal gestürzt sein, denn sie sind über und über mit Schlamm bedeckt und zittern vor Kälte. Es ist eine erbärmliche Ansammlung von eingefallenen Gesichtern, die sich um das Feuer drängt und schweigend Haferschleim in sich hineinlöffelt. Sie kennen sich nicht, aber Bryan fühlt eine fast heroische Verbundenheit mit ihnen: Sie haben die Nacht überstanden.

Nach dem Essen werden Bryan und Jane Doe zum Abwasch beordert. Sie schleppen Kessel und Geschirr zu einem Bach, hocken sich in den Matsch und beginnen im brackigen Wasser zu spülen. Während sie die verbrannten Reste aus den Kesseln schrubben, dringt die Sonne langsam durch den Nebel, und auf dem Feld um sie herum tauchen nach und nach Betonröhren auf, mannshohe Holzwände mit Klettergriffen, von Tarnnetzen bedeckte Unterstände, kniehoch gespannter Stacheldraht und Haufen alter Lkw-Reifen.

»Kalt, oder?« Bryan pustet in seine Hände, die vor Kälte zu schmerzen begonnen haben.

»Hm …« Jane ignoriert ihn und spritzt Spüli in ein paar Becher. Bryans Blick fällt auf ihre Hand. Ihr linker Ringfinger ist nur noch ein mit Haut überzogener Stumpf, wie bei seinem Großvater, den ein Granatsplitter erwischt hat.

»Was ist mit deinem Finger passiert?«

»Fleischwolfen«, sagt sie tonlos und reicht ihm den Schwamm.

»Die Nacht war ganz schön anstrengend, was?« Bryan kratzt die letzten Reste von den Tellern.

Sie schaut rüber zu Canino, der durch die Zeltreihen schlendert und kontrolliert, ob die Pflöcke auch tief genug in den Boden geschlagen werden.

»Was dich nicht umbringt … na, du weißt schon.«

Canino verschwindet in einem Zelt, trotzdem senkt sie ihre Stimme. »Außerdem ist das der reinste Ponyhof gegen das, was auf uns zukommt.«

»Du meinst den Parcours?«

Sie schaut ihn belustigt an. »Nein. Ich meine natürlich den *Tag, an dem wir erwachen.*«

In diesem Moment schneidet ihr ein Pfeifen das Wort ab. Canino steht mit einer Trillerpfeife auf einem Erdwall, den rechten Fuß auf einem Holzpflock, wie ein kleiner Feldherr vor einer großen Schlacht. Jane lässt ihren Putzlappen fallen und läuft zum Fuße des Walls, wo sich der Rest der Truppe im Halbkreis um Canino versammelt.

»Ein herrlicher Morgen in einem herrlichen Land, nicht, Kameraden?!«, hebt Canino an und gestikuliert in die karge Landschaft. »Ihr seid die Keimzellen dieser Bewegung. Ihr kennt euch nicht. Ihr seid euch nie begegnet. Ihr werdet nach diesem Wochenende wieder auseinandergehen, euch vielleicht nie wiedersehen. Aber wenn der Tag da ist, werden wir bereit sein und aus dem Schlaf erwachen. Für diesen Tag trainieren wir! Und ich sage euch: Der Tag ist nah! Es gibt Unzählige mehr von euch, Unzählige, die vor euch durch diesen Schlamm gerobbt sind, und etliche werden nach euch kommen. Ihr seid freie Frauen und freie Männer! Ihr werdet zurückgehen in eure Leben und tun, als wäre nichts gewesen. Aber ihr werdet nie vergessen, dass in euren Herzen ab jetzt der Löwe und die Lilie schlagen!«

Ach du Scheiße, denkt Bryan. Wo bin ich hier nur gelandet?

38
FRÜH AM MORGEN SCHMECKT DIE SONNE NACH TOD

Warum warten Leichen bloß immer bis zum Morgengrauen, um mit durchrosteten Ketten an den Knöcheln aus Baggerseen aufzutauchen, sich im Unterholz von Joggern entdecken zu lassen oder durch irgendeine Gipswand zu suppen? Noch mal zwanzig Minuten Power-Nap – nie die Erste am Tatort sein, lieber von den Kollegen alles in mundgerechten Häppchen servieren lassen, hier die Leiche, dort die Reifenspur und hüben die Waffe im Mülleimer, das ist die goldene Regel aller Kriminalkommissare –, dann macht Colleen sich auf den Weg.

Die Leiche liegt auf der hölzernen Außenterrasse eines an die Spree grenzenden Clubs, die Musik ist abgestellt, nur die bunten Lichter flackern noch über die Holzbohlen. Verängstigte Clubbesucher geben mit schreck- oder amphetamingeweiteten Augen zu Protokoll, sie hätten nur ein bisschen gechillt und die vom Tanzen heiß gewordenen Füße im Wasser gekühlt, als plötzlich dieser Mann vorbeigetrieben sei, das Gesicht nach unten.

»Wahrscheinlich ein paar Kilometer weiter oberhalb von einer Brücke gesprungen und ertrunken«, sagt David mit einem gequälten Gesicht, auf dem noch der Abdruck seines Kopfkissens zu erkennen ist, und hält einen Plastikbeutel mit leeren Tablettenblistern hoch, die man in der Jacketttasche des Toten gefunden hat.

»Wissen wir, wer es ist?«

David wirft ihr ein klitschnasses Lederportemonnaie zu. Als sie es öffnet, entfährt ihr ein »Oh Shit«, das sonst nur für schlechte TV-Schauspieler reserviert ist (Regisseur: »Dann sag halt noch ›oh shit‹, wenn du den Schock mit der Mimik nicht auf die Reihe kriegst!«). Vom Perso starrt ihr ein dumpfes Politikergesicht entgegen, Bernhard Selb, Jahrgang '65, ein Law-and-order-Typ aus dem Polizei-Kontrollgremium des Senats, bekannt aus Funk und Fernsehen und seiner bekloppten Wahlkampagne: »Ihr Ja zur deutschen Kernfamilie.«

»Selb ist vor ein paar Stunden von seiner Frau als vermisst gemeldet worden, die seinen Abschiedsbrief auf der Computertastatur gefunden hat.«

Fünf Minuten später hat Colleen den Scan des Briefs auf dem Handy. Handgeschrieben, sehr gut, das lässt kaum Zweifel am selbstverschuldeten Ableben – Ermittlungen einstellen, vermerkt sie schon mal mental unter der Akte –, der Mann war eben vom Fach und wollte keine unnötige Arbeit verursachen. Pflichtbewusst bis in den Tod, das lobt sich Colleen. Dann liest sie den Brief. Selb schreibt, er habe seine Frau und seine Kinder betrogen, die Werte seiner Partei und der Kirche verraten und könne mit der Schande nicht länger leben. Auf den Fotos, die die Spurensicherung in seinem Arbeitszimmer gemacht hat, leuchtet auf dem Computer die Website der Detektei Auster:

FREMDGÄNGER! BETRÜGER! LÜGNER!

Nachdem im Revier alle Formalitäten erledigt sind, geht draußen schon wieder die Sonne unter, und sie hat ungelogen den kompletten Samstag mit dem Ausfüllen von Papier-, äh, Digitalkram verbracht, anstatt im Freibad auf einem Handtuch zu liegen oder diesen Auster in die Mangel zu nehmen.

Auf der Rückfahrt spekuliert ein aufgekratzter Abendschau-Moderator im Autoradio schon über Selbs Todesursache, denn natürlich hat irgendein Clubgast die Leiche fotografiert und mit

#murderonthedancefloor im Internet gepostet. Als Colleen zu Hause einparkt, meldet sich Hoseley vom Golfplatz.

»Vermasseln Sie das nicht, McCollum«, ist das Erste, was er sagt.

»Schönen Feierabend erst mal«, antwortet Colleen.

»Schönen Feierabend am Arsch. Was haben wir?« So glücklich hat seine Stimme noch nie geklungen. Er ist über Nacht seiner Karriere-nach-der-Karriere einen Riesenschritt näher gekommen.

»Einwandfreier Selbstmord. Inklusive Abschiedsbrief und Motiv.«

»Sehr gut. Ist das wasserdicht?« Sie kann förmlich hören, wie er sich die Hände reibt.

Roger, Chef.

»Okay, McCollum, hören Sie zu. Wenn ich ins Kontrollgremium nachrücke, wird bei uns die Leitungsposition frei. Und die wird Gordon übernehmen, dessen Posten wiederum frei wird. Sie sind zwar noch ein bisschen jung, aber dafür eine Frau. Also haben Sie gute Chancen. Montag, 9.30 Uhr bei mir im Büro, um zehn ist Pressekonferenz.«

Er legt auf. Over and out.

Eine ausgiebige Dusche und zwei Kannen Espresso später will sie sich gerade zur Detektei von diesem Auster aufmachen – an Bett ist eh nicht zu denken, die drohende Beförderung raubt ihr den Schlaf –, als Martin die Tür aufschließt. Volle 24 Stunden in den Fängen von *Valhalla Capital* haben ihre Spuren hinterlassen: Er schlurft mit hängenden Schultern in die Küche, dunkle Schweißflecken haben sich unter den Achseln durch den Anzug gefressen.

»Du hast gelogen«, begrüßt Colleen ihn. »Von wegen es gibt keine Daten von *SideStep*. Und jetzt kommt dieser Auster mit einer ganzen Datenbank an!«

»Das ist die offizielle Sprachregelung, Colleen, *Valhalla Capital* ist unser Klient.« Mit eiskalter Miene schüttet er sich den restlichen Kaffee ein und stürzt ihn hinunter. »Was kann ich dafür, wenn du Privates und Berufliches nicht trennen kannst?«

»Was ist noch in der geleakten Datei drin?« Colleen läuft Martin hinterher ins Bad, wo er sich die dreckige Kleidung vom Leib zerrt. »Im Fernsehen sagen sie, dass auch Kreditkartendaten enthalten sein könnten? Und Chatprotokolle? Sexuelle Vorlieben?«

»Keine Ahnung, *colleenxoxo84*, sag du mir doch, was man da alles eintragen muss!«

Autsch. Kilbourne muss Martin einen heißen Tipp gegeben haben. Colleen könnte jetzt unschuldig die Augenbrauen heben und das »Was meinst du denn damit?«-Spielchen spielen, aber für einen aufreibenden Dialog sind sie beide gerade viel zu müde. Deswegen hebt sie ausnahmsweise sein Jackett auf und hängt es auf einen Bügel. »Schon mal was von verdeckten Ermittlungen gehört?«

»Hast du nichts von erzählt.« Er verschränkt die Arme vor der nackten Brust.

»Doch«, lügt sie, »du hast nur nicht zugehört. Warst mit deinem Kopf die ganze Zeit bei *It's a Man's World*.«

Martin zuckt müde mit den Schultern und nimmt sein Handtuch vom Haken.

»Besorg mir die *SideStep*-Daten.« Colleen blockiert den Weg zur Dusche. »Dann brauche ich auch keinen Account mehr.«

»Sag mal, träumst du, Colleen? Was denkst du, was ich da machen kann? Aus juristischer Sicht besteht kein Anspruch auf die Daten aus dem Dezember, wenn euer Mordfall im April passiert ist. Und die Daten aus dem April unterliegen der Gerichtsbarkeit des Nordpols. Ihr könnt ja den Eisbären mal euer Anliegen vortragen.« Er schiebt sie aus dem Badezimmer. »Es wäre vielleicht gut, wenn du erst mal ein paar Tage woanders übernachtest«, sagt er und knallt die Tür zu.

39
TRAINING DAY

»Na los, weiter!«, schreit Canino von unten. »Oder gibst du auf? Dann springt halt! Ich sammel dich aber nicht auf!«

Bryan hängt mit gestreckten Armen an einer Holzsprosse, drei Meter über einem faulig stinkenden Tümpel, aber wenn er zwischen seinen zappelnden Fußspitzen nach unten guckt, sieht es aus wie vom Zehnmeterbrett.

»Guckt euch an, wie er da hängt«, dröhnt es durchs Megafon, und um Canino scharen sich dreckverschmierte Gesichter, die schadenfroh zu ihm hochglotzen. Was hat er sich verdammt noch mal gedacht? Dass er einfach hier reinmarschiert, und allein ein paramilitärisches Camp aushebt? Mit dieser bescheuerten Knarre etwa, die jetzt wie wahnsinnig an seinem Gürtel zerrt? Bestimmt fünf Kilo wiegt das Scheißteil inklusive schlammdurchtränkter Tasche, und er hätte sie einfach im Zelt liegen lassen können, aber nein, er hatte ja nicht Überlebensregel Nummer eins verletzen wollen: *Niemals, aber auch wirklich niemals, deine Knarre ablegen.* Tja, jetzt sorgt dieser idiotische Extraballast gleich dafür, dass es ihn drei Meter in die Tiefe reißt. Dann ist das Teil auch noch klitschnass. Überleben, am Arsch!

»Na, was ist? Bist du ein Löwe oder eine Lilie?«

Bryan schnauft. Seine Arme fühlen sich an wie durchgeknetet. Nach zehn Stunden Rennen, Schwimmen, Gewichtheben ist da einfach keine Kraft mehr drin. Und es kommen noch vier Sprossen bis zur nächsten Plattform. Langsam rutschen seine schweißnassen Hände von der Sprosse, ein Splitter bohrt sich in Zeitlupe in seine Handfläche. Er hängt hier an diesem scheiß Gerüst wie in der sechsten Klasse am Reck, und wieder lachen sich alle tot über seine dürren Ärmchen. Er hatte schon damals ein Talent, die falschen Schlüsse zu ziehen. Anstatt zu trainieren, fing er lieber an, während des Sportunterrichts in den Büschen zu kiffen, und nur deshalb zappelt er jetzt wieder hier und hat keinen Plan, mit welcher Technik er energiesparend durchkommt. Manchmal macht ihn der zirkuläre Verlauf seiner Biografie fast wahnsinnig.

»Hey! Richtig hinknien beim Schießen!«, schreit Canino, als eine Salve Gewehrschüsse herüberdröhnt, und die Köpfe drehen sich weg von Bryan. Für einen Moment kann er klar denken, nimmt alle Kraft zusammen, lässt mit einer Hand die Sprosse los und greift nach der nächsten. Aber die ist plötzlich unendlich weit entfernt, seine Fingerspitzen fassen ins Leere.

Das Wasser ist eiskalt und dunkel. Bryans Herz sticht wie bei einem Infarkt. Er hat diese Szene schon tausendmal im Film gesehen, der Held unter Wasser, mit einem Motorrad von der Klippe gesprungen oder aus einem Autowrack gerettet, man sieht ihn prusten und schwimmen, die Haare wirbeln um sein Gesicht, ein fast meditativer Moment, Zeit für eine Epiphanie, aber in Wirklichkeit ist da rein gar nichts, nur Algen und ein fauler Geschmack im Mund, und das dreckige Gelächter von Canino und den anderen, als er wieder auftaucht.

»Und du willst ein Löwe sein?«, schallt es durchs Megafon. »Los, raus da, als Letztes ist Schießen dran. Danach gibt's Abendbrot – für die, die treffen.«

Bryan trottet mit gesenktem Kopf Richtung Schießstand. Er schlottert am ganzen Leib, das dreckige Wasser, das er geschluckt hat, schießt in Schwällen aus seiner Nase, die tief stehende Sonne sticht in seinen geröteten Augen. Er hat jedes Zeitgefühl verloren, und jetzt setzt doch eine Art Zeitlupe ein und alle Geräusche werden ausgeblendet wie in *Saving Private Ryan*. Er sieht eine dicke Frau einen Treckerreifen durch den Schlamm rollen, Jane Doe klettert an einem Tarnnetz herauf und taumelt über eine Reihe Baumstämme, der bärtige Typ kriecht mühelos unter dem kniehohen Stacheldraht hindurch, in dem noch Bryans blutige Haarbüschel hängen, ein fetter Mann hüpft durch am Boden liegende Reifen, dass seine Speckwulste schwabbeln, Strohpuppen werden von Schüssen zerfetzt, und überall ist Canino mit seinem Megafon, er schreit: »Noch zehn Liegestütze!«, seine Haut ist puterrot und dicke Adern an Stirn und Hals treten hervor, »Was bist du, ein Mann oder eine Memme?«

So müde ist Bryan noch nie in seinem Leben gewesen, jeder Schritt ein Gewaltakt. Was würde er jetzt für ein warmes Bett geben, für heiße Milch mit Honig, wie seine Mutter sie immer gemacht hat, aber stattdessen ist da nur der saure Haferbrei, der seine Kehle emporsprudelt. Wenn er sich je wieder ohne Schmerzen bewegen kann, wird er anfangen zu joggen. Versprochen.

»Hey, Weichei.« Eine Schulter trifft Bryan vor die Brust, dass ihm die Luft wegbleibt. Er fällt auf die Knie, ein stechender Schmerz auf dem Solarplexus, als würde sich eine gesplitterte Rippe in seine Lungenflügel bohren. Keuchend schnappt er nach Luft und blickt nach oben. Es ist der Typ mit dem roten Bart, der ihm den Kompass abgenommen hat, ein Gewehr in beiden Händen. Er drückt Bryan den Lauf vor die Brust.

»Und dich sollen Kathleen und Vince angeworben haben?«, zischt er, packt Bryans rechte Hand und hält sie ihm vors Gesicht. Er streicht über das Mittelglied von Bryans Ringfinger. »Lügner wie du sind die Ersten, die wir an die Wand stellen, wenn der Tag kommt.«

»Oder auch schon heute«, korrigiert Canino lächelnd, in seiner Hand ein Smartphone, auf dem Bryans Foto als CEO der Detektei zu sehen ist.

40 DON'T BOGART THIS JOINT

Since 1984 steht auf der Scherbe, die unter Colleens Heel zersplittert, als sie durch das geborstene Schaufenster in die Detektei klettert. Guter Jahrgang, denkt sie, dito, und dass dieses Gründungsdatum schon mal gegen Gentrifizierungsgegner spricht, die hier sonst regelmäßig neueröffnete Läden in diesem Stil verschönern: Der umgeworfene Schreibtisch und die Wände sind mit schwarzer Farbe bespritzt, auf dem Boden schwimmen unzählige Aktenordner in einer öligen Soße, sämtliche Blätter herausgerissen. Dazwischen ein Haufen Einschreiben von Martins Kanzlei *Raymond & Mason Solicitors.*

Der wütende Mob der entlarvten Ehebrecher aus dem TV-Beitrag hat offensichtlich ganze Arbeit geleistet. Wenn dieser Auster auch nur ein bisschen Hirn zwischen den Ohren hat, sind er und sein abartiger Schnurrbart längst über alle Berge und mit ihnen die Datenbank von *SideStep*, in der möglicherweise der alles entscheidende Hinweis auf die Mörder von Audrey steckt. Colleen überkommt gerade eine Wallung von Selbstmitleid – sie ist wieder einmal zu spät –, als sie von hinten ein Stöhnen hört. Unter einem umgestürzten Regal regt sich was. Sie schlängelt sich zwischen zwei sarggroßen Servertürmen hindurch, in die mit Baseballschlägern ein liebevolles Muster geklöppelt wurde, duckt sich unter den von der Decke hängenden Kabelenden hinweg – 220 Ampère Wechselstrom in den Haaransatz haben ihr gerade noch gefehlt, wo doch schon Nylonpullover einen katastrophalen *Frizzz*-Effekt auf ihre Locken haben – und macht mit ihrem Smartphone Licht.

Ein Typ, vielleicht 25 Jahre alt, liegt eingeklemmt zwischen den Regalbrettern, blutverschmiert und zuckend. Sie kniet sich neben ihn. Die blonde Mähne klebt verschwitzt an seinem Kopf, das rechte Auge ist angeschwollen, Schrammen über den sanften Wangenknochen. Er sieht aus wie von einem Panzer überfahren, erst im Vor-, dann noch mal im Rückwärtsgang. Seine Hand liegt in einer angetrockneten Blutlache, die im Licht der flackernden Neonröhren grünlich schimmert. Der Ringfinger ist nur noch ein blutiger Stumpf, aus dem ein Stückchen Knochen ragt.

Du liebe Güte, denkt Colleen, so jung und schon so zugerichtet. Ihre Kollegen, die der Meute nach erfolgreicher Detektei-Zerlegung beim geregelten Abzug zugeschaut haben, hielten es offenbar nicht für nötig, mal einen Blick auf das Schlachtfeld zu werfen. Werden schon keine Opfer unter den zertrümmerten Büromöbeln liegen. Und Feierabend.

»Hallo, hören Sie mich?« Sie fuchtelt vor seinem Gesicht herum, als würde sie bei *Wetten Dass..?* die Augenbinde eines Kandidaten testen.

Mühsam hebt der Junge ein Augenlid. »Schon gut, Sie brauchen nicht so zu schreien«, knurrt er, »helfen Sie mir lieber mit dem Regal hier.«

Colleen wuchtet es von ihm runter und hievt ihn auf einen Schreibtischstuhl, aus dem das Schaumstoffpolster quillt.

»Alles in Ordnung?«, fragt sie und kommt sich sofort reichlich blöd vor. »Machen Sie sich keine Sorgen, ich hole Hilfe. Haben Sie den Rest vom Finger noch?« Um den Stumpf ist ein Kabelbinder festgezurrt. Selbst ist der Mann – Blutung gestoppt. Vermutlich lernt man so was in einem YouTube-Tutorial.

Colleen holt ihr Handy heraus, um den Notarzt zu rufen, aber der Junge wehrt ab: »Das wird schon wieder«, presst er zwischen den Zähnen hervor und zieht den Kabelbinder fester. Colleen muss kurz würgen, aber der Typ nimmt es seelenruhig hin, wirkt eher interessiert als traumatisiert. Und hoppla, jetzt sorgt er schon selbst für die Betäubung, denn eine Sekunde später hat er mit der unversehrten Hand ein prall gefülltes Grastütchen aus seiner Hosentasche geholt – fällt grad noch so unter Eigenbedarf, *Augenzudrück* – und versucht, einhändig einen Joint zu drehen, was aber gründlich misslingt: Das Gras bröselt auf den Boden, das Blättchen wird vom Blut versaut.

»Könnten Sie vielleicht ...« Er hält ihr die Utensilien hin, seine Unterlippe zittert flehend. »Bitte.«

Das hat sie zwar seit Jahren nicht gemacht, aber gut, Kranken soll man keine Wünsche abschlagen, das bringt nämlich Unglück, und Feinmotorik-Training ist die beste Alzheimer-Prävention. Während sie sich abmüht, das Paper halbwegs eng um den Tabak zu rollen, fischt er eine angebrochene Flasche Cointreau vom Boden. Bei jedem Schluck verzieht er das Gesicht, und bald ist nur noch eine kleine Pfütze am Flaschenboden übrig.

Als sie ihm endlich den bananenförmigen Joint hinhält, winkt er ab:

»Wer baut, der haut.«

Colleen zögert. Wann steht noch mal der nächste Urin-Test an? Und kann sie die verantwortungslose Selbstmedikation des Jungen durch ihren eigenen Konsum auch noch absegnen? Aber das sind alles nur feige Ausflüchte. Es gibt nun mal eherne Gesetze, die über dem Betäubungsmittelgesetz stehen und an die es sich zu halten gilt, will man nicht den Zorn des Weltgeistes auf sich ziehen. Also spitzt sie die Lippen, steckt die Lunte dazwischen und lässt sich Feuer geben.

Einen furchtbaren Hustenanfall und einen Reflexschluck Cointreau später, der das feurige Kratzen in ihrem Kehlkopf nicht unbedingt besser macht, beginnt sich alles im Raum um sie zu drehen (oder dreht sie sich um den Raum?), und ein heißes Kribbeln breitet sich in ihren Zehenspitzen aus, sodass sie kichern muss, bis ihr das Zwerchfell schmerzt. Ziemlich unangebracht ihr Verhalten, das lässt sich nicht leugnen, aber er hat ja damit angefangen.

Als langsam wieder alles zum Stehen kommt und sie nur noch periodisch von Kicherattacken heimgesucht wird, hält der Junge ihr die Hand hin.

»Colleen McCollum«, sagt sie belustigt über so viel Förmlichkeit und schlägt ein.

Er zieht eine Augenbraue hoch. »Äh, ich wollte eigentlich nur den Joint haben, der da in ihrer Hand kalt wird … Aber sehr erfreut, Kenneth Gambol, CTO von *Auster, Privatdektektive.*«

Colleen schießt das Blut ins Gesicht – lange nicht mehr so blamiert, McCollum –, und schneller als die Polizei erlaubt, gibt sie Gambol Joint und Feuer, der sich nichts weiter anmerken lässt und Rauch durch seine Nasenlöcher bläst. Dabei wandert sein Blick von ihrem Scheitel bis zum Oberschenkel. Es ist offensichtlich, dass er sie für eine MILF hält, dabei ist sie noch gar keine, und jedem andern hätte sie für diesen anzüglichen Blick eine gescheuert, aber dieser Gambol ist schwer verletzt plus eigentlich noch ein Kind, und letztlich ist das bloß der Lauf der Geschichte: Die 68er haben sich gegen die Eltern aufgelehnt, in Colleens Generation war die Mutter schon die beste Freundin (ihre nicht), und die Porno-verseuchte Generation Y hat eben ihre MILFS.

»Äh, CTO?«, fragt sie stattdessen.

»Chief Technical Officer. Der wichtigste Mann hier im Laden«, antwortet Gambol großspurig, wohl um sie zu beeindrucken, was aber nicht sehr beeindruckend ist, wenn seine Technik sich gerade mit einem Seufzer in die ewigen Jagdgründe verabschiedet.

»Kriminalpolizei«, schiebt sie schnell hinterher, um das angebrachte Verhältnis von Jäger und Gejagtem wiederherzustellen, aber Gambol zupft bloß unbeeindruckt Papier von seinem Joint.

»Und ... was wollen Sie?«

»Hey, ich stelle hier die Fragen!« Scheiße, wo kommt denn dieser Satz jetzt her? Sobald man einmal anfängt, ordentlich zu ermitteln, kommen einem scheinbar automatisch solche Film-Floskeln aus dem Mund. Aber vielleicht gar nicht so schlecht, auf das Altbewährte zu setzen, wenn sie ausnahmsweise mal nicht diejenige im Raum ist, die am längeren Hebel sitzt.

»Also. Der Reihe nach«, sagt sie. »Was ist hier passiert?«

»Wir hatten gestern eine kleine Betriebsfeier. Die Leute standen Schlange auf der Straße. Sogar das Fernsehen war da.« Gambol schluckt. »Als alle weg waren, kamen sie rein. Zwei maskierte Typen in Overalls. Haben mit ihren Baseballschlägern alles kurz und klein gehauen.«

Colleens Herz macht einen Sprung. »Haben Sie irgendwen erkannt?«

»Erst dachte ich, das wären Schläger von Lance, weil ihm unser Launch nicht gepasst hat, aber dann haben die ihren Bolzenschneider rausgeholt ...« Er macht eine Pause und betrachtet mit gequältem Blick seinen abgeschnürten Finger. »Spiegelstrafe haben die gesagt, wegen des Hackens. Dabei benutze ich das Zehnfingersystem gar nicht – bin eher der Zeigefingertyp. Aber eigentlich waren die hinter Bryan her.«

Okay, denkt Colleen, jetzt werden also auch noch die Zeugen beseitigt. Die Leute meinen es wirklich ernst. Schlecht für Auster, aber gut für ihren niedrigen Blutdruck. Die Uhr tickt.

»Wann haben Sie ihn zum letzten Mal gesehen?«

»Gestern Abend. Da ist er beleidigt abgezogen, weil ihm sein Foto im Internet nicht gefallen hat. Er kann furchtbar eitel sein.« Gambol hält inne und starrt sie an. Langsam sickert der Ernst der Lage offenbar zu ihm durch. »Meinen Sie, er ist in Gefahr?«

Hektisch kramt er ein uraltes Handy aus der Tasche, wählt und hält es ans Ohr.

»Geht nicht ran.« Besorgt starrt er auf das Steinzeitteil. »Aber er hat eine SMS geschickt: *Raus aus der Detektei. Fiese Typen im Anmarsch.*«

Tja, hätte der CTO mal ab und zu aufs Handy geschaut. Aber sie bleibt professionell: »Irgendeine Ahnung, wo er sein könnte?«

»Kommen Sie mit.« Gambol stemmt sich hoch und schleppt sich – alle Achtung bei seinem Zustand – zur Rückseite der Detektei, wo ein gerahmtes Foto schief an der Wand hängt. Es zeigt eine dreiköpfige Familie am Strand, der etwa zehnjährige Sohn schwitzt unter einem übergroßen Trenchcoat und zielt mit einer Spielzeugpistole auf den Betrachter. Die Nachbarin im Fernsehen hatte also recht, Auster hat schon von klein auf einen Sprung in der Schüssel.

Gambol rückt das Bild gerade. Wie von Geisterhand schwingt die Wand zurück, und Colleen folgt ihm auf einen zugemüllten Wohnungsflur, in dem sich Pizzaschachteln stapeln und Staubmäuse im Windzug umherhuschen.

»Coole Geheimtür«, sagt Colleen anerkennend, als die Wand wieder zurückgleitet. »Aber wozu der Aufwand?«

»Keine Ahnung, irgendwas wegen Ladenwohnung und Gewerbesteuer, glaub ich«, antwortet Gambol abwesend und stößt nacheinander die vom Flur abgehenden Türen auf. »Bryan?« Keine Antwort.

Er schlurft mit hängenden Schultern in die Küche, Colleen hinterher. Hier wimmelt es nur so von Fliegen, die über ungespülten Töpfen kreisen, der Boden ist so klebrig, dass Colleen selbst die minimale Aufsatzfläche ihrer Heels kaum loskriegt. Gambol ist schon wieder mit Tabak und Papers zugange.

»Wir müssen die Polizei verständigen«, sagt er und leckt nervös über die Klebefläche. »Die müssen ihn suchen!«

»Ich *bin* die Polizei, Gambol.« Colleen verdreht die Augen. Der Junge ist hoffnungslos naiv. »Nur leider sehe ich gerade keine guten Chancen, dass sich irgendwer bei uns besonders für deinen kleinen Freund engagieren wird nach eurer tollen Website-Aktion.«

Sie schaltet den Fernseher auf der Anrichte ein, wo ein Bericht über den toten Politiker läuft. Sie verschränkt die Arme vor der Brust. »Zufrieden damit, was ihr angerichtet habt?«

»Kann doch keiner ahnen so was ...« Gambol starrt entgeistert auf den Fernseher. Als die Meldungen über den erwarteten Kurssturz der *Valhalla-Capital*-Aktien unten am Bildrand durchlaufen, zuckt kurz ein Lächeln um seine Mundwinkel, dann verdüstert sich sein Blick wieder, und er versucht noch mal, Auster auf dem Handy zu erreichen. Fehlanzeige.

»Ihr habt nicht zufällig eine Sicherungskopie von dem *Side-Step*-Datensatz gemacht, oder?«, fragt Colleen halbherzig, weil sie selbst immer vergisst, Backups zu machen, und erzählt Gambol vom Fake-Profil der Killer und ihren gescheiterten Datenbeschaffungsversuchen bei *Valhalla Capital*. Schließlich sind sie ja unter sich, was?

»Warum sagen Sie das nicht gleich?« Er ist sofort wieder auf den Beinen. »Wenn der die App auf dem Handy hatte, haben wir seine Nummer!«

Colleen tauscht einen Blick mit Gambol und ein blindes Einverständnis verbindet sie, so wie sie es in sieben Jahren Polizeidienst noch nicht mit einem Kollegen erlebt hat. Bingo. Anrufen. Orten. Überführen. Verknacken.

Sie folgt ihm bis zum Ende des Flurs, was bei dem Pfandflaschen-Parcours und den von der Decke hängenden Spinnenweben eine gefühlte Ewigkeit dauert, wo Gambol die Tür zu einem klassischen Elternschlafzimmer aufschließt. Ehebett mit

Nachtschränkchen an jeder Seite, ein großer Eichenschrank mit offenen Türen, die eine Hälfte leer bis auf ein paar Mottenkugeln, in der anderen noch ein paar Herrenhemden. Auf dem Boden summen vier metallic-schwarze Kästen, etwa so groß wie Mikrowellen, verbunden durch einen undurchdringlichen Wust von Kabeln, zwischen denen, igitt, gerade ein Mäuseschwanz verschwindet.

»Ich hab schon geahnt, dass Lance nicht begeistert sein würde von unserem Launch. Deshalb hab ich da vorne nur billige Attrappen hingestellt, besserer Elektroschrott mit ein paar LEDs dran, so wie sich Amateure eben Server vorstellen.«

Er klappt einen Laptop auf, der auf dem Bett herumliegt. Auf dem Deckel klebt ein Logo, ein von einem Pfeil durchbrochener Kreis, das ihr irgendwie verflucht bekannt vorkommt. Nur woher?

»*Ahmed irgendwas* sagten Sie? Ich schau gleich mal nach … Sekunde …«

»Wieso haben meine IT-Leute diese Datenbank eigentlich nicht?«, fragt Colleen, während sich Gambol durch die endlosen Registerkarten der Datenbank klickt.

»Ich nehme an, weil Sie dafür keine 10 000 Euro an die Russen überwiesen haben.«

»Die Russen?«

»Oder Araber, Chinesen, Inuit. Wer auch immer die Datenbank geklaut und zum Verkauf angeboten hat … Shit!« Er dreht den Monitor zu ihr.

AhmedAmore
AhmedXxX
Ahmed_87
Just-ahmed
Ahmed_rules
Incognito_ahmed

Ahmedastral
Ahmed71
...

Verdammte Axt, denkt Colleen. Das sind mindestens zweitausend Ahmeds in der Datenbank. Viel Spaß bei der Eingrenzung.

»Irgendwas anderes, das uns weiterhelfen könnte? Profilbilder? Angeblich gab es da eins mit, äh, Sonnenbrille.«

Gambol schüttelt den Kopf. »Keine Chance. Die sind nicht gespeichert...«

»Und die Nachrichten?«

Wieder ein Kopfschütteln. »Alles verschlüsselt. Die Nachrichten sind nur auf den Geräten der Empfänger und Sender lesbar. Aber wenn ich die letzten Log-in-Orte der Handys auf Berlin einschränke...«

Ein paar Klicks später ist die Liste zwar kürzer, aber immer noch ausreichend entmutigend. Dreihundert Namen oder mehr – sieht nach einer strammen Nacht am Hörer aus. Und das mit dem Telefonieren hat Colleen spätestens während ihres Ferienjobs bei Emnid hassen gelernt. Außerdem läuft ihnen die Zeit davon.

»So viele?«, mault sie. »Geht da noch ein bisschen was?«

Aber Gambol kennt keine Gnade. Während sie sich noch fieberhaft an Callcenter-Standardphrasen zu erinnern versucht und überlegt, wie sich damit Verbrecher überführen lassen – »Hallo! Hier ist Colly, haben Sie eine Minute Zeit für Politik? Wenn heute Bundestagswahl wäre ... « –, hat er schon ein antikes Telefon aus dem Gerümpel gekramt, die erste Nummer eingetippt und hält ihr den tutenden Hörer hin. »Probieren geht über studieren.«

Sie deckt das Mundstück mit der Hand ab. »Wie lang muss ich die hinhalten? 30 Sekunden, richtig?«

41
DEERHUNTER

»Kein Mucks, Freundchen.« Bryan schreckt auf, einen rasenden Durst im Rachen, der Nacken steif und schmerzend. Ohne einen Tropfen Wasser zu bekommen, hat er die letzten Stunden hier rumgelegen, Arme und Beine mit Gaffa-Tape gefesselt, die Fresse im Dreck. Nicht mal eine Henkersmahlzeit ist drin gewesen. Stattdessen musste er schwachsinnigen Lagerfeuer-Gesängen lauschen und das Spanferkel riechen, das sie über den Flammen geröstet haben. Was für eine Tortur. Waterboarding ist nichts dagegen.

Die ganze Zeit hat er noch gehofft, sie halten ihn vielleicht nur für einen einfachen Detektiv, der mal ein bisschen Nahkampftraining braucht, und er kommt mit einer Tracht Prügel davon. Aber jetzt, da Vince' vernarbtes Gesicht über ihm im Mondlicht schimmert, ist endgültig klar, dass sich die schlimmsten Befürchtungen bestätigen. Wenigstens den Hunter hat er noch in der Kameratasche. In seinem Hawaiihemd hielten sie ihn wohl für dermaßen ungefährlich, dass sie sich nicht die Mühe gemacht haben, ihn anständig zu filzen.

»Du tust genau, was ich sage.«

Etwas Rundes bohrt sich in seine Seite, direkt über der Niere, und das Klebeband an seinen Füßen wird durchgeschnitten. Mit einem heißen Prickeln schießt Blut in seine Zehen. Bryan versucht aufzustehen, so gut das mit gefesselten Händen geht, aber seine Beine sind noch im Tiefschlaf, und er kippt vornüber in die brandenburgische Heimaterde. Vince zerrt ihn hoch und schubst ihn auf den Vorplatz, wo noch die letzte Asche glimmt. Schnarchen dringt aus den Zelten ringsum, und obwohl es windstill ist, kommt es Bryan so vor, als bewegten sich die geschlitzten Eingänge. In einem meint er für einen Moment Caninos bleiches Grinsen aufblitzen zu sehen.

Vince treibt ihn quer durchs Unterholz, Steine und Stöcke stechen durch seine ausgelatschten Turnschuhe, die Hemdsärmel werden von Dornenbüschen zerrissen, Äste tauchen wie Hände aus der Dunkelheit auf und schlagen ihm ins Gesicht. Bryan leckt sich Blut von den aufgesprungenen Lippen.

Das schmeckt überhaupt nicht nach Eisen, wie sie in den Büchern immer schreiben, geht es ihm durch den Kopf. Als Kind musste er kiloweise Äpfel essen, in denen tagelang rostige Nägel gesteckt hatten, gegen sein chronisches Nasenbluten. Widerlich, aber lieber fraß er Äpfel, als seinen Eltern zu beichten, dass nicht sein Eisenmangel schuld war, sondern Georginas Fäuste. Warum muss er ausgerechnet jetzt an diesen Scheiß denken? Schweiß rinnt seine Achseln herunter: Kurz bevor man stirbt, zieht noch mal das ganze Leben vorbei?

Nach zehn Minuten erreichen sie eine kleine Lichtung, wo – damit war ja zu rechnen – Kathleen auf einem Baumstumpf sitzt, einen Baseballschläger quer über den Schoß gelegt, Zahnstocher im Mundwinkel.

»Man sieht sich immer zweimal im Leben, was Auster?« Sie spuckt den Stocher auf den Boden und lässt den Schläger bedächtig in ihre Hand klatschen. »Aber keine Sorge, ein drittes Mal bleibt dir voraussichtlich erspart.«

Bryan will sie gerade darauf aufmerksam machen, dass es genau genommen schon das dritte Mal ist und sie nur blöde Floskeln reproduziert, aber da drückt Vince ihn in die Knie, auf Augenhöhe mit Kathleen, die nach synthetischen Erdbeeren, nach Teenie-Disko und Klassenfahrt riecht. Sie nimmt ihrem Kumpanen die Pistole ab und schiebt den Schalldämpfer in Bryans Ohr. »Wie bist du uns auf die Schliche gekommen, Auster?«

Er überlegt kurz, ob er die Ihr-habt-den-Falschen-ich-weiß-nicht-wovon-ihr-sprecht-Nummer abziehen soll, aber hat das je ein Bösewicht geglaubt und nicht zur sofortigen Exekution geführt? Dann lieber die Wahrheit.

»Nur ein blöder Zufall.« Er zuckt mit den Schultern. »Falsche Zeit, falscher Ort.«

Vince trifft ihn mit dem Baseballschläger zwischen den Schulterblättern und er sackt wimmernd zu Boden. Ein stechender Schmerz zieht seine Wirbelsäule herab, als würde ihm jemand mit einem rostigen Messer den Rücken aufschneiden.

»Für wen arbeitest du, Auster? LKA? BKA?« Kathleen drückt die Waffe tiefer in sein Ohr.

»Nur für mich selbst«, presst Bryan hervor und versucht, sich wieder aufzurichten.

Kathleen stößt ein meckerndes Lachen aus. »Na klar: *Auster, Privatdetektive*, dass ich nicht lache. Wir haben deinem armseligen Büro schon einen Besuch abgestattet. Eure Server könnt ihr vergessen, die sind hin. Und dein blonder Kumpel ebenfalls.«

Verdammt, seine Befürchtungen waren also berechtigt. Deswegen ist Kenny nicht ans Telefon gegangen. Wieso ist er nicht direkt zurück zum Büro, als er den leeren Wohnwagen vorgefunden hat, wieso musste er schon wieder Detektiv spielen? Bryans Lippe zittert, aber er versucht, keine Miene zu verziehen. Betteln hat noch nie jemandem geholfen in so einer Situation, das zeigt nur, dass man auf Gnade angewiesen ist und nichts im Tausch für sein Leben anzubieten hat. Kathleen haucht ihren Erdbeer-Atem in sein Ohr: »Und deine kleine Freundin haben wir uns auch schon geschnappt!«

»Was habt ihr mit Laura gemacht?!« Bryan versucht Kathleen zu packen, aber der Baseballschläger streckt ihn wieder zu

Boden, ein lautes Knacken im rechten Schulterblatt, dann ein dumpfer Schmerz, der in den Arm zieht. Sein Blick verschwimmt, er spuckt torfige Laubblätter aus. Woher wissen die von Laura? Das ist doch unmöglich! Wie können sie die mit ihm in Verbindung bringen? Kleine Freundin, überlegt er, das ist schon reichlich unkonkret, in 95 Prozent der Fälle haben Detektive kleine Freundinnen! Das ist doch genau so eine schwammige Aussage wie in einem Horoskop, und wenn er ausrastet, wissen die Gangster, sie sind auf der richtigen Spur und können was aus ihm rauspressen. Also, ruhig bleiben. Kühlen Kopf bewahren. Nicht zuviel Anteilnahme zeigen. Bryan atmet dreimal ein und aus und probiert wieder hochzukommen.

»Woher weiß ich, dass ihr nicht blufft?«

»Schnauze, Klugscheißer.« Wieder trifft Bryan ein Schlag in den Rücken, und mit dem Schlag setzt sich plötzlich der Gedanke in seinem Kopf fest, dass die beiden ebensolche Amateure sind wie er, die genauso wenig Ahnung haben, was sie hier eigentlich tun: die einsame Lichtung, die leeren Floskeln und Drohungen, die Schläge nach jedem Satz, das ist doch alles wie aus einem Filmskript! Und wenn das so sein sollte, ist er sogar im Vorteil, weil er garantiert besser weiß, wie so eine Exekution zu laufen hat, zumindest wenn man sich am klassischen Kanon orientiert ... Wenn er Glück hat, machen sie den üblichen Gangster-Fehler und erzählen ihm alles, bevor sie ihn umlegen. Und weil er dann als Einziger weiß, was sie im Schilde führen, folgt daraus die dramaturgische Notwendigkeit, dass er in letzter Sekunde entkommt, um diese Informationen gegen sie zu verwenden und die noch ausstehende Katastrophe zu verhindern. Er muss nur mitspielen.

Auf einmal wird er ganz ruhig, obwohl Kathleen mit der Pistolenmündung gerade an seinem Trommelfell herumschabt. Na gut, er zittert vielleicht ein bisschen, aber wer würde das nicht in dieser Situation?

»War nett, dich kennenzulernen, Auster.« Kathleen gibt Vince die Waffe. »Mach du.«

»Wieso ich?« Schockiert blickt der auf das Metall.

»Du hast uns die Sache eingebrockt, also bringst du sie auch zu Ende.«

»Halt, halt, halt – wollt ihr nicht noch irgendwas wissen? Das geht doch alles viel zu schnell!« Bryan wird plötzlich panisch. Kennen die sich denn gar nicht aus? »Ich habe Informationen!«

»Brauchen wir nicht. Mach ihn alle, Vince.«

Zögernd hebt der den Arm, zielt. Er zittert noch heftiger als vor ein paar Tagen in der Wohnung, auf seinem Gesicht ein verzweifelter Gesichtsausdruck, als sollte er selbst erschossen werden. Er macht eine abwimmelnde Bewegung mit der Waffe.

»Na los! Lauf weg!«, brüllt Vince.

Bryan bewegt sich kein Stück. Je schneller er losrennt, desto eher schießt Vince, das kennt man ja aus Filmen. Typen, die es von Angesicht zu Angesicht nicht über's Herz bringen, einen zu erschießen, simulieren die Flucht des Opfers und knallen es dann im letzten Moment, wenn es ganz weit weg ist, doch noch ab, aus Notwehr quasi.

»Mach schon!« Vince sticht ihm den Lauf zwischen die Schulterblätter.

Bryan stolpert wie in Zeitlupe los, im Nacken das kalte Auge der Pistole. Wird ihn irgendwer vermissen? Seinem Vater hat er nicht mehr gebeichtet, dass er innerhalb von Monaten sein Lebenswerk in den Sand gesetzt hat. Und seine Mutter wird sich bloß seine Asche in einer Kaffeedose aufs Fensterbrett stellen, so wie man das in Amerika eben macht, falls seine Gebeine hier im Wald überhaupt jemals gefunden werden. Und was, wenn sie sich wirklich Laura als Nächstes vorknöpfen?

Dann durchbricht das Klingeln eines Telefons die Stille.

»Ja?«, hört er Kathleen sagen. »Hallo? Wer ist da? Woher haben Sie diese Nummer?«

Das ist seine Chance. Bryan hebt seine gefesselten Hände über den Kopf und dreht sich langsam um. Vince hat noch immer die Waffe auf ihn gerichtet und blickt hektisch zwischen ihm und Kathleen hin und her, die ihnen telefonierend den Rücken zukehrt. Das freie Ohr hält sie zu, um das Telefon besser hören zu können.

»Ist das dein Ding, Vince, dass du immer tust, was Kathleen dir sagt?«, sagt Bryan und geht einen Schritt auf ihn zu. »Weißt du überhaupt, warum ihr das alles hier macht? Oder bist du nur ihr Handlanger?«

»Schnauze, Auster. Geh weiter.«

»Ich hab gesehen, was ihr mit den Leuten abzieht.« Noch ein Schritt. »Ich bin euch hinterhergefahren, habe euch beobachtet. Aber ich verstehe immer noch nicht, *warum* ihr es tut.«

»Wer die Ehe nicht achtet, muss bestraft werden, ganz einfach.« Vince spuckt die Wörter voller Verachtung in die Nacht, seine Augen sind kaum mehr in den Höhlen zu sehen. »Auge um Auge, Zahn um Zahn, Mann! Wie bei den Kreuzrittern. Wir führen sie auf den Weg der Tugend zurück.«

Wie bitte? Er hat es hier mit Mittelalter-Fans zu tun? Gehören Rädern, Vierteilen, Streckbank dann auch zu deren Repertoire? Da ist er ja mit einer Kugel noch gut bedient …

»Und das Mädchen?« Bryan versucht, souverän zu klingen. »Warum habt ihr sie erschossen, wenn ihr die Leute eigentlich nur bekehren wollt?«, fragt Bryan. »Eine ganz schöne Sauerei hast du da angerichtet, Vince. Sie hatte ihr ganzes Leben noch vor sich …«

Vince' Gesicht verfinstert sich, seine Lippe zittert. »Das ist alles nur deine Schuld. Wenn du nicht reingekommen wärst …«

Bryan macht eine Pause. Jetzt kommt der heikle Teil. Die einen behaupten, wenn man den ersten Menschen erschossen hat, geht der zweite wie von selbst, die anderen sagen, sie würden alles dafür tun, nicht noch mal abdrücken zu müssen. Fifty-fifty-Chance, dass Vince zu Letzteren gehört.

»Vince, ich weiß, du bist kein Mörder. Hör zu, ich mache dir einen Vorschlag. Du willst mich nicht erschießen, und ich will nicht erschossen werden. Kann ich meiner Mutter nicht antun, den Anblick. Aber irgendwie müssen wir das hier ja regeln.« Bryan deutet mit seinem Kopf auf seine Hüfte. »Siehst du diese Tasche hier? Da drin hab ich mein Insulin. Eine Überdosis ist genauso sicher wie ein Kopfschuss. Und alle werden denken, ich bin im Wald an einer Zuckerkrise gestorben.«

Vince senkt zweifelnd die Pistole.

»Du musst es bloß rausholen.« Bryan zeigt ihm die gefesselten Hände.

»Glaubst du, ich bin blöd? Damit du mir die Pistole abnimmst?« Er wirft Bryan ein Teppichmesser zu. »Hol's selber raus.«

42 EINMAL BRANDENBURG UND ZURÜCK

»Hallo? Sind Sie noch dran?« Verdutzt hält Colleen das Telefon von sich. Ihr rechtes Ohr piept furchtbar, und nur langsam dringt das Tuten der unterbrochenen Leitung zu ihr. Das muss ein halbes Magazin gewesen sein, abgefeuert wie ein hektischer Schluckauf, nicht in regelmäßigen Profi-Intervallen. Irgendein Amateur mit nervösem Abzugfinger, der wahllos herumballert, das passt gar nicht zu den eiskalten Serienkillern. Nicht gut. Gar nicht gut. Aber wenigstens scheint das endlich die richtige Handynummer zu sein, ein Volltreffer sozusagen, jetzt muss sie nicht noch mehr unschuldige Ahmeds aus dem Schlaf klingeln und versuchen, ihnen Telefonverträge, TV-Zeitschriften, Stichsägen aufzuschwatzen, in der Hoffnung, dass sie irgendwie verdächtig reagieren.

»Die sind irgendwo in Brandenburg.« Gambol zeigt auf den Bildschirm, wo ein GPS-Kreuz auf einer Karte blinkt, mitten im Wald, meilenweit von der Zivilisation entfernt, ganz-weit-draußen … Colleen sieht auf die Uhr. Eigentlich müsste sie wenigstens Dorian zur Verstärkung rufen, aber wenn sie den jetzt mitten in der Nacht weckt, denkt er erstens: Booty-Call, und zweitens wird er wieder einen offiziellen Einsatz anmelden wollen, den Hoseley vor seiner Berufung in die Senatskommission niemals genehmigt. Sie schaut rüber zu dem verpeilten Hacker, der sich gerade umständlich die Haare laust – Gambol assistiert ihr bisher vorzüglich.

»Pack deine Sachen«, sagt Colleen. »Wir machen einen Ausflug!«

Drei Stunden und eine verlorene »Kann ich im Auto rauchen?«-Diskussion später (als Colleen irgendwann die Scheibe runterkurbelt, um sich vom Fahrtwind wachhalten zu lassen, gehen ihr die Argumente aus) stranden sie gegen zwei Uhr nachts auf einem morastigen Feldweg, der im Nirgendwo endet. Es ist stockdunkel.

Erleichtert streckt Colleen ihre Beine aus dem Wagen und versinkt – Schlurp! – bis zu den Knöcheln in rotbraunem Matsch. Mehr schlecht als recht hüpft sie auf einem Bein zum Kofferraum, wo Gott sei Dank noch Martins Männertrip-Klamotten liegen: ein Paar Gummistiefel, das sie gegen ihre ruinierten Heels tauscht, und eine mächtige Stabtaschenlampe, mit der man locker jemandem den Arm brechen könnte.

Sie lässt den Lichtkegel über die Umgebung wandern. Um sie herum ist nichts als Ackerfläche, die aussieht, als hätte irgendwer den Übungsplatz aus *Police Academy* darauf nachgebaut: ein paar Reifen und Tarnnetze hier, bisschen Stacheldraht da, Löcher im Boden, wo wohl mal Zeltpflöcke eingeschlagen waren, ein erloschenes Lagerfeuer, rostige Metallbecher im Schlamm. Colleen fröstelt. Das Ganze erinnert sie unangenehm an die harte Zeit auf der Rekrutenschule – oder ist das jetzt eine Einbildung und die gibt es in Deutschland gar nicht? Wie dem auch sei, Colleen stakst mit Gambol im Schlepptau zu einem heruntergekommenen Schuppen, der mit einem Vorhängeschloss gesichert ist. Sie bricht eine morsche Latte aus der Wand und leuchtet durch das Loch ins Innere – bloß Schreinereiabfälle: Latten, Kanthölzer, Parkettzuschnitt und jede Menge Spinnweben. Sie packt ein paar Späne in ein Beweismitteltütchen und auch noch ein bisschen Dreck von ihrem Fuß, um beides mit den Spuren vom Tatort zu vergleichen. Kann zwar sein, dass die SpuSis jetzt anfangen, nach einer 34-jährigen Frau in Gummistiefeln zu suchen, weil sie aus Versehen irgendwelche Partikel von Haut und Schuh abschabt, aber egal. (Übrigens auch eine beliebte Methode von Polizisten, die privat unter die Mörder gehen wollen, hat sie in der Rubrik *Tipps und Tricks* im Gewerkschaftsblatt gelesen: Selbst als Erster wieder am Tatort sein und diesen mit eigenen Spuren verunreinigen, sodass die echten eigenen ebenfalls unter falsch-positiv verbucht werden.)

Sie latschen in den Wald, immer Gambols GPS-Gerät nach, das wie ein Geigerzähler piept, je näher sie den eingegebenen Koordinaten kommen. Im Gebüsch um sie raschelt es, verdorrte Bäume werfen bizarre Schatten auf das Laub am Boden, ab und zu erschrickt Colleen über den schrillen Schrei eines Kauzes (oder was auch immer, Vogel eben). Scheiße, sie kennt dieses Ambiente. An solchen Orten werden menschliche Gebeine von Polizeihunden gefunden.

»Hier müsste es sein«, sagt Gambol, als sich das Piepen in einen langgezogenen Ton verwandelt hat. »Im Radius von 100 Metern.«

Colleen holt ihr Handy heraus und schaltet die Taschenlampen-App an. Sie macht die Tastensperre rein (sicher ist sicher) und gibt es Gambol, denn sein Telefonierknochen hat anscheinend nicht mal eine Displaybeleuchtung. Dann beginnen sie, konzentrisch den Bereich abzulaufen. Ein bisschen was von Schatzsuche hat das Ganze, findet Colleen, und sie muss an Kindergeburtstage, Regenjacken, ihren Vater und so Zeug denken, und plötzlich konzentriert sie sich gar nicht mehr auf den Boden, weil alles ein bisschen verschwimmt und ihr schwindelig wird – war wohl doch etwas viel Passivrauchen im Auto –, bis Gambol ein paar Bäume weiter mit den Armen rudert.

»Ich hab was«, ruft er.

Als sie angejoggt kommt, kniet er im Laub, seine unverletzte Hand wühlt sich durch blutige Blätter.

»Hey, nichts durcheinanderbringen!« Sie schubst ihn zur Seite. Plötzlich ist Colleen wieder völlig klar. Wie verballert ist sie bloß, allein mit diesem komischen Typen mitten in der Nacht aufs Land zu fahren und sich von ihm ihre Spuren zerwühlen zu lassen? Unfassbar. Sie ist eine polizeidienstrechtliche Katastrophe. Eine, vor denen die Seminarleiter immer gewarnt haben: verantwortungslos, leichtsinnig und dicht wie eine Haubitze. Gambol schaut zu ihr auf. Er ist kreidebleich geworden.

Groß sind die Blutflecken zwar nicht gerade, und nur mit einiger Phantasie kann sie die zwei Silhouetten erkennen, die sich in den weichen Waldboden abgedrückt haben. Nicht unbedingt die klassische Abgeknallt-Form mit hochgeworfenen Armen und eingeknickten Beinen, die normalerweise jetzt mit Kreide auf den Gehweg gezeichnet würde, wenn man beides zur Hand hätte, Gehweg und Kreide, das könnten genauso gut Wildschweine gewesen sein, die hier von einem Jäger zur Strecke gebracht wurden.

Sie nimmt Gambol das Smartphone ab und fotografiert den Boden. Auf dem Bild sieht man nichts – keine Kontraste, keine Farben, nur dunkel verschwommener Brei –, und Beweismitteltütchen hat sie auch keine mehr dabei, also steckt sie die blutigen Blätter in eine leere Chipspackung (keine Ahnung, wie die schon wieder in ihre Manteltasche gekommen ist). Auf die Suche nach Patronenhülsen muss sie sich gar nicht erst machen, ohne Metalldetektor dauert das die ganze Nacht. Colleen strengt die Augen an. Himmel, wo ist nur das Team mit Absperrband, Zentimetermaß und Fotometrie, wenn man es einmal braucht?

»Und? Können Sie schon was sagen?«, fragt Gambol, mit vor Angst geweiteten Augen, als erwarte er eine schlimme ärztliche Diagnose.

Colleen ignoriert ihn und fängt jetzt selbst an, mit den Fingern durch das Laub zu harken. Im Grunde hat sie nicht die leiseste Ahnung, was sie hier tut, der Intensivkurs Spurensicherung ist schon ein paar Jährchen her und seitdem hat sie dafür die Typen in den Ganzkörperkondomen, die ihr alle Infos sorgfältig vorkauen. Teamarbeit, denkt sie, sie ist einfach eine richtig gute Teamarbeiterin, aber dann fällt ihr ein, dass sie sich ja nicht mal die Namen ihrer Mitarbeiter merken kann. Und plötzlich fühlt sie sich nur noch hundemüde. Diese Art von hundemüde, bei der man als Kind erst zu quengeln und dann zu heulen beginnt. Sie ist dieser Uniform – Trenchcoat, knopflose Bluse, Gummistiefel – nicht würdig.

Colleen macht das Erbärmlichste, was man als Polizist tun kann: Sie ruft die Kollegen an – 110 – und gibt dem grummeligen Beamten von der Leitstelle einen anonymen Hinweis auf die Schießerei, inklusive der GPS-Koordinaten. Wenigstens werden die Beweise so ordentlich gesichert, und sie kann sich später auf Schleichwegen die Akten besorgen. Solide Arbeit, McCollum, Glückwunsch. Das Polizeihandbuch wäre stolz auf dich.

»Meinen Sie, Bryan ist …«, sagt Gambol heiser und starrt auf seine blutverschmierten Hände. »Was, wenn er …« Seine Stimme bricht ab.

»Reiß dich zusammen, Mann. Das bisschen reicht nicht mal für ein großes Blutbild«, macht sie auf hart, aber es klingt einfach nur hilflos. Sie zerrt ihn vom Boden hoch und am Kragen zurück ins Auto.

»Los, wir fahren zurück nach Berlin.«

Während der Rückfahrt sprechen sie kein Wort. In regelmäßigen Abständen hält Gambol sein Handy ans Ohr und lässt es tuten, dann starrt er wieder stumm aus dem Fenster. Eine kosmische Müdigkeit drückt auf Colleens Lider, und mehr als einmal kommen sie dem Graben (Feldweg) oder Grab (Allee) gefährlich nah, doch Gambol greift immer rechtzeitig ins Lenkrad, und irgendwann lässt sie ihn dann ganz fahren, obwohl er offensichtlich weder einen Führerschein noch die fürs Autofahren nötigen koordinativen Fähigkeiten besitzt. Aber geradeaus bekommt er schon mal besser hin als sie.

Als sie aufwacht, parkt der Wagen in der zweiten Reihe vor dem Ladenlokal der Detektei. Gambol hat sie sanft an der Schulter berührt. Aus einem Reflex heraus tastet sie nach ihrem Mund, um zu prüfen, ob sie gesabbert hat, aber da scheint alles in Ordnung zu sein. Gambol sieht aus wie ein Untoter, aber ihre eigenen Augenringe will sie gerade lieber auch nicht im Spiegel sehen. Sie braucht dringend ein Bett.

In der Wohnung stinkt es noch perfider als vor ihrer Abfahrt. Ein grün leuchtender Teppich hat sich auf dem Küchentisch breitgemacht, darüber kreisen Fliegenschwärme um die Hängelampe. Auster ist offensichtlich nicht zwischendurch mal zum Aufräumen vorbeigekommen, wie Gambol es sich die ganze Fahrt über eingeredet hat. Der arme Kerl lässt sich deprimiert auf einen Stuhl fallen, und auch Colleen ist nur noch zu einem »Kann ich hier vielleicht kurz ein Nickerchen machen?« fähig, aber eigentlich liegt sie da schon auf der Küchencouch, ihren Trenchcoat wie eine Decke über sich gezogen, und dämmert zurück in den traumlosen Schlaf von eben, in den Ohren den atemlosen Singsang der Sonntagmorgen-Schlagzeilen im Fernsehen: »Politikerselbstmord: Konnte er nicht mit dieser Schande leben? / Nach Datenskandal: Kurssturz von *Valhalla-Capital*-Aktien erwartet / Stadt verkündet Stopp von Bauprojekten: Kilbourne lässt rechtliche Optionen prüfen.«

Sie wacht auf, weil etwas über sie hinweghuscht. Instinktiv schlägt sie zu, als wär's eine Mücke – aber das Etwas ist pelzig und quiekt, purzelt von ihrem Körper auf den Küchenboden, wo es sofort unter dem Sofa verschwindet. Irritiert setzt Colleen sich auf. Gambol sitzt grinsend auf der anderen Seite des

Tisches – hat er sie etwa die ganze Zeit beim Schlafen beobachtet? Sein Gesicht ist erleuchtet durch das rote Glimmen eines Joints, sie streckt ihre Hand aus, und dann leuchtet auch ihres.

Ein Rumpeln im Flur, Flaschen klirren und kullern über den Holzboden, dann bekommt Colleen den Schock ihres Lebens. Eine völlig zerfetzte Gestalt hält sich am Türrahmen fest, getrocknetes Blut auf der Stirn. Er starrt sie an, als hätte ihn ein Wolfsrudel im Wald aufgezogen und er sähe zum ersten Mal echte Menschen. Das ist Auster! Und er stinkt, als habe er die Nacht auf der Müllkippe verbracht. Auch Kenny sitzt jetzt kerzengerade und starrt ihn an. Dann springt er auf und umarmt seinen Kumpel.

Auster sträubt sich gegen den Gefühlsausbruch, stammelt wirres Zeug vor sich hin wie andere Leute um vier Uhr morgens in der Kneipe. Dann platzt es aus ihm raus, als würde er die eigenen Worte nicht begreifen:

»Die planen eine Revolution!«

43
RETURN OF THE WHITE RABBIT

Nicht zu fassen. Bryan bleibt paralysiert in der Tür stehen. Sein Kopf dröhnt furchtbar, und der ruinierte Arm hängt schlaff an der Seite herab. Er sehnt sich jetzt nach nichts mehr als einer heißen Milch mit Honig, aber die Küche ist bereits besetzt von Kenny – und einer fremden Frau. Die beiden teilen sich gemütlich einen Dübel und trinken in aller Seelenruhe Kaffee aus seinen *Scotland-Yard*-Lieblingstassen. Er reibt sich die blutunterlaufenen Augen. Wenn die letzte Nacht nicht schon so ein Mindfuck gewesen wäre, er würde spätestens jetzt an seinem Verstand zweifeln. Die beiden albern herum wie Frischverliebte, stecken ihre Köpfe über dem Tisch zusammen, als wäre die Welt in bester Ordnung. Aber nichts ist in Ordnung!

Kennys neue Freundin ist mindestens zehn Jahre älter als er und stinkt auf hundert Meter gegen den Wind nach Cop. Ihr original Columbo-Trenchcoat – einer, wie Bryan ihn immer gesucht hat – ist an der Hüfte komisch ausgebeult, eindeutig ein Pistolenholster, und sie hat etwas Abgekämpftes um die Augen, was sie irgendwie authentisch polizeilich macht.

Je länger er hier unbemerkt steht, desto mehr weicht die Erleichterung, Kenny gesund und munter zu sehen, einer brodelnden Wut, die ihn fast schwindelig macht: Da ist er heute Nacht dem sicheren Tod von der Schippe gesprungen, steht jetzt in den Trümmern seiner Familienexistenz, und der Typ, der für all das verantwortlich ist, bemerkt ihn nicht einmal! Bryan hüstelt.

Ihre Köpfe drehen sich, und sie starren ihn schockiert an, als wäre er hier die große Attraktion und nicht das seltene Zusammentreffen von Kenny mit dem weiblichen Geschlecht.

»Bryan!« Kenny springt auf und umarmt ihn heftig. »Wo bist du gewesen?« Dann weicht er verlegen zurück und deutet auf die Frau. »Das ist Colleen McCollum von der Kriminalpolizei, Morddezernat.«

McCollum lässt Qualm aus ihren Nasenlöchern steigen und hält ihm den Jointstummel hin.

»Freut mich, Bryan Auster«, sagt sie mit rauchbelegter Stimme. »Dann mal raus mit der Sprache. Wo kommst du her, was hast du erlebt?«

Wütend reißt er ihr den Stummel aus der Hand und zieht daran. Kaum noch was drin. Was ist das eigentlich für eine Begrüßung? In der eigenen Wohnung bloß die Reste bekommen? Und sehen die nicht, wie ramponiert er ist? Dass er sich kaum auf den Beinen halten kann und vielleicht erst mal eine Stärkung braucht, bevor er ins Kreuzverhör genommen wird? Oder wie wär's mit einem Krankenwagen für seine Schulter? Ein bisschen Mitgefühl, anyone?

Er verschränkt die Arme vor der Brust, was höllisch wehtut, aber sein muss. »Nennen Sie mir einen Grund, warum ich Ihnen vertrauen sollte.«

»Weil ich Polizistin bin«, antwortet McCollum wie aus der Pistole geschossen und grinst schelmisch.

Das nennt man wohl schlagfertig, denkt Bryan noch, bevor ihm schwarz vor Augen wird und er wie von einem Kinnhaken getroffen auf dem Küchenfußboden zusammenklappt. Joint auf leeren Magen, das war noch nie was für ihn.

Während Kenny ihn hochzieht, mit Geburtstagskuchenresten aufpäppelt und diese McCollum sogar Platz auf der Küchenbank macht, überlegt er, was das wieder für ein debiler Reflex war: alles für sich behalten zu wollen, aus dem angeborenen

Misstrauen seines Berufsstands gegenüber Behörden (korrupt, bestechlich, karrieregeil). Aber wenn er ehrlich ist, kann er froh sein, dass diese Frau hier aufgetaucht ist, auch wenn sie sich furchtbar aufspielt. Vielleicht wird sie ihn sogar als Kronzeuge in einem Zeugenschutzprogramm unterbringen, ein neues Leben mit neuem Namen in Florida. Oder wenigstens in der Uckermark.

Aber ihre Spielregeln lässt er sich trotzdem nicht aufzwingen – sie braucht schließlich ihn, nicht umgekehrt.

»Zur gegenseitigen Vertrauensbildung sollten vielleicht Sie anfangen«, sagt er gefasst.

McCollum zögert, aber dann hat ihre Mimik so einen Ach-was-solls-Moment, und sie packt aus über die Masche der Stripperin Audrey Estrelle und ihres Lovers Harry Jones, mit der sie *SideStep*-Kunden erpresst haben, dabei aber irgendwann an die Falschen gerieten. Bei der Schilderung des Leichenfunds muss Bryan schlucken und bekommt nur noch dumpf mit, wie McCollum berichtet, dass sie zuerst Harry Jones für den Mörder hielt, von seiner Rachetour und Festnahme erzählt und wie sie schließlich auf das Video mit den Overall-Killern gestoßen ist. Und der Sackgasse, in der sie jetzt seit mehr als einer Woche steckt.

»Das ist alles, was ich weiß. Jetzt bist du dran.«

Kenny schiebt den Aschenbecher zu ihm rüber und zündet Bryan einen Beruhigungs-Joint an. Scheiße, das klingt alles noch viel vertrackter, als er gedacht hat. So richtig vertraut er dieser McCollum immer noch nicht, aber ein paar Knochen muss er ihr wohl hinwerfen, damit sie ihm hilft und ihn vielleicht sogar rettet.

»Kann ich das aufnehmen?« McCollum legt ihr Handy auf den Tisch.

Bryan schüttelt ungläubig den Kopf. »Natürlich können Sie das nicht aufnehmen. Das ist schließlich kein Verhör.«

»Vielleicht ist es besser, Sie schalten ihr Smartphone für den Moment komplett aus«, pflichtet Kenny bei.

McCollum zuckt mit den Schultern, sie hält sie beide eindeutig für paranoid, schaltet es aber trotzdem ab. Stattdessen holt sie Zettel und Stift hervor.

»Ich meine: wirklich aus«, sagt Kenny und drückt den Akku aus dem Gerät.

Zwischen den Zügen erzählt Bryan, wie er bei einer Observation zufällig auf Kathleen und Vince gestoßen ist, sie verfolgt hat, wie er Zeuge des Mordes an Audrey wurde (die halbe Wahrheit muss reichen), von dem Versteck auf dem Campingplatz und dem paramilitärischen Trainingslager, als das sich *It's a Man's World* entpuppt hat …

»*It's a Man's World*? Bist du dir sicher?« McCollums Gesicht ist irgendwie blass geworden. »Das kann nicht sein.« Sie schaut auf den überquellenden Aschenbecher. »Und woher weiß ich überhaupt, dass das alles nicht bloß ein tiefgrünes Hirngespinst ist?«

»Keine Ahnung.« Bryan bläst ihr Rauch ins Gesicht, diese undankbare Tussi erfährt kein Wort mehr von ihm, Zeugenschutz hin oder her. »Aber so, wie es aussieht, kommen Sie ohne mich keinen Schritt weiter.«

Er richtet sich auf und versucht, wie ein Eisklotz zu gucken. Klappt drei Sekunden super, doch dann zerfällt plötzlich seine Fassade, und alles sprudelt aus ihm heraus, endlich kann er jemandem erzählen, in was für einen Dreck er sich da manövriert hat und dass Vince und Kathleen Fremdgeher bestrafen, was gleichzeitig eine Rekrutierungsmasche für den *Deutschen Kulturverein Vincentina e. V.* ist, die dann die Opfer in ihren Kursen brainwashen, und –

»Meinst du das hier mit Strafe?« Bryan muss fast kotzen, als Kenny ihm seine blutverkrustete Hand unter die Nase hält, einen Fingerstumpf mit Kabelbinder abgeklemmt. Wieso schreit dieser Freak nicht vor Schmerz? Ist der so betäubt von McCollums Pheromonen, oder was? Bryan starrt auf einen unförmigen Fleck an der Wand. Er will dieses scheiß Verhör einfach nur noch hinter sich bringen, will all diese Bilder vergessen. Und dann 1000 Jahre schlafen.

»Und dir ist nie in den Sinn gekommen, die Polizei zu rufen?«, fragt McCollum. Wieder mal null Empathie.

»Die haben mir mein Handy abgenommen! Bei *It's a Man's World* darf man keine Handys haben, weil ...«

»... man sich voll auf die Kameradschaft vor Ort konzentrieren soll«, vollendet McCollum mit abwesendem Blick seinen Satz. Woher hat sie das nun wieder? Weiß sie etwa doch mehr, als sie zugibt? Stotternd erzählt Bryan weiter, wie er Vince und Kathleen erschossen hat, auf der Flucht durch den Wald geirrt ist, bis er an ein Gleisbett kam, dem er zum nächsten Kleinstadtbahnhof folgte, wo er mit ein paar Muttis auf Sonntagseinkauf in den Regio stieg und erst wieder aufwachte, als ihn die Deutsche-Bahn-Security am Alexanderplatz an Händen und Füßen auf den Bahnsteig warf.

»Soso, du hast sie also erschossen«, sagt McCollum, als Bryan fertig ist und sich erschöpft zurücklehnt. »Womit denn, wenn ich fragen darf?«

Er greift sich an die Hüfte, aber dann fällt ihm ein, dass er die Waffe bei seiner Flucht in hohem Bogen in einen Tümpel geworfen hat und dort nur noch die leere Kameratasche baumelt.

»Kenny hat mir die Knarre im Darkweb besorgt!«, ruft er. »Das stimmt doch Kenny!?« Aber Kenny, dieser Judas, hebt nur unschuldig die Arme wie ein Fußballspieler nach einem üblen Foul.

»Du weißt, ich muss dich festnehmen, wenn das stimmt?« Jetzt klingt die Frau richtig streng. Versteht sie nicht, dass er hier das Opfer ist und nicht der Täter?

Er streckt ihr die Hände entgegen, wie zum Handschellen-Anlegen. »Es war Notwehr! Entweder ich oder die! Mein Gewissen ist rein!«

»Nun mal ganz langsam«, sagt McCollum in einem Tonfall, den Bryan bei seiner Mutter schon immer rasend gemacht hat. »Abgesehen von ein bisschen Blut haben wir sowieso nichts gefunden. Das war maximal ein Streifschuss.«

Was soll denn das wieder heißen? Nur ein bisschen Blut? Das war das reinste Massaker! Er hat Vince und Kathleen verdammt noch mal durchsiebt, zu Hackfleisch gemacht, ins Jenseits befördert!

Plötzlich wird ihm eiskalt. Wenn die beiden doch irgendwie noch leben sollten ...

»Canino und die anderen müssen sie abtransportiert haben. Um Spuren zu verwischen!«, sagt er und versucht hochzukommen. »Die haben gedroht, Laura etwas anzutun. Wir müssen sie finden!«

»Hast du mal versucht, sie anzurufen?« McCollum verdreht die Augen.

»Noch nicht, aber ...«

»Die geht bei ihm eh nicht ans Telefon«, sagt Kenny. »Er hat sie noch ein halbes Jahr gestalkt, nachdem sie Schluss gemacht hat.«

Was für ein mieser Verräter. Bryan ballt seine Faust.

»Ist sie denn länger als vierundzwanzig Stunden vermisst?«

»Was soll denn das heißen, nein, was weiß ich, keine Ahnung!«

»Dann können wir leider nichts tun, tut mir leid.«

McCollum drückt die Kappe auf ihren Stift. Die Frau ist ein Roboter. Ein gefühlloser Polizei-Roboter.

»Aber bis dahin ist sie vielleicht schon ...«

»Es gibt fast immer eine ganz einfache Erklärung. Die meisten Vermissten brauchen nur eine Auszeit, übernachten bei

Freunden und tauchen dann irgendwann wieder auf.« Bryan wird das Gefühl nicht los, dass sie gerade über sich selbst spricht.

»Solange es keine Anhaltspunkte für eine Straftat gibt, kann ich nichts Offizielles einleiten …« McCollum lässt ihren Zettel in der Jackentasche verschwinden.

»Aber ich habe das hier!« Bryan kramt die zerknüllte Visitenkarte vom *Deutschen Kulturverein Vincentina e.V.* aus der Tasche.

McCollum nimmt die Karte aus seiner Hand und steckt sie ein. »Dann erst mal vielen Dank für die Mitarbeit.« Sie steht auf und knöpft ihren Trenchcoat zu. »Ich schicke euch noch den Phantomzeichner vorbei, wegen Bildern von Kathleen und Vince. Wir müssen sowieso abwarten, bis die Forensik alles ausgewertet hat. Solange werde ich diesem Canino mal auf den Zahn fühlen. Ich melde mich.«

Sie klopft mit den Knöcheln auf den Küchentisch. »Und immer schön die Hände über der Bettdecke halten, Jungs.«

Bryan traut seinen Ohren nicht. »Sie können uns doch nicht einfach so hängen lassen!«, protestiert er. »Ich hab Ihnen vertraut!«

»Ja. Aber wie gesagt: Ich bin Polizistin.« In der Tür dreht sie sich noch mal um. »Und keine Ermittlungen mehr auf eigene Faust, klar? Du setzt keinen Fuß vor die Tür. Schlaf dich lieber mal ein bisschen aus. Du siehst furchtbar aus.«

Dann ist sie weg, und Bryan starrt ins Leere. Die Polizei, dein Freund und Helfer, am Arsch. Da liefert er ihr den kompletten Bauplan eines Komplotts, beichtet ihr einen Doppelmord, und die Frau macht erst mal Feierabend. Entweder dieser McCollum ist alles egal. Oder sie hat Nerven wie Drahtseile. Und was ist überhaupt mit seinem Zeugenschutz?

»Kenny! Sag du doch auch mal was!«

Aber Kenny starrt nur mit großen Augen auf den Punkt in der Tür, wo eben noch McCollums Knackpo gewesen ist.

DIE WÜRDE DER EHE IST UNANTASTBAR 44

Der *Deutsche Kulturverein Vincentina e.V.* befindet sich hinter einem auffällig unauffälligen Treppenaufgang eines Hinterhauses, wie man ihn aus den Nachrichten kennt (»Ein Stockwerk höher ereignete sich die Tragödie«) – das Vereinslogo, ein auf der Spitze stehendes Dreieck mit einer Frau und einem Mond drin, hängt direkt daneben. Laut einem Pappaufsteller in der ersten Etage soll gleich die »Gesprächsrunde AU – Anonyme Untreue« beginnen. Colleen lungert im Hintergrund rum, trinkt Kaffee aus Plastikbechern und isst einen Krapfen, während ein Dutzend Teilnehmer reintröpfeln und sich schweigend in einen Stuhlkreis in der Mitte setzen.

Was zum Teufel macht sie hier überhaupt? Nur weil ihr ein verpeilter Kifferdetektiv irgendwas von Revolution und Ritualmördern geflüstert hat, wird sie die armen, ehrbaren Bürger, die hier mit zusammengefalteten Schultern sitzen und Löcher in den Boden starren, gleich in die Mangel nehmen müssen. Diese Leute hier wollen doch nur ein bisschen über ihre Gefühle reden – und nur weil Colleen das selbst nicht so gerne tut, ist das noch lange nicht verdächtig. Aber aus irgendeinem Grund hat Austers Gerede sie unruhig gemacht. Zu viele Zufälle für reinen Zufall. Und solange Daniele kein Pärchen mit Schusswunden in irgendeinem Provinzkrankenhaus auftreibt, ist das hier sowieso die einzige Spur, die sie zu Audreys Mördern aka Ahmed irgendwas aka den Overallmördern aka Kathleen und Vince hat.

Zur vollen Stunde tritt der Leiter der ganzen Unternehmung, Dr. Michael Canino, aus seinem Büro. Colleen erkennt ihn sofort. Auf dem Weg hierher hat sie sich ein paar seiner Lebenshilfe-Videos auf YouTube angesehen, in denen er über Ehe, Männlichkeit und Ungläubige schwadroniert und ab und zu vegane Kosmetikprodukte in die Kamera hält. Sie versucht, sich hinter einem Ständer mit Prospekten zu verstecken, wird aber von den Teilnehmern erbarmungslos in den Kreis gewinkt, *show me yours, I'll show you mine*, ganz amerikanisch. Na schön, zerrt sie sich halt einen Klappstuhl ran und drängt sich zwischen eine Frau, deren Gesicht unter kiloweise Modelliermasse kaum mehr sichtbar ist, und einen Dicken, dessen Seiten über den Stuhl hängen.

»Hi, ich bin Jens, und ich bin untreu«, sagt er.

»Hi Jens«, sagen alle im Chor.

Es folgt eine herzzerreißende Geschichte von Versuchung, Leidenschaft und Melanie, die nur sein Geld wollte (dieses Luder, wie unverfroren!), aber sonst ein feines Gerät war, dem er nicht widerstehen konnte (wer kann's ihm verdenken) – trotz der langjährigen Ehe und der Kinder (Tränen). So geht das immer weiter, jeder packt seine Komplexe und Büroflirts aus, und am Ende bedankt man sich (für die Aufmerksamkeit), und alle andern bedanken sich auch (für die Offenheit), nur Colleen bedankt sich für: nichts, ihr Lappen.

Als sie an der Reihe ist, kommt eigentlich laut TV-Logik die Gelegenheit für sie, ganz authentisch mal ein bisschen Hintergrundstory in die Kamera zu quatschen, ohne dass diese unvermittelte Informationsvergabe irgendwie künstlich und strategisch platziert wirkt, aber wenn sie sich diesem billigen Trick kampflos fügen würde, wäre Colleen nicht Colleen und deshalb sagt sie: »Hi, ich bin Colleen, ich bin Kommissarin im Morddezernat, und diese Sitzung ist hiermit beendet.«

»Anonyme Untreue ...«, sagt Colleen, als die letzten Teilnehmer murrend im Treppenhaus verschwunden sind. »Klingt nicht so richtig fetzig, oder? Wie wär's mit ›Bereuende Betrüger‹, ›Heimliche Hintergeher‹ oder ›Verdeckte Fremdvögler‹?«

Canino verzieht keine Miene. »Bitte folgen Sie mir, Frau McCollum.«

An seiner Bürotür tippt er einen vierstelligen Code in einen Ziffernblock, ohne sich besondere Mühe beim Verdecken zu geben: 1-3-1-2.

»Darf es was zu trinken sein?«, fragt er, nachdem er die Tür hinter ihnen geschlossen hat. Colleen bejaht und versucht, sich möglichst viele Details einzuprägen. Den Mondrian-Druck an der Wand. Ein neben den Papierkorb geworfener Zettel. Zwei Mobiltelefone auf dem Schreibtisch sind eins zu viel.

»Cola vielleicht?«

Sie nickt abwesend. Im Regal religiöse Ratgeber und zerfledderte Taschenbücher. *Der Mann und seine Axt. Bau, Handhabung, Pflege / Robert Lang: Der Löwe und die Lilie. Eine apokryphe Geschichte des Abendlandes / Paulo Coelho: Kalendersprüche für das ganze Jahr.* Dazwischen kleine Skulpturen aus Ton. Nippes. Veganes Eiweißpulver.

»Light?« Canino steht vor dem geöffneten Kühlschrank – nur alkoholfreie Getränke, vor allem Eistee, überdurchschnittlich viel Eistee – und blickt fragend an ihren Beinen herunter. Fucking Patriarch, fucking Sexist, denkt Colleen, eigentlich müsste sie ihm dafür direkt in die Eier schießen, aber ganz ruhig, einfach so tun, als hätte sie nichts bemerkt, wie sie das schon unzählige Male getan hat, unzählige Male zu viel, aber ihre Rache wird grausam sein, irgendwann.

Die Cola light sprudelt mehr als normale Cola, die sie sonst (viel zu oft?) trinkt, vielleicht liegt das aber auch an der Dose, aus der Canino das Getränk in einen Plastikbecher gegossen hat (sie hat nicht darauf geachtet, ob er was daruntergemischt hat).

»Was kann ich denn für Sie tun, Frau McCollum?« Canino schlägt die Beine übereinander und lehnt sich entspannt im Ledersessel zurück, die Hände über der muskulösen Brust gefaltet. Sein Gesicht wirkt weniger angespannt als auf den YouTube-Videos, aber mindestens zehn Jahre älter, ja ja, die Segnungen des digitalen Weichzeichner-Effekts.

»Sagen Ihnen die Namen Vince und Kathleen was?«

Er runzelt die Stirn. »Nie gehört. Warum?«

»Die beiden werden des Mordes an einer jungen Frau verdächtigt.« Colleen verschluckt einige Luftbläschen und stößt unauffällig in ihren Mundraum auf. »Wir haben einen Tipp bekommen, die beiden könnten Mitglieder Ihres Vereins sein.«

Canino wiegt nachdenklich den Kopf. »Da klingelt bei mir nichts. Und selbst wenn … warum kommen Sie damit zu mir?«

»Vor ihrem Tod wurde der Frau der Ringfinger abgetrennt. Es sieht ganz so aus, als sei es eine Spiegelstrafe gewesen.«

Canino verzieht angewidert das Gesicht. »Furchtbar. Aber ich verstehe immer noch nicht …«

»In Ihren Videos behaupten Sie, Sie wollen den Ehebruch ausmerzen mit Feuer und Blei.«

»Ach, das ist doch nur die bildhafte Sprache der Bibel.« Canino winkt ab. »Nichts wird so heiß gegessen, wie es gekocht wird. Niemand nimmt die Apokalypse des Johannes wörtlich, oder?«

»Bei Kathleen und Vince wurde eine Visitenkarte Ihres Vereins gefunden. Wie erklären Sie sich das?«

Colleen zieht die Visitenkarte hervor und knallt sie vor Canino auf den Tisch.

»Die kann doch sonst wo herkommen! Sie wollen uns diskreditieren!«, ruft Canino entrüstet, und an seinem Hals pumpen plötzlich riesige Adern, das Gesicht ist von Stressflecken übersät. Schneller als Colleen reagieren kann, ist er aufgesprungen, zerreißt das Beweismittel in winzige Fetzen und wirft es aus dem Fenster. Fassungslos starrt Colleen den Fetzen nach, wie sie vom Wind durch den Innenhof geblasen werden.

»Wir begrüßen es natürlich, wenn Mann und Frau sich wieder auf ihre ehelichen Tugenden und Pflichten besinnen«, fährt Canino fort, jetzt wieder ganz relaxed im Schreibtischstuhl, »aber ich distanziere mich aufs Entschiedenste von solchen Taten! Haben Sie das notiert?«

Verdammt. Direkte Konfrontation schon mal ein derber Fehlschlag. Also nächste Verhörtechnik. Colleen wechselt in einen zuckersüßen Plauderton: »Haben Sie denn eigentlich großen Zuwachs seit den *SideStep*-Enthüllungen? All die reuigen Fremdgänger, die sich reinwaschen wollen?«

»Die Sache ist natürlich gute Werbung für uns«, sagt Canino und rückt sich die Hemdsärmel im Pullover zurecht. Mit seriöser Miene fährt er fort: »Wir müssen die Sorgen der Menschen wieder ernst nehmen. Ehebruch ist ja nur ein Symptom des *anything goes* unserer Gesellschaft. Wenn man sich auf ursprüngliche Tugenden besinnt, lässt sich auch das Gefühl, dass irgendwas nicht stimmt mit dieser Welt, wieder kitten.«

»Aber sollten sich Ihre Schäfchen nicht aus freien Stücken für ein traditionelles Rollenbild entscheiden, und nicht aus Angst, denunziert zu werden?«

»Ach wissen Sie, das Christentum hat immer schon mit Angst gearbeitet, Religionen allgemein basieren doch bloß auf Angst vor dem Tod, Angst vor Sünde, Angst vor dem Priester mit dem Rohrstock. Ich sehe das ganz entspannt. Die Motive sind nicht so entscheidend, Hauptsache, es kommt zum Lebenswandel. Irgendwann glauben die Menschen es schon von selbst, wenn sie lang genug so gelebt haben. Man muss nur einen langen Atem haben.«

Apropos Atem. Da weht ein ziemlich unangenehmes Lüftchen zu Colleen herüber. Riecht, als wäre Mister Sporty auf Diät. Deswegen auch die Cola light. Kombiniert mit dem Eiweißpulver garantiert eine ziemlich obergärige Mischung für den Magen.

»Wir sind keine Ideologen, Frau McCollum.« Canino kommt langsam ins Reden. »Das hat rein pragmatische Gründe. Die Leute fühlen sich wurzellos, man muss ihnen ein Identifikationsangebot machen. Sehen Sie …« Er deutet auf den Raum. »Hier war bis vor kurzem eine Moschee drin.«

»Lassen Sie mich raten: geschlossen wegen Hasspredigern?«

»Nein.« Er schüttelt den Kopf. »Sie sind umgezogen. Weil ihnen der Raum zu klein wurde. In eine ehemalige Kirche, die die Stadt kostenfrei für sie renoviert hat.«

»Und Sie erzählen mir das, weil …«

»Kein Grund. Ich dachte, Sie interessieren sich vielleicht für den architektonischen Hintergrund dieser Räume.«

Colleen räuspert sich. »Lassen Sie es mich noch mal anders formulieren: Gibt es radikale Elemente? Haben Sie einen Überblick, wer kommt und geht? Dass nicht jemand ihre labilen Seelen beeinflusst?«

»Nur, weil wir das siebte Gebot achten, sind wir noch lange keine Extremisten, Frau McCollum!«, protestiert Canino.

Ja ja, das Gelaber hat Colleen schon ungefähr hundert Mal von Extremisten aller Couleur gehört. Die einen berufen sich auf die Bibel, die anderen darauf, dass Fußball eigentlich ein friedlicher Sport ist. Aber was für ein harter Brocken, der Kerl! War der beim Rhetoriktraining für Bösewichte? Sie muss irgendwie anders an Infos kommen. Ihr Blick fällt wieder auf den zerknüllten Zettel neben dem Mülleimer.

»Ich nehme an, Sie haben nichts dagegen, wenn ich mich bei Ihnen mal umsehe?«

Canino springt auf: »Dies hier sind heilige Räume!«

Ablenkungsmanöver geglückt. Colleen streckt ihr Bein unter dem Tisch aus, spießt den Zettel mit ihrem Absatz auf und zieht ihn langsam über den Teppich zu sich. Sie trinkt noch einen Schluck Cola und platziert den Becher gefährlich nah an der Kante des Tisches.

»Oh nein, wie ungeschickt«, ruft sie und stößt im gleichen Moment den Becher vom Tisch. Beim Aufheben lässt sie den Zettel in ihrer Tasche verschwinden.

Canino schnappt sich entnervt eine Küchenrolle und wischt die Cola weg. Schön klebrig wird das nachher. Aber immerhin: selbst ist der Mann, auch putzen kann er.

»Kann ich noch irgendetwas für Sie tun, Frau McCollum?«

»Tatsächlich, Herr Canino«, sagt sie zart wie ein Lämmchen. »Sie könnten mir verraten, wie der Kulturverein mit Ihrer Aktivität bei der Firma *It's a Man's World* zusammenhängt.«

Canino macht einen verdutzten Gesichtsausdruck, dann lacht er laut los: »Ach daher weht der Wind! Sie glauben doch nicht ernsthaft, dass das ernst gemeint ist? Das ist doch bloß eine Show für die Teilnehmer, das ganze Geschwätz von wegen Lilie und der Löwe, damit sie richtig in Stimmung für unser Bootcamp kommen. Alles, was ich über ›die Lilie‹ erzählt habe, habe ich hier her.« Er zieht ein zerfleddertes Taschenbuch aus dem Regal. »Ein historisches Machwerk aus den Achtzigern, das ich für drei Euro im Antiquariat besorgt hab.«

»Und damit haben Sie Kathleen und Vince auf die Idee gebracht, Ehebrechern doch die Finger abzuhacken, nach dem Vorbild der mittelalterlichen Spiegelstrafe?«

Canino blättert kopfschüttelnd im Buch. »Hier steht es tatsächlich. Spiegelstrafe.« Er schaut verwirrt. »Aber diese Stelle habe ich doch nie zitiert. Ich hab ja selbst nur die Einleitung gelesen ...« Seine Stirn kräuselt sich. »Vielleicht waren die beiden mal bei einem unserer Bootcamps im Wald, auch wenn ich mich nicht an sie erinnere ... und haben wohl das ganze Spiel ein bisschen zu ernst genommen.« Dann hellt sich sein Gesicht auf. »Aber das ist natürlich das größte Kompliment für meine Arbeit.«

»Kann ich mir das mal ausleihen? Danke.« Colleen schnappt sich das Buch und lässt es in ihrer Jackentasche verschwinden. Jetzt sind sie quitt, was Beweismittel angeht. »Wo waren Sie eigentlich vergangenes Wochenende, Herr Canino?«

»Sagen Sie mir, was Sie mir vorwerfen, und ich sagen Ihnen mein Alibi.«

Touché. Ich-verdächtige-Sie-einen-gewaltsamen-Umsturz-der-Republik-vorzubereiten-aber-Beweise-habe-ich-dafür-leider-keine-und-alle-Infos-sind-von-einem-Typen-mit-5-mg-THC-im-Blut kommt wahrscheinlich nicht so gut.

Canino grinst. »Nur ein Scherz. Ich kooperiere selbstverständlich vollumfänglich mit der Polizei, unserem Freund und Helfer. Ich habe einen Workshop in Brandenburg gehalten.«

»Und dort haben Sie Kathleen und Vince gebeten, Bryan Auster zu entsorgen?«

»Wer um alles in der Welt ist Bryan Auster? Ich habe nicht die geringste Ahnung, wovon Sie sprechen, Frau McCollum.« Canino setzt eine glaubhaft entrüstete Miene auf. Entweder er ist bloß ein esoterischer, aber unschuldiger Spinner oder ein verdammt guter Schauspieler.

»Bryan Auster ist ein Detektiv, der am Wochenende an Ihrem Kurs teilgenommen hat.«

Canino kramt in einer Schreibtischschublade. »Wir können gern auf meiner Liste nachschauen. Hier, sehen Sie, kein Bryan Auster, wir waren 19 Teilnehmer. Einer hat kurzfristig abgesagt, Martin McCollum-Beck.« Er macht eine kurze Pause und lächelt süffisant. »Oh, was für ein Zufall – heißen Sie nicht auch so? Auf Wiedersehen, Frau McCollum.« Canino streckt ihr seine Hand hin. Aus einem Muttermal auf dem Handrücken sprießen schwarze Haare. Colleen drückt so fest zu, wie sie kann, aber seine Hand ist schlaff wie ein Gummihandschuh. Genauso fühlt sich bestimmt auch sein Schwanz an, denkt sie, und deswegen will er sich an allen Menschen rächen.

Sie stehen schon an der Tür, als Canino sagt: »Ich habe Sie überprüft, Frau McCollum. Sie sind auch bei *SideStep* angemeldet. Haben Sie eigentlich keine Angst, dass Ihnen auch etwas zustoßen könnte? Auf Wiedersehen.«

Colleen taumelt verwirrt die Treppe hinunter. Wie konnte Canino vorher wissen, dass sie hier auftauchen würde? Und wie kommt er an ihre Fake-E-Mail-Adresse, die sie zudem vorgestern gelöscht hat? Notiert hat sie die nirgendwo. Hat sie sich mal von der Dienststelle bei *SideStep* eingeloggt und wurde von einem Kollegen dabei gesehen? Möglich wäre es. Wer bereit ist, auf das Grundgesetz zu schwören, dem ist auch ein Schwur auf alles andere zuzutrauen, dubiose Taschenbücher inklusive. Aber besonders wahrscheinlich ist das nicht.

Plötzlich drängt sich ihr ein furchtbarer Verdacht auf: Martin.

45
AUFSTAND DER ALTEN

Kaltes Wasser ins Gesicht und in den Spiegel starren. In Filmen hilft das doch auch immer. Aber keine Chance. Dieselbe Visage, die ihm schon seit 25 Jahren Rätsel aufgibt, blickt ausdruckslos zurück: keine neuen Erkenntnisse. Er muss einfach cool bleiben. Wofür braucht er schon diese McCollum? Soll die halt weiter Dienst nach Vorschrift machen, er wird mit Mahlow eine schlagkräftige Truppe zusammenstellen und Laura auf eigene Faust finden.

Bryan löst seinen Gürtel und wirft die Kameratasche in die Ecke. Warum hat er nur die Knarre in den Tümpel geworfen? Fingerabdrücke mit dem Taschentuch abwischen hätte es doch auch getan, schließlich war die Knarre ja nicht registriert. Er starrt seine rechte Hand an, als wäre sie ein Fremdkörper, der letzte Nacht völlig selbstständig abgedrückt hat, und denkt mit Schaudern an Vince und Kathleens erschrockene Gesichter im Mündungsfeuer, ihre zappelnden Unterschenkel im Schein der runtergefallenen Taschenlampe, den beißenden Geruch des Schießpulvers, ihr schmerzverzerrtes Stöhnen und wie er plötzlich hoffte, sie nicht richtig erwischt zu haben. Aber dann kamen die Rufe aus Richtung des Lagers, und Lichtkegel zuckten durch den Wald, und er war losgerannt.

Mühevoll zieht er sich die zerfetzte Kleidung vom geschundenen Körper, seine Schulter schmerzt wie irre, scheint aber nicht zertrümmert zu sein. Im Spiegel betrachtet er die blauen

Flecken, die der Baseballschläger auf seinem Rücken hinterlassen hat, unzählige fette, dunkelrote Blutergüsse, als hätte ihn jemand aus nächster Nähe mit Paintball-Kugeln beschossen. Dann steigt er unter die Dusche. Das Shampoo brennt in den Schürfwunden und Kratzern, bei jeder Bewegung schmerzen seine Glieder, als habe er Fieber. Ohne das heiße Wasser abzustellen, zieht er den Duschvorhang beiseite und öffnet den Medizinschrank. Zahnpasta, Hautcremes, Nasensprays, Parfümpröbchen und angebrochene Antibiotika-Packungen fliegen ihm entgegen, aber keine Schmerzmittel. Dabei muss sein Vater haufenweise Pillen gegen die Rückenschmerzen eingeworfen haben. Merkwürdig. Dann muss es halt die Flasche Wodka tun, die wohl einer der Haudegen auf dem Waschbeckenrand vergessen hat.

Nach dem Duschen lugt er durch ein Loch in der Wand in die Detektei – er hat es mal als Kind gebohrt, um seinen Vater bei der Arbeit zu beobachten –, und als er sicher ist, dass die Luft rein ist, macht er sich in den Trümmern auf die Suche nach dem alten Telefonbuch mit den Nummern der Haudegen.

Er findet das Bürohandy in einem Schutthaufen, das Display hat einen Riss, aber der Touchscreen funktioniert noch. Bryan tippt Lauras Nummer ein. Erstaunlich. Er kann sie immer noch auswendig, so oft hat er sie angerufen. Aber Fehlanzeige. Nachdem das Freizeichen zehnmal ertönt ist, springt die Mailbox an. Gleich noch mal. Komm, Mädel, geh ran!, aber wieder nichts.

Nur die Ruhe, Alter. Bestimmt hat diese McCollum Recht, und es gibt für alles eine ganz einfache Erklärung. Laura geht halt bloß nicht ran, weil *er* anruft. Vielleicht hat er es im Liebeskummer damals ein bisschen übertrieben. Aber Stalking? Das fand er ein bisschen krass von Kenny. Dann hätte sie ihn wohl kaum vor ein paar Tagen besucht. Das hat er doch nicht geträumt!

Nachdem er das Telefonbuch endlich gefunden hat, telefoniert er die Haudegen durch, aber auch von denen geht keiner ran, dabei hat er ihnen eingebläut, dass sie jederzeit erreichbar sein müssen, sie arbeiten schließlich für ein Start-up. Während er weiter abwechselnd Laura und die Alten anruft, wirft er den Stapel Briefe von *Raymond & Mason Solicitors* und einen Haufen schwarz verklebter Ausdrucke, die meisten davon Droh-Mails, in den Müll. Die zerstörten Server wuchtet er auf die Straße. Irgendwer wird die Teile schon abholen, schließlich stellt hier jeder seinen Müll auf die Straße und wie von Geisterhand verschwindet alles über Nacht.

Beim Aufräumen fällt sein Blick auf das Foto an der Geheimtür: sein zehnjähriges Alter Ego mit Trenchcoat und Pistole am Strand. Bisher fand er das immer lustig, aber jetzt wird ihm plötzlich die Tragweite dieses Motivs bewusst. Innerlich verflucht er seine Eltern, dass sie seiner Obsession nicht irgendwann den Riegel vorgeschoben haben.

»Wird der Laden hier frei?« Ein Pärchen in Strickjacken und Doc Martens ist auf dem Gehweg stehen geblieben und starrt in die Detektei. »Das wäre der perfekte Spot für ein schwedisches Frühstückscafé! Dürfen wir vielleicht ein paar Fotos machen?«

Bryan nickt bloß und lässt die Fotoblitze kampflos über sich ergehen. Es hilft ja eh nichts. Wenn er den Nachrichten glauben kann, sind die Kaufpläne von Kilbourne zwar vorerst gestoppt, aber die nächste Briefkastenfirma kommt bestimmt.

Nachdem er es noch einmal erfolglos bei Laura probiert hat, tippt er die Nummer seiner Mutter ein. Er will nur kurz ihre Stimme hören und dass sie sagt, alles wird gut. Nach endlosem Tuten nimmt sie atemlos ab.

»Hallo Schatz, du, grad ist's schlecht.«

Sie kichert, im Hintergrund plärrt irgendeine amerikanische Quizsendung. Dann das tiefe Grunzen eines Mannes.

»Hey, das kitzelt!«, kichert seine Mutter. »Bryan, kannst du vielleicht später noch mal –«

Er legt auf, bevor er zum Mitmachen aufgefordert wird, und tippt Mahlows Nummer ein. Wenn der jetzt nicht rangeht, wird er ihn hochkant feuern. Von draußen hört er einen gedämpften Klingelton. Wird ja auch Zeit, dass der Herr sich endlich mal herbequemt. Und tatsächlich, da sind sie, alle zusammen kommen sie reinmarschiert, Mahlow an der Spitze, wie eine Gewerkschaftsdelegation bei einer Aufsichtsratssitzung. Sie scheinen nicht gerade gut gelaunt zu sein, reihenweise grimmige Gesichter, aber Bryan kann sich auch täuschen, der fiese Blick ist schließlich des Detektivs wichtigstes Handwerkszeug.

»Wo wart ihr?!«, motzt er. »Ich habe tausendmal versucht, euch zu erreichen!«

»Komm mit, Bryan.« Mahlow packt ihn am Kragen und zerrt ihn durch die Geheimtür in die Wohnung. »Wir haben zu reden.«

»Allerdings! Ihr habt 24/7 erreichbar zu sein. Steht in euren Verträgen!«, sagt Bryan, während er durch den Flur geschoben wird und die Haudegen alle Türen aufstoßen und die Zimmer inspizieren. »Ich brauche eure Hilfe. Laura ist verschwunden.«

»Dir helfen?«, lacht Mahlow. »Nach dem, was du getan hast? Jungs und Mädels, habt ihr das gehört?«

Ein heiseres Lachen. Honey McKinsey rüttelt an der Klinke zum Elternschlafzimmer: »Hier muss er drin sein.«

»Lass mich mal.« Juan Malaga drängt sich nach vorn und öffnet die Tür mit einem Dietrich, dann schubsen sie Bryan über die Schwelle.

Kenny sitzt im Schneidersitz mitten im zerwühlten Ehebett seiner Eltern und schaut mit einem was-habt-ihr-jetzt-schon-wieder-für-ein-Problem-Blick vom Laptop auf. Auf dem Boden stehen vier surrende Server, schwarzglänzend wie Mistkäfer, halb bedeckt von einem Wäschehaufen.

»Falls es dir entgangen ist, Bryan, dein kleiner Freund hier hat die Grundlage unseres Geschäfts ins Netz gestellt«, sagt Mahlow. »Jetzt kann jeder nachschauen, ob sein Partner fremdgeht. Und zwar gratis. Nichts mehr mit Detektive engagieren!«

Mahlow schaltet den Fernseher ein und sucht eine Nachrichtensendung, und siehe da: mal wieder ein Politiker, der zu Kreuze kriecht.

»Hier, guck dir das an! Alle gestehen freiwillig!«

»Na und?« Bryan zuckt verwirrt die Schultern, immer noch unsicher. Er hat gerade wirklich andere Sorgen. Die Welt hat sich inzwischen weitergedreht, und die kommen ihm hier mit Schnee von gestern. Verstehen die den Ernst der Lage nicht?

»Wir haben seitdem keinen einzigen Auftrag mehr reinbekommen!«

»Stimmt das?« Bryan dreht sich zu Kenny. »Und seit wann hast du dich überhaupt hier eingenistet?«

Kenny kommt gar nicht dazu zu antworten, weil Spadow dazwischengeht: »Für euch ist das doch nur ein Hobby. Spielt ein bisschen Detektiv und geht dann wieder studieren. Aber wir müssen von dieser Arbeit leben!«

Mahlow greift nach einem Aschenbecher.

»*Detektei Auster – Wir knacken jede Nuss?* Findest du das witzig?« Der Aschenbecher zersplittert an der Wand. »Dein Vater würde sich schämen für so einen Quatsch.«

Wie auf Stichwort fangen jetzt alle an durcheinanderzureden, motzen, brüllen, jeder versucht, die anderen zu übertönen, und mit jedem Satz kommen sie näher, wie so eine Zombiearmee, die auf Bryan zuwankt.

»Wo warst du überhaupt das ganze Wochenende? Wir haben versucht, dich zu erreichen!«

»Machst groß einen auf Boss mit deinen Geldumschlägen, aber dann lässt du uns hängen.«

»Grad wo's anfing, Spaß zu machen.«

»Und wir haben dich wie einen von uns behandelt!«

Schritt für Schritt weicht Bryan zurück, stolpert über die surrenden Server, bis er mit dem Rücken zur Wand steht, Mahlow direkt vor ihm.

»Jetzt hört doch mal auf mit dem Quatsch!«, ruft Bryan verzweifelt. »Laura wurde vielleicht entführt. Wir müssen sie retten!«

»Jetzt hörst du uns mal zu. Wir helfen dir überhaupt nicht mehr. Ihr habt den Kodex unseres Berufsstands verletzt, Bryan!« Mahlows Stirn ist von einer tiefen Falte gespalten. »Geheimnisse für sich zu behalten, das ist das oberste Gesetz unserer Zunft.«

»Ohne Geheimnisse keine Detektive, so einfach ist das«, mischt Spadow sich ein.

»Und was ist mit der Unschuldsvermutung? Ihr habt Tausende Menschen geoutet und vorverurteilt!« Archie Lewer drängt sich nach vorne, fasst Bryan an den Schultern und sieht ihn eindringlich an: »Leute sterben deswegen, Bryan.«

Jetzt ist aber genug. Bryan unterdrückt ein Lachen. Auf einmal kommen sie ihm mit Ethik, als wär's ihr zweiter Vorname. Das ist doch lächerlich! Wer ist denn ständig besoffen im Dienst, wendet standardmäßig rohe Gewalt an und vernascht ohne Gewissensbisse verängstige Klientinnen? Er kennt doch seine Pappenheimer.

Außerdem haben sie doch nur dank ihm ordentlich verdient in den letzten Wochen, ach was, er hat sie von der Straße geholt! Von wegen Ethik, den Geiern geht's bloß um die Kohle. Für ein paar Dollar würden die ihre Mütter verkaufen.

Und überhaupt. Erst die Kommissarin, und jetzt diese Rentner! Langsam hat er genug davon, wie ein kleiner Junge behandelt zu werden. Er ist letzte Nacht fast abgemurkst worden, hat auf Menschen geschossen und ist vielleicht einer ganzen Untergrundbewegung auf der Spur – soll er jetzt etwa losheulen, weil ein paar Opas enttäuscht von ihm sind? Und wieso hat er eigentlich geglaubt, dass diese Typen ihm helfen könnten? Gebrechliche Männer und Frauen in ausgebeulten Anzügen und aus der Mode gekommenen Hüten, mit fehlenden Zähnen und lockeren Gebissen, mit eingefallenen Wangen und vom Alkohol getrübtem Blick. Wie sollten die denn eine Waffe halten, geschweige denn, es mit einer Verschwörung aufnehmen? Fast tut es Bryan weh, sie so zu sehen: so nackt und hilflos, so hoffnungslos altmodisch und nicht für diese Zeit gemacht, halten sie sich verzweifelt an etwas fest, was längst verschwunden ist. Es ist, als lüfte sich ein Schleier von seinen Augen, eine kindliche Verzauberung, die jetzt unwiederbringlich verloren ist. Ab jetzt ist er allein.

Sein Blick wird wässrig, und er wendet den Kopf ab. Dann sagt er mit fester Stimme, ohne es übers Herz zu bringen, ihnen in die Augen zu sehen: »Wisst ihr, ich hab grad echt Wichtigeres zu tun, als mich um eure Probleme zu kümmern. Ihr verschwendet eure Zeit.«

Zwanzig Rentner starren ihn mit offenen Mündern an.

»Mehr hast du uns nicht zu sagen?«, fragt Ivy Krakowski ungläubig.

Bryan schüttelt den Kopf. »Da ist die Tür.«

Er starrt auf seine Zehenspitzen, während die Helden seiner Kindheit den Raum verlassen und dabei noch einmal die markigen Sprüche ablassen, für die sie bekannt sind:

– »To say goodbye is to die a little.«
– »Man sieht sich immer zweimal im Leben.«
– »You talk too damn much and too damn much of it is about you.«
– »You are entering a world of pain.«
– »Ich bin zu alt für diese Scheiße.«

»Komm, Eileen.« Mahlow ist der Letzte. Auf dem Absatz dreht er sich noch mal um. Seine Stimme klingt matt, und zum ersten Mal sieht er wirklich alt aus. »Pass auf dich auf, Junge.«

46
THEO BY NIGHT

»'ne Idee, was das bedeuten könnte?«

Colleen schiebt David den mysteriösen Zettel rüber, den sie bei Canino vom Boden gefischt hat. Bevor er antworten kann, landen zwei rote Servietten vor ihnen, gefolgt von zwei Drinks, serviert inklusive eines verschwörerischen Grinsens des Barkeepers. Nein, das ist kein Date, Theo, und nein, sie braucht keinen Vaterersatz. Aber nett, dass er sich kaum anmerken lässt, dass sie seit mehr als einem Jahr nicht mehr hier gewesen ist – früher hat sie schließlich nach jedem Familienessen auf einen Absacker im *Train* vorbeigeschaut.

Keine Ahnung, wieso, aber sie hält diesen ausgemusterten S-Bahn-Waggon, den Theo, ein alter, glatzköpfiger Grieche, zu einer Bar umgebaut hat, nachdem ihm die Mieten in New York zu teuer geworden waren, noch immer für einen der besten Orte der Stadt. Vielleicht liegt's an den knüppelharten Cocktails, die einen in eine Trance aus Zahnschmerz und Zuckerschock versetzen, vielleicht auch an irgendwelchen Kindheitserinnerungen an Zugfahrten, aber sie ist nicht so der psychoanalytische Typ.

Colleen nimmt einen Schluck vom Spezialcocktail »Theo by night«, der wirkt wie ein Kopfschuss. Quer über dem Glas liegt ein Spieß mit drei schwarzen Weintrauben im Orangensaftschaum, die sie beim ersten Besuch hier für mit Käse überbackene Oliven gehalten hat – wegen des Schummerlichts, der

Elektrolyte und Theos griechischen Wurzeln –, und seitdem versucht sie ihn von der Genialität dieses Alternativkonzepts zu überzeugen, allerdings wenig erfolgreich.

»Vielleicht der Geburtstag von Thomas Gottschalk?« David scrollt auf seinem Handy durch Wikipedia-Artikel, fischt gedankenverloren die Zitronenscheibe aus seiner Cola und beißt das Fruchtfleisch heraus. Das ist wirklich sein Ernst: Cola. Er hat wohl Angst, dass dieses Work-Date wieder so endet wie bei ihr Zuhause – mit Mord? Trotzdem irgendwie unhöflich, eine Lady alleine trinken zu lassen, oder?

»Komm schon David, Happy Hour, Cocktails nur fünf Euro, ich geb einen aus.«

»Nein danke, bin im Dienst«, murmelt er über sein Handy gebeugt.

Colleen zieht lautstark an ihrem Strohhalm. Der Pegel im Glas sinkt schneller als gedacht, während ihr eigener augenblicklich steigt, dann ist sie plötzlich schon beim Bodensatz und winkt Theo mit dem leeren Glas: noch einen für die Dame!

»Der Jahrestag der Royal Society of London?«, sagt David und scrollt weiter auf dem Display herum.

Die Tür geht auf und ein paar Gäste kommen herein. Die goldene Rettungsfolie, mit der der Wagen von innen verkleidet ist, flattert im Luftzug, und Colleen versucht sich zu erinnern, ob die im Hochsommer eigentlich auf die silberne Seite umgedreht wird, damit es schön kühl wird.

»Oder das Jubiläum der Jungfernfahrt der Titanic?«

»Vergisses«, Colleen schüttelt verärgert den Kopf. »Das muss was anderes bedeuten.«

»Wenn Sie mir nicht sagen, woher Sie den Zettel haben, weiß ich auch nicht, wonach ich suchen soll!«, heult er rum und wirft ein paar Münzen auf den Tisch. »Sie halten mich systematisch aus den Ermittlungen raus! Und diese unterirdischen Arbeitszeiten! Ich beschwere mich beim Chef!« Dann rauscht er ab.

Colleen stöhnt. Auch das noch. Da will man ein Mal was für den Teamspirit tun und dann so was. Dabei läuft es gerade schon beschissen genug. Die schlecht kopierten Phantombilder von Kathleen und Vince hängen zwar mittlerweile auf jeder Bahnhofstoilette, aber die Großfahndung nimmt keine Fahrt auf, weil alle Kollegen damit beschäftigt sind, die Eifersuchts- und Selbstmorde in den Griff zu kriegen, die wegen des *SideStep*-Leaks das Land in Unruhe versetzen. Immerhin haben die Forensiker widerwillig bestätigt, dass die Bodenzusammensetzung des Trainingsplatzes in Brandenburg exakt mit den Fußspuren am Tatort übereinstimmt, und auch die Holzspäne sind identisch bei Sägeblatt – Baumarkt – Trainingsplatz. Keine Beweise, aber handfeste Indizien.

David hat sein Bestes gegeben und alle Krankenhäuser nach Schusswunden abtelefoniert, aber Fehlanzeige, genauso wie bei dem bärtigen Typ von der Säge im Baumarkt, der seit Tagen nicht mehr zur Arbeit gekommen ist und auch nicht in seiner Wohnung aufzufinden ist.

Nachdem Canino sie rausgeschmissen hat, hat sie noch den ganzen Nachmittag im Innenhof rumgelungert und die Leute angequatscht, die im Eingang von *Vincentina* verschwanden. Wobei, angequatscht ist zu viel gesagt, sie hat nonchalant ihre Hände gepackt und die Ringfinger inspiziert. Drei Treffer waren dabei, deren Überprüfung aber nur ziemliche Normalos ohne Eintrag im Vorstrafenregister zu Tage gefördert hat, und immer wieder das gleiche verräterische Mantra: mein Ringfinger? – Rasenmäher, Fleischwolf, Arbeitsunfall.

Colleen greift in die leere Erdnussschale – die hat sie wohl, ohne es zu merken, leer geknabbert, deswegen dieser furchtbare Durst – und winkt Theo schon wieder mit ihrem Glas, obwohl, mittlerweile ist es eher ein Schleudern als ein Winken. Dann holt sie *Der Löwe und die Lilie* hervor, das sie Canino abgeluchst hat.

Sie blättert ein bisschen durch das zerfledderte Buch und fängt schließlich widerwillig an zu lesen: *Kapitel 1. Auf den Spuren von Löwenherz. Was wir heute von den Kreuzrittern lernen können.*

»Hier, Theo, hör dir das an«, sagt sie, als er ihren Drink und neue Nüsschen serviert. »›Die Kreuzzüge prägen bis heute das Erbe unseres christlich-abendländischen Europas wie keine andere Volksbewegung der Neuzeit … Wenn der Orient heute gegen den Okzident in den Krieg zieht, müssen wir uns dieser Tugenden besinnen und wieder zu Kreuzrittern werden‹.«

Theo trottet desinteressiert zurück zur Theke und widmet sich grummelnd dem Abtrocknen von Gläsern.

»Theo! ›Der Mann ist nur ein freier Mann, wenn er wie ein Löwe seine Familie gegen die Feinde verteidigt‹!«, ruft Colleen ihm hinterher. »›Und freie Frauen, die ihr eigenes Schicksal in die Hand nehmen, sind wie die Burglilie, die die Feinde von den deutschen Trutzburgen fernhält‹!«

Scheiße, dieser Schund passt wirklich Arsch auf Eimer dazu, dass Vince und Kathleen sich das Fake-Profil *Ahmed_87* gemacht haben, um Leute zu bestrafen die mit Nicht-Biodeutschen fremdgehen wollen … Sie blättert weiter, landet bei Kapitel 5: *Wenn der Abend kommt. Wie Europa sich jetzt neu erfinden muss.*

Laut liest sie vor, ein paar Gäste blicken sich schon stirnrunzelnd nach ihr um, aber das spornt sie noch mehr an. »… ›Wir haben die Kreuzzüge gewonnen, weil wir technologisch überlegen waren. Heute aber werden unsere Technologien gegen uns gewendet: Mit Autos, den Meisterwerken unserer Ingenieurskunst, verüben sie Attentate und unterminieren das Vertrauen in deutsche Wertarbeit. Mit Flugzeugen, den Symbolen unserer Freiheit und Pauschal-Urlaubsreisen, fliegen sie in unsere Hochhäuser … Damit muss Schluss sein. Wo immer aber eine Technologie zu unserem Vorteil ist, müssen wir sie nutzen, koste es, was es wolle‹.«

»Schnauze da hinten.« Ein Typ mit Hut wirft eine Erdnuss nach ihr, die Colleen geschickt mit ihrem Ausschnitt auffängt. »Wenn ich so was hören will, lese ich die Kommentarspalte von *Spiegel Online!*«

Colleen blättert weiter und sucht ein erbaulicheres Kapitel, aha, *Wofür sie doch noch gut sind. Internationale Kooperation.*

»›Wir sind für starke Nationen in starken Grenzen. Deshalb unterstützen wir nationale Bewegungen in ihren Heimatländern. Denn nicht nur das Abendland ist in Gefahr, wenn Horden von Muselmanen über's Meer kommen, sondern auch das Morgenland selbst, wenn ihre besten jungen Männer abhauen, um ihr gewalttätiges Weltbild bei uns zu verbreiten und damit nicht mehr zum Wiederaufbau der eigenen patriarchalisch-mittelalterlichen Gesellschaftsordnung zur Verfügung stehen‹.«

»Jetzt ist aber gut mit dem Quatsch!« Theo nimmt ihr das Buch weg und wirft es zu den Orangenschalen in den Müll. »Was ist eigentlich los mit dir? Kommst hier nach einem Jahr wieder rein, behandelst deinen Assistenten wie Dreck und zitierst diesen Schund. Ich erkenne dich überhaupt nicht wieder! Du siehst schlecht aus, Colleen, schlaf dich mal wieder aus.«

Ja, was ist eigentlich los mit ihr? Colleen stützt ihren Kopf auf die Hände und seufzt. Manchmal kommt ihr die Kriminologie vor wie eine Illustration des zweiten Hauptsatzes der Thermodynamik: Die Energie fließt von warmen Körpern zu kalten, von lebenden zu toten, das Universum dehnt sich immer weiter aus, und Dinge, die eben noch zusammenhingen, driften auseinander, Spuren, die gerade noch heiß waren, erkalten mit der Unerbittlichkeit der thermophysikalischen Gesetze, und mit jeder Minute zerstreuen sich Beweise, Indizien, Hypothesen in der Unendlichkeit, sodass sich irgendwann gar keine Kausalität mehr zwischen ihnen herstellen lässt. Und alles stirbt seinen unausweichlichen Kältetod.

Theo räumt ihre Gläser ab und wischt über den Tisch.

»Jetzt mal ehrlich, Colleen, warum bist du überhaupt Polizistin geworden?«

Colleen erstarrt. Gute Frage. Ach ja, weil sie an das Gute im Menschen glaubt. Sie ist beruhigt, das ist eine gute Antwort. Dann merkt sie, dass das gar keine Antwort ist, sondern bloß eine Floskel. Eigentlich glaubt sie ja sogar ans Schlechte im Menschen, sonst bräuchte es schließlich keine Polizei. Aber mal ernsthaft. Da ist natürlich der gescheiterte Pilotinnentest. Und ihr Vater. Die schicken Lederjacken. Sie konnte sich ihren Zopf damals gut unter einer Sturmhaube vorstellen. Die körperliche Gewalt. Sie hatte schon immer einen Menschen erschießen wollen (oder zumindest irgendwohin, wo es sehr wehtut). Und ist in sieben Jahren Dienstzeit noch nicht dazu gekommen. Sie hat multiple Antworten auf diese Frage parat, die sie ohne Gewissensbisse je nach Setting und Laune variieren kann. Mittlerweile hat sie aber so oft auf diese Frage geantwortet, dass sie selbst kaum mehr weiß, welche Antwort überhaupt wahr ist.

Colleen merkt plötzlich, dass sie schon die ganze Zeit Teelichter auf dem Tisch herumschiebt, als wäre sie wieder ein Teenager und würde mit Carmen auf einer schwarzen Samtdecke Gläserrücken machen, und das Muster könnte den Dingen ihren verborgenen Sinn entlocken. Um gegen den unangenehmen, metaphysischen Drive dieses Abends anzuarbeiten, scrollt sie durch das Telefonbuch ihres Handys. Plötzlich denkt sie, sie würde gern Martin sehen und mit ihm über alles reden. Wie lange haben sie das schon nicht mehr gemacht, Reden, im Grunde ist ja seit seiner Rückkehr aus den USA der Wurm drin. Sie ist wohl doch verletzter von seiner halbjährigen Abwesenheit in ihrem gemeinsamen Leben, als sie es zugeben will, und außerdem verwirrt, wie tief er in dieser ganzen Sache von Canino drinsteckt. Aber das lässt sich doch vielleicht alles klären? Colleen schüttelt den Kopf. Sie ist eindeutig zu betrunken und gefühlsduselig für sowas. Kommt also überhaupt nicht in Frage.

Sie überlegt, wen sie stattdessen herzitieren könnte: Pathologin hm, Meret hm hm, Hoseley hm hm hm. Die Namen verschwimmen schon vor ihren Augen, aber sie hat definitiv noch nicht genug für heute Abend. Als sie gerade aufgeben will, landet ihr Finger wie von Geisterhand geführt auf einem neuen Kontakt. Kenneth Gambol. Hä? Den hat sie doch gar nicht eingespeichert? Na, was soll's, wenn das kein Zeichen ist, ihr ist schließlich langweilig und nach etwas Gesellschaft zumute. Was ist schon dabei, die Kids mal anzurufen?

Gambol geht sofort ans Telefon.

»Hallo Colleen, ich habe schon auf Ihren Anruf gewartet«, klingt es verzerrt durch den Lautsprecher, als säße er kilometerweit unter der Erde. »Ich habe mir die Datenbank noch mal angeschaut – und Sie werden nicht glauben, was ich dabei gefunden habe!«

47
DER TOTALE DURCHBLICK

Geiler Laden, denkt Bryan, als er mit Kenny den *Train* betritt, original wie in *Mord im Orient-Express.* Kristallleuchter tauchen den Speisewagen in ein schummriges Licht, die Sitzgruppen sind mit rotem Samt bezogen, ausgetretene Holzbohlen quietschen unter seinen Füßen. Und dieser glatzköpfige Barkeeper erst. Der sieht ja genauso aus wie – aber nein, das kann er nicht sein, oder?

Sie gehen durch zu McCollum, die am hintersten Tisch des Wagens sitzt, einen Haufen Erdnüsse in einem obskuren Muster vor sich verteilt. Eine schiefe Melodie summend schiebt sie ein Teelicht zwischen den Nüssen hin und her, als würde sie dunkle Mächte beschwören. Vollkommen dicht die Alte, und das an einem Werktag. Ziemlich zweifelhaft, ob von ihr noch irgendwelche Impulse kommen, und Bryan hat sich überhaupt nur breitschlagen lassen mitzukommen, weil Kenny seine angeblich bahnbrechende Entdeckung nur in ihrem Beisein offenbaren will. Warum Bryan ihm nach allem, was er in den letzten Wochen verbockt hat, noch ein einziges Wort glaubt? Es ist leider erschreckend einfach: Nach dem Abgang der Haudegen ist Kenny der einzige Freund, den er noch hat.

»Vierundzwanzig Stunden sind um, McCollum«, sagt Bryan und quetscht sich neben ihr auf die Sitzbank. »Was unternehmen Sie wegen Laura?«

McCollum guckt, als habe sie den Namen gerade zum ersten Mal gehört, dann zischt sie mit zusammengebissenen Zähnen: »Jetzt hör mir mal zu, Auster. Wenn du mir erklärst, was das Verschwinden deiner Exfreundin auch nur im Entferntesten mit unserem Mordfall zu tun haben soll, denke ich vielleicht drüber nach.«

Hat sie gerade »unser« Mordfall gesagt? Bryan kann sich ein Grinsen nicht verkneifen und streckt drei Finger Richtung Barkeeper. Nur Kenny wirft ihm giftige Blicke zu, wahrscheinlich, weil Bryan sich gerade neben seine Angebetete gesetzt hat. Aber das ist kein billiger Flirtversuch, Bryan folgt nur der uralten Mafia-Regel: *Immer mit dem Gesicht zur Tür sitzen.* Das ist doch völlig offensichtlich.

»So«, sagt Kenny, als die Drinks vor ihnen stehen und er einen Beruhigungsschluck intus hat. »Ich hab noch mal nachgedacht. Lance ist nicht so blöd, uns diese plumpen Schlägertypen auf den Hals zu hetzen. Der hätte uns einen Virus geschickt und fertig. Nehmen wir mal an, das waren wirklich diese ... wie heißen die beiden noch?«

Er wedelt mit seiner verbundenen Hand.

»Vince und Kathleen« – »Kathleen und Vince«, sagen Bryan und McCollum gleichzeitig.

»Die waren jedenfalls ganz scharf drauf, unsere Server zu zerstören. Das kann nur heißen: Da muss irgendwas in der Datenbank sein, was wir nicht entdecken sollen. Deshalb hab ich mir das Ganze noch mal angeschaut.«

Er hievt seinen Laptop auf den Tisch und zermalmt dabei ein paar Erdnüsse.

»Ganz tief drin, zugeschüttet von Code und Ramschdaten, habe ich das hier gefunden.«

Nach ein paar umständlichen Klicks mit der unversehrten Hand erscheint auf dem Bildschirm eine unendliche Reihe von Zahlen, winzig klein, in denen vielleicht ein Mathematiker irgendein verborgenes Muster erkennt, aber nicht Bryan, das könnte auch die Zahl Pi sein, er würde sie nicht erkennen.

»Leider hat Lance sich ausnahmsweise an ein Datenschutz-Versprechen gehalten, und *SideStep* hat keine User-Nachrichten gespeichert. Ihr wisst schon: anonym, sicher, blablub. Allerdings wurden für den Matching-Algorithmus, der den Usern willige Partner in der Nähe zuweist, allerlei Metadaten gespeichert, also IP-Adressen, Handynummern, GPS-Standorte ... Das heißt, wir wissen zwar nicht, *was* geschrieben wurde, aber *wann wer* mit *wem* Kontakt hatte.«

»Und was bringt uns das?« McCollum knabbert gelangweilt ihre Weintrauben vom Spieß, und auch Bryan verlegt sich darauf, ihr kryptisches Muster aus Erdnüssen zu vertilgen. Das kann jetzt erst mal dauern.

»Hier, ich habe das visualisiert.« Kenny deutet auf einen Punkt. »Das ist der Fake-Account von Kathleen und Vince, *Ahmed_87*. Und hier die Verbindung zu *Nathalie_89*, also Audrey Estrelle. Innerhalb von ein paar Tagen gingen ein paar Nachrichten hin und her – so viele wie man eben braucht, um sich zu einem Seitensprung zu verabreden.«

»Und weiter?«

»Ganz ähnliche Kontakte hatte *Ahmed_87* zu einer Handvoll anderen Usern in Berlin, immer über ein paar Tage, dann kein Kontakt mehr. Gehen wir mal davon aus, dass das die Opfer waren, denen sie die Ringfinger-Behandlung verpasst haben.«

Kenny klickt einmal und die Grafik verändert sich.

»Außerdem hatte *Ahmed_87* aber noch Kontakte in ganz Deutschland.«

»Die waren in ganz Deutschland aktiv?« Colleen beugt sich zu Kenny über den Tisch.

»Nicht unbedingt. Nimmt man die zeitliche Dimension dazu, sieht man, dass es zwei Muster gibt. In Berlin hauptsächlich

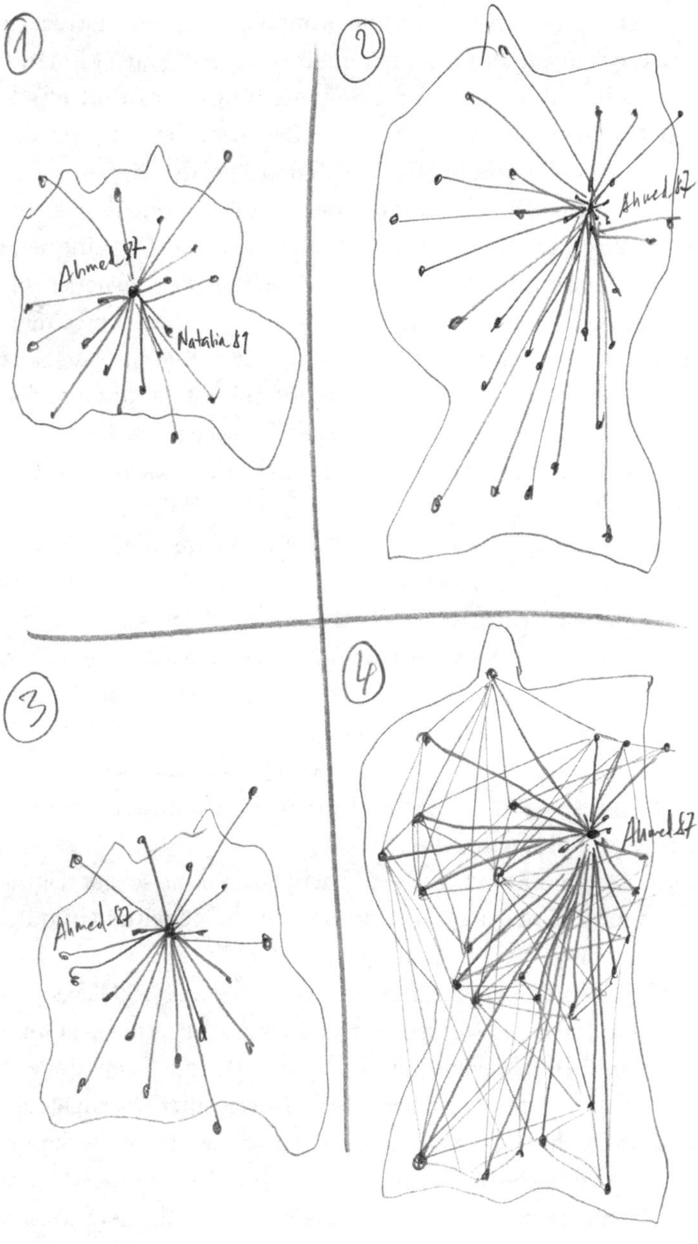

1
2
3
4
Ahmed_87
Natalia_87
Ahmed_87
Ahmed-87
Ahmed_87

die kurzfristigen Seitensprung-Kontakte, dagegen erstrecken sich die deutschlandweiten Kontakte langfristig über Monate.«

»Vielleicht ja platonische Seitensprünge per Brieffreundschaft«, grummelt McCollum, und Bryan stimmt ein, weil das nicht mal indizienfähig ist, was Kenny da bisher liefert.

»Schauen wir uns jetzt die Beziehungen von *Ahmed_87s* Kontakten untereinander an«, sagt Kenny und öffnet eine neue Grafik. »Die kurzfristigen Kontakte in Berlin, die, von denen wir ausgehen, dass es die Opfer sind, haben keinerlei Überschneidungen untereinander. Aber die langfristigen Kontakte aus ganz Deutschland haben ihrerseits auch regen Kontakt miteinander. Die kennen sich alle. Das ist eine geschlossene Gesellschaft.«

Kenny macht eine dramatische Pause, Gläser klirren im Hintergrund.

»Nehmen wir für einen Moment an, dass nur die Hälfte von dem, was Bryan erzählt hat, wahr ist ...«, sagt Kenny. »Nach was sieht dieses Netzwerk dann für Sie aus, Colleen?«

McCollum starrt angestrengt auf das Display, man sieht es hinter ihrer zusammengezogenen Stirn arbeiten, dabei ist die Sache doch völlig offensichtlich.

»Das bedeutet«, sagt Bryan und holt jetzt doch sein Notizheft heraus, »dass alles noch viel größer sein könnte, als wir bisher angenommen haben ...«

»Wenn wir Bryan Glauben schenken«, Kenny schaut triumphierend zu ihm rüber, »könnte das hier das geheime Kommunikationsnetzwerk vom Löwen und der Lilie sein.«

Bryan saugt seinen Cocktail in einem Zug leer. Das ist die perfekte Tarnung. Wer rechnet schon damit, dass so eine Organisation ein Ehebrecher-Portal benutzt? Dass die Attentäter von Paris den Playstation-3-Chat für die Planung ihrer Anschläge genutzt haben und ganz problemlos von Waffen schreiben konnten, weil sie dabei ein Ballerspiel zockten, hatte ja auch keiner auf dem Schirm. Im Dickicht so vieler Treffen, die bei *SideStep* abgemacht werden, kann unmöglich das außereheliche Date von einer Waffenübergabe unterschieden werden! Bryan klaubt noch eine Erdnuss vom Tisch und stopft sie sich in den Mund.

»Glauben Sie mir jetzt endlich, McCollum?«, ruft er triumphierend, und Erdnussstückchen fliegen in alle Richtungen.

Aber McCollum ist auf einem ganz anderen Dampfer. »Das heißt, wir haben jetzt theoretisch die Telefonnummern aller Opfer in Berlin, mit denen Kathleen und Vince in Verbindung standen?«

Sie umarmt Kenny über den Tisch hinweg.

»Ok, Kenny. Ich brauche diese Datenbank sofort auf mein Handy. Die Berliner Nummern reichen. Dann machen wir die Opfer ausfindig und nehmen sie richtig in die Mangel. Vielleicht kriegen wir von denen einen Hinweis, wo Kathleen und Vince sich aufhalten.«

»Kein Problem«, grinst Kenny und wirft Bryan seinen Sag-ich's-doch-sie-steht-auf-mich-Blick zu.

Bryan traut seinen Ohren nicht. Da hat Kenny ihr gerade den Schlüssel zu einer riesigen Verschwörung geliefert, und sie interessiert sich immer noch für ein paar abgehackte Ringfinger!

»Ich muss mal pissen.« Er steht auf. Und spürt plötzlich wieder die ganze Müdigkeit der letzten Tage in den geschundenen Knochen. Sein Hirn drückt von hinten gegen die Augen, als wollte es lieber in einen anderen Schädel einziehen.

»Sekunde noch«, sagt McCollum und nimmt einen zerknüllten Zettel aus dem Aschenbecher. »Habt ihr vielleicht 'ne Ahnung, was das hier bedeutet? Hab ich bei Canino gefunden.«

Auf dem Zettel steht nur ein Datum: 18.05.

»*Der Tag, an dem wir erwachen*«, flüstert Bryan.

Auf der Toilette versucht er, einen klaren Gedanken zu fassen. Er starrt auf die gelben Kacheln und tut so, als bemerke er nicht, dass der Typ, der ihm aufs Klo gefolgt ist und sich direkt neben ihm an die Pissrinne gestellt hat, ihn aus den Augenwinkeln mustert. Er hat seinen Hut weit ins Gesicht geschoben, in seinem Mund qualmt eine Zigarette. Chill, Bryan. Sicher bloß einer dieser notorischen Schwanzvergleicher, ganz harmlos. Er studiert mit übertriebenem Interesse die Aufkleber, die sich über die Jahre auf den Kacheln angesammelt haben: *Coole Kids haben kein Vaterland – Underground Vinyl Fair Berlin – Volksentscheid Fahrrad – #1000 PALADIN. Connect the dots* … Endlich ratscht neben ihm der Reißverschluss, dann verlässt der Typ das Klo, ohne sich die Hände zu waschen.

Weil er durch ein Zugfenster sieht, wie McCollum Kennys verletzte Hand streichelt, lässt Bryan sich in einen Liegestuhl im Außenbereich fallen. Das hat ihm gerade noch gefehlt. Ein paar Sofas weiter hat der Typ mit dem Hut seinen Arm um eine Frau gelegt, und eine Diskokugel, die sich über der leeren Tanzfläche dreht, lässt bunte Lichtpunkte über ihre Gesichter rotieren. Es riecht nach Abgasen, von der Kreuzung weht ein Hupen herüber.

Bryans Kopf schwirrt. Die Kreuzritterfans Vince und Kathleen sind Teil eines riesigen Netzwerks, das sich unbemerkt auf *SideStep* eingenistet hat, bei *It's a Man's World* bereiten sie sich auf den Tag des Erwachens vor, bei deren Chef Canino findet sich wiederum ein geheimnisvoller Zettel mit einem Datum. Und seine Exfreundin ist seit Tagen wie vom Erdboden verschwunden, was außer ihm niemanden groß zu kümmern scheint. Er kriegt einfach kein System in diesen ganzen Schlamassel.

Bleibt nur noch die altbewährte Sportello-Methode: Frage an das Universum. Bryan zieht Zigarettenpapier hervor und kritzelt eine Zeile darauf, dann streut er seine Spezialmischung hinein. Er zündet an, schließt fest die Augen und … da vibriert das Bürohandy in der Hosentasche. Laura womöglich? Ist das Universum etwa so schnell? Nein, es ist nur eine E-Mail von *Petitesse*, dieser Petitions-Website, dass er bitte das Volksbegehren gegen Hatespeech unterschreiben soll, es fehlen nur noch 4.361 Unterschriften bis zum Meilenstein, und in 48 Stunden ist die Übergabe der Listen beim Innenminister – »Wir brauchen deine Stimme, Bryan.«

Bryan flucht. Kann man sich eigentlich nie konzentrieren, ohne gestört zu werden? Wer sendet solche Mails überhaupt um 22:41 Uhr ab? Was denken sich diese Campaigner eigentlich, ihn am Feierabend mit so was zu belästigen. Und woher wissen die überhaupt schon wieder, dass er Hatespeech hasst? Genervt klickt er sich durch die Website, trägt seine Adresse und Telefonnummer ein, und nein, er will die Petition nicht an seine Kontakte weitersenden und die auch noch mit einem schlechten Gewissen belästigen. Sackgesichter.

Er drückt den Akku aus seinem Handy, damit er dieses Mal nicht gestört wird. Wie soll man denn auch kosmische Schwingungen empfangen, wenn das eigene 4G-Datenvolumen durch die Luft schwirrt? Er lehnt sich wieder zurück, schließt die Augen. Dann nimmt er einen tiefen Zug.

Als er die Augen öffnet, sind die Wolken am Himmel verschwunden, der Sternenhimmel dehnt sich weit über ihm aus. Und auf einmal hat er den totalen Durchblick.

Bei Lance Kilbourne läuft alles zusammen! Natürlich schert der sich trotz *Detectify* keinen feuchten Dreck um Detektive, weder schlägt sein Herz für Delfine, weil sich seine Petitionsplattform für deren Rettung einsetzt, noch sorgt er sich um das geregelte Einkommen von Pfandsammlern. Sein ganzes Firmenkonstrukt, jede einzelne App, jedes Start-up und jeder Service dient einem geheimen Zweck! *Petitesse*, die Online-Petitionsplattform speichert die Daten von über 18 Millionen Nutzern mit detaillierten Angaben zu ihren politischen Einstellungen, ein gigantisches Gesinnungsregister ist das, mehr als die Gestapo oder Stasi je hatte. Und was ist *Detectify* anderes als eine Bürgerwehr, bei der jeder jeden denunzieren und seine Mitmenschen für ein paar Cent aufeinander ansetzen kann? Hatte nicht der Opa, der ihn damals im Clio entdeckt hat, auch ein Handy in der Hand? Oder *SideStep,* der garantiert anonyme Messaging-Dienst für die Bewegung, perfekt getarnt als Seitensprungportal, auf dem nebenbei noch frustrierte Ehemänner und Ehefrauen rekrutiert und von *Vincentina* im Sinne der Bewegung umerzogen werden; *Spades*-Poker – eine Online-Pokersite zur Beschaffung sauberer Devisen, die durch das Bitcoin-System unbemerkt an den Untergrund verteilt werden, der bis zum Tag X bei *It's a Man's World* mit scharfen Waffen trainiert. *Immobility* verstärkt die soziale Spaltung in der Stadt durch Immobilien-Spekulation, *NeighbourCheck24* lässt den sozialen Kitt zwischen Nachbarn erodieren! *CleanInternet!* Ein Mittel zur Durchsetzung arbiträrer Zensur, und nicht zuletzt *TrollServe* natürlich, um die Hassspirale im Internet immer weiterzudrehen. Hinter alldem flirrt die Kreuzzugs-Rhetorik von *Der Löwe und die Lilie* – und ein *Paladin,* ist das nicht auch so was wie ein Kreuzritter?

Bryan springt auf und geht unruhig im Kreis herum. Aber was hat Kilbourne genau vor, und was hat *Valhalla Capital* mit dem Tag des Erwachens zu tun? Die Einzige, die ihm das vielleicht sagen könnte, ist Laura. Sie ist die einzige Insiderin, die er kennt. Und hat sie nicht gesagt, Kilbourne sei ihr unheimlich geworden? Komische Leute würden sich rumtreiben bei *Valhalla Capital*? Sie fühle sich ständig beobachtet? Ist das der Grund, warum sie verschwunden ist? Hat sie zu viel gewusst?

Plötzlich fällt es ihm wie Schuppen von den Augen: Laura ist am Tag von Kennys Website-Launch in der Detektei gewesen! Ihr Firmenhandy muss dabei ein verräterisches GPS-Standortprofil hinterlassen haben, und jetzt muss Kilbourne denken, Laura habe ihnen die Datenbank übergeben! Und falls Kilbourne noch gezweifelt hat, dass Laura die Verräterin ist, kann er sich spätestens jetzt sicher sein, weil Bryan sie in den letzten Stunden bestimmt hundert Mal angerufen hat, er ist so ein Idiot! Wehmütig denkt er daran, wie unschuldig Laura aussah, als er sie damals vor dem Hauptquartier abgefangen hat: ihre roten Wangen, der glitzernde Schnee in den Haaren. Halt. Der Schnee. Das ist es!

Ohne sich zu verabschieden, läuft er runter zur Kreuzung und winkt sich ein Taxi heran. Sollen doch Kenny und McCollum bleiben, wo sie sind. Er kann jetzt keine Turteltäubchen gebrauchen, die ihm da reinquatschen. Er muss nach Hause zu seinen Büchern, denn plötzlich ist ihm eingefallen, dass es noch ein weiteres Zitat von Hitchcock gibt, warum der immer Blondinen in seinen Filmen besetzt hat. Nicht nur, weil sie so mysteriös sind, sondern auch weil ... Schnee, irgendwas mit Schnee, das ist das entscheidende Puzzleteil.

Während der Taxifahrer die Langenscheidtstraße hochrast, über die Monumentenbrücke fährt und die Hasenheide entlang brettert, spricht er sich immer wieder vor: *Schnee, Hitchcock, Laura ... Schnee, Hitchcock, Laura ...* denn diesen Gedanken darf er auf keinen Fall vergessen, wie es sonst immer mit solchen Geistesblitzen passiert, wenn man am nächsten Tag zwar noch weiß, *dass* man im Rausch eine geniale Eingebung hatte, aber nicht mehr *welche*.

Malet, Hammett und Ellroy starren wütend von ihren Postern auf ihn runter, als er ins Zimmer stürmt und ihre Bücher reihenweise aus den Regalen zerrt, bis er den Interview-Band mit Hitchcock gefunden hat. Er blättert durch die Seiten, verdammt, warum hat er kein E-Book mit einer Volltextsuche, aber dann findet er die Stelle, und jetzt ist er ganz sicher – Laura ist in größter Gefahr. Und nur, wenn er sie findet, kann er die Verschwörung auflösen:

»Blondinen sind die besten Opfer«, schreibt Hitchcock. »Sie sind wie der jungfräuliche Schnee, der die blutigen Fußspuren zeigt.«

48
IRGENDWAS-GANZ-GROSSES

Na toll, erst von Martin rausgeschmissen werden und jetzt auch noch von Theo, weil der *Train* kein Laden werden soll, wo die Gäste nur auf ihre Laptops starren. Colleen taumelt mit Kenny – seit wann nennt sie ihn eigentlich nicht mehr Gambol? – den Gehweg entlang Richtung Detektei. Ihr Schädel brummt von dem ganzen Kram, den er ihr in den letzten Stunden erzählt hat, und auch ein bisschen von den Cocktails. Jetzt braucht sie erst mal ein Glas Wasser. Wenn es gut läuft, schläft sie heute Nacht wieder auf der Couch und diesmal knabbert ihr keine Maus das Ohr an, und wenn sie noch mehr Glück hat, sieht die Welt morgen schon wieder ganz anders aus, aber wer's glaubt.

Auster wartet bereits in der hell erleuchteten Küche auf sie, stapelweise Bücher um sich angehäuft, die Seiten kreuz und quer mit gelbem Textmarker angestrichen, herausgerissen und auf dem Fußboden verstreut.

»Alles ist mit allem verbunden!«, ruft er mit flackernden Augen und deutet auf eine improvisierte Papptafel, auf die er die Phantombilder von Kathleen und Vince, ein Foto von Laura, Logos von *Valhalla-Capital*-Apps und noch mehr Buchseiten gepinnt und mit einem Gewirr aus rotem Bindfaden verbunden hat. Auf der Couch häufen sich Produkte, die Auster wohl aus den Versandkartons gerissen hat, die sich vorher überall stapelten, um aus der Pappe seine Tafel zu basteln: Windeln, eine elektrische Zahnbürste, verdorbenes Obst ... Sieht aus, als könnte Colleen sich das Nickerchen auf absehbare Zeit erst mal abschminken.

Ausnahmsweise würde sie jetzt alles dafür geben, in einem TV-Krimi zu sein, um sich Austers Erklärung, Wie-alles-mit-allem-zusammenhängt™, zu ersparen. Denn was der eine Ermittler weiß, weiß auch der Zuschauer, und da es langweilig wäre, alles noch mal zu wiederholen, weiß auch der andere Ermittler immer ganz automatisch Bescheid, eine Art filmische Gedankenübertragung also – aber keine Chance. Auster legt los, ohne sie auch nur zu begrüßen, deutet dozierend auf Firmenlogos, pinnt Phantombilder um, zeichnet geheime Geldflüsse nach und berichtet von der Alt-Right-Verschwörung, die sich unter Kilbournes Firmenkonstrukt verberge, von Canino, der in seinem Trainingscamp eine Partisanenarmee von Schläfern heranzüchte, die sich wiederum per *SideStep*-Messenger zusammenfantasierte, wie sie am Tag X sämtliche Institutionen übernehmen werde – schon jetzt habe ihr Guru deutsche Kulturvereine im ganzen Land zur Umerziehung gegründet usw. usf. Während Auster ohne Punkt und Komma redet, wird das rote Bindfadennetz immer wieder neu gespannt, und Colleen hat spätestens nach fünf Minuten einen Knoten im Kopf.

Als Auster zum Ende kommt, ist die Kaffeemaschine schon zweimal geleert, und dichter Dunst wabert durch den Raum. Eine Maus taucht aus einem Pizzakarton auf, schnuppert und verschwindet unter dem Küchenregal. Colleen versucht, ihren eingetrübten Blick auf die Pappwand zu fokussieren, wo jetzt alle Fäden wie in einem Spinnennetz auf das Zentrum zu laufen.

»Alles läuft bei Kilbourne zusammen! Keine Ahnung, was er vorhat, aber es ist bestimmt nichts Gutes.« Auster umkreist das Kilbourne-Foto fett mit Edding und dreht sich zu ihnen um, den Stift zwischen Daumen und Zeigefinger wie ein Dirigent, der tosenden Applaus erwartet.

»Auster. Ich arbeite an diesem Fall seit über zwei Wochen«, sagt Colleen, schlagartig wach und stinksauer über sein Mansplaining. »Selbst wenn an dieser Sache was dran ist, willst du mir wirklich weismachen, dass ich nichts von alldem mitbekommen habe?«

»Es ist nicht Ihre Schuld, Colleen. Sie geben Ihr Bestes, das weiß ich ...«, sagt Auster in einem verständnisvollen Ton, der sie noch rasender macht. Er zieht ein Buch aus dem Stapel und blättert darin herum. »Aber Sie sind nun mal Polizistin: Sie glauben an das Gesetz, und Ihre Aufgabe besteht darin, es zu schützen. Deshalb passiert immer das Gleiche, wenn Sie ermitteln, es ist wie im *Tatort*: Am Anfang stört das Verbrechen die gesellschaftliche Ordnung, und Ihre Mission ist es, diese Ordnung wiederherzustellen. Sie ermitteln, entwirren die Fäden, und am Ende ist der Mörder immer ein Familienvater mit Spielschulden, ein psychologisch motivierter Einzeltäter, ein beängstigendes Krebsgeschwür, das Sie aus dem ansonsten gesunden Organismus der Gesellschaft herausschneiden. Das Böse ist gebannt, der Status quo wiederhergestellt, und alle können beruhigt vor dem Fernseher einschlafen und nach *Anne Will* wieder aufwachen.«

Ist Auster jetzt zu einer Art irrem Propheten mutiert? Oder reden die Studenten von heute einfach so, weil die Grassorten inzwischen so überzüchtet sind? So Unrecht hat er zwar nicht. Für diese Erkenntnis braucht es jedoch keinen Hobby-Philosophen, da reicht eine Woche Polizeidienst. Aber Auster ist noch nicht fertig.

»Ich dagegen«, faselt er weiter, »habe Ihnen etwas Entscheidendes voraus.« Er zieht ein schwarzes Buch aus dem Stapel und liest vor: »Der Polizist neigt dazu, das Böse nur dort zu sehen, wo das Verhalten des Beschuldigten eine explizite gesetzliche Regel übertritt. Der Detektiv dagegen *sieht das Böse überall.*« Kunstpause. Augen, die nach Zustimmung heischen. Und

Colleen starrt zurück, wie es sich für jemanden gehört, der langsam nicht mehr mitkommt. Oder ausgestiegen ist.

»Verstehen Sie?« Auster fuchtelt mit seinem Stift in der Luft herum wie ein Zauberlehrling auf Speed. »Sie als Polizistin sehen nur, dass jemandem der Finger abgehackt wurde. Aber solange dabei keine Gesetze verletzt werden wie von Kilbourne, erkennen Sie nicht die Verschwörung dahinter! Das ist die ...« Auster macht ein verärgertes Gesicht, weil ihm mitten in seinem neunmalschlauen Monolog offenbar ein Wort entfallen ist, und sucht mit dem Finger die Zeilen ab. Er setzt noch mal neu an: »Das ist die Episteme des Polizisten: Sie sehen nur die offizielle Realität!«

Colleen tauscht einen entnervten Blick mit Kenny. Episteme, Episteme – warum sagt er nicht einfach, ihre *Tatort*-Denke ist schuld an allem?

Auster leckt seinen Zeigefinger an und blättert weiter: »Der Detektiv dagegen, der – ich zitiere – ›dieselbe Intelligenz und Perversität besitzt wie der große Kriminelle‹, folgt nicht der Moral des Gesetzes, er sieht den Zusammenhang scheinbar nicht zusammenhängender Teile, von Zufällen, die so zufällig sind, dass sie gar keine Zufälle mehr sein können. Nur der Detektiv, der außerhalb des Gesetzes steht, kann den großen Plan dahinter erkennen!«

»Und der bist natürlich du, hab ich Recht?«, fragt Colleen spöttisch.

Austers Gesicht hellt sich auf. Endlich hat sie kapiert. »Bingo! Wenn wir diese Verschwörung stoppen wollen, müssen wir es auf meine Art tun: hardboiled.«

Colleen rutscht unruhig auf der Küchenbank hin und her. Ziemlich dreiste Nummer von Auster, sie so zu belehren. Der Klugscheißer mit den Fahrradschlauch-Armen tut so, als habe er schon wer-weiß-wie-viele Menschen auf dem Gewissen. Soll dieser aufgeblasene Kinderdetektiv doch mal Hoseley fragen, wie viele Disziplinarverfahren sie sich schon wegen ihres »unorthodoxen Ermittlungsstils« eingehandelt hat. Oder vielleicht sollte sie ihm eine Kostprobe ihrer Nahkampffähigkeiten geben. Dann würde aus Hardboiled ganz schnell Rührei werden.

Aber was, wenn etwas an der Sache dran ist? Sollte Kilbourne wirklich hinter all dem stecken? Und hat sie nicht schon länger das Gefühl, dass da irgendwas ist, was sie nicht ganz erfasst? Dass ihr etwas Wesentliches entgeht? Dass Irgendwas-ganz-Großes™ im Gange ist, das seine klammen Finger nach ihr ausstreckt? Das so schleichend und unmerklich in ihre Poren kriecht, dass sie sich erst wehren kann, wenn es zu spät ist? Colleen läuft es kalt den Rücken herunter. Unwillkürlich muss sie an das Dröhnen im Keller von *Valhalla Capital* denken und wie es ihr unter die Haut gefahren ist. Und warum sagt eigentlich Kenny nichts? Colleen dreht sich zu ihm um, aber der ist auf einem Küchenhocker weggedämmert, den Kopf zur Seite geknickt schnarcht er mit offenem Mund den Schlaf des Gerechten.

»Angenommen ich vertraue dir, Auster«, knirscht sie zwischen den Zähnen hervor. »Was schlägst du vor?«

Auster rollt mit den Augen, als sei sie schwer von Begriff: »Ist doch ganz einfach: Wir holen Laura da raus, schnappen uns Vince und Kathleen und dann stoppen wir Kilbourne, was immer er auch vorhat.«

Obwohl Colleen mangels Alternativen längst zu allen Schandtaten bereit ist, spürt sie tief in sich doch noch mal den beruflichen Beweis-Drill und fragt in einem Akt des Widerstands der Polizeigewalt: »Aber es gibt doch gar keine konkreten Anhaltspunkte, dass Laura, Kathleen und Vince im Hauptquartier von *Valhalla Capital* sind. Und außerdem: Wie willst du da überhaupt reinkommen?«

Austers Kopf wird puterrot, dann brüllt er: »Haben solche Kleinigkeiten jemals irgendwen gestört, wenn man fast auf dem

Höhepunkt der Story ist? Darauf läuft es doch immer hinaus! Auf den Einbruch, den High Noon, den Shootout, die Konfrontation mit dem Bösewicht, die Zerstörung des Todessterns! Die *müssen* einfach da drin sein. Und *wenn* sie da drin sind, kommen *wir* auch irgendwie da rein!«

Klingt überzeugend, findet Colleen. Außerdem kann sie unmöglich verantworten, dass nach Audrey nun eine zweite Frau der kranken Fantasie männlicher Autoren zum Opfer fällt, nur weil Auster behauptet, dass Laura verschwinden *musste*, damit ihr Blut ihn, den großen Detektiv, auf die Spuren der Verschwörung führen kann.

»Ein Team?«, fragt Auster und hält ihr seine Hand hin.

»Ein Team«, seufzt Colleen und schlägt ein. »Aber nur unter einer Bedingung.«

49
A DAY AT THE OFFICE

Das Polizeirevier ist eine einzige Enttäuschung für Bryan. Wo sind Donuts, Tacos, Hosenträger; wo ist der Kaffee aus Pappbechern, Würfe auf den Papierkorb und Stofftaschentücher voll Männerschweiß? Wo sind Schnauzbärte, Aktenberge, Sekretärinnen mit Dauerwelle, zwischen Schulter und Ohr geklemmte Telefonhörer? Nichts, nichts und wieder nichts. An ergonomisch geformten Schreibtischen sitzen Beamte in Zivil und starren auf Flachbildschirme, keiner dreht sich auf seinem Schreibtischstuhl, um McCollum hinterherzupfeifen, das einzige Geräusch ist das Glucksen des Wasserspenders: Alles hier ist effizient durchgearbeitet wie im Großraumbüro einer Versicherung.

Bryan lässt die Lamellen der Jalousie wieder hochschnappen, durch die er McCollums Kollegen beobachtet hat. Die Jalousie in ihrem Glaskastenbüro: das einzige Merkmal eines ordentlichen Polizeireviers weit und breit. Kein Vergleich übrigens zur herrlich versifften Neuköllner Wache, in der er mal vor Jahren gelandet ist, nachdem die Cops seinen damaligen Dealer hochgenommen hatten. Dessen Tarnung war eigentlich todsicher: Damit sich niemand wunderte, warum ständig fremde Leute durchs Treppenhaus liefen, hatte er sich ein Schild *STERNE SEHEN – Schauspiel-Casting-Agentur* an die Tür gehängt. Allerdings suchte die Agentur immer nur Darsteller für die

Rolle des verkifften Studenten – und das war einem Nachbarn dann doch irgendwann verdächtig erschienen.

Der Einzige, der in diesem Saftladen so ziemlich seinen Vorstellungen entspricht, ist Hoseley, der Polizeichef. Eines Irvin Irving würdig hat er hinter seinem Schreibtisch gehockt und auf harten Hund gemacht, Bryan und Kenny nach weniger als zwei Minuten in ihrer Präsentation unterbrochen und das Schaubild, das sie aus der Detektei mitgebracht haben, beschlagnahmt, was im Polizei-Slang soviel heißt wie: in den Mülleimer getreten, um dann die Tür zum Großraumbüro zu öffnen und McCollum vor versammelter Mannschaft zur Sau zu machen, bis ihm das Gebiss aus dem Mund flog. Bryan tat es fast ein bisschen leid für McCollum, und diesen fies kichernden Assistenten hätte er am liebsten höchstpersönlich in den Mülleimer gestopft, aber sie hatte sich das selbst eingebrockt, schließlich war es ihre Bedingung gewesen, aufs Revier zu fahren und diese Show abzuziehen.

Huch, ist sie etwa schon wieder dran? Langsam nimmt die Sache ordentlich Fahrt auf, denkt Colleen, aber klar, wenn sie sich wirklich dem Höhepunkt nähern wie Auster behauptet, müssen auch die Schnitte schneller werden. Jetzt bloß nicht hektisch werden und womöglich stolpern auf dem Weg durch's Büro, nachdem Hoseley sie schon vor versammelter Mannschaft dermaßen rundgemacht hat, dass sie genauso gut rollen könnte. Er ist nicht gerade amused, dass sie zu seiner Pressekonferenz mit diesen Spackos aufgetaucht ist. Sie wischt sich Hoseleys Spuckereste aus dem Gesicht und öffnet die Tür zu ihrem Büro.

»Okay Auster, Test bestanden, ich bin suspendiert. Ziehen wir's durch!«, sagt sie und zeigt ihm und Kenny ihr leeres Pistolenholster. Sie ignoriert Austers dummen Kommentar, wo denn diese Box sei, die die suspendierten Cops in den amerikanischen Serien immer aus ihrem Büro tragen, denn alles hat perfekt nach Plan funktioniert. Das war ihre Bedingung: Wenn der Polizeichef blockiert, heißt es, dass sie auf der richtigen Fährte sind; und außerdem hofft sie, dass sie mit der Suspendierung wenigstens halbwegs abgesichert ist, weil alles, was sie ab jetzt tut, nicht mehr im Dienst geschieht – das ist jedenfalls ihre wackelige Theorie, um sich selbst zu überzeugen, dass sie schon halbwegs glimpflich davonkommen wird.

»Mensch, wo bist du gewesen?«

Gutes Timing, du Traumprinz, denkt Colleen, die sich gerade zu Tode erschreckt hat, als sich von hinten eine Hand auf ihre Schulter legte. Da steht Martin, tiefe Ringe unter den Augen, Schnappatmung, der Schlips hängt auf halb acht um seinen geröteten Hals. Kann froh sein, dass sie ihm nicht aus Reflex die Nase gebrochen hat.

»Du hast doch selbst gesagt, ich soll woanders pennen,« antwortet sie schulterzuckend. Nicht ihre stärkste Replik, bisschen zickig, aber was solls.

»*Hast* du denn gepennt?« Martin guckt zweifelnd an ihr runter, okay, der Trenchcoat hat Schlammflecken, und ihre Haare sind ein bisschen fettig, aber wegen der Locken sieht man das gar nicht so. Jedenfalls charmant, Martin, äußerst charmant, er weiß eben, wie er optimale Bedingungen für einen Streit schafft, einen brodelnden Nährboden aus Wut.

»Und was machen diese Spinner hier? Du bist doch dieser Schnüffler, oder?« Martin rammt seinen Zeigefinger so heftig gegen Austers Brust, dass der ängstlich zusammenfährt. »Hast du die beiden Verbrecher also endlich festgenommen, Colleen!«

»Das ist der Typ?« Kenny springt auf und wirkt plötzlich beunruhigend aggro. Shit, was hat sie dem bloß erzählt, als die Nacht lang war, überlegt sie und zerrt Martin zur Tür – »Wir klagen euch in Grund und Boden!«, brüllt der noch über die Schulter –, dann stehen sie im Großraumbereich, und hundert Kollegenaugenpaare starren sie genüsslich an. Da bietet sie ihrer Dienststelle ja heute das volle Programm öffentlicher Demütigung.

»Du reißt dich jetzt mal zusammen, Martin«, zischt sie. »Für einen Juristen benimmst du dich gerade echt grenzwertig. Von einem Lebenspartner ganz zu schweigen.« Er schaut sie an, als wolle er ordentlich einsteigen auf das Thema »Lebenspartnerschaft«, aber auch er spürt die schaulustigen Blicke im Nacken.

»Und mit diesen Wochenenden muss Schluss sein«, presst sie zwischen den Lippen hervor. »Wir vermuten, dass *It's a Man's World* und sein Träger *Vincentina* Tarnorganisationen einer militanten, vielleicht terroristischen Vereinigung ist und Kilbourne mit drinsteckt.«

»Ist das dein Ernst?«, platzt es aus Martin heraus, viel zu laut, und da latscht auch schon Dominik vorbei, ein süffisantes Grinsen auf den Lippen, wahrscheinlich frisch befördert von Hoseley. Martin senkt die Stimme: »Colleen, ich frage noch mal, ist das dein Ernst oder einer deiner blöden Witze?«

Colleen sieht im Augenwinkel, wie die Jalousie ihres Glasbüros sich einen Spalt weit öffnet und zwei Augenpaare sie anstarren. »Es passt alles zusammen.«

»Habt ihr Beweise?«

Diese Frage kommt jetzt aber verdächtig schnell, oder? Und Martins Stimme? Ist die normal, oder empfängt sie da nervöse Schwingungen?

»Wer weiß …«, sagt sie und spielt mit ihrem Ehering.

»Und du glaubst, ich würde bei so was mitmachen? Das ist doch völlig absurd.« Martin lacht, schüttelt den Kopf. »Canino ist Schauspieler! Seine Paraderolle ist der Einschleifer in Kriegsfilmen, weil er schreien kann, dass ihm fast die Adern an Hals und Stirn platzen. So ist er auf die Idee gekommen. Ein bisschen sporteln im Wald – der perfekte Ausgleich für Männer wie mich, die den ganzen Tag in Großraumbüros gepfercht sind und ihre überschüssige Energie abbauen müssen! Ein reiner Freizeitvertreib. Wie Boxen.«

»Und wozu braucht Canino dann diese Hass-Videos auf YouTube?!«

»Alles Teil der Inszenierung«, unterbricht Martin sie. »Komm, du hast doch sonst nicht solche Scheuklappen vor den Augen. Das ist ein Spiel! Re-Enactment – wie bei den Nachstellungen historischer Schlachten oder so. In den USA ein Riesengeschäft, aber bei uns steht man sofort unter Rechtsputschverdacht.« Interessant, denkt Colleen. Früher hätte Martin da anders argumentiert. Aber Menschen ändern sich offenbar. »Colleen: Die wurden sogar vom Bundesministerium für Sport, Freizeit und Erziehung gefördert!«

Colleen schaut ihn an und versucht, schlau aus dem Mann zu werden. Aber ob ihr das Ganze jetzt sympathisch ist oder nicht – vielleicht hat er ja Recht? Aber selbst wenn Canino tatsächlich bloß aus der Stahlgewitter-Sehnsucht verunsicherter Seelen Kapital schlägt, bleibt immer noch eine letzte Möglichkeit, die nicht unbedingt beruhigender ist: Canino meint den ganzen Mist zwar nicht ernst, aber er wird ernst genommen. Und hat seine Jünger nicht mehr im Griff. Also, letzter Versuch:

»Martin, es gibt ein konspiratives Netzwerk von Leuten, und die reden vom *›Tag, an dem sie erwachen‹* und …«

»Das sind doch nur deine Vorurteile!« Martin hat seine Lautstärke schon wieder nicht unter Kontrolle. »Nur weil du Brandenburg, Waffen, Stacheldraht und Armeekleidung hörst, denkst du gleich: Nazis, die die Bundesrepublik unterwandern und Flüchtlingsheime anzünden. Das ist Racial Profiling, nur umgekehrt – aber genauso dämlich.«

Im Augenwinkel sieht Colleen, wie Geldscheine zwischen ihren Kollegen hin- und herwandern. Wetten die etwa auf ihre Reaktionen?

»Jetzt hör mir mal zu.« Sie bleibt ganz die Ruhe selbst. »Offenbar gibt es da Leute aus diesem schlauen ›Spiel‹, die im echten Leben gewalttätig werden. Weil sie an das Zeug glauben, was in *Der Löwe und die Lilie* steht!«

Martin zuckt die Schultern. »Möglich, dass es ein paar Verrückte gibt, die nicht mehr zwischen Fiktion und Realität unterscheiden können. Aber deswegen kann man doch kein Geschäftsmodell aufgeben. Nur weil es Amokläufer gibt, die Egoshooter spielen – ach, du weißt, was ich meine.«

»Aber hier werden Menschen an Waffen ausgebildet!«

»Waffen?« Martin schaut verwirrt. »Ich glaube, jetzt siehst du echt Gespenster. Da wird Paintball gespielt! Hast du mal zu Hause in die Wäschetruhe geguckt? Da liegen noch die Klamotten.«

So weit kommt es noch, dass sie zu so einer Frau mutiert, die in der dreckigen Wäsche ihres Mannes wühlt und an den Hemdkragen nach Lippenstift sucht. Aber stimmt, sie erinnert sich, da war irgendwas Buntes.

»Die haben Auster fast kaltgemacht!«, sagt sie kleinlaut.

»Das war doch alles nur Teil des Spiels! Es gibt immer einen Maulwurf auf diesen Wochenenden, den es zu enttarnen gilt. Diesmal hätte ich es sein sollen, und Auster hat eben meine Stelle eingenommen. *Er* hat das alles zu ernst genommen. *Er* ist der Psychopath, der mit scharfen Waffen rumgeballert hat!«

Colleen ist verwirrt. Woher weiß Martin das überhaupt? Hat der jetzt eine Dauerleitung zu Canino und Kilbourne, wo er keine Zeit mehr auf ihre Beziehung verschwenden muss? Und warum stapft da gerade ein Automechaniker mit hochrotem Kopf an ihnen vorbei in ihr Büro? Die Fensterlamellen klappen augenblicklich runter.

»Was ist mit dem Jagdschein?«, sagt sie paralysiert. »Braucht ihr da keine echten Waffen? Hat Kilbourne das Reh etwa zu Tode gestreichelt?«

Martin nimmt sie an den Schultern und kommt mit seinem Gesicht ganz nah.

»Colleen, mit diesen Leuten spaßt man nicht, vor allem nicht mit Kilbourne. Ich spreche hier nicht von Gewalt, ich spreche von Anwälten und guten Beziehungen. Es wäre besser für dich, wenn du es jetzt damit bewenden lässt.«

War das gerade eine Drohung? Sie stößt ihn weg. Jetzt kann sie auch nicht mehr die Zimmerlautstärke einhalten.

»Schickt Canino dich? Oder Kilbourne?«, brüllt sie. Ihre Stimme klingt unangenehm schrill.

Martin schüttelt entnervt den Kopf. »Colleen, hör zu, diese Leute sind mächtig. Die planen keine Revolution, aber die gehen für ihre Interessen – sehr weit.«

»Bist du eigentlich noch auf meiner Seite, oder schon auf deren?« Sie würde ihm am liebsten einfach eine verpassen. Aber das würde nur die Kollegen beglücken, die ihre Kohle auf einen Ausraster gesetzt haben.

»Das weiß ich mittlerweile auch nicht mehr so genau«, sagt Martin. Dann lässt er sie stehen.

»Sind Sie Daniel?« Plötzlich steht ein Beamter vor Bryan, einen ölverschmierten Overall in Polizeifarbe (was es nicht alles gibt!) am massigen Leib, sein Schnurrbart bebend vor Wut. Ist heute der Tag der offenen Tür oder was? Kein Wunder, dass die Cops nie was auf die Reihe kriegen, wenn es auf dem Revier immer zugeht wie in einem Taubenschlag.

»Sagen Sie Ihrer Chefin, es ist eine Frechheit, nie ans Telefon zu gehen! Seit einer Woche versuche ich, sie zu erreichen!«, brüllt er weiter und wirft einen Beweisbeutel auf den Schreibtisch. »Seit geschlagenen sieben Tagen gammelt dieser Mist bei uns in der Werkstatt rum!«

»Ich fürchte, ich verstehe nicht ganz …« Mit den Fingerspitzen hebt Bryan den Beutel hoch, in den leere Blutkonserven samt Infusionsbesteck gestopft sind. Braune Blutreste schwappen in den Plastikschläuchen hin und her. Würg.

»Sind Sie schwer von Begriff?« Der Mann ist wirklich nicht gerade gut gelaunt. »Das Zeug haben wir beim Entkernen von Harry Jones' Fluchtwagen gefunden.«

Als Bryan immer noch kein Licht aufgeht, wütet der Beamte, man habe die Fuhrpark-Abteilung kürzlich als privates Joint Venture ausgegliedert, um beschlagnahmte Wagen fit zu machen und für ein Taschengeld nach Afrika zu verschiffen, das sei nur die letzte logische Konsequenz aus dem Sparkurs, bei dem jede Mark zweimal umgedreht werde, und hochqualifizierte Beamte wie er müssten jetzt an Rostlauben rumschrauben – unter »höherem Dienst« habe er sich jedenfalls keine Hebebühne vorgestellt!

Noch ein paar Mal wird wütend in die ahnungslosen Gesichter von Bryan und Kenny gestarrt, dann resigniert der Mann. Protest verpufft, zurück an den Wagenheber. Armes Schwein. Die zornig hereinkommende McCollum wird aber zumindest noch halb umgerempelt beim Abrauschen, bisschen Gerechtigkeit muss sein.

Bryan beugt sich über den Beweisbeutel und begutachtet ihn genauer. *Soma – God's Drink for Average Humans* steht auf den leeren Blutkonserven, *Blutgruppe 0, Rh-, gekühlt lagern, haltbar bis 20.12.2021.*

»Was zum Teufel ist das nun wieder?« Ihm wird langsam schwindelig von den ganzen Apps, Start-ups und innovativen Produkten, da kann doch niemand den Überblick behalten. Wie viele will Kilbourne noch mal erreichen? 1000? Und alle haben irgendeine geheime Bedeutung …

»Ach, das ist doch ein alter Hut.« Kenny greift nach dem Ekelzeug, »abgekupfert vom PayPal-Gründer. Eine verjüngende Kosmetiklinie aus Fremdblut. Direktbluttransfer hält die Zellen frisch, das haben Tests an Mäusen gezeigt, und was für

Mäuse recht ist, muss für Menschen billig sein. Das hier scheint so was wie das Rohprodukt vor der Verarbeitung zu sein –«

Bah, wer schmiert sich denn so was auf die Haut? Colleen schüttelt sich. Aber nicht nur auf die Haut, wenn man die Einstichlöcher in Kilbournes Arm in Betracht zieht, und dass er sich vielleicht nur dank *Soma* so gut gehalten hat (diese jugendliche Energie, die Milchbubifresse, ist schließlich unersetzliches Asset jedes Tech-CEOs). Und plötzlich geht ihr ein Licht auf: Nur so konnte Harry Jones trotz Schusswunden im Bauch noch zwei Tage überleben und 1,5 Leute umlegen. Er hat bei *Valhalla Capital* Blutkonserven geklaut und sich selbst eingeflößt!

Und er wird ihnen jetzt sagen, wie sie da reinkommen.

50
DER KLEINE DIENSTWEG

Während sie darauf warten, dass Harry Jones aus der U-Haft hergebracht wird, hält »das Team«, wie Auster ihre Dreiercombo jetzt dauernd nennt, bei offenem Fenster einen Kriegsrat ab. Unten auf dem Parkplatz tummeln sich die Kollegen nach Feierabend, die Hälfte geiert wegen Colleens Suspendierung wahrscheinlich schon auf den Corolla, besonders Darius sieht sich bestimmt in der Pole-Position, und sie werden mit Austers Müllkutsche bei Kilbourne vorfahren müssen.

Colleen versucht, sich für einen Moment aus dem Gespräch auszuklinken und in den Mediationsmodus zu kommen. Nach der Episode mit Martin muss sie mal kurz die Nerven entspannen – so eine langjährige Beziehung endet nicht alle Tage derart spektakulär und öffentlich –, was aber nahezu unmöglich ist, weil Auster die ganze Zeit an seiner nackten Oberlippe rumzuppelt wie ein Zwangsneurotiker (eine gründliche Nassrasur war ihre zweite Bedingung für seinen Präsidiumsbesuch), und in einer Tour über die nächsten Schritte wasserfallt.

»Ich würde vorschlagen, wir gehen zur Wachablösung rein«, sagt er gerade mit einem Expertengesicht.

Er nun wieder. Noch so eine schwachsinnige Fiktion, ausgerechnet bei Wachablösung seien Gefängnisse/Museen/Casinos am verwundbarsten. Obwohl es unlogisch ohne Ende ist, muss sich das Klischee irgendwie verselbstständigt haben, denn ohne diesen Satz funktioniert kein Bankraub mehr im Film oder Roman. Colleen rät aus Erfahrung: Niemals zur Wachablösung einbrechen. Denn dann sind nicht nur rein zahlenmäßig doppelt so viele Wachleute anwesend, sondern die sind auch noch definitiv wach, weil ein Kollege sie kontrollieren kommt. Außerdem haben die Wachleute ja auch dieselben Filme gesehen, rechnen also gerade zur Wachablöse mit dem Überfall usw. usf. Und das denkt Colleen nicht bloß, sondern sagt es auch laut.

So eine elende Klugscheißerin diese McCollum, denkt Bryan, aber wollen wir doch mal sehen, ob die suspendierte Frau Kommissarin es wirklich schafft, an Jones heranzukommen. Sie warten hier schließlich schon geschlagene drei Stunden, und so langsam ist das Betätigungsangebot eines Polizeireviers auch erschöpft, wenn die Spießer ihn nicht endlich mal auf den Schießstand oder in die Asservatenkammer lassen.

»Nur Geduld«, grinst McCollum zweideutig, als er sie mal wieder darauf hinweist, dass gerade Lauras Lebenszeit runtertickt, während sie hier eine ruhige Kugel schiebt. »Der Wärter schuldet mir noch was.«

Ah, natürlich. Das A und O jeder Dienststellendynamik: Gefälligkeiten. Das ist wohl die höchste Kunst des Polizisten – sich in eine Position zu bringen, Gefälligkeiten einfordern zu können. Einfach mal weggucken, wenn ein Kollege einen Gefangenen vertrimmt, schon kann man künftig auf ihn zählen. Bryan will gar nicht wissen, was für Gräueltaten Colleen unterschlagen hat, um den U-Haft-Wärter in ihre Schuld zu bringen, oder wenn er es sich recht überlegt, will er es doch.

Aber noch bevor er McCollum ausquetschen kann, klopft irgendein Fußsoldat an die Bürotür, einen Gefangenen auf Krücken im Schlepptau. Er ist es tatsächlich: der Hertha-Fan aus dem Auto. Der Mann, dessen große Liebe er auf dem Gewissen hat. Harry Jones. Respekt, denkt Bryan, als die beiden Richtung Verhörraum abziehen. Andere legen sich in der Zelle ins Bett, starren stumpf an die Decke und zählen mit Kreidestrichen ihre Tage, aber nicht Harry Jones. Er muss jede freie Minute in der Zelle mit den Krücken trainiert haben (aber freie Minuten gibt es dort bekanntlich viele), denn sein Schwung-Schritt ist regelrecht dynamisch – er hat wohl geahnt, dass er früher oder später noch eine Chance bekommen wird. Und so manisch, wie er McCollum durch die Glastür angegrinst hat, rechnet er damit, dass das genau jetzt der Fall ist.

»Macht es euch gemütlich, Jungs«, sagt McCollum. »Der Kaffee ist vorzüglich.« Sie macht Anstalten, den Raum zu verlassen, aber Bryan hält sie am Arm fest: »Kann ich vielleicht zugucken? Es gibt im Verhörraum doch bestimmt so ein Sichtfenster?«

Obwohl Auster hier alles angetatscht, ihre schöne Lamellenjalousie ausgeleiert, den Wasserspender halb leer gesoffen und ihre Kollegen dermaßen mit Fragen gelöchert hat, dass sie ihn mit körperlicher Gewalt entfernen musste, lässt Colleen ihm zuliebe Harry Jones in den großen Verhörraum mit der Glasscheibe verfrachten, der sonst eigentlich nur zu Vorführzwecken am Tag der offenen Tür benutzt wird.

Als sie reinkommt, fläzt Harry Jones auf seinem Stuhl herum und krault sich in obszöner Ausführlichkeit den Schritt seiner Sträflingskleidung, und zwar beidhändig, wegen der Handschellen.

»Was wollen Sie, McCollum? Ich hab doch schon gesagt, ich weiß von nichts.«

»Aber *wir* wissen jetzt, wer Audrey ermordet hat. Sie können uns dabei helfen, die Mörder zu finden.«

Jones kippelt desinteressiert mit dem Stuhl. »Mein Anwalt hat doch schon deutlich gemacht, dass ich noch nie was von einer Audrey gehört habe.«

Colleen packt ihn am Genick. Jetzt ist es doch mal Zeit, seinen Kopf auf den Tisch zu hauen. Gesagt, getan. Gott, tut das gut. Noch mal.

»Haben Sie gar keinen Anstand?«, brüllt sie in Jones' Ohr. »Ich dachte, Sie haben sie geliebt? Und jetzt verleugnen Sie sie?«

Colleen lässt ihn los und lehnt sich schwer atmend an die Wand. War das gerade wirklich sie, oder macht sie nur so auf hart, weil hinter der Scheibe Zuschauer stehen und Auster ihr diesen Hardboiled-Quatsch eingeredet hat? Oder benutzt sie ihn gerade nur als Druckventil für ihre Heidenwut auf Martin?

»Audrey ist tot.« Harry spuckt dünne Blutfäden aus. »Was bringt es ihr, wenn ich mich verquatsche und noch länger im Knast sitze? ... Rein hypothetisch gesprochen natürlich.«

»Wir wissen, dass Sie *Soma*-Blutkonserven geklaut haben. Wir haben sie in ihrem Fluchtwagen gefunden.«

Colleen wirft die leeren Beutel vor ihn auf den Tisch.

»Sie müssen mir zeigen, wie Sie bei *Valhalla Capital* reingekommen sind. Springt bestimmt eine Strafminderung mit Freigang für Sie raus.«

Harrys Augen beginnen plötzlich zu glühen. Aber nicht, weil ihn die Aussicht auf ein paar Jahre Strafminderung in Ekstase versetzt – so blöd, das zu glauben, ist Colleen auch wieder nicht –, sondern weil er einen Plan hat.

»Erklären ist schwierig. Meine Erinnerung ist nicht mehr so gut, wissen Sie. Ich glaub, Sie haben mir eine Gehirnerschütterung verpasst.« Er reibt sich demonstrativ den Kopf. »Aber wenn ich die Stelle vor mir sehe, erinnere ich mich vielleicht, wie man da reinkommt ...«

Grinsend lehnt er sich zurück: »Besorgen Sie uns ein paar Wäscheklammern.«

51
DEEPER UNDERGROUND

Während sie in einer Seitenstraße, ein paar hundert Meter von *Valhalla Capital* entfernt, auf den Gefangenentransport warten, macht ein Dübel die Runde, und man sieht, wie stolz McCollum ist, dass sie dabei ganz selbstverständlich miteinbezogen wird, aber das liegt eigentlich nur daran, dass es sonst keine Runde wäre, und eine Runde ist nun mal unabdingbar für die Geselligkeit, findet Bryan.

Endlich biegt der blau-silberne Bulli um die Ecke, und ein Wärter hilft Harry Jones aus dem Wagen, Hand-auf-dem-Kopf wie in US-amerikanischen Serien. Bryan zieht den Kopf ebenfalls ein und versucht, sich so gut es geht in seinem Trenchcoat unsichtbar zu machen. Zum ersten Mal Auge in Auge mit dem Mann, dessen Mädchen er auf dem Gewissen hat. Wenn der ihn erkennt, heißt es wahrscheinlich Auge *um* Auge, und Bryan wird mit der Handschellenkette erwürgt.

Doch Jones mustert ihn nur kurz, befindet ihn für ungefährlich und krückt auf McCollum zu. Hatte also auch sein Gutes, dass sie Bryan gezwungen hat, sich den mühsam gezüchteten Schnauzer abzurasieren. Auch wenn es juckt wie die Hölle.

»Ich kann nicht, wenn jemand zuguckt.« Jones deutet auf seinen Aufpasser und klimpert mit seinen Handschellen. McCollum unterschreibt ohne zu zögern irgendeinen Wisch, den der Wärter ihr hinhält – wahrscheinlich noch ein Fall von Duschuldest-mir-was, mit rechten Dingen geht es jedenfalls nicht zu – dann nimmt der Beamte Jones die Handschellen ab und fährt im Polizeibulli davon.

»Na, dann. Wollen wir?«, sagt McCollum und will schon reisegruppenmäßig Richtung *Valhalla-Capital*-Haupteingang loslatschen, aber Jones macht keine Anstalten, ihrem Regenschirm zu folgen. Stattdessen kniet er sich ächzend auf den Asphalt und hakt seine Finger in die Löcher eines Gullideckels. Er pustet einmal durch, dann hebt er ächzend den Deckel an. »Los, Kleiner« – Jones' rotgefärbte Visage grimassiert in Bryans Richtung, und gemeinsam wuchten sie das sauschwere Teil zur Seite, auch wenn seine Ärmchen Jones wohl hauptsächlich psychologisch unterstützen.

Der Fäulnisgeruch, der zu ihnen aufsteigt, ist so überwältigend, dass Bryan ein paar Meter zurückweicht.

»Ahhh, der Duft von Freiheit!« Jones atmet demonstrativ ein. »Haben Sie die Wäscheklammern dabei?«

McCollum kramt die Dinger hervor, die sie auf dem Weg in einem Vorgarten von der Leine geklaut haben, und Jones steckt sich eine auf die Nase.

»Nach Ihnen«, sagt er mit einer Donald-Duck-Stimme und verbeugt sich vor McCollum wie ein Hotelpage beim Türöffnen.

»Vergiss es, Harry. Du zuerst.«

Mit einem Schulterzucken klemmt er seine Krücken unter die Achseln und taucht im Gulli ab.

»Den Zugang haben wir zufällig bei unseren Kontrollgängen im Heizungskeller von *Valhalla Capital* entdeckt«, erklärt Jones Colleen, während sie darauf warten, dass Kenny und Auster die Leiter herunterkommen. »Muss mit der Fabrik zu tun haben, die vorher im Gebäude war.«

Sie lässt ihre Smartphone-Taschenlampe durch das Backsteingewölbe geistern. Der glitschige Steg ist gerade breit genug für eine schmale Person, daneben fließt gelbliche Klärbrühe, aus der kleine Blasen aufsteigen und an der Oberfläche zerplatzen. Mann, hätte sie jetzt gern wieder Martins Gummistiefel an den Füßen, ihre Heels haben dann doch etwas zu wenig Profil für dieses Terrain. Und irgendwie waren die Dinger zur Abwechslung auch ganz bequem.

Sie bindet noch schnell das rote Garn – das aus irgendeinem Grund seit Wochen in ihrer Jackentasche auf seinen Einsatz wartet – an die Leiter, dann gehen sie im Gänsemarsch los, Harry mit seinen Krücken voran. Im bläulichen Licht der Handys ducken sie sich unter vermoosten Rohren hinweg, Schatten mit langen Schwänzen wischen an ihren Hosenbeinen entlang wie Katzen, und einmal kommt es Colleen so vor, als würde irgendwas Längliches an ihnen vorbeischwimmen, aber weil sie keine Lust hat, die Leiche aus der Brühe zu ziehen, wie es das Protokoll bei Leichensichtung erfordert, entscheidet sie sich, dass es wohl ein Krokodil sein muss.

In der Ferne sieht Bryan Lichter, kurz darauf hört er Stimmen. Hat Jones sie in eine Falle gelockt? Empfangen sie da jetzt seine finsteren Kumpanen, um sie ins blubbernde Klärwasser zu schubsen, das augenblicklich das Fleisch von ihren Knochen ätzt?

»Keine Sorge«, sagt Jones, als er merkt, dass die Gruppe langsamer wird, »das ist nur Professor Fane mit seinen Studenten. Die machen hier regelmäßig Anschauungsunterricht.«

Uni am späten Abend? Dubios, denkt Bryan, mit Sicherheit keine Geisteswissenschaftler. Doch als sie näherkommen, sehen sie tatsächlich einen hageren Mann im weißen Kittel, um sich eine Gruppe Studenten geschart, der mit einem Zeigestock in der Luft herumfuchtelt. Vor der Gruppe ragt ein riesiger Klumpen aus dem Klärwasser, glänzend im Licht der studentischen Lampen, ein Schleimbatzen, wie Bryan ihn nicht schöner hochziehen könnte, durchsetzt mit Kondomen, Tampons und was man sonst noch alles das Klo runterspült (Zahnseide, Handys, Eheringe).

»Der Blutkreislauf ist vergleichbar mit einer Kanalisation«, sagt der Prof und sticht mit seinem Stock in den zähen Batzen. »Hier sehen Sie, was passiert, wenn Gefäße verkalken und verfetten. Fett plus Natrium bildet Fettstein, das ist im Blutkreislauf nicht anders als in der Kanalisation. Das Fritteusenfett landet hier unten, das Fett der Pommes in Ihren Gefäßen. Und beide richten genau das Gleiche an! Nach und nach verstopft das Gefäß und irgendwann ...« – der Professor macht eine dramatische Pause – »... plopp! Schlaganfall.«

In Colleens Bauch rumoren die gesammelten Pommes Mayos ihres Lebens, und es kommt ihr auf einmal so vor, als wälze sich das Blut furchtbar dickflüssig durch ihre Adern, eine Enge drückt ihr auf die Brust, aber das ist bestimmt bloß wieder ihre Klaustrophobie. Schlaganfall liegt zum Glück aber nicht in der Familie, beruhigt sie sich, nur Zucker, Rücken und Melancholie.

»Kommt weiter jetzt«, sagt Harry. »Hier entlang.«

Sie schalten ihre Taschenlampen-Apps wieder ein, und pilgern weiter den schmalen Steg entlang. Vom Echo zerhackt hören sie noch, wie der Professor anhand einer Rattenkolonie irgendeinen Blutparasiten erläutert.

Ein paar Abzweigungen später zeigt Harry auf ein kniehohes Loch, das in die Backsteinwand gebrochen ist. Colleen will gerade sagen, dass er wieder zuerst reinkriechen soll, aber da sind Auster und Kenny schon enthusiasmiert im Loch verschwunden. Harry schaut sie an und grinst verdächtig breit. »Tschuldigense, Frau Kommissarin«, sagt er und lehnt seine Krücken vorsichtig gegen die Wand des Kanalschachtes, »ist nichts Persönliches«, dann verabschiedet er sich mit einem kräftigen Stoß in ihre Magengrube.

Als würde sie in der Wasserrutsche das Bikinihöschen zwischen die Arschbacken klemmen, schlittert Colleen über den glitschigen Boden auf die Klärbrühe zu. Im letzten Moment kann sie irgendwas Weiches packen, vielleicht eine Ratte, die sich wiederum mit dem Schwanz irgendwo festhält, und sich immer mehr in die Länge zieht wie ein Gummiband, bis Colleens Körper kurz vor dem Ende des Stegs zum Halten kommt. Puh, das war knapp.

Das Klackern von Harrys Krücken hallt hinter ihr durch den Tunnel. Sie macht sich gar nicht erst die Mühe ihm zu folgen oder hinterherzuschießen – bei ihrem Glück würde die Kugel an der Wand abprallen, zickzack im konkaven Gewölbe machen, und sie karmamäßig selbst ins Bein treffen. Außerdem hat sie ja geahnt, dass das passieren würde und es bewusst in Kauf genommen, ein kleiner Deal unter Feinden. Wird zwar wieder ein Haufen Papierkram, aber egal. Colleen sieht Jones wehmütig nach, wie er humpelnd im Schummerlicht der Kanalisation verschwindet – auf dem Weg zu seinem nächsten letzten großen Ding.

52
MOVE FAST AND BREAK THINGS

Wie kann man nur so dumm sein? Bryan reibt die pulsierende Beule auf seiner Stirn. Der Gang war eine Sackgasse, zugemauert nach ein paar Metern, und er ist mit der Rübe voll dagegen gekracht. Dass er nicht früher daran gedacht hat! Dabei ist der Dekalog des *Detection Clubs* aus dem Jahr 1929 – so was wie das Reinheitsgebot des Detektivromans – in dieser Hinsicht unmissverständlich: *Regel Nr. 10 – Es ist nur ein einziger Geheimgang pro Geschichte erlaubt.* Und den hat sein idiotischer Vater ja schon zu Hause in der Detektei verbraten, um Steuern zu sparen. Danke für nichts, Papa. Wenn das hier schiefgeht, hat der Laura auf dem Gewissen. Wäre aber auch zu schön gewesen, per Geheimgang direkt in die Höhle des Löwen zu gelangen …

Zumindest stinkt es an der frischen Luft nicht mehr so bestialisch wie unten im Kanal. Nachdem sie gefühlte Ewigkeiten an McCollums Garnfaden zurück zum Einstieg geirrt sind (»Nicht nur du hast Romane gelesen, Auster«), stehen sie jetzt Schlange an der Rückseite des *Valhalla-Capital*-Hauptquartiers, um sich für *Soma* Blut abzapfen zu lassen, Kennys Idee. Und McCollum ist mal wieder nichts Besseres eingefallen. Ein paar Parkplatzfunzeln erleuchten die illustre Mischung aus Hartz-IV-Aufstockern und Start-up-Touristen vor ihnen, wobei Letztere wohl auch hundert Euro für ihre Blutspende bezahlen würden, damit sie hinterher in ihrem Blog behaupten können, Beta-Tester bei *Soma* gewesen zu sein.

Die Schlange rückt nur langsam voran, immer wieder werden Leute ohne erkennbaren Grund abgewiesen, nur selten gleitet die Tür zur Seite und ein heller Lichtschein dringt heraus. Niemand sagt ein Wort. Eine nervöse Unruhe erfasst Bryan, sein Herz schlägt, als stünde er in einer Schlange vor einem Club, er muss sich immer wieder versichern, dass sie eine gute Gruppe sind, eine Frau und zwei Männer, ausgefallen gekleidet, wenn sie jetzt noch wissen, welcher DJ heute spielt, ist alles safe. Nur der Kanalisationsgestank kann ein Problem werden, denn selbst die Obdachlosen halten sicheren Geruchsabstand, weil aus McCollums Trenchcoat immer noch dickflüssiger Modder tropft. Die muss mindestens zehn Meter durch die Kanalisation geschlittert sein, als Harry Jones sie ausgeknockt hat.

Kurz bevor sie an der Tür angelangt sind, hält Kenny ihnen einen Tiegel mit einer hautfarbenen Creme hin: »Hier, schmiert euch das ins Gesicht.«

»Was ist das?« McCollum taucht einen Finger hinein und zieht die Creme zu einem langen schleimigen Faden.

»Von der Konkurrenz: *GlitchSkin*, Anti-Face-Recognition-Schminke. Damit wir durch den Gesichtsscan am Eingang kommen.« Er reibt sich die Wangen ein.

Bryan zögert. Die Paste riecht schlimm nach Kloreiniger, nicht gerade das, was er im Gesicht haben will, wenn er Laura aus den Fängen der feindlichen Schergen befreit.

»Keine Sorge um deinen Teint, Mäuschen«, sagt Kenny. »Ich benutze das schon seit drei Monaten. Ist dermatologisch wunderbar verträglich. Neun von zehn Usern würden *GlitchSkin* empfehlen.«

»Moment.« Bryan zögert. »Warum hast du uns das Zeug nicht gegeben, bevor wir runter in die Kanalisation sind?«

Kenny zuckt die Schultern. »Ich dachte, ihr beiden Adrenalin-Junkies habt sicher Lust auf ein bisschen Action …«

Bryan will Kenny gerade an die Gurgel gehen, da werden

vor ihnen noch zwei Hipster weggeschickt – »für euch heute leider nicht« –, und sie stehen vor der Metalltür. Eine Handvoll Kleister landet in Bryans Fresse, dann gleitet ein blasses Licht über ihre Gesichter. Einen Moment passiert nichts, als müsse der Algorithmus kurz überlegen, dann öffnet sich die Tür zu einem ratternden Aufzug.

Colleen tritt zitternd aus der Klapperkiste – nicht gerade hilfreich, wenn noch zwei Leute mehr die uralten Drahtseile beanspruchen, sobald es rasant abwärts geht – und läuft direkt in die Arme eines Türstehers von der Dimension eines Billy-Regals, eher hoch als breit. Es ist einer der Typen, die sie damals beim Pokern unterbrochen hat, der mit dem indischen Sonnenrad auf der Glatze, aber da sie für ihn offensichtlich kein einprägsames Merkmal trug, scheint er sie nicht wiederzuerkennen, und sie ist deshalb froh und beleidigt zugleich.

Mit eingezogenem Kopf führt er sie durch endlose Gänge mit tropfenden Rohren und bröckelndem Putz, und plötzlich ist auch wieder dieses bedrohliche Dröhnen da, Colleens Nackenhaare stellen sich auf, und in ihrer Magengrube macht sich ein Unwohlsein breit, als würde ihr jemand langsam die Kotze die Speiseröhre hochmassieren.

Der Typ stößt eine rostige Tür auf.

»Hierbleiben, bis Sie aufgerufen werden.«

Der Warteraum ist zu Colleens Enttäuschung ziemlich spartanisch mit Blutspendefraß ausgestattet – sie hatte sich schon auf Milchschnitte und Weintrauben gefreut –, auf einem Tapeziertisch steht eine Platte mit belegten Brötchen, auf denen die Wurst nachdunkelt und der Käse sich nach oben biegt, in einem Kühlschrank klirren alkohol- und zuckerfreie Kaltgetränke aneinander, vor allem Eistee, verdächtig viel Eistee. Ein paar Leute sitzen kauend auf Klappstühlen, die Blicke starr auf ihre Handys gerichtet. Durch ein Fenster sieht man einen turnhallengroßen

Raum mit unzähligen Liegen, säuberlich in Reihen aufgestellt wie in einem Feldlazarett. Poster mit dem Aufdruck *Soma – Look like you can live forever* hängen an den weiß gestrichenen Kellerwänden, von denen an mehr als einer Stelle die Farbe bröckelt. Jede Liege ist mit einem Spender belegt, in der Armbeuge eine Kanüle mit einem Plastikschlauch, der in einem schneeweißen Automaten am Kopfende der Liege verschwindet, einer Zapfsäule nicht unähnlich. Für eine bessere Durchblutung kneten manche Spender kleine Schaumstoff-Weltkugeln mit aufgedrucktem *Valhalla-Capital*-Logo, andere starren auf ihre Handys oder verstecken ihre Gesichter hinter Lifestyle-Magazinen.

Weil McCollum und Kenny ausgerechnet jetzt von einem Fressflash heimgesucht werden, schlüpft Bryan allein in den Behandlungssaal. Er geht die Reihen ab und weicht dabei den Pflegekräften aus, die zwischen den Liegen patrouillieren, Kanülen legen, bei blass gewordenen Spendern den Blutdruck messen und die gefüllten Blutkonserven beschriften. Die Stimmung ist entspannt, es werden Beweis-Selfies gemacht (»I was at *Soma*«), Bonushefte wie bei Kaffeeläden abgestempelt, und zum Abschied werden Gutscheine für ein veganes Restaurant namens *Der wilde Mann* verteilt. Aber von Lauras blondem Haarschopf keine Spur.

Als er gerade frustriert in den Warteraum zurückkehren will, entdeckt Bryan im Augenwinkel Spadow, der es sich mit übereinandergeschlagenen Beinen auf einer Liege bequem gemacht hat und Zigaretten stopft, während dickflüssiges Blut aus seinem faltigen Arm rinnt. Auf dem Bauch hat er schon eine kleine Pyramide von fertigen Kippen angehäuft. Ein Rätsel, wie der es überhaupt durch die Gesichtskontrolle geschafft hat. Wen soll denn dessen Blut verjüngen? Methusalem?

Bryan beugt sich zu ihm runter und zischt: »Was machst du denn hier?«

Spadow blickt kaum auf und zieht eine fertige Zigarette aus dem Gerät. Er wirkt nicht sonderlich überrascht, dass Bryan hier plötzlich auftaucht.

»Irgendwie muss man ja an Geld kommen, wenn einem der Job plötzlich wegbricht ...«

Spadow greift mit einem vorwurfsvollen Blick in eine Dose mit Javanse-Stopftabak von REWE. Das macht Bryan jetzt wirklich fertig. Nicht mal seine heißgeliebten Camels kann er sich noch leisten, und alles nur wegen ihm: der große Spadow in der Altersarmut. Bryan hält ihm seinen Tabakbeutel hin.

»Hast du vielleicht Laura irgendwo hier unten gesehen?«, fragt Bryan leise, als Spadow den gesamten Inhalt in seinen eigenen ledernen Beutel umgefüllt hat.

»Sorry«, Spadow winkt mit dem freien Arm eine Pflegekraft herbei. »Auskünfte ab jetzt nur noch gegen Bares.«

»Hier ist sie jedenfalls nicht«, sagt Auster, als er mit düsterer Miene zurück in den Warteraum gestiefelt kommt. Und ergänzt entnervt: »Laura!« Ups. Colleen scheint wohl fragend geguckt zu haben, dabei kaut sie doch nur. Er ist aber auch wirklich eine Mimose.

Ihr ist mittlerweile furchtbar übel von den ganzen Broten mit der billigen Salami, und auch Gambol sieht ein bisschen mitgenommen aus. Aber irgendwie war es auch gut, die Mischung aus Pressfleisch und Margarine ... Wie nennt man so was noch mal? Stressfressen? Aber sie wird sich von Auster kein schlechtes Gewissen einreden lassen. So eine Stärkung vorm großen Finale ist doch durchaus sinnvoll. Vor allem wenn man gerade die Snackbox unter dem Tisch entdeckt hat ...

»Kommt ihr jetzt endlich?«, fragt Bryan.

Sie laufen an den Aufzügen vorbei und landen in einem Gang mit flackernden Neonröhren, von dem reihenweise verschlossene Türen abgehen. Auster drückt jede einzelne Klinke nach unten, als könne hinter jeder Tür seine Laura stecken, aber immer ist dahinter wieder nur ein Gang mit Neonröhren und neuen Türen. Es ist wie in einem Albtraum.

Wahllos öffnen sie Türen und folgen endlosen Gängen, schon bald haben sie sich hoffnungslos verirrt, die einzige Richtung lautet: immer dem grausligen Dröhnen nach, das mal von links, mal von rechts zu kommen scheint. Es ist nicht unbedingt laut, eher eine tiefe Vibration, die Colleens Eingeweide erfasst, als würde sie im Club neben einer Bassbox stehen. Jeden Moment rechnet sie damit, dass eine rote Alarmleuchte aufblinkt oder ein Wachmann um die Ecke biegt, und sie umfasst Austers Totschläger noch fester – sie hat ihm das Teil abgenommen, für den Fall, dass sie jemanden unschädlich machen muss –, doch die Gänge sind unheimlich leer, als sei alles Personal abgezogen worden. Ihre Schritte hallen auf den Metallplatten, und das Echo verstärkt sie, bis es sich anhört, als wäre eine ganze Legion Schlägertypen hinter ihnen her, aber wenn Colleen sich blitzschnell umdreht, ist da niemand. Ein ungutes Gefühl, wenn man das alles schon mal im Albtraum gesehen hat und hinter der nächsten Tür womöglich der Knochenhobel lauert …

»Hier entlang!« Mit einem Schrei kniet sich Auster plötzlich hin, er fährt mit seinem Finger über einen dunklen Fleck auf dem Boden und leckt ihn ab, und jetzt sieht auch Colleen es: Fußspuren aus Blut auf dem weißen Linoleum. Genau wie er es prophezeit hat.

Sie rennen die Gänge entlang, den immer schwächer werdenden Fußspuren nach, bis sie vor einer verschlossenen Metalltür stehen, die in ihrem Rahmen scheppert. Auf dem Boden tanzen ein paar Schrauben, die die Vibration aus den Scharnieren gedreht hat. Leichtes Spiel. Auster nimmt Anlauf und tritt gegen die Tür. Mit einem Schrei taumelt er rückwärts in ihre Arme wie ein riesiges Baby. Die Tür hat sich keinen Millimeter bewegt.

»Lass mal einen Profi ran.« Colleen drängt ihn zur Seite und trümmert einen Feuerlöscher gegen das Metall. Die Tür knallt auf der anderen Seite gegen die Wand, Putz bröckelt aus dem Rahmen. Anerkennende Blicke der Jungs. Können wohl gar nicht fassen, wie viel Zeug so in einen Trenchcoat passt.

»Der Feuerlöscher – der Dietrich einer Polizistin!«, ruft Colleen über das Dröhnen hinweg. Aber als sie sieht, was sich hinter der Tür verbirgt, bleibt ihr das Lachen im Halse stecken: verflixt, schon wieder ein Aufzug.

53
BOSS ROOM

Colleen hat noch nicht mal einen Fuß aus dem Aufzug in Kilbournes Büro gesetzt, da wird sie schon von seinen Schergen gepackt. Ein Arm legt sich um ihre Hüfte wie eine Stahlklammer, ihre Heels heben vom Boden ab, in ihrem Rücken ein Schmerbauch mit der Konsistenz eines Wasserbetts. Ihr Mund verschlossen von einer behaarten Pranke, keine Chance zu mucken und zucken. Und auch Auster wird gepackt.

»Butch, Ehrmanmike!«, ruft er. »Und du auch, Hammer! Das könnt ihr nicht machen! Wir sind doch Kollegen!«

»Und ob wir das können!«, zischt der Typ mit dem vernarbten Hals. »Schon vergessen? *Du* hast uns verraten.«

Ein linkischer Typ im Cordsakko wieselt auf Auster zu und zieht sich mit einem genüsslichen Quietschen einen Einweghandschuh über die rechte Faust.

»Dachtest du wirklich, du gründest ein Start-up in dieser Stadt, ohne dass Lance seine Leute bei dir hat?«

»Mönch, du dreckiger Verräter!« Auster versucht, sich aus dem Griff zu winden. Es klatscht einmal laut, und der Junge hängt schlaff in den tätowierten Muskelbergen. Dann herrscht Stille, bis auf ein gelegentliches ohnmächtiges Stöhnen, das seinem Mund entweicht.

Um Gambol hat sich dieser Butch gekümmert. Ebenfalls fest im Schraubstock. Irre, wie viel Kraft diese alten Säcke noch mobilisieren können. Garantiert hat Kilbourne denen eine Ladung

Soma verpasst. Die erste Infusion ist vermutlich umsonst, wie damals auf dem Schulhof.

Daumen hoch, denkt Colleen, ein voller Erfolg bisher, ihr Einbruch in Kilbournes fesche Hightech-Zentrale, die bei Nacht aber eher wie ein verlassenes Technikmausoleum aussieht. Die Bildschirme an den Wänden sind ausgeschaltet, und die alten Computer auf ihren Sockeln ragen als dunkle Schatten in den Raum, erhellt nur vom Mondlicht, das durch die Panoramascheiben dringt.

»Frau McCollum! Ich habe Sie schon sehnsüchtig erwartet!«

Kilbourne kommt hinter einer Trennwand hervor, als hätte er nur auf seinen Auftritt gewartet. Colleen stutzt. Er hat sie erwartet? Sie ist ja selbst immer noch halbwegs überrascht, dass sie hier ist, wie kann er es dann geahnt haben? Oder ist das nur so eine Redensart von Bösewichten?

»Schon vergessen?« Gespielt enttäuscht greift Kilbourne in ihre Jackentasche und holt den Keks heraus, den er ihr vor einer Woche angedreht hat. »Mit diesem Cookie kann ich Sie überallhin verfolgen.« Er beißt genüsslich ab. »Hmmm, vorzüglich! Mit Schokostückchen.«

Kilbourne hält inne, als sei er irritiert davon, dass sie sich überrascht zeigt: »Oder haben Sie wirklich geglaubt, Sie spazieren hier einfach so rein, wenn ich es nicht will? Ging ziemlich einfach dafür, nicht?« Jetzt auch noch ein irres Lachen. Der Typ folgt wirklich exakt dem Handbuch für Parade-Fieslinge. Er streichelt über ihre Wange, und ein Schockfrost zieht durch ihre Nervenenden. »Ich hätte Ihnen mehr Hirn zugetraut, McCollum.«

Wäre da nicht diese haarige Tatze, die sich auf ihren Mund presst, würde sie diesem Poser mal ordentlich den Kopf waschen, aber Kilbourne ist offenbar eh nicht an einem kultivierten Austausch mit ihr interessiert, er ist schon weiter bei Auster. »Wen haben wir denn da? Bryan Auster!« Er weckt ihn mit ein paar Ohrfeigen.

»Kennst du mich noch?«, säuselt Kilbourne. »Wir haben uns bereits flüchtig kennengelernt. Damals, im Eiscafé, mit deiner kleinen Freundin.«

»Wo ist sie, Kilbourne?« Bryan windet sich in Trouts Armen, zuckt und strampelt wie ein Wahnsinniger in Zwangsjacke, aber nichts zu machen, die baumstammdicken Arme lassen ihm keinen Zentimeter zum Atmen. Dieser miese Überläufer, wenn er den jemals in die Finger kriegt, dann –

»Das ist ja wie beim Klassentreffen!« Kilbourne wendet sich Kenny zu. »Wenn das nicht mein alter Freund Kenneth Gambol ist. Lasst ihn runter, Jungs.«

Butch lässt ihn unsanft auf die Füße plumpsen.

»Freue mich auch, dich zu sehen, Lance.«

»Ich hatte schon gehofft, dass ich dich endlich los bin«, sagt Kilbourne und gibt Kenny einen Klaps auf die Schulter. »Aber als die Datei geleakt wurde, wusste ich, dass du dahintersteckst und nicht dieser Sherlock-Abklatsch, den du in die erste Reihe gestellt hast. Aber vorher hab ich echt geglaubt, dass du in Ostasien bist, Kenneth. Wie hast du das gemacht? Geo-Relocation via Proxy-Server? Hack des Telefonanbieters?«

Kenny schüttelt den Kopf. »Oldschool. Handy und Ladegerät in ein Paket mit einer Liste von Adressen, denen ich fürs Weiterschicken einen Hunni überwiesen hab.«

»Nice. Mail-Art-mäßig. Wie damals in den Fünfzigern.«

Meint er die Fünfziger Jahre? Wovon reden die? Bryan findet die ganze Show langsam hinreichend verwirrend. Kilbourne hat sich mit seinem *Soma*-Zeug vielleicht jung gespritzt, aber Kenny? Oder hat er gerade irgendwas Entscheidendes verpasst? Seit er unsanft wachgeohrfeigt wurde, dröhnt sein Kopf, als hätte man ihm einen Vibrationsalarm eingebaut.

»Du guckst wie ein verwirrter Säugling, Auster. Wusstest du etwa nicht, dass wir uns kennen?«, fragt Kilbourne halbseiden.

»Und zwar schon seeehr lange. Kenneth hat damals im Zweiten Weltkrieg unsere Enigma geknackt. Das trage ich dir bis heute nach, alter Junge.«

Sind die jetzt komplett irre geworden? Fast wünscht Bryan sich Vince und Kathleen zurück, ganz normale Psychokiller, mit denen man auf Augenhöhe reden kann.

»Hast du auch die Daten geklaut, Kenneth?«, fragt Kilbourne. »Oder war das wirklich dieses bemitleidenswerte Blondchen?«

Jetzt reicht's. Die Erwähnung von Laura schickt elektrische Stöße durch Bryans Körper. Er schlägt seine Zähne in Trouts Unterarm, der mit einem Schrei seinen Klammergriff löst. Bryan stürmt auf Kilbourne los, ist aber keine fünf Meter weit gekommen, als er einen Stich in der Bauchdecke spürt. Er blickt geschockt an sich runter. Ein Pfeil hat sich durch sein Hawaiihemd gebohrt, rotgeschweift und lang, und eine Welle von Trägheit breitet sich in seinem Körper aus, wie nach einer Bong auf nüchternen Magen. Er versucht, das Gleichgewicht zu halten, taumelt. Wie ehrlos von Trout, nicht mal eine richtige Kugel ist Bryan ihm wert, mit Betäubungspfeilen wird er ruhiggestellt wie ein ausgebrochenes Tier im Zoo, das ist doch kein ehrlicher Kampf mehr zwischen Männern.

»Nein«, hört er Kenny sagen. »Ganz normal im Darkweb gekauft.« Dann sacken seine Beine unter ihm weg. »Ihr müsst da eine Sicherheitslücke haben ...«

Bryans Kopf macht Bekanntschaft mit dem Fußboden. Ignoriert sein »bester Freund« vor lauter Wiedersehensfreude gerade wirklich, dass er sich hier mit schäumendem Mund auf dem Boden wälzt?

»Ups. Dann haben wir das arme Mädchen ganz zu Unrecht zu Kosmetik gemacht.« Gedämpfte Gesprächsfetzen dringen zu Bryan wie durch Watte, Schatten legen sich über sein Sichtfeld. Bevor das Bild weg ist, sieht er verschwommen eine gespaltene Zunge in Kilbournes Mundwinkeln zucken.

»Nachdem sie mir all die Sorgenfalten beschert hat, dachte ich, es wäre nur fair, wenn ich die mit ihrer Hilfe wieder loswerde«, sagt er süffisant. »Aber ich nehme an, du hast dir nicht wegen ihr die Mühe gemacht, herzukommen, Kenneth?«

»Natürlich nicht.« Kenny von ganz weit weg. »Also rück's schon raus, Lance. Was hast du vor?«

»Ach, nichts Besonderes«, winkt Kilbourne ab, während der Scherge mit der Fußspitze testet, ob Austers schlaffer Körper tatsächlich k. o. ist. Seine Brust hebt und senkt sich, was Colleen ungemein beruhigt. Einen toten Jungdetektiv kann sie jetzt ganz und gar nicht gebrauchen. Auch suspendierte Cops haben eine gewisse Verantwortung ihren Mitmenschen gegenüber. Außerdem hat sie ihn irgendwie liebgewonnen, den kleinen Spinner.

Kilbourne hingegen scheint das null zu interessieren, der ist ganz im Plaudermodus. »Es wird viel mehr Wirbel darum gemacht als nötig«, fährt er fort. »Ich mache nur das, was alle Firmen zur Zeit machen. Ganz profan.«

Er schnipst mit dem Finger, und an den Wänden flackern die Monitore auf. Sie zeigen einen sternübersäten Nachthimmel, winzige Punkte auf einem Hintergrund schwärzer als schwarz. Sie sind doch nicht wirklich hergekommen, um sich seinen neuen Bildschirmschoner vorführen zu lassen, oder?

»Mit der Zusammenführung der Benutzerdaten sämtlicher Apps und Plattformen durch unseren Big-Data-Client *Paladin* gehen wir den entscheidenden Schritt zur Verbindung der einzelnen Datenpunkte zu einem dynamischen Netzwerk. *Paladin. Connect the dots.*«

Die Sterne auf dem Monitor fangen an durcheinanderzuwirbeln, dünne Verbindungslinien erscheinen zwischen ihnen, sie kreisen um ein Zentrum wie um ein schwarzes Loch, die Linien bilden eine Netzstruktur und formen schließlich ein strahlend weiß pulsierendes P.

»*1000 Apps in 1000 Tagen* – wozu glaubt ihr, habe ich mir dieses Mammutprojekt angetan? Aus reiner Menschenfreundlichkeit? Weil ich glaube, dass die Welt mit jeder App ein bisschen besser wird? Come On! Natürlich nicht. Weil man mit sinnlosen Apps noch den letzten Trottel erreicht! Die Penner holen sich die Pfandsammel-App, Wilmersdorfer Millionäre den vollautomatischen Immobilienbewerter, Neuköllner Hipster unseren Partyplaner …«

»Mein ohnmächtiger Freund hier hatte die Theorie, dass jede App eine geheime Funktion beim Umsturz des Landes hat«, sagt Gambol. »Gesinnungsregister, Bürgerwehr, Zensur und so weiter …«

»Unterbrich mich bitte nicht, Kenneth, du weißt, wie ich das hasse.« Kilbourne schüttelt verärgert den Kopf. »Wo war ich? Ach ja. Inzwischen haben wir die Daten von … lass es mich kurz über den Finger peilen …«

Auf den Monitoren erscheint eine digitale Anzeige, die Colleen an den Zähler erinnern, der früher an ihrer Schule die Kilowattstunden der Solaranlage maß, aber im Gegensatz zu dem bewegen sich hier die Ziffern rasend schnell nach oben.

»… 34.102.034, 34.102.042, 34.102.047 Usern«, zählt Kilbourne mit. »Tendenz: steigend. Und von all diesen Leuten sammeln wir Daten, denen *Paladin* Ranking-Punkte zuweist. Ihr wisst schon, wie in China. Wer fremdgeht: Abzug. Wer nicht joggt: Abzug. Wer Pornos guckt: Abzug. Wer bei unserem Lieferservice bestellt: Pluspunkte!« Kilbourne ist inzwischen ganz im PowerPoint-Modus. »Die Leute«, ruft er enthusiastisch, »können es gar nicht erwarten, zu erfahren wie *Valhalla Capital* ihr soziales Kapital bewertet, um dann mit der intensiven Nutzung unserer Apps ihren eigenen Score zu verbessern.«

»So eine widerliche Aktion hätte ich nicht einmal dir zugetraut, Lance«, sagt Kenny, und aus seiner Stimme spricht aufrichtige Empörung. »Das ist der reinste Datenfaschismus!«

»Na na na, wir wollen mal nicht so ein böses Wort benutzen.« Kilbourne wirkt amüsiert. Er genießt sichtlich seine Show. »Ich bin bloß der Mann, der die Sachen möglich macht. Freiwillige Selbstkontrolle, vorauseilender Gehorsam, Panopticum – nennt es, wie ihr wollt: Die Leute kuschen ja jetzt schon, wenn *Sara* sie abends anpflaumt, dass sie heute noch keine zehntausend Schritte gemacht haben. Der Kunde kriegt, was der Kunde verdient.«

Colleen stemmt sich gegen den brutalen Klammergriff ihres Sumo-Opas. Langsam hat sie echt die Faxen dicke. Es ist einfach wieder zu typisch: Die Männer bequatschen die Angelegenheiten von Rang, während die Frauen an irgendeinen Bierbauch gepresst werden und schweigen müssen. Wie sie da voreinander hergockeln und salomonisch die Welt unter sich aufteilen – zum Kotzen. Männer handeln, Frauen kommen vor – sie erträgt das einfach nicht mehr. Kann sie jetzt vielleicht auch mal was sagen?

Wie durch ein Wunder lockert sich in diesem Moment die Hand, die ihren Mund verschließt, den Griff, und ein Luftstrom fährt in ihre Lunge. »Kilbourne!«, krächzt sie und muss sich erst mal räuspern. »Ihre Plattform *SideStep* wurde über Monate hinweg von einer Terrorgruppe benutzt! Wir wissen alles über Caninos Plan mit *Der Löwe und die Lilie!*« Das Stichwort scheint zu wirken, Kilbourne dreht sich zu ihr um. Aber warum grinst er so dämlich?

»Schön, dass Sie sich in unsere kleine Unterhaltung einschalten, Frau McCollum. Aber mal abgesehen davon, dass jeder unsere Programme verwenden kann, wie er will, ist mein Engagement bei *It's a Man's World* bloß eine Frage der unternehmerischen Vernunft. Mit Politik hat das überhaupt nichts zu tun. Womit Geld gemacht werden kann, wird immer auch gemacht werden – das ist mein Motto.«

Okay, denkt Colleen, Intervention im Rohr krepiert. Der Typ ist einfach der Knüller.

»Nehmen wir zum Beispiel die *#GesichtZeigen*-Kampagne gegen Vollverschleierung, die ich unterstützt habe«, doziert er weiter. »Der Islam könnte mir dabei nicht egaler sein, es handelte sich bloß um eine günstige Gelegenheit, ein Gesetz im Interesse der Firma durchzubringen, weil die landesweite Einführung unserer Gesichtserkennungssoftware *FaceOff* bevorsteht und jede Burka deren Effizienz beeinträchtigt, weil sie den Algorithmus langsamer lernen lässt. Jedes Gesicht, das sich nicht digital kartographieren lässt, ist ein schlechtes Gesicht, wenn Sie verstehen, was ich meine.«

Colleen will irgendetwas sagen, nur um diesen aalglatten Vortrag zu sabotieren, gleichgültig was, Tourette würde es auch tun, aber als sie ansetzt, legt Kilbourne nur den Finger auf die Lippen, und der fette Teddy presst wieder die Hand auf ihren Mund. Lance ist noch lange nicht fertig.

»Man muss als verantwortungsvoller Unternehmer einfach sehen, wo es Schnittmengen und Synergien gibt«, sagt Kilbourne. »*#GesichtZeigen* war nun eine Win-win-Situation mit dem eher konservativen Teil des gesellschaftlichen Spektrums. Ich bin da ganz pragmatisch. Genauso wie jede Amokfahrt mir ein willkommener Anlass fürs Lobbying autonom fahrender – oder sagen wir besser – *bremsender* Autos ist. Und wie heißt es noch so schön? Der Teufel scheißt immer auf den größten Haufen. Und in diesem Fall – ihr werdet es bereits ahnen – bin der Teufel: ich.«

Er gibt den Schergen ein Zeichen, und die nikotinvergilbte Hand verschwindet von Colleens Mund. »Jetzt dürfen Sie Ihre Frage stellen, meine Beste.«

»Was ist mit Ihrem *Soma*-Direktbluttransfer?«, platzt es aus ihr heraus. »Sie wollen doch den Übermenschen züchten!«

»Den – was?« Kilbourne quiekt los, als hätte sie den Witz des Jahrhunderts gemacht. »Sie haben wirklich eine blühende Fantasie. *Soma* ist eine Kosmetiklinie! Nicht mehr und nicht weniger. Sind Sie im Keller nicht auf unsere Fertigungsstraße gestoßen? Etwas laut, ich gebe es zu, aber wir arbeiten dran. Manche Mitarbeiter behaupten sogar, das Dröhnen der Blutzentrifugen verfolge sie bis in ihre Albträume. Gut, dass es hier keinen Betriebsrat gibt. Sollten Sie allerdings mit Übermensch *mich* meinen, fühle ich mich geschmeichelt. Und ja, durchaus, ich zweige mir tatsächlich ab und zu etwas vom Rohprodukt ab. Und wie ich sehe« – Kilbourne kneift ihr in die Wange und zieht ihr Gesicht erst nach links, dann nach rechts, wie eine Mutter, die die Haut ihrer zukünftigen Schwiegertochter begutachtet – »haben Sie ebenfalls die Probepackung benutzt, die ich Ihnen geschickt habe. Wirkt Wunder, oder?«

»Pack sie nicht an, Lance!« Kenny zappelt in den Armen seines Bewachers hin und her wie eben Auster, als es um seine Laura ging. Irgendwie süß. Dass sie das noch erleben darf in ihrem Alter.

Kilbourne lässt ihr Gesicht los. »Ist diese Kommissarin nicht ein bisschen jung für dich, Kenneth?« Jetzt übertreibt er es aber langsam mit dem Selbstlob. So gut ist *Soma* nun auch nicht, dass sie wieder aussieht wie zwanzig (auch wenn es natürlich guttut, das zu hören, besonders vom Feind).

»Wo haben Sie Vince und Kathleen versteckt, Kilbourne?«, fragt sie, um endlich ein bisschen voranzukommen, schließlich ist sie hier nicht als Klatschvieh auf einer TED-Konferenz für Hochleistungsschurken.

»Diese Frage überrascht mich jetzt aber, Frau McCollum. Haben Sie etwa gar keinen Kontakt mehr zu Ihrer Dienststelle? Vince und Kathleen sind in unser Gebäude eingedrungen und haben versucht, Blutkonserven zu stehlen. Gott sei Dank wurden sie von *FaceOff* erkannt, als sie in der Schlange gewartet haben. Wir haben sie selbstverständlich sofort festgesetzt. Unbürokratisches Krisenmanagement, sozusagen. Sollten Sie mal googlen.«

»Aber woher wussten Sie …?« Selten, dass Colleen einen angefangenen Satz mittendrin abbricht.

»Erinnern Sie sich an das kürzliche Update Ihres Dienststellenbetriebssystems? Fahndungsbilder werden dort ab Version 2.3 standardmäßig eingepflegt, und wir haben es, nur mal testweise, mit der Beta-Version unserer Gesichtserkennungssoftware kurzgeschlossen, datenschutzmäßig nicht ganz sauber, ha ha, aber der Erfolg gibt uns Recht, oder? Ich bin selbst vollkommen überrascht von der Leistungsfähigkeit unserer Technologie, die selbst noch die miesen Phantombilder der Polizei erkennt …«

Ein dümmliches Lächeln hat sich auf Kilbournes Gesicht breitgemacht, und er starrt selig ins Leere, ganz eingenommen von der Großartigkeit seiner Erfindung. »Wie dem auch sei. Wir haben die beiden für Sie mit *Soma*-Infusionen am Leben gehalten. Die Rechnung werde ich selbstverständlich Ihrem Dezernat zukommen lassen.«

Wie es sich für eine perfekte Inszenierung gehört, werden Vince und Kathleen aufs Stichwort von einem Bewacher reingeführt. Ihre Kleidung von Blut getränkt, humpeln sie unter Schmerzen voran, die Arme mit Gaffa-Tape hinter den Rücken gefesselt, nur angetrieben von den Pieksern der Pistolenmündung zwischen ihren Schulterblättern. Die Köpfe gesenkt, starren sie nur auf ihre Fußspitzen.

Das also sind die brutalen Killer, die sie seit zwei Wochen jagt, denkt Colleen, zwei Häufchen Elend, wie sie im Buche stehen. Sie ist immer enttäuscht, wenn das Böse so banale, menschliche Formen annimmt, zwei Bauernopfer der dunklen Seite. Nur dem ohnmächtigen Auster scheinen die beiden noch Angst einzujagen, denn er beginnt sich auf dem Boden zu winden wie ein albträumender Hundewelpe.

»Super, vielen Dank«, sagt sie. »Dann kann ich sie ja gleich mitnehmen.« Sie dreht den Kopf zum Gesicht ihres Bewachers.

»Wenn Sie mich dann bitte kurz loslassen könnten, ich bin von der Polizei.«

Kilbourne lacht. »Keine Sorge, Ihre Kollegen sind bereits unterwegs. Ich glaube, ich habe am Telefon mit Ihrem Assistenten gesprochen. In ...« – kurzer Blick auf die Smartwatch – »... genau fünf Minuten sind wir zur medienwirksamen Übergabe vor dem Haupteingang verabredet ... Dieser Publicity-Coup kommt uns zur Markteinführung von *FaceOff* gerade recht. Ein extrem glücklicher Zufall, finden Sie nicht?« Er gibt seinen Schergen einen Wink. »Bringt sie doch schon mal runter, ja? Ach, Frau McCollum«, sagt er, als sich die Aufzugtüren geschlossen haben. »Wenn Sie nicht gleich mitübergeben werden wollen, verschwinden Sie jetzt besser durch die Hintertür.« Er drückt die Ruf-Taste, damit der Lift gleich wieder hochkommt.

»Kenneth, war nett, mal wieder mit dir zu plaudern. Beim nächsten Mal hast du hoffentlich wieder bessere Sidekicks.«

Bryan spürt den kalten harten Boden im Rücken, die Arme liegen neben ihm wie abmontiert, und, shit, er kann seine Beine nicht spüren. Was ist das für ein fieses Zeug in seinen Adern? Nur die Augen kriegt er mit Mühe einen Spalt auf, und – oh shit – was er da sieht, gefällt ihm gar nicht.

Sind das Vince und Kathleen, die sich da über ihn beugen? Machen die ihn jetzt auf den letzten Metern doch noch alle? Oder ist das eine Nahtodfantasie? Er muss hier irgendwie wegkommen – krabbeln, krauchen, winden –, aber sein Körper zuckt nur wie ein Wurm auf einer 9-Volt-Batterie.

Wie durch einen Meter Wasser dringen jetzt Stimmen zu ihm, Satzfetzen quirlen durch seinen Kopf, Datensammlung, Gesichtzeigen, *Paladin* ... Datensammlung, Gesichtzeigen, *Paladin* ... Scheiße. *The medium is the message*, wie oft haben seine Professoren ihm das eingeprügelt! Wie konnte er nur hinter jeder App Verschwörungstheorien vermuten? Dabei ist das

Ganze entsetzlich banal! Er hat den Wald vor lauter Bäumen nicht gesehen. Der typische Fehlschluss eines Erstsemesters: Nicht die Funktion oder der Inhalt einer App interessiert, sondern das digitale Medium, die Daten an sich!

Ohne Geheimnisse keine Detektive – in seinem umwölkten Hirn taucht plötzlich Spadows Satz aus der Detektei auf. Und der hat damit voll ins Schwarze getroffen. Wo bleibt denn das Geheimnis, wenn alles und jeder gerastert, durchleuchtet, analysiert wird? Wenn alle Motive, Lüste, Triebe von den Daten denunziert werden, wenn jeder Schritt vorhersehbar ist, wie sollen Gangster da noch Pläne schmieden, Komplotte planen oder Bankraube durchziehen – und kann man dann die Detektive nicht gleich mit einmotten?

Er rappelt sich auf und muss erst mal kotzen. Aber irgendwie macht das ein bisschen wach. Er ist von vornherein einer Illusion aufgegessen, denkt er und spuckt Galle auf den Boden. Es ist nicht mein persönliches Versagen, dass ich nicht zum Detektiv tauge, ich hatte ja niemals eine Möglichkeit, mich zu beweisen! Denn wofür braucht es ihn noch, wenn jeder Idiot freiwillig seinem Smartphone den Fingerabdruck gibt? Wozu noch Beschattungen, wenn jede Fresse automatisch von einem Algorithmus erkannt wird? Bei seinem Feldzug hier geht es nicht um *Detectify* oder Kilbourne, nicht um Vince und Kathleen oder die Frau am Fenster, nicht um Caninos Bootcamp oder die Revolution von *Der Löwe und die Lilie*. Es geht um etwas viel Grundsätzlicheres.

»Die totale Überwachung zerstört den Beruf des Detektivs!« Hat er das gerade laut gesagt? Lance und die anderen glotzen jedenfalls entgeistert zu ihm rüber.

Ich kämpfe hier nicht für meinen Vater, für mich selbst oder Laura, denkt er. »Ich kämpfe für uns alle!«, hört er sich lallen. »Für unseren Berufsstand, für die *Möglichkeit* des Detektivs an sich!«

Das ist seine wahre Mission: Er muss das Geheimnis retten, indem er *Paladin* zerstört. Es ist das letzte Aufbäumen der alten Welt gegen die neue, das letzte Gefecht, und diesmal wird er die Detektive nicht enttäuschen!

Dieser Auster ist scheinbar wirklich unkaputtbar. Wirr brabbelnd kommt er plötzlich aus dem Koma hoch, die Haare kleben in feuchten Strähnen über seinem Gesicht, von den Augen ist nur noch das Weiße zu sehen, aber er kennt schon wieder nur ein Ziel: den Endgegner vernichten. Seine Hände schleifen unmotiviert über den Boden, als er versucht sich hochzuraffen, die Füße knicken weg, aber schließlich schafft er es doch, aufzustehen und in Richtung Kilbourne zu wanken. Arme und Beine schleudern dabei wie bei einer Gummipuppe, aber mit jedem Schritt wird er sicherer, wird sein Blick klarer. Der Mann ist eine Maschine, denkt Colleen in einem Anfall von Pathos, und er kämpft für das Gute, Wahre und Schöne.

Doch er droht nicht weit zu kommen, denn dieser Trout legt gerade einen neuen Pfeil in seine Betäubungspistole – und zwei der Teile, mit denen sonst Nilpferde schlafen geschickt werden, sind sicher leicht überdosiert für einen 1-a-Hänfling. Zielt dieser skrupellose Arsch da gerade auf Austers Halsschlagader?

Bing!, macht der Aufzug, und die Türen gleiten auf.

Unfassbar, was geht denn jetzt ab, Colleen traut ihren Augen kaum, denn unter großem Geschrei stürmt eine Horde Rentner mit gezückten Knarren und Schlagstöcken auf sie los. Ach Quatsch, stürmen: die humpeln, hinken, schlurfen eher, einer ist sogar im Rollstuhl unterwegs! Sie überrennen Kilbourne, zertrümmern im Vorbeilaufen antike Computer im Millionenwert, werfen sich die arthritischen Fäuste voran ihren ehemaligen Kollegen entgegen, dann fallen Schüsse, Querschläger sausen durch die Luft, der süße Geruch von Schwarzpulver steigt in Colleens Nase, Schreie.

Sie nutzt die allgemeine Verwirrung, um endlich aus dem Griff dieses Dickerchens zu schlüpfen und an die Knarre in ihrem Holster zu kommen, aber nein, verdammt, die liegt ja gerade in Hoseleys Schreibtischschublade, also muss es ein Tritt unter die Gürtellinie tun.

Als der Typ nur noch ein zuckender Fleischberg ist, versucht sie Auster und Kenny im Gewimmel auszumachen, irgendwie fühlt sie sich für die beiden verantwortlich, aber keine Chance in dieser chaotischen Verknotung von Fäusten, Schießeisen und orthopädischen Schuhen.

Ein heiseres Kläffen dringt durch das Stimmengewirr, gefolgt von einem spitzen Schrei. Kilbourne krümmt sich am Boden – ein Gerippe von einem Köter hat sich in sein Bein verbissen. Sein Gesicht zuckt vor Schmerz und verzerrt sich zu einer grauenhaften Fratze, wie bei einem Grafikfehler in einem Computerspiel, so eine widerliche Gesichtskirmes hat Colleen noch nie gesehen, sie kann kaum ihren Blick abwenden, so viel Freude macht ihr dieses verstörende Schauspiel, aber dann sieht sie, wie Kenny von diesem widerwärtigen Mönch zum Aufzug gezerrt wird, eine armlanges Messer an der Kehle.

Sie sprintet zu ihnen rüber und verpasst dem Typen einen Handkantenschlag in den Nacken – manchmal auch von Vorteil, von seinen Gegnern unterschätzt zu werden, der dachte wohl bis kurz vor Ohnmacht, das würde eine Thai-Massage –, dann wirft sich der befreite Gambol an ihre Brust.

»Du hast mich gerettet, Colleen«, stammelt er, doch noch bevor er seinen Mund zu ihr hochrecken kann, muss sie ihn zu Boden reißen und die Hände über seinen Kopf pressen, denn über ihnen schlägt gerade eine Salve Schrotkugeln in einen Museumssockel, dass der Rigips spritzt.

Dann zündet irgendein Idiot eine Rauchbombe, und der ganze Raum versinkt in dichtem Qualm.

Als sich der Rauch langsam legt, zeigen vier Pistolen in die eine, vier in die andere Richtung, jeder zielt abwechselnd mal auf jeden – bleibt bloß die Frage, wer von den Rentnern zuerst einen Zittrigen kriegt. Colleen rappelt sich auf und streicht ihre Bluse zurecht, und auch Kenny kommt hoch, ein breites Grinsen im Gesicht – Klaps auf den Hinterkopf –, nicht so auffällig, bitte.

Um sie herum ein einziges Schlachtfeld. Zerschlagene Monitore und Platinen, über den Boden rollende Patronenhülsen, Gerippe, die sich stöhnend aufrappeln und den Staub von der Kleidung klopfen. Was? Überhaupt keine Toten? Nicht mal Blutlachen? Nur ein paar rot triefende Nasen? Colleen kann es kaum fassen. Entweder haben die aus Altersmilde bloß in die Luft geballert, oder sind alle hart kurzsichtig.

Nur den grauen Köter scheint es ziemlich erwischt zu haben. Er hinkt dreibeinig zwischen den Frontlinien umher und kotzt grüne Eiterflecken auf den Boden.

»Ich denke, ihr geht jetzt besser«, presst Kilbourne zwischen den Zähnen hervor und hält sich das Bein, aus dem ebenfalls grün-eitrige Flüssigkeit tropft. Das kommt wohl davon, wenn man sich zuviel *Soma* drückt, denkt Colleen und ist froh, dass sie nur Naturkosmetika benutzt, ist wohl doch nicht so gesund für den Menschen, wie die Mäuse-Experimente versprechen.

»Wir sind hier noch nicht fertig, Kilbourne«, sagt Auster, der schwer atmend an einem Sockel lehnt und aus irgendeinem Grund plötzlich eine Sonnenbrille trägt, wo auch immer er die jetzt wieder her hat. »Hol das Stöckchen, Eileen!«

Langsam setzt sich die Hündin in Bewegung, humpelt quer über das Parkett und auf die Podeste vor dem Panoramafenster zu. Alle Blicke folgen ihr, bis sie im Halbdunkel zwischen den Podesten verschwindet. Man hört, wie sie sich an einem Podest hochstemmt, die Vorderpfoten über den Beton wie Fingernägel auf einer Schultafel kratzen, dann taucht sie mit der antiken Fernbedienung für die *MSC Willeford* im Maul wieder auf.

»Knallt ihn ab!«, kreischt Kilbourne und versucht, sich hochzurappeln, um an eine Waffe zu kommen, rutscht aber in seiner eigenen Blutlache aus.

»Das ist immer noch eine *sie*, Kilbourne«, knurrt Mahlow. »Und wenn ihr jemand auch nur ein Haar krümmt, kriegt er's mit mir zu tun.«

Mit der Gelassenheit des Alters humpelt die Hündin direkt an den Revolvermündungen der Schergen vorbei, aber keiner bringt es übers Herz abzudrücken, ganz offenbar sind hier Emotionen im Spiel, Erinnerungen an bessere Tage für Köter und Mensch.

»Guter Hund.« Auster tätschelt Eileens durchgebogenen Rücken, als sie ihm die Fernbedienung vor die Füße fallen lässt. »Und jetzt spielen wir Schiffe versenken.«

Er drückt auf den Tasten herum, und *Saras* sanfte Stimme erklingt irgendwo aus weiter Ferne: »Zeit bis zur Ankunft an Eisberg: zwei Stunden und elf Minuten.«

»Also, ich kann warten.« Auster lehnt sich lässig an einen Sockel mit dem ersten Commodore64.

»Nicht, wenn ihr das Blondchen lebend wollt!«, sagt Kilbourne.

Er ist ganz schön blass um die Nase. Die Fernbedienung ist offenbar wirklich keine Attrappe.

Scheiße, wie konnte er nur Laura vergessen? Die hat er in seinem Weltrettungsfilm glatt verdrängt. Ratlos starrt Bryan auf die Fernbedienung in seiner Hand. Verdammt, Kilbourne hat Recht! Man kann immer nur eines retten: die Frau oder die Welt. Alte Heldenweisheit. Und es ist völlig klar, wofür sich James Bond entscheiden würde. Oder Superman. Diese ganzen geleckten Schmalzlockentypen.

McCollum räuspert sich ungeduldig. Alle Blicke ruhen auf ihm. Wäre auch etwas weniger Druck möglich? Damit er sich in Ruhe entscheiden kann? Fehlt nur noch ein Countdown der irgendwo runtertickt, und ein roter und ein grüner Draht.

»Ich schätze, du hast noch eine Minute, bis es zu spät für sie ist.« Kilbourne sieht auf seine Smartwatch.

Bryan schwitzt fürchterlich. Jetzt mal rational an die Sache rangehen. Eine Liste machen und die Pro und Kontras abwägen. Im schlimmsten Fall hat Kilbourne irgendwo ein Backup und verliert bloß sein Spielzeugschiff, alles andere wäre eines Superschurken auch nicht würdig. Und selbst wenn Bryan Kilbourne stoppt, versklavt halt jemand anders die Welt. Und dann kann Bryan nicht mal Laura in die Arme schließen, wenn die Killerdrohnen an die Tür klopfen.

Er schaut rüber zu den Recken. Die haben sich immer für die Frauen entschieden. Oder die Männer. Und den Alkohol. Die werden Verständnis für ihn haben. Denn das Einzige, denkt Bryan, was Männern wie uns auf dieser trostlosen Welt, in die wir alle geworfen sind, für einen Augenblick Trost spenden kann, ist die Liebe einer guten Frau (Einverständnis von Laura jetzt mal vorausgesetzt. Aber schließlich wird er sie ja retten!).

»Dir bleiben exakt noch dreißig Sekunden«, sagt Kilbourne. »Und wenn du mir mein Spielzeug zurückgibst, verrate ich dir die Raumnummer.«

Bryan hetzt durch grell ausgeleuchtete Gänge. Reißt Türen auf, hinter denen sich Türen befinden, hinter denen sich Türen befinden. Wo ist der verfluchte Raum 14? Es gibt hier ausschließlich Räume mit der Nr. 14! Ein verfluchtes Spiegelkabinett von einem Hauptquartier ist das!

Hinter Tür 1: Frau Lansbury im Morgenmantel.

Tür 2: Professor Fane beugt sich über eine Studentin.

Tür 3: Fast-Food-Freddy wolft Ringfinger zu Burgerfleisch.

Tür 4: Hört dieser Mist denn nie auf?

»Bryan, hier!« Kennys Stimme hallt zu ihm rüber.

Bryan rennt in die Richtung, aus der Kennys Stimme gekommen ist, was genau genommen heißt: einfach nur zurück.

In Kilbournes Büro stehen sie alle ratlos um eine spanische Wand herum, hinter der – jetzt nicht im Ernst! – Laura zu liegen scheint. Quasi auf dem Präsentierteller, er hätte bloß nachschauen müssen! Aber nicht nachdenken, rennen jetzt!

Er drängt die Recken zur Seite, und da ist sie tatsächlich: mit Kanülen in jeder Ellenbeuge auf eine Krankenliege geschnallt, ihr Kopf halb ohnmächtig zur Seite geknickt. Neben Laura surrt eine Maschine, die ihr Blut in einen aufgeplatzten Konservenbeutel pumpt, darunter eine riesige rote Pfütze auf dem Boden.

»Die saugen sie trocken!« Was jetzt? Bryan will gerade mit zitternden Händen die Nadeln aus ihren Venen reißen, da kracht ein uraltes Macintosh-Gehäuse auf die Steuerungskonsole. Die Anlage gibt noch ein trauriges Piepen von sich, ein kleine Rauchwolke verpufft, dann stoppt sie.

»Draufhauen hilft immer.« Kenny klopft sich die Hände ab. »In dieser Hinsicht hat sich die Technik in den letzten hundert Jahren nicht wesentlich verändert.«

Bryan beugt sich über Laura und klapst sanft auf ihre eingefallenen Wangen, unter denen die Jochbögen spitz hervortreten, aber sie zeigt keine Regung. Nur die Augäpfel zucken schwach unter den blassen Lidern. Ihr Puls ist nur noch ein schwaches, unregelmäßiges Pochen, unter der pergamentartigen Haut fühlt Bryan die Sehnen- und Muskelstränge.

»Lass mich mal.« Honey McKinsey drängt ihn zur Seite, einen Servierwagen mit Spritzbesteck, Blutkonserven und einer Jahresration Eistee im Schlepptau. Während die Konserven in einem Aufwärmbecken auf Körpertemperatur gebracht werden, flößt sie Laura Eistee, Unmengen an Eistee, ein, und als es endlich piept, spritzt sie ihr das Blut, ob Zahnfleisch oder Ellenbeuge, sie hat das einfach drauf.

Langsam füllt sich Lauras Haut wieder mit Farbe, das eingefallene Gesicht nimmt die alte Form an. Und genau in dem Moment, als Bryan sich über sie beugt, schlägt sie die eisblauen Augen auf.

Er trägt Laura zum Aufzug, na gut, er lässt sich dabei etwas von Mahlow unter die zittrigen Arme greifen, aber das fällt nach seiner heldenhaften Rettungstat jetzt auch nicht mehr ins Gewicht, findet Bryan. Kenny und McCollum trotten murrend neben ihm her, und na klar, er hätte auch selbst drauf kommen können, hinter der Trennwand nachzusehen, bevor er Kilbourne die Fernbedienung gibt, aber es war alles so stressig in diesem entscheidenden Moment, dass ihm schlichtweg die Nerven versagt haben.

»Woher wusstet ihr eigentlich, dass wir hier sind?«, fragt er Mahlow, als sie im Aufzug nach unten stehen.

»Harry hat mich angerufen. Er hatte ein schlechtes Gewissen, weil er euch reingelegt hat. Und er das Gefühl hatte, ihr würdet vielleicht was Dummes anstellen. Und damit hatte er ja nicht ganz Unrecht ...«

Bryan wendet sich an Spadow: »Das heißt, du warst wegen uns da unten?«

»Aus Jux und Dollerei bestimmt nicht. Weißt du, wie es einen alten Mann schlaucht, sich 'n halben Liter Blut abzapfen zu lassen?«

»Frag mich mal. Mir ist immer noch ein bisschen schwummerig«, sagt Honey McKinsey und wischt sich mit dem Handrücken über die Stirn.

»Ihr wart alle da?«

Mahlow zieht ein zusammengerolltes Lifestyle-Magazin aus der Hosentasche, in das zwei Gucklöcher geschnitten sind. »Eigentlich ganz interessant, diese Wohlfühlrezepte für den Sommer.«

54
THREE DAYS LATER

»Fuck!« Colleen schmeißt fassungslos die Fernbedienung gegen den Bürofernseher, wo gerade eine Wiederholung der Spezialsendung zur großen Übergabe der beiden Mörder vor den Toren von *Valhalla Capital* läuft. Von Kameras umringt wiederholt Kilbourne noch mal die Story, wie *FaceOff* die beiden anhand ihrer Fahndungsbilder erkannt hat, und Martin steht währenddessen neben ihm wie so ein Notar in einer Quizshow – keiner versteht seine Funktion, und er sieht unfassbar goofy aus –, trotzdem versetzt es Colleen einen plötzlichen Stich ihn zu sehen. Hoseley und Kilbourne schütteln sich viel zu lange die Hände und grienen dabei in die Kameras. Überblende auf die Fernsehkommentatorin: »*Valhalla Capital* hat sich zwar mit dem *SideStep*-Leak einiges zu Schulden kommen lassen und Zweifel an der grundsätzlichen Sicherheit digitaler Technologien gesät, aber die Festnahme dieser Psychokiller zeigt eindrücklich, warum wir trotz aller Bedenken nicht auf diese neuen Technologien verzichten sollten.«

Es folgt eine Pressekonferenz im Innenministerium, in der Kilbourne den erfolgreichen Abschluss eines riesigen Staatsauftrags verkündet. Colleen hebt die Fernbedienung auf und schaltet um. Auch auf *N24* Kilbourne, der knallhart behauptet, dass die Daten, welche die Detektei Auster in Umlauf gebracht hat, bloß ein mieser Bluff gewesen seien, eine beliebig zusammengeklaute Liste aus Mailadressen von einem Spam-Versender, ein perfides und gewissenloses Kalkulieren auf Zufallstreffer, die es natürlich geben musste bei einer so beliebten Plattform wie *SideStep*. Maximal viele Adressen gleich maximal viele Übereinstimmungen – eine simple Gleichung. Das Ergebnis: unzählige Ehen zerstört, ein paar unserer besten Politiker und Prominente irreparabel diskreditiert und ja: sogar Tote. Auf *Phoenix* gibt es eine Talkrunde zum Thema Internetsicherheit, in der gerade irgendjemand den »Valhalla-Leak« als gezielte Cyberattacke Russlands auf die Stabilität der Bundesrepublik Deutschland bezeichnet, zu deren Handlangern sich die Mitarbeiter von *Auster, Privatdetektive* gemacht hätten.

Colleen schaltet den Fernseher aus. Insgeheim hat sie ja noch gehofft, Kilbourne irgendwas anhängen zu können, und sei es nur was Kleines auf Bewährung, aber das kann sie jetzt vergessen. Auch bei Canino guckt sie in die Röhre. Fast vermisst sie die alten Tage, als Typen wie der noch mit Reichskriegsflaggen in den Wald gezogen sind, die waren zwar hässlich, aber wenigstens ein handfester Gesetzesverstoß. Doch gegen diese kryptofaschistischen Tarn-Events ist einfach kein Kraut gewachsen.

Auster hockt dementsprechend paralysiert auf dem Besucherstuhl, das Gesicht in den Händen vergraben, und winkt ab, als sie ihn fragt, ob er mit in den Verhörraum kommen will, das große Finale von Darios Befragung von Kathleen und Vince mit ansehen – Colleen lässt man nicht mal in deren Nähe, auch wenn ihre Suspendierung wegen Personalmangel sofort wieder aufgehoben wurde. Hoseley hat allerdings keinen Zweifel daran gelassen, dass sie nur ganz knapp an der Zuteilung eines Automechaniker-Overalls vorbeigeschrammt ist. Noch ein Mucks, und sie darf in Zukunft Blutflecken aus Sitzpolstern schrubben.

Wenig überraschend schwenken Kathleen und Vince exakt auf die Story ein, die Martin ihr auch schon versucht hat aufzubinden. »Ich war nur ein einfacher Systemadministrator, aber dann ...«, so fängt Vince an und erzählt, wie er Kathleen in einer Selbsthilfegruppe für Verlassene kennengelernt und sich in ihrem Hass auf ihren fremdgegangenen Ehemann gleich mit ihr verbunden gefühlt hat, und wie sie dann schnell ihre eigene Gruppe gegründet hätten, eine Zweiergruppe, um genau zu sein, die von einem Wohnwagen in Brandenburg aus operierte. Er berichtet, wie sie sich selbstständig radikalisiert haben, im Glauben an *Der Löwe und die Lilie* als *Ahmed_87* und *Aisha_87* fremdgehende Eheleute bestraft haben, und präsentiert sich dabei als Opfer eines Geschäftsmannes, der so tue, als würde er die Sorgen der Menschen ernst nehmen. Für ihn sei eine Welt zusammengebrochen, als ihm klar wurde, dass es die Revolution gar nicht gebe, der er sein ganzes Leben verschrieben habe. Alles nur ein Spiel. »Was denken Sie, wie es mir jetzt geht? Ich habe meinen ganzen Lebenssinn verloren!«

In gewisser Weise kann Colleen Kathleen und Vince ja sogar verstehen. Sie haben genau dasselbe wie Bryan und sie gemacht: ihren Vorbildern nachgeeifert. Jetzt werden die beiden wegen Mord und schwerer Körperverletzung in 50+ Fällen vor Gericht kommen und eine ordentliche Zeit lang in den Knast wandern. Und damit hat sich die Sache dann. Nichts Geheimnis, nichts Verschwörung. Aber immerhin bedeutet das weniger Papierkram. Und zumindest den darf sie ja noch erledigen.

Colleen ist es gewohnt, dass Fälle einfach so in sich zusammenbrechen wie Kartenhäuser, sie wird also auch das hier überstehen, aber Auster sieht aus, als hätte ihn die Nummer nachhaltig beschädigt. Ein Bernhardiner mit klinischer Depression strahlt jedenfalls mehr Lebensfreude aus. Also packt sie ihn ein und tut ihm den Gefallen, noch einmal bei *Vincentina* vorbeizufahren.

Schon im Innenhof befällt sie eine dunkle Ahnung, denn das dreieckige Schild ist bereits abmontiert, und nachdem sie das dunkle Treppenhaus raufgestiegen sind, blicken sie in die vollständig ausgeräumte Fabriketage, nur die Perserteppiche sind geblieben, ein Hausmeister fegt Staub von einer Ecke in die andere.

»Hey Sie«, ruft Auster und stürmt auf ihn zu. »Wo ist Canino? Wo ist *Vincentina*?«

»Wer?« Der Hausmeister stützt sich auf seinen Besen. »Bis vor kurzem war hier 'ne Moschee drin, aber die mussten raus, weil das Gebäude verkauft wurde.« Er zuckt gleichgültig mit den Schultern. »Jetzt kommen hier Start-ups rein.«

»Aber das Logo …«, sagt Auster kleinlaut und zieht sein Notizheft hervor, in das er das Logo abgezeichnet hat. »Du hast es doch auch gesehen, Colleen?«

Der Hausmeister besieht sich stirnrunzelnd die Zeichnung.

»Du hast bloß das Logo von deinem Notizheft abgemalt, Kleiner.« Er nimmt Bryan das Heft weg, schlägt es zu und tippt auf den Einband. »Hier, Clairefontaine. Kenne ich auch nur zufällig, weil ich ein riesen Krimifan bin. Dupin benutzt diese Hefte doch immer, also Georges natürlich, nicht Auguste. Hab mir auch mal so eins besorgt, um zu notieren, wer hier im Haus immer den Müll neben die Tonnen schmeißt …«

Auster lässt die Schultern hängen. Colleen tätschelt seinen Rücken und spürt fast sowas wie Muttergefühle für den verwirrten Kleinen. »Nicht traurig sein, Auster. Dein nächster Fall kommt bestimmt.« Wobei sie ihm bei der öffentlichen Stimmung gerade eher ein gemütliches Zeugenschutzprogramm wünschen würde. Oder zumindest einen Erasmus-Studienplatz weit, weit weg, am besten in einem Land ohne Internet.

Wie in Trance geht Bryan nach Hause. Es ist bereits dunkel, und in der warmen Luft liegt der Geruch von halluzinogenen Kräutern und Dönerfleisch, das heimelige Aroma Neuköllns, aber heute kann er dem nichts abgewinnen. Die Hände tief in den Taschen vergraben, umkurvt er auf dem Gehweg abgestellte Cityroller und biertrinkende Touris, die in Gruppen vor den Spätis herumstehen. Die schlafenden Schwäne treiben über den Kanal wie leere Plastiktüten.

Bryan hat plötzlich furchtbare Zweifel daran, dass er überhaupt weiß, was ihm in den letzten Wochen passiert ist. Was, wenn es wirklich gar keine Verschwörung gab und er sich das alles nur eingebildet hat? Aber genau das ist es doch, was Leute wie Kilbourne wollen, denkt er. Selbstzweifel säen. Die Leute von innen zersetzen. Brechen. So läuft das doch! Dummerweise fühlt er sich gerade gar nicht mehr im Besitz irgendeiner Wahrheit, sondern eher wie ein Roboter mit verschmurgelten Schaltkreisen. Er muss die Dinge noch mal in Ruhe rekonstruieren. Überlegen, wie alles angefangen hat. Genau. Mit Kennys Datenbank, die plötzlich aus dem Nichts aufgetaucht ist. Dann *Virtua*. Die Knarre. Zuletzt die Website. Steckt Kenny die ganze Zeit hinter alldem? Aber warum sollte sein bester, sein einziger Freund das gemacht haben? Weil er sah, wie ernüchtert Bryan von der Detektivmasche seines Vaters war, und ihn mit einem echten Fall aufmuntern wollte? Oder war Bryan bloß ein Spielball in Kennys Rachekomplott wegen geklauter Pokersoftware? An das verwirrende Gespräch zwischen Kilbourne und Kenny will er gar nicht erst denken …

Plötzlich bleibt er wie angewurzelt stehen. Das kann doch nicht sein. Er duckt sich hinter einen Stromkasten und reibt sich die Augen. Aber doch, das ist er. Canino. Fast hätte Bryan ihn nicht erkannt mit seinem Vollbart und der weißen Schürze, die er über seinem Rollkragenpullover trägt. Aber diese Rübennase ist einfach unverkennbar. Pfeifend wischt er Regenwasser von den Tischen und Bänken vor einem kleinen Bistro, das neu eröffnet sein muss: *Der Wilde Mann – Deutsche vegane Küche.*

Wurde der also ebenfalls ausgemustert und musste sich eine neue Beschäftigung suchen. Warum soll es den Bösen auch anders ergehen als den Guten? Sportello fährt ja schließlich auch wieder Essen aus, und Honey McKinsey betreibt wieder ihre mobile Zahnreinigung.

Als Canino mit dem Wischen fertig ist, wirft er sich das Trockentuch über die Schulter und schreibt mit Kreide auf eine Tafel:

Eröffnungsangebot! Tagesgericht, 18.05.: Veganes Rotkohlragout an Kartoffelpuffer.

Bryan sieht es schon von Weitem. Blaulicht huscht über die Fassaden. Es riecht nach Feuer, nach verschmurgeltem Plastik. Drei Löschwagen stehen vor der Detektei und pumpen im hohen Bogen Wasser in die schwelenden Büroräume. Im Schaum schwimmen Serverteile, Ferngläser und Buchseiten wie Kinderspielzeug in einer Badewanne.

Ein Feuerwehrmann schiebt sein Visier hoch. »Ist das Ihre Wohnung?«

Bryan nickt fassungslos. »Ich bin hier aufgewachsen ...«

»Sie können froh sein, dass keinem was passiert ist. Die Oma aus dem dritten Stock musste ins Sprungtuch hüpfen. Nur eine Rippe hat sie sich gebrochen. Ganz schön zäh die Alte.«

»Wie ist das passiert?«

»Gab wohl 'nen Kurzschluss. Klassischer Kabelbrand. Vielleicht eine Maus oder so.«

Bryan lässt sich auf die Bordsteinkante sinken und starrt in die rauchenden Trümmer. Alles ist weg. Die Detektei: weg. Sein Zimmer: weg. Die Wohnung der Eltern: weg. Seine ganze Kindheit hat er in diesen 74 Quadratmetern verbracht, und jetzt hat er es geschafft, alles in Schutt und Asche zu legen. Wenigstens ist er dem Aufkauf durch Kilbourne zuvorgekommen, aber das ist ein schwacher Trost.

Ein Arm legt sich um seine Schulter. Laura hat sich unbemerkt neben ihn gesetzt. Zusammen starren sie schweigend in die rauchenden Trümmer.

»Na«, sagt sie irgendwann.

»Na«, sagt er.

Dann schweigen sie wieder.

»Ist vielleicht auch besser so, wenn das alles ein Ende hat«, sagt er.

Sie nimmt seine Hand. Zusammen sitzen sie so da, bis die Feuerwehr ihre Schläuche eingerollt hat und abgefahren ist. Und noch eine ganze Weile länger.

55
HAPPY END

Bryan erwacht von dem Vibrieren neben seinem Kopf. Das Handy bewegt sich ruckweise über das Laken auf ihn zu, ein Geräusch, das sich nach den ganzen schlaflosen Nächten wie ein Zahnarztbohrer in sein Trommelfell frisst. Durch die verklebten Wimpern erkennt er auf dem Display das Profilbild seines Vaters. Darüber die Uhrzeit: 04:55. Bryan stöhnt. Erst für Monate nicht mal per SMS zu erreichen, jetzt gleich ein Video-Call mitten in der Nacht. Er starrt auf das Handy, bis das penetrante Gesumme aufhört und das Display erlischt. Das Fazit der letzten drei Monate: Bude abgebrannt, Freunde enttäuscht, Lebenswerk vernichtet. Kann man das seinem Vater irgendwie schonend beibringen?

Wieder beginnt das Handy zu vibrieren. Bryan schnappt sich das Drecksteil, kämpft sich aus dem Laken und tippelt in den Flur. Die Tür zu Lauras Zimmer lehnt er an, damit er durch den Spalt den blonden Haarschopf im Blick behalten kann, der im Bett leise vor sich hin schnarcht. Er wischt sich die zerzauste Frisur zurecht und blickt in die Smartphone-Kamera, dann nimmt er den Videocall an.

»Mein Sohn! Rat mal, wo ich bin!« Tief gebräunt grinst Oliver Auster ihm entgegen, schneeweiße Zähne in gesundem Zahnfleisch, um die Augen ein Kranz Lachfalten. Im Hintergrund ist ein Strand mit Palmen zu sehen, erfüllt von einem dermaßen gleißenden Licht, dass Bryan die verquollenen Augen zusammenkneifen muss.

Keine Lust jetzt auf Spielchen. Warum ist sein Vater überhaupt so aufgekratzt? Hat er beim Bingo einen Massageduschkopf gewonnen? Bryans Kehlkopf zieht sich zusammen. Da wird er ihn gleich doppelt und dreifach auf den Boden der Tatsachen zurückholen müssen. Fernsehen wird ja offenbar in der Kurklinik nicht geschaut.

»Papa, ich muss dir was sagen.«

»Sohn. Ich dir auch«, sagt Oliver Auster feierlich. »Aber erst musst du raten, wo ich bin.«

Bryan verdreht die Augen. Offensichtlich irgendeine abgefahrene Lichttherapie, weil nichts anderes angeschlagen hat. Und dabei hat sich der Alte gründlich das Hirn verbrannt.

»Keine Ahnung. Ungarische Seenplatte?«

»Kalt.«

»Donaustrand?«

»Noch kälter.« Sein Vater lacht und schwenkt die Kamera auf ein Beachvolleyball-Feld. »Ich bin in Kalifornien. K.A.L.I.-F.O.R.N.I.E.N.«

Schwachsinn. Ist mittlerweile vollkommen verrückt geworden der Alte. Hält die Strand-Fototapete seines Massageraums für die Vereinigten Staaten.

»Und rat mal, wer noch hier ist.«

Prustend kommt seine Mutter ins Bild. »Überraschung!«

Bryan lässt das Handy fast aus der Hand fallen. Scheiße, er muss schon wieder auf einem Trip sein. Aber dem Schub von Glückshormonen nach zu urteilen, der beim gemeinsamen Anblick seiner Eltern durch seinen Körper flutet, ein verdammt guter Trip.

»Was zum …?«

Die beiden kichern wie frisch verliebte Teenager in die Kamera, dafür gibt es einfach keinen weniger abgenutzten Vergleich, das muss Kalifornien, das muss Hollywood mit ihnen machen. Im kalifornischen Licht sehen sie jünger und frischer aus als je zuvor, und Bryan kommt die Idee, dass sich Hollywood vielleicht genau wegen dieser vorteilhaften Beleuchtung an diesem Ort angesiedelt hat.

»Jetzt bitte mal ganz von vorne«, sagt er, und lässt sich auf den Flurboden sinken.

»Ich war einfach unglücklich«, sagt seine Mutter mit ernster Miene und nimmt Oliver Auster das Handy aus der Hand. »Die Rente war da, aber Oliver hatte nur seine Detektei im Kopf. Je schlechter sie lief, desto mehr hat er sich reingesteigert.« Davon kann Bryan ein Lied singen. Wie der Vater, so der Sohn. »Nicht mal mehr in den Urlaub sind wir gefahren.«

»Und deshalb bist du einfach so verschwunden, ohne ein Wort zu sagen?«

»Ich dachte mir: Die einzige Möglichkeit, einen Detektiv zum Verreisen zu bewegen, ist mysteriös zu verschwinden. Dass es ein halbes Jahr dauert, bis er mir nachspürt, damit habe ich zwar nicht gerechnet. Na ja …« Sie streichelt ihrem Mann durch's Haar. »War ja gerade noch rechtzeitig, bevor ich diesen schnieken Zahnarzt aus Pennsylvania in Vegas heiraten konnte.«

Bryan merkt, wie sich ein breites Grinsen auf sein Gesicht schleicht. Dabei hat er eigentlich nichts übrig für Happy Ends, aber wenn die beiden in Hollywood abhängen, ist das wahrscheinlich vorprogrammiert. Fast schon zu kitschig für Bryans Geschmack, aber für seine Eltern macht er da eine Ausnahme.

»Ich habe sie in San Francisco in einem Motel gefunden, nachdem ich ihren Spuren durch das ganze Land gefolgt bin«, mischt sich jetzt sein Vater ein, und erzählt begeistert von bärtigen Motorradgangs, die ihn an einer Kette über die Route 66 geschleift haben, von düsteren Fixerstuben im Mittleren Westen, in denen zahnlose Gestalten tiefblaues Methamphetamin kochen, von Würfel- und Trinkduellen in Tankstellen-Saloons, und überall habe er kleine Hinweise gefunden, die seine Frau ihm hinterlassen habe: mal auf einem Bieruntersetzer gekritzelte Anweisungen, auf einen Indianerskalp tätowierte Koordinaten, oder ein Kartenfetzen, den er aus dem Schlund eines Grizzlys fischen musste (eines ausgestopften, wie seine Mutter ergänzt).

»Ja ja, schon gut«, unterbricht Bryan ihn. »Deine kleine Schnitzeljagd war bestimmt genauso gefährlich, wie damals das Märchen vom osteuropäischen Todeshasch.«

»Todeshasch? Was meinst du?« Sein Vater blickt verwirrt.

»Ich hab deine Akten durchgesehen. Keine Drogendealer weit und breit.«

»Was für Drogendealer?« Oliver Auster schaut verunsichert.

»Na, die, die du damals angeblich hochgenommen hast, um mich vom Kiffen abzuhalten? Oder der als Buchhandlung getarnte Pornoring, den du zusammen mit Mahlow ausgehoben hast...«

»Mahlow? Ich kenne keinen Mahlow. Du meinst Marlowe, oder? Den von Chandler?«

Sein Vater schüttelt verwirrt den Kopf. Bryan ist genauso durcheinander. Warum verleugnet sein Vater plötzlich seine Freunde? Soll seine Mutter nichts von denen wissen? Oder hat er mit dem neuen Leben jede Erinnerung an das Alte verdrängt?

»Oder Quinn? Stillman? Blue? Klingelt es da nicht bei dir?«

»Sicher, dass du da nicht was verwechselst? Mit der *New York Trilogie* von *Paul* Auster?«

Bryan schluckt. Hat er da wirklich was verwechselt? Er sieht rüber zu den angekohlten Büchern in der Lidl-Tüte, die er mit Laura aus den Trümmern gerettet hat. *The Big Sleep*, *L.A. Confidential*, *Unter Wasser stirbt man nicht*. Er kennt sie alle auswendig, hat nachts die Seiten wieder und wieder unter der Bettdecke zerfleddert. Eine Schweißperle rinnt aus seiner Achsel.

Bryans Mutter macht eine besorgte Miene. »Komm erst mal rüber nach Kalifornien, Schatz, und dann besprechen wir alles in Ruhe, ja?«

Bryan lehnt den Kopf gegen die Wand. Das ist zu viel so früh am Morgen. »Also gab es nie eine Kur?«

»Das hab ich nur gesagt, um dir keine Hoffnungen zu machen, dass ich Mama wiederfinde«, nickt sein Vater. »Und ich dachte, es wäre nicht schlecht, dass du mal ein bisschen Verantwortung übernimmst und nicht nur über deinen Büchern versumpfst. Apropros, wie hast du dich eigentlich als Detektiv gemacht?«

»Deshalb wollte ich ja mit dir sprechen ...«, beginnt er mit feuchten Händen. Aber dann bringt er doch nicht den Mut auf, ihnen die Geschichte von ihrem Start-up, den Haudegen und der Verschwörung zu erzählen, er verschweigt Vince, Kathleen, die Sekte und Canino, erwähnt nichts von Colleen McCollum, den Schüssen im Wald und ihrem Einbruch bei *Valhalla Capital,* sondern sagt bloß im Büro gab's halt den üblichen Tran – paar Ehesachen, Observationen, Betrügereien –, und endet damit, dass ein Kabelbrand bei einer LAN-Party ein Feuer in der Detektei ausgelöst hat, aber nicht mal diese Nachricht kann das Dauergrinsen aus dem Gesicht seines Vaters vertreiben.

»Eine Maus war's, sagst du?«

Bryan nickt zerknirscht. »Wahrscheinlich.«

»Wir haben ja eine Hausratversicherung.« Oliver Auster zuckt mit den Schultern. »Hab mir sowieso überlegt, die Detektivsache an den Nagel zu hängen, wenn ich zurückkomme. Ich habe hier so hervorragende Pfannkuchen mit Ahornsirup gegessen, dass wir überlegen, bei uns im Ladenlokal ein kleines Restaurant aufzumachen: Pancakes und Kaffee-satt müssten doch auch in Neukölln gut gehen, oder?«

»Wir haben sogar schon einen Namen«, ergänzt seine Mutter: »*Miss Maple's.*«

56
FLUGHAFEN MYSTERY X

Bryan wuchtet seinen Koffer aus dem Taxi und blickt auf die Anzeigetafel. Da steht es, als wäre es eine Destination wie jede andere: *New York*, Check-in an Counter A12. Drei Tage in der Stadt von Hammer, Shaft und Muldoon, dann weiter nach Los Angeles, um seine Eltern zu treffen und sich dieses Detektiv-Start-up anzuschauen, das ganz wild darauf ist, Bryan Auster, dem CEO der legendären Detektei Auster, eine fünfstellige Summe pro Monat für seine Expertise über den deutschen Markt zu zahlen, nur weil CNN einen kleinen Beitrag über die *SideStep*-Geschichte gebracht hat. Vielleicht wird er sich aber auch nur in den finstersten Gassen der Stadt herumtreiben, und darauf warten, dass er über einen neuen Fall stolpert.

Kenny schultert seinen kleinen Reiserucksack und die Laptoptasche, er sagt, das reicht für den kurzen Trip, während Bryan allein für die ganzen Hawaiihemden, die Sportello ihm geschenkt hat, den halben Koffer braucht. Aber er hat auch nicht vor, so bald zurückzukommen. Er kann es kaum erwarten, diese Stadt zu verlassen, und mit ihr zu vergessen, was in den letzten Wochen passiert ist.

Laura hat ihm versprochen nachzukommen, sobald ihre Kündigungsfrist bei *Valhalla Capital* vorbei ist, eine Krankschreibung könne sie nämlich bei diesen exzeptionellen Blutwerten vergessen, sagten die Ärzte, *Soma* sei Dank. Aber so richtig glaubt er nicht daran.

»Muss noch was loswerden«, sagt Kenny. »Lass mal um die Ecke gehen.«

Sie bewegen sich ein paar Meter von den zwei Polizisten mit Maschinengewehren weg, die vor dem Eingang rumstehen und die Fluggäste misstrauisch beäugen. An einer windgeschützten Stelle hinter einer Bushalte holt Kenny seinen Beutel hervor und hält Bryan die Hand hin, in der nach normalem Betriebsablauf jetzt der Tabak landen sollte, den er immer beisteuert. Aber Fehlanzeige. Bryan hat Spadow seine letzte Packung geschenkt, weil er vorhat, in dieser Hinsicht etwas kürzerzutreten. Einem letzten Dübel vor dem Flug ist er aber nicht abgeneigt.

»Ich dachte, du hast welchen dabei«, sagt er entschuldigend.

»Nee, dafür bist doch du zuständig!«

Sie sehen sich ratlos an, perplex über so viel Gedankenlosigkeit des anderen. Die Ader auf Kenny Stirn pocht.

»Hilft euch das vielleicht weiter, Jungs?«

Sie wirbeln herum. McCollum steht breit grinsend hinter ihnen, eine halbzerbrochene Kippe in der Hand, die gefühlte Ewigkeiten in der Jackentasche auf ihren Einsatz gewartet haben muss. Hinter ihr steht der abgeranzte Corolla mit Blaulicht im Halteverbot.

»Ich wollte mich noch verabschieden.« Sie streicht sich das elektrisch aufgeladene Haar hinter die Ohren und tut möglichst gleichgültig. »Hatte gerade in der Gegend zu tun.«

Kenny ist kurz davor, ihr um den Hals zu fallen, ob wegen des Tabaks oder aus Love ist Bryan allerdings nicht ganz klar, und dann tut er es tatsächlich, und es kommt zu einer komischen Situation, dem typischen Ausweichen der Gesichter beim Umarmen, weil beide in die gleiche Richtung gehen, wobei Bryan nicht erkennen kann, ob McCollum Kenny ausweicht oder Kenny ihr oder vielleicht sogar beide versuchen, sich in der Mitte zu treffen, aber nicht trauen. Jedenfalls stehen beide danach etwas verlegen da und starren auf ihre Schuhe.

»Ist das nicht ein bisschen viel?«, fragt Bryan zweifelnd, als Kenny die Zigarette und das Gras zerkrümelt hat und kaum mehr Tabak unter den dicken grünen Brocken zu sehen ist.

»Sofern Colleen das nicht mit nach Hause nehmen will«, sagt Kenny, »muss da jetzt alles rein. Wegschmeißen tu ich's jedenfalls nicht.«

McCollum winkt ab. »Danke. Nur mit euch, Jungs.«

Als Kenny fertig gebaut hat, wartet Bryan eigentlich darauf, dass jetzt eine Blutsbrüderschaft kommt oder so was, doch Kenny sagt nur: »Vorsicht, neue Sorte. Kickt mitunter zeitverzögert.«

Bryan nimmt einen tiefen Zug und beobachtet die Leute, die mit ihren Koffern durch die Schiebetüren gehen, dann gibt er den Dübel an McCollum weiter. Komisch, denkt er, es sind schon Wochen vergangen, seit sie zusammen durch die Kanalisation gerobbt sind und Laura aus den Fängen von Kilbourne befreit haben, aber es fühlt sich plötzlich wie gestern an, hier mit ihr zu stehen und zu rauchen. *Paladin* ist immer noch nicht gelauncht, es gab da irgendein Problem mit der Datenschutzrichtlinie der EU, die *Valhalla Capital* aber mit freundlicher Unterstützung der Bundesregierung im Eilverfahren gekippt hat, und bald müsste es so weit sein. *Der Tag, an dem wir erwachen*. Lächerlich. Was einem nicht alles so in den Kopf kommt, wenn der Tag lang ist. Bryan muss plötzlich über sich selbst lachen und husten gleichzeitig, der Rauch stiebt aus seinen Ohren und Nase, und auch Kenny und McCollum fangen unvermittelt an zu lachen.

»Auf Audrey«, sagt McCollum, bevor sie zieht, und blickt gen Himmel, der von einem Gitter aus Kondensstreifen durchzogen ist.

Fast alle Passagiere schlafen. Überall pressen sie ihre Körper in den unmöglichsten Positionen in die Sitze, und erwachen mit einem leisen Schrei oder Gähnen, wenn das Flugzeug einen kleinen Ruck macht. Sie sind mittlerweile weit über dem Atlantik, und das tiefblaue Meer zieht unter ihnen hinweg, ab und zu sieht Bryan stecknadelgroße Tanker durch das Wasser pflügen.

Er kriegt seit Abflug kein Auge zu, in seinem Kopf rotieren YouTube-Videos über den verschwundenen Flug MH17, an dessen Bord zwanzig Wissenschaftler gewesen sein sollen, die ein Heilmittel gegen Aids gefunden hatten und deswegen von Pharmakonzernen ermordet wurden – oder waren es die Inhaber eines bahnbrechenden Halbleiter-Patents? Woher soll er wissen, ob nicht auch hier solche Genies rumsitzen? An *Bush did 9/11* darf er gar nicht erst denken. Woher kommt das jetzt plötzlich? Er hat doch sonst keine Angst vorm Fliegen. Das muss das Gras von Kenny sein, neue Sorte, super Sache, warum ist Bryan nicht endlich mal misstrauischer gewesen und hat sich beherrscht?

Kenny ist aber auch nicht viel ruhiger. Er fummelt die ganze Zeit an den Luftdüsen herum, und im einen Moment bläst es heiß in Bryans Nacken, im nächsten eiskalt. Irgendwann hat er genug und packt Kennys ausgestreckten Arm. Er erstarrt. Alle fünf Finger an dessen Hand sind wieder ganz.

Kenny bemerkt seinen entgeisterten Blick. »Ist was?«

Bryan schüttelt den Kopf und versucht, die Bilder loszuwerden, die sich plötzlich in sein Hirn bohren, Bilder einer Naturdoku, die zeigen, wie Eidechsen in Gefahr ihren Schwanz abwerfen und sich anschließend einen neuen wachsen lassen, und dann muss er auch noch an diese andere Doku denken, die er mal tiefnachts angeschaut hat: *Echsenmenschen – Die wahren Herrscher des Planeten.*

»Dann ist ja gut.« Kenny zwinkert ihm zu, und seine Lider schließen sich seitlich. Fuck.

Bryan versucht sich zurückzulehnen und an die Worte seiner Mutter zu denken, dass er erst mal nach L. A. kommen soll, und alles wird sich wieder einrenken. Dann zieht er aber doch verstohlen sein Handy heraus, loggt sich ins Flugzeug-WLAN ein und tippt heimlich »Reptiloide« in die Suchmaschine.

Shit. Plötzlich ergibt alles Sinn. Mal wieder. Die nachwachsenden Gliedmaßen, Kennys Nachtaktivität und Lichtempfindlichkeit, die Bryan immer darauf geschoben hat, dass er eben ein Hacker ist, seine immer kalten Hände, weil er eine tiefere Körpertemperatur hat, die Gesichtskrämpfe, die er für Nerd-Spasmen hielt, bei denen aber in Wirklichkeit die Echse durchbricht ... Ein Schauer läuft ihm den Rücken herunter. Das ist die Lösung, der Final-Plot-Twist, er hat die Zeichen, die die ganze Zeit genau vor seiner Nase waren, nicht erkannt. Kennys Laktoseintoleranz und die Tabletten dagegen, das grüne Blut aus Kilbournes Bein, das er als Lichtreflexion abtat, der Eistee, die Unmengen an Eistee, die Reptiloide bekanntlich trinken ...

Panisch zieht er das Notizbuch hervor, sucht seine Zeichnung. Und da ist es, im *Vincentina*-Logo, das unheimliche Wesen mit seinen geschlitzten Augen vor einem Vollmond. Ein Echsenmensch.

Plötzlich beugt sich Kenny zu ihm rüber und packt ihn an den Schultern.

»Jetzt kennst du mein Geheimnis«, flüstert er und lispelt dabei. Die S-Laute klingen, als habe er eine gespaltene Zunge. »Es herrscht Krieg zwischen den Reptiloiden in Hohlerde. Ein Krieg, von dem ihr oben an der Erdoberfläche nur die Ausläufer mitbekommt. Normalerweise leben wir in Einklang mit den Menschen, geschützt durch den Hohen Rat, aber immer wieder wollen Einzelne das Gleichgewicht stören und die Menschen versklaven.

Mein richtiger Name ist Ned Lud, und ich gehöre dem Geheimbund der Maschinenstürmer an. Unser Markenzeichen kennst du ja bereits.« Er tippt auf das Logo seiner Basecap, ein von einem Pfeil durchbrochener Kreis, das alte Symbol für die ESCAPE-Taste. »Ich wurde ausgesandt, um Lance Kilbourne zu stoppen, einen der gefährlichsten Formwandler, der sich mit Maschinenintelligenz verbünden will, um die Menschheit zu unterjochen. Lange war ich mir nicht sicher, ob er wirklich Ernst macht, aber als du mir erzählt hast, dass diese Spinner den Leuten die Finger abschlagen, hatte ich den letzten Beweis.«

»Finger? Wieso die Finger?« Bryan wird panisch.

Kenny zuckt mit den Schultern. »Sie sind eine Delikatesse für uns. Sie schmecken einfach gut.« Er lässt seine spitzen Zähne aufblitzen. »So wie Chicken Wings ungefähr.«

Bryan klammert sich an die Armlehnen seines Sitzes und blickt starr nach vorn.

»Wir haben erfolglos versucht, Lance bei der Einführung der Dampfmaschine zu stoppen«, fährt Kenny fort, »den Faschismus konnten wir durch die Entschlüsselung der Enigma aber beenden – und auch dieser Kampf ist noch nicht verloren.« Er neigt sich zu Bryan. »Egal wie es heute ausgeht, die strategische Liquidation von Schlüsselfiguren der Industrie 4.0 ist bereits in Gang gesetzt. Wer auf der falschen Seite steht, ist nicht mehr sicher.«

Was meint er damit, »wie es heute ausgeht«? Bryan springt auf und rennt zur Bordtoilette, ihm kommen das Sahnehühnchen und die Bloody Marys wieder hoch, die eben zum Abendessen serviert wurden.

»Scherz«, ruft Kenny ihm hinterher. »Das war ein Scherz, klar?!«

Bryan erwacht aus einem unruhigen Halbschlaf, weil die Anschnalllämpchen anspringen und eine Durchsage des Captains ertönt: »Bitte bleiben Sie sitzen, wir haben unvorhergesehene Turbulenzen.«

Kenny sitzt unbeeindruckt an seinem Laptop und tippt daraufherum. Aus den Augenwinkeln beobachtet Bryan, wie grüne Codezeilen den Monitor hinablaufen, dann fliegen sie plötzlich eine Kurve. Bryan wirft einen Blick aus dem Fenster und sieht in der Ferne einen winzigen grauen Punkt im Wasser, der immer näher kommt.

»Was machst du da?«, zischt er.

»Wonach sieht es denn aus? *Du* hast Kilbourne schließlich die Fernbedienung zurückgegeben!«

Das Flugzeug macht einen Ruck und stürzt in ein Luftloch. Bryan schreit vor Schreck auf, in der Reihe hinter ihnen fängt ein Kind an zu weinen. Schweiß läuft seinen Nacken herunter. Auf Kennys Display ist jetzt eine Grafik zu sehen, auf der ihr Flugzeug auf ein rot blinkendes Schiff im Meer zusteuert.

»Damit kommst du nicht durch!« Bryan reißt Kenny den Laptop aus der Hand und springt auf.

»Hey, gib wieder her, ich verarsch dich doch nur«, protestiert der. »Hat das Gras dich etwa wieder paranoid gemacht?«

»Please sit down, Sir.« Ein muskulöser Steward taucht hinter einem Vorhang auf und kommt mit erhobenen Armen auf Bryan zu.

»Er ist ein Terrorist! Er will die Maschine zum Absturz bringen!«, ruft Bryan und zeigt auf Kenny. Als die Passagiere das Wort Terrorist hören, fängt das ganze Flugzeug an zu kreischen. Der Steward stürzt sich auf Bryan wie ein Rugby-Spieler, stößt ihn zu Boden, und drückt ihm das Knie zwischen die Schulterblätter, den rechten Arm hinter seinem Rücken verdreht.

»Ich hab ihn doch nur ein wenig veräppelt. Lassen Sie ihn los«, versucht Kenny den Steward von oben zu beschwichtigen. »Er ist ein bisschen durcheinander.«

Aber der Steward hat sich in Bryans Locken verkrallt, und drückt sein Gesicht gnadenlos in den dreckigen Flugzeugteppich, dass ihm Generationen von Bud Light, labbrigen Putensandwiches und Tomatensaft in die Nasenlöcher dringen.

Der Laptop ist unter eine Sitzreihe gerutscht. Auf dem Display nähert sich das Flugzeug unaufhaltbar der *MSC Willeford* – noch 15, 14, 13 Sekunden bis zum Einschlag.

»Das kann doch alles nicht wahr sein!«, röchelt Bryan, und versucht mit letzter Kraft, den ESCAPE-Knopf zu erreichen.

57
THE LONG GOODBYE

Am nächsten Tag ist Colleen auf dem Weg zu einer Wohnungsbesichtigung. Sie ist noch immer von einer nie gekannten Hochstimmung ergriffen, das Licht der Dämmerung bricht golden durch die zerkratzten Scheiben der U1, als sie über die Möckernbrücke rattert, und alle Leute im Wagen scheinen Colleen anzugrinsen. Der Typ neben ihr verschlingt eine Nudelbox, deren Soja-Duft zu ihr herüberweht, und erst jetzt merkt sie, was für einen tierischen Hunger sie hat – sie ist schon ganz gespannt auf die Restaurants in ihrem neuen Kiez und deren kauzige Besitzer.

Sie überlegt, was sie so machen wird in nächster Zeit, und irgendwie hat sie das Gefühl, dass etwas Neues beginnt. Natürlich wird sie Polizistin bleiben, was Besseres fällt ihr eh nicht ein, aber vielleicht wird sie ab jetzt mehr zu Fuß gehen oder so. Könnte ja ein Zeichen gewesen sein, dass sie ihren Corolla aus einer Laune heraus im Parkverbot am Flughafen hat stehen lassen, wo sie doch die ganze Zeit panische Angst hatte, man könne ihr den wegnehmen. Oder dafür, dass sie den süßen Automechaniker, der ihr die Blutkonserven vorbeigebracht hat, mal anrufen soll. Oder ihren Assistenten Daniel, der gerade zu ihrem Partner befördert wurde, weil ihr alter seine Elternzeit auf unbestimmte Zeit verlängert hat – er will sich ab jetzt lieber mit dem Leben als dem Tod beschäftigen. Guter Gedanke eigentlich, findet Colleen.

Die Sonne scheint warm auf ihr Gesicht, und sie denkt, dass sie den ganzen Tag zuschauen könnte, wie sich Busfahrer beim Vorbeifahren mit gehobener Hand grüßen oder Möwen in Schwärmen über den Kanal fliegen. Nicht mal die Schreckensmeldungen, die über den Bildschirm des *Berliner Fensters* flackern, können ihrer guten Laune etwas anhaben. Ein tiefer Frieden durchströmt sie. Und plötzlich scheint es ihr auch gar nicht mehr so umöglich, eine neue Wohnung auf dem überhitzten Immobilienmarkt zu bekommen, ganz ohne *Immobility*, versteht sich.

Ihr Handy piept. Eine Nachricht von Daniel. Doris, die Stimme von *Sara*, wurde brutal ermordet aufgefunden. Hauptverdächtiger ist ein Stalker, der sich als Schriftsteller ausgegeben und sich wohl so das Vertrauen der Synchronsprecherin erschlichen hat. Eine tiefe Ratlosigkeit macht sich in Colleen breit. Manchmal fragt sie sich, was mit den Leuten bloß los ist heutzutage und wohin das alles noch führen soll.

Sie schaltet ihr Handy aus und steckt es weg. Sie hat jetzt erst mal Feierabend. Soll sich halt wer anders drum kümmern, wenn's dringend ist, und es ist ja immer dringend bei der Mordkommission. Aber weshalb eigentlich? Die Frau ist morgen schließlich auch noch tot.

Am Gleisdreieck gleiten die Türen auf, und ein frischer Wind weht herein. Leute steigen aus und ein, bleiben stehen oder setzen sich, schlagen die Beine übereinander oder machen sie breit, aber alle, ausnahmslos alle, ziehen mit eingeübten Bewegungen ihre Handys heraus und sind nach Sekunden in einer anderen Welt verschwunden. Kurz fragt sich Colleen, was wohl hinter den ganzen Gesichtern stecken mag, die sich da hinter ihre Bildschirme ducken – Schwarzfahrer, Verbrecher, Mörder vielleicht –, aber dann entscheidet sie sich, fürs Erste nur das Beste von ihnen zu denken.